ブラウン神父の童心

G・K・チェスタトン

奇想天外なトリック，痛烈な諷刺とユーモア，独特の逆説と警句で，ミステリ史上に燦然と輝くシリーズの第一集。小柄で不器用，団子のように丸く間の抜けた顔。とても頭が切れるとは思われない風貌のブラウン神父が事件の真相を口にするとき，世界の風景は一変する。レストランの塩と砂糖を入れ替えるなど，奇妙な痕跡を残していく二人連れの神父を追う名刑事ヴァランタン。その背景には何が？　ブラウン神父初登場の「青い十字架」のほか，大胆なトリックが炸裂する「見えない男」，あまりに有名な警句で知られる「折れた剣」など12編を収める。

ブラウン神父の童心

G・K・チェスタトン
中　村　保　男　訳

創元推理文庫

THE INNOCENCE OF FATHER BROWN

by

G. K. Chesterton

1911

目次

ブラウン神父の童心

ウォルドー・ダヴィグダーとミルドレッド・ダヴィグダーに

青い十字架

朝空の銀色の帯と、緑色に輝く海の帯とのあいまを、船はハリッジにつき、蠅（はえ）のような乗客の群れを吐きだした。これからわたしたちが足どりを追うことになっている人物は、この人ごみのなかにまじっていると、すこしも目だたなかったが、目だたぬことは本人の望みでもあった。この男には、どことい って人目を惹くところがなかった——ただ、その晴着のように派手な服装と、役人らしいいかめしい顔つきとがいくぶんきわだって見えるくらいである。服装は、うす鼠色のほっそりした短い上着、白いベスト、それに地味な黄色のリボンがついた銀色の麦わら帽子だった。その細おもては帽子の色と対照的にあさ黒く、顎の先には、いかにもエリザベス朝時代のひだ襟が似あいそうなスペイン風の短くて黒い顎鬚（あごひげ）がたくわえられていた。男は、いかにも暇人らしそうな真剣さで煙草をふかしている。まさかこの鼠色の上着に弾丸のこめられた拳銃が隠され、白いベストには警察手帳がひそみ、麦わら帽子の下には、ヨーロッパでも一、二を争うほどの強大な頭脳が隠されていようなどとは、どこをどう見まわしても誰にもわかりはしなかった。この人物こそ、パリ警視庁の警視総監であり、世界にその名を轟（とどろ）かせた捜査官ヴァランタンにほかならず、彼はいましも今世紀はじまって以来最大の捕物（とりもの）を敢行すべく、ブリュッセルからロンドンに乗りこむところなのである。

　フランボウは英国に潜入していた。三カ国の警察がやっとのことでこの大犯人の足どりをヘントからブリュッセルに追い求め、さらにブリュッセルからフークファンホラントまで突きとめた。推測によると、おそらく彼は目下ロンドンで開催中のカトリックの聖体大会（ユーカリスト・コングレス）の不慣れな混乱につけこむだろうということだった。たぶん彼は、この大会と関係のある下っぱの書記か秘書かに化けて旅行するだろう――とはいっても、もちろんヴァランタンに確信があるわけではなかった。フランボウのこととなると、誰にも確信なぞもてぬのである。

　この犯罪界の大立者（おおだてもの）が、世間を騒がせつづけていたのを突如（とつじょ）ぷっつりとやめてしまってから、もう何年にもなる。それからというものは、かのローラン（八世紀にキリスト教国を守ってサラセン人と戦った勇猛の士）の死後もそうだったという話だが、地球上には平和が訪れていた。が、フランボウ最良の時代（もちろん、これは、彼の極悪の時代という意味である）には、彼はカイザーに劣らぬ君臨ぶりをしめした国際的人物だったのである。フランボウがまたなにか桁はずれの犯罪をやらかして、前の犯罪をうやむやにしてしまったと朝刊が書きたてぬ日は、一日もないくらいだった。彼は巨大な身の丈と不敵な腕力をもったガスコーニュ生まれの男であり、そのアスリート的素質の爆発に関しては、とてつもない伝説がいくつもいいふらされていた。たとえば、予審判事を転倒させて逆立ちにさせ、「判事の頭をはっきりさせてやった」とか、警官に両腕を取られたままリヴォリ街をつっぱしったとか。名うてのフランボウのまったく嘘のような力業（ちからわざ）が発揮されたのは、おおむねこのような、尊厳味こそないが流血の惨を見ぬ場面においてであったことは、彼のために一言しておかねばなるまい。彼の本領とする犯罪は、主として、天才の閃き(ひらめ)のある大仕掛けな窃盗だったのである。とはいえ、その盗みは、そのどれもがほとんど新規の手口であり、一つだけでもそれなりに一編の物語となりそうなものばかりだった。ロンドンで、かの大チロル乳業会社を経営したのは、彼にほかならず、この会社は、酪農場や乳牛はおろか、配達車や牛乳さえ持たぬくせに、数千にのぼる客を有していた。彼は、他人の家の戸口に置かれた小さな牛乳罐を自分の得意先の戸口に移しかえるという簡単な操作によって、これら数千の客をまかなったのである。また、来る手紙という手紙を差し押さえられていたある妙齢の婦人とふしぎな方法で密接な文通をつづけたのも彼であった。顕微鏡用のスライドに、きわめて微細な文字で通信文を焼きつけるという並みはずれた一計を弄(ろう)したのである。しかし、あっけらかんとした単純さが特徴である犯罪実験もすくなくない。たとえば、あるとき彼は、一人の旅行者を罠にかけたいために、わざわざ真夜中に、一町内の番号を全部塗りかえたという。また、携帯用のポストを発明して、閑静な郊外の道角にそれを立てては、誰か土地不案内の人間がそれに郵便為替をほうりこまぬかと待ち受けていたことも、ほんとらしい。最後に、驚くべき軽業師だということだった。そのばかでかい図体(ずうたい)に似合わず、バッタそこのけに跳びはね、猿よろしく樹のてっぺんに姿を消すことができるのだ。そういうわけで、さすがのヴァランタンも、フランボウ捜しに出かけるに際しては、たとえ相手を見つけたからといって、それだけで今度の冒険が終了するものでないことは、百も承知であった。

ところで、フランボウを見つけるにはどうしたらいいのであろうか？　この点については、大ヴァランタンの考えはまだまとまっていない。

フランボウがいかに変装の技術に長けていようとも、一つの特徴だけはどうしても隠せなかった。ずばぬけて背の高いことがそれである。もし、ヴァランタンのすばしっこい眼が、のっぽの林檎売り女でも、のっぽの近衛兵でも、さては、かなりのっぽの公爵夫人にでも、留まろうものなら、彼は即座にそいつをひっとらえたかもしれぬ。ところが、彼が乗った汽車には、どこを見まわせども、変装姿のフランボウと思われる人物はいなかった。船に乗っていた人びとに関しては、もうとうに疑いが晴れており、ハリッジや途中の駅から一行に加わった乗客は、まちがいなくわずか六人にすぎなかった。終点まで行く背の低い鉄道官吏が一人、ふた駅あとから乗りこんできた背の低目の菜園主が三人、エセックスの小さな町から上京中のいたって小柄な未亡人が一人、それに、これもエセックスの一寒村から上京するきわめてちびなローマ・カトリックの神父さんが一人といったところだった。この最後の人物にいたっては、ヴァランタンもすっかりさじを投げ、あやうく吹きだすところだった。この小男の神父さんは、東部地方の鈍物のまぎれもなき典型で、その顔は、ノーフォークの団子そっくりにまんまるで、間が抜けており、眼は北海のごとくにうつろで、持ち物であるいくつかの茶色の紙包みをまとめておくこともできぬ御仁だった。まるで穴から追いだされたもぐら同然の、こんな世間知らずのまごつき屋が大勢あちこちの沈滞しきった田舎から聖体大会に吸収されているにちがいないのである。ヴァランタンはフランス式の峻厳な懐疑主義者で、神父に愛情がもてなかった。しかし、哀れみの情を寄せるのならできぬわけでもなく、ましてやこの神父ならば、誰の心にも憐憫の情を喚び起こさせたにちがいない。神父は大きなみすぼらしい傘を持っていたが、それがまたひっきりなしに床に倒れるのだった。往復切符のどっち側が往路用なのかさえ知らぬようすなのである。おまけに、車中の人全員に向かって、わたしはこの茶色の紙包みの一つに「青い宝石つきの」本物の銀でできた品物をいれて持っているものだから、よくよく用心しないといけない、とばか丸出しの単純さで説明する始末だった。このエセックス的なとんまさかげんと聖人風な単純さとが奇妙にいりまじった神父のようすに、フランス人のヴァランタンはいつまでも興をそそられていたが、やがて神父さまは（どうにかこうにか）全部の紙包みとともにストラトフォードに安着した。と思えば、今度は忘れた傘を取りに引き返しにやってきた。そのとき、ヴァランタンは人のよいところを見せて、銀製の品物に用心しなさるのもけっこうだが、誰彼の見境いもなくそれを吹聴するんでは、用心にもなりますまいと注意してやりさえした。だが、どんな相手に話しかけているときでも、ヴァランタンは必ず別人を捜し求めていた。金持ちだろうと貧乏人だろうと、はたまた老若男女の別も問わず、ともかくたっぷり六フィートに達する背丈の人物がおりはしまいかと、たえず目を配っていた。フランボウは六フィートを超えること四インチの巨漢なのである。

しかし、リヴァプール通りにおり立ったときの彼は、まずいままでのところは犯人を見のがすようなことはなかったと、良心的に確信していた。それから彼はロンドン警視庁に出向き、同庁との関係を調整し、いざという際に援助を受けられるよう手配をすませると、まず新しい煙草に火をつけてから、ロンドンの街なかに出て、長い散歩を始めたが、ヴィクトリア停車場の向こう側の通りや広場を歩いているうちに、突然、足を止めて棒立ちになった。そこはロンドン独特の妙にひっそりした広場で、思いがけぬ静けさに満ち満ちていた。周囲の高い、のっぺりとした家々は、繁昌しているようでもあり、同時にまったくの空屋のようでもあった。中央の四角い植えこみは、太平洋の緑の孤島のようにひっそりとし、広場をかこむ四面のうち一つだけが他よりもずばぬけて高く、一段と高い上座を思わせた。この面の家並みは、ロンドンでよく出くわすみごとな偶然の一つ――つまり、ソーホーの食堂街から迷いこんできたといわんばかりのレストランによって破られていた。鉢植えが置かれ、レモンのような黄色と白の縞の長い日除けがついていて、ふしぎと魅力のある建物だった。そして、とりわけ往来より高い所に立っているので、いかにもロンドンらしい継ぎはぎ方式によって往来から石段が延びて正面の入口に達しているのだが、それがまた、非常用の階段が二階の窓まで届いているといった体なのである。ヴァランタンはこの黄色と白の日除けの前に立ちどまったまま、煙草をふかしながら、長いこと日除けをながめていた。

　奇蹟というもののいちばん信じがたい点は、それが現に起こるということだ。天空にただよう雲がいくつか寄り集まって、じっとこちらを見つめる人間の眼の形になることが実際ある。迷った心を抱いて旅をする人の眼前で、風景のなかの一本の樹が見まごうかたなき《?》の形で立っていることもありうる。これは二つとも、ほかならぬ筆者自身がここ数日のあいだに目撃したことなのである。ネルソンはまさしく勝利の瞬間に倒れ、ウィリアムという名の男が、まったくの偶然からウィリアムソン（ウィリアムの息子という意味）という名の男を殺す――まったく、幼児殺しみたいな話である。つまり、散文的なものにしか頼らぬ人種には永久にわからぬようないたずらじみた暗合の要素が人生にはあるのだ。ポオの逆説にいみじくも表現されているように、叡知は思いがけぬ偶然にこそ頼らねばならぬのだ。

アリスティード・ヴァランタンは徹底的なフランス人だった。そして、フランス人の知性こそ、まさしく正真正銘の知性なのである。彼は「考える機械」ではなかった――「考える機械」などという言葉は、近代的な運命論や唯物論の愚にもつかぬたわごとだからである。機械は考えることができぬからこそ機械なのだ。に反して、彼は考える人間であり、同時に平凡な人間でもあった。一見して手品かと思われる彼の目ざましい成功にしても、実は、すべて着実な論理、明晰にして常識的なフランス流の思考によって勝ち得られたものにほかならない。フランス人は、逆説詭弁をもちだすかわりに、わかりきった真理を実行して世界をあっといわせる。フランス人はわかりきった真理をとことんまで実行する――フランス革命がその好例である。とはいえ、ヴァランタンは、まさしく理性を理解していたからこそ、理性の限界をもわきまえていた。自動車のことをなにも知らぬものだけが、ガソリンなしで自動車を走らせる話をする。理性に関してなにも知らぬ人間だけが、議論の余地のない強靭な第一原則なしで推理を進めることを論じる。現在の場合、ヴァランタンには強靭な第一原則が一つもなかった。フランボウはハリッジにはいない。そして、もしロンドンにいるとしても、彼は下はウィンブルドンの野原をうろつくのっぽの浮浪者から、上はメトロポール・ホテルの宴会ののっぽな司会者にいたるまで、どんな人物に化けているのか知れたものではない。このようにとことんまで暗中摸索の状態にあるときは、ヴァランタンは彼独特の考えかたで独特の方法を採った。

　こういう場合、彼は思いがけぬ偶然に頼ったのである。合理的な連脈の糸をたどれぬこのような場合には、彼は冷静に、そして慎重に不合理の連脈に従った。銀行とか、警察署とか、待合所といったようなまともな場所におもむくかわりに、ことさらに見当はずれの場所に足を運んだのである。空屋と見ればドアをノックし、袋小路に踏みいり、ごみ屑で塞がった細道を一つ残らず通り抜け、まわり道でどうせ元の本道に出るにきまっている弓形の脇道という脇道を歩きまわったのである。彼はこの異常なやりかたをいたって論理的に弁護した。つまり、なにか一つでも手がかりがある場合なら、こんな方法は下の下だが、全然手がかりがない場合には、これこそ最善の方策だ——なぜかといえば、なにか風変わりなものがあって追跡者の眼を惹いたとすれば、追跡されているものだってやはりそれに眼を惹かれなかったとはかぎるまい。どうせどこからか手をつけねばならぬ以上、相手の人物が足を止めそうな場所から手をつけるに越したことはあるまい——というのが彼の言い分であった。この店にあがる石段や、もの静かで一風変わった食堂のようすが、珍しく刑事のロマンチックな空想力をかきたて、彼は、よし、でまかせに当たってみようという気になったので、石段をのぼって、窓ぎわに腰をおろすと、ミルク抜きのコーヒーを注文した。

　午前もなかばをすぎていたが、彼はまだ朝食前だった。他の客が食べ残した朝食がテーブルの上に散らばっているのを見ると、ふと彼は自分の空腹に気づいた。そこで、注文に落とし玉子を追加し、それから白砂糖をコーヒーに入れようとしはじめたが、頭のなかはフランボウのことでいっぱいだった。フランボウの逃走方法を思い出していたのである。やつは一度爪切り鋏を使って逃げたし、火事を起こしている家を利用してずらかったこともあるし、切手の貼ってない手紙の不足料金を払わねばならぬと言って逃走したこともある……また一度は、世界を破滅させるかもしれぬ彗星を見ろと言って、みんなに望遠鏡を覗かせておいて姿を消したな……。ヴァランタンは、自分の頭脳はこの犯人の頭脳にひけをとるものでないと思っており、事実それは正しかったのであるが、それでも、自分の不利な点は充分承知していた。「犯人は創造的な芸術家だが、刑事は批評家にすぎぬのさ」苦笑いをうかべて、こうひとりごちながら、彼はおもむろにコーヒーカップを口もとまで持ちあげたが、あわててまた下におろした。さっき、なかに塩を入れてしまったのである。

彼は白い粉末の入った容器をながめた。砂糖入れにまちがいない。それが砂糖用の器であることは、シャンパンの瓶がシャンパン用であると同様、疑いのない事実であった。どうしてこの店では砂糖入れに塩を入れておくのか、どうもふしぎだった。なにかほかに正規な容器でもあるのか、そう思ってあたりを見まわすと、あるある、中身のいっぱい入った塩壺が二つあった。おそらくこの塩入れに入った調味料はふつうの代物ではあるまい。彼はそれをなめてみる。砂糖なのである。このことであらためて興味をそそられた彼は、このように砂糖を塩壺に入れ、塩を砂糖入れに入れておくという珍妙な芸術的趣味の徴候がまだほかにもありはしないかと、食堂を見まわした。ただ一つ、白い壁紙になにかどす黒い液体のはねかかったしみがあるほかは、どこもかもきちんと整った陽気であたりまえの店である。彼は呼鈴を鳴らして、給仕を呼びつけた。

まだ時間も早かったので、髪がぼさぼさで眼つきもどんよりとした給仕が、あたふたと姿を現わすと、刑事は（比較的単純なユーモアなら解さぬわけでもなかったので）給仕に、一つ一つの砂糖をなめてみて、はたしてそれがこのホテルの名声にふさわしいものかどうかを確かめてみたまえ、と言った。その結果は、給仕がいきなり欠伸をして、眼を醒ますということになった。

「きみんとこは、毎朝お客にこんな手のこんだいたずらをするのかね？」ヴァランタンは訊いた。「冗談にしても、塩と砂糖をすり替えるなんて、よく倦きないもんだな」

この皮肉の意味がはっきりすると、給仕はつっかえつっかえ手前どもとしてはけっしてさようなつもりはございません、なにかおかしな手違いに相違ありませんと述べ、砂糖入れをつまみあげて調べ、つぎに塩壺を取りあげてながめたが、その顔はますます当惑の色を深めた。最後に給仕は、だしぬけにちょっと失礼と言うが早いか、あたふたとその場を離れ、またすぐに店主を連れて引き返してきた。店主も砂糖入れを調べ、つぎに塩の容器を調べたが、やはり困りきった表情になった。

と突然、給仕はほとばしりでる言葉で舌がよくまわらなくなったようだった。

「わたしが思いますには」つまりながら熱心に給仕は言った――「こいつはあの二人の神父じゃねえかと思います」

「なんだね、その二人の神父ってのは？」

「壁にスープをひっかけた二人連れの神父なんで」と給仕。

「壁にスープをひっかけた？」とヴァランタンは鸚鵡返しに言ったが、これはきっとイタリア語の比喩的な言い回しなのだろうと考えていた。

「そう、そうなんでございます」給仕は興奮した口調でこう言い、白い壁紙についたどす黒いしみを指さした。「あそこの壁へひっかけたんで」

ヴァランタンが怪訝そうな、物問いたげな表情で主人の顔を見やると、主人は給仕を応援して、もっと詳しい報告をした。

「そのとおりなんでして」と主人は言った。「まったくそのとおりなんでございます――といっても、この砂糖と塩の件と関連があるわけではございますまいが。けさ早く、店をあけるかあけないうちに、二人連れの神父が入ってまいりまして、スープを召しあがりました。お二人とも、とてもおとなしい立派な方でした。で、一人が勘定を払って表に出たのですが、連れのほうは、どうやらのろまな御仁と見えまして、持ち物をまとめるのに手間どって何分かぐずぐずしていました。それでも、最後には出ていかれたんですが、ただ、店を出ようとする寸前に、半分のみかけのスープカップを取りあげて、わざと壁にスープをぺしゃっとひっかけたのでございます。わたしは奥の部屋におりましたし、この給仕も奥に引っこんでいました。だもんで、わたしがあわててとびだしてみたときには、壁にしみがついているだけで、店はもぬけのからでござんした。特にこれといった被害はありませんが、あんまりしゃくにさわるので、わたしは通りで二人をひっつかまえてやろうとしたんですが、なにせ、連中はずっと先のほうへ行ってしまったもんで、わたしは二人が角をまがってカーステアーズ通りに入っていくのを見届けるのが関の山でござんした」

刑事は帽子を頭にのせ、ステッキを手にして、がばと立ちあがった。いまのように頭のなかがまったくお先まっくらなときには、最初に出くわした風変わりな指標に従うよりほかに手はないのだと、彼はとうに決めていたのであるが、この指標は文句なしに風変わりではないか。勘定の支払いをすませ、表にとびだしてガラス戸をちゃんと閉めたヴァランタンは、まもなく角をまがって別の通りに入っていった。

これほど熱狂した瞬間にあっても、彼の眼が冷静ですばしっこかったのは幸運だった。一軒の店の前を通りすぎたとき、なにかちらと彼の眼を惹いたものがあった。それでも、彼はわざわざそれを見届けにとって返したのである。その店は売れ行きのよい青果店で、はっきり名前と値段を書いた札をつけた品物が露天に陳列してあった。なかでも特に目だった二つの仕切りには、それぞれオレンジとクルミが堆(うずたか)く積まれている。クルミの山の上には一枚の厚紙がのっており、青いチョークの大胆な筆跡で「最上等タンジェリン・オレンジ、二個で一ペンス」と書かれている。逆にオレンジの上には、同様に明瞭かつ正確に、「最良ブラジル・クルミ、一ポンドが四ペンス」と書いたのがのっている。ヴァランタン氏はこの二つの札をながめながら、これと同じようなきわめて手のこんだユーモアにはたしかどこかでお目にかかったことがあるぞ、しかもかなり最近のことだが、と考えた。彼は、なぜか不機嫌そうに往来の前後を見わたしている赤ら顔の青果屋の親父をつかまえて、この広告札の誤りを指摘した。親父はひとことも言わずに、すばやく両方の札を置きかえた。刑事はステッキの柄に優雅にもたれて、じろじろと店のようすを探りつづけていたが、最後に口をきって、「妙なことをお尋ねしてすまんが、ひとつ実験心理学と観念連想について質問があるんだ」

赤ら顔の店主は、なにをぬかすと言いたげな眼つきでにらみつけたが、こちらはステッキを振り振り、愉快そうに話をつづけた。

「いったい」と彼はまくしたてた——「どうしたわけかね、休日にのこのこやってきたお上りさんの神父の帽子みたいに八百屋の札が置き違えてあるのは？　と言ってもおわかりにならぬとすれば、オレンジの札をつけられたクルミが、のっぽとちびの二人連れの神父のことを思い出させるのは、いかなる神秘的な連想作用に依るものだろうな？」

店主の眼は、あたかも蝸牛の眼のように頭からとびだし、一瞬彼は相手の見知らぬ男に跳びかからんとする気配さえしめした。が、最後に彼はぷりぷりした口調でつまりながら言った——「あんたがこれとどういう関係があるんだか、わたしゃ知らんが、もしあの連中の友達だったら、伝えておくんな——今後一度でも店の林檎をひっくり返そうものなら、神父さまだろうがなんだろうが、あいつらのくだらぬ頭をたたき落としてやるからってな」

「へえ？」と刑事はすくなからぬ同情をこめて言った。「林檎をひっくり返していったのか？」

「ひっくり返したのは、あいつらの一人さ」と激昂した店主は言った——「一つ残らず往来へころがしやがった。あの間抜け野郎をふんづかまえたいところだったが、林檎をひろわにゃならなかったので、逃げられちまった」

「その神父たちはどっちへ行ったかね?」とヴァランタンは訊いた。

「左側のあの二番目の道に入って、広場をつっ切っていったよ」相手は即座に答えた。

「ありがとう」と言うが早いか、ヴァランタンは妖精のごとく消え去った。二番目の広場の反対側に一人の警官がいるのを見つけると、彼はその警官に言った――「緊急事態だ、警官。僧帽をかぶった二人連れの神父を見かけなかったか?」

警官はこれを聞くとくすくす笑いだした。

「見ましたとも。おまけに、一人は酔ってましたよ。道のどまんなかにつっ立って、そのうろうろしているようすときたら……」

「どっちへ行った?」どなるようにしてヴァランタンは訊いた。

「あそこから出る黄色いバスに、乗りました」と相手は答えた――「ハムステッド行のバスですよ」

ヴァランタンは公式の名刺を出して見せ、「ぼくといっしょに追跡する警官を二人呼んでくれ」と早口に言うなり、すたこらと道路を渡っていった。そのすさまじい勢いに感染して、さすが鈍重な警官も敏捷な動作で命令に服従した。一分半もすると、反対側の歩道で待っていたこのフランスの刑事のところに、一人の警部と一人の私服がやってきた。

「さて、ここで」と警部はもったいぶった微笑をうかべながら口をきった――「いったいなにを――?」

ヴァランタンはいきなりステッキをあげて指ししめしながら、「あのバスに乗ってから話す」

と言うが早いか、脱兎のごとく走りだし、人と車の波をかきわけていった。三人が息をはずませながら、黄色いバスの二階席にどっかと腰をおろしたとき、警部が「タクシーで行けば四倍も早いのになあ」とぼやいた。

「ほんとにそうだ」とこの指揮官は平然と答えた――「もし行き先がわかっておりさえすればな」

「じゃ、いったいどこへいらっしゃるつもりなんで？」相手は眼を見張りながら質問した。ヴァランタンは顔をしかめながら、しばらく煙草をふかしていたが、やがて煙草を口から離すと、

「相手のしていることがなんであるかわかっているときには、先回りするにかぎるが、相手がなにをしているのか知りたいときには、跡をつけるんだ。相手がぶらつくときにはこっちもぶらつく。止まればこっちも止まる。相手と同じのろさで進んでいく。そうすれば、相手の眼に留まったと同じものが、こっちの眼にも留まり、相手がしたのと同じ行動ができるかもしれない。いまぼくらにできることといえば、眼を皿のようにして、なにか風変わりなものを見つけることだけさ」と言った。

「風変わりといっても、どういった種類のものでしょうか？」と警部。

「風変わりでありさえすれば、どんなものでもけっこう」ヴァランタンはこう答えると、また頑固に口をつぐんでしまった。

黄色いバスは、ロンドン北部の道をのろのろと、それこそ何時間と思われるほどのあいだ走りつづけた。名刑事はこれ以上の説明をしようとしなかったので、おそらく応援の連中は、口

にこそ出さなかったが、心のなかではしだいに刑事の用件に不審を抱きはじめていたに相違ない。またおそらく、これも口には出しはしなかったが、早く昼食にありつきたくてうずうずしていたに相違ない。とっくにふつうの昼飯時間はすぎているのに、北ロンドン郊外の長い道は、あたかも悪魔の望遠鏡のように、先へ先へと延びて、とどまることを知らぬげだったからである。いよいよ世界の涯(はて)についたにちがいないという気がひっきりなしにするのに、よくよく見れば、まだやっとタフネル公園のはずれにさしかかったばかりではないか——まさしくこれはそういった旅だった。うす汚れた居酒屋や荒涼とした雑木林が現われて、これでロンドンもおしまいかと思えば、やがてまた魔法のように忽然と、怖ろしくいかめしい街や、けばけばしいホテルが現われるのだった。まるで、くっつきあった十三もの俗っぽい町のなかを通りすぎてゆくようなものである。だが、道路の行く手には、はや冬の宵闇がたれこめはじめたというのに、パリの刑事は依然としてむっつりとすわったまま、かすめすぎてゆく両側の家並みをまんじりともせずに見つめていた。カムデン・タウンをあとにした頃には、二人の警官はうとうと眠りかけていた。ヴァランタンががばと立ちあがって、二人の肩をたたき、運転手に大声で停車を命じたとき、彼等がびくっとしたようすをして跳びあがったことは、すくなくとも事実だった。

どうして降りねばならぬのかわからぬままに、警官はころがるように階段をくだって路上に出た。そして、なにごとかとあたりを見まわすと、ヴァランタンが意気揚々と、左側の店の窓を指ししめしていた。それは大きな窓で、金ぴかの豪勢なホテルの広い間口の一部をなしており、この部分は、けっこうな食事をとる場所で、「レストラン」と標示されていた。この窓は、ホテルの正面の窓と同様に、模様入りの曇りガラスであったが、なんとそのどまんなかに、氷のなかに星があるように、ぽっかり大きな穴が黒々とあいているではないか。

「とうとう手がかりを見つけたぞ」ヴァランタンがステッキを振りまわしながら言った――「破れ窓のホテルというわけか」

「窓がなんだっていうんです？　どんな手がかりがあるんで？」と警部は尋ねた。「いったい、これとあの連中と関係があることをしめす証拠がどこにあるんです？」

あまり腹が立ったヴァランタンは、思わず竹製のステッキをへし折るところだった。

「証拠だって！」と彼はさけんだ。「これはどうも！　このお方は証拠を捜しているんだとさ！　そりゃあもちろん、あれが神父連中とまったく無関係だという可能性のほうが二十倍も強いさ。だが、こうするよりほかにどうしようもあるまい？　どんなに途方もないものでも、ともかく一つの可能性を追求するか、それがいやなら、家に帰って寝るか、二つに一つだ」言い捨てると、彼は仲間をあとに従えて、勢いよく食堂に跳びこんだ。まもなく三人は、小さなテーブルについて遅い昼飯をとりながら、星形に破れたガラス窓を内側からながめていた。といっても、いまだにその破れは、なんらかの手がかりを提供してくれたわけではなかった。

「窓ガラスをやられましたな」とヴァランタンは勘定を払うとき給仕に言った。

「さようで」と給仕はせわしげに金をかぞえながら、下を向いたまま答えた。その金の上にヴァランタンが多額のチップをのせてやると、給仕は控え目ながら、ありありと元気づいて、すっくと身を起こした。

「はあ、まったくそのとおりでございます」と給仕はあらためて答えた。「なにせ、おかしなことでして」

「ほう！　ひとつ話してくれないか」屈託なさそうな好奇心をよそおって刑事が言う。

「実は、黒い僧服を着た二人連れの客がやってきたのです――ここのところ、よくあちこちにうろうろしている外国人の神父なんでしょう。安直でささやかな昼飯をすませると、一人のほうは勘定を払って出ていったのですが、もう一人のほうが遅れて出ていこうとしたとき、わたしが受け取った金を見ますと、請求より三倍も多いじゃありませんか。そこで、わたしは、もう一歩で外に出ようとしていたその人に、『もしもし、お金が多すぎますが』と声をかけたのです。『へえ、そうかね』その人は落ち着きはらって言うんです。『まちがいありません』と言って、わたしは相手に見せるつもりで勘定書を取りあげました。そしたら、驚いたのなんのって――」

「どうしたというのだね？」と相手は訊いた。

「それが、わたしは絶対まちがいなく勘定書に四シリングと書いておいたはずなのに、そのとき見なおしてみると、まるでペンキで書いたみたいにはっきりと十四シリングとなっているじゃありませんか」

「なるほど」とヴァランタンはゆっくりとからだを動かしながら、しかし眼だけは爛々と輝かせて訊いた。「で、それから？」

「表に出ようとしていた神父は、顔色一つ変えずに『きみの計算を台なしにしてお気の毒だが、それは窓ガラス代にとっておきな』と言うのです。『なんの窓のことで?』とわたしが訊きますと、『これからわたしが割る窓さ』と言ったかと思うと、持っていた傘であのガラスをたたき割ったじゃありませんか」

聞いていたものは異口同音にあっとさけび声を放った。警部はひそひそ声で「おれたちが追っかけているのは脱走中の精神病患者かな」とつぶやいた。

給仕はさらに語を継いで、けっこう楽しそうにこの突拍子もない話をつづけた――

「瞬間、わたしはあっけにとられて、ぽかんとしてしまい、どうすることもできませんでした。その男はここから出ていくと、ちょうど角のところで連れといっしょになって、それから二人はブロック通りを一目散に逃げてしまい、せっかくわたしがカウンターからとびだして追っかけても、つかまりませんでした」

「ブロック通りだな」と言うが早いか、刑事は、目ざす奇妙な二人連れにおとらぬ速さで問題の大路をつっぱしった。

一行は、今度はトンネルのようなむきだしの煉瓦造りの街を通り抜けていた――灯がちらほらとしか見えず、窓さえすくない町、どれもこれも同じように無表情な背中を見せているような町。夕闇が深まって、ロンドンに住みなれた警官でさえ、自分たちの正確な進行方向がわからぬ有様だった。それでも警部は、このまま行けば、最後にはハムステッド・ヒースに出るだろうという見当はついていた。と、不意に、ガス灯で明るくなっている張りだし窓が、あたり一面にたれこめた青みがかった夕闇を破って、目玉ランプのようにぽっとうきだしていた。ヴァランタンは、一瞬そのどぎつい駄菓子屋の前に棒立ちになった。そして、ちょっとためらってから、なかに入っていった。彼は、きわめていかめしい顔つきで、とりどりに華麗な色をした菓子類のただなかにつっ立って、それでも、いくぶんは本気そうにチョコレート・シガーを十三本買った。あきらかに話のきっかけをつくろうとしていたのであるが、その必要もなかった。

店にいた骨ばった中年の女は、さっきからヴァランタンの上品な身なりをただ機械的に不審な眼つきでながめているだけだったが、彼の背後の戸口のところに青い制服姿の警部が立ちふさがっているのを認めると、とたんに眼がさめたようだった。

「あの、もしあの包みの件でいらしたのでしたら、あれはもう送ってしまいましたよ」その女は言った。

「包みだって！」とヴァランタンは鸚鵡返しに言った。今度は彼が不審そうな表情をする番だった。

「さっきの方が忘れていった包みのことです——あの神父さんがお忘れになった——」

「たってのお願いだが」ここで初めて自分の熱心さを露骨に表わして、ヴァランタンはせがんだ——「ぜひひとつ、そのくわしい話を聞かせてください」

「そうですね」と女は、なんだか腑に落ちぬといった表情で話しだした——「三十分ほど前、その神父さんたちがやってきて、ハッカ菓子を買い、しばらく話をしてからヒースの原のほうにお出かけになったのですが、一秒もしないうちに、そのうちのお一人があわててもどってきて、『包みを忘れなかったかな』と言うんです。わたしはそこらじゅう捜してみたのですが、どうしても見つかりませんでした。すると、その方は『なけりゃあけっこうですよ――でも、万が一あとで出てきたら、この宛名のところへ郵送してください』と言って所書きとわたしの骨折り賃として一シリング置いていかれました。そしたら、どうでしょう、どこを捜してもないと思っていたのに、あの人はほんとに茶色の紙包みを置き忘れていったじゃありませんか。包みは、言われたところへ送っておきました。その所番地は思い出せませんが、ウェストミンスターのどこかでした。でも、とてもたいせつな品物らしかったものですから、警察の方はきっとそのことでおいでになったのだろうと思いました」

「それにちがいないさ」とヴァランタンはそっけなく言った。「ハムステッド・ヒースはこの近くかね?」

「通りをまっすぐ行けば、十五分でヒースの広がった土地に出ます」という女の言葉を聞くやいなや、ヴァランタンは店からとびだして、一目散に走りだした。連れの刑事たちも、いやいや足を曳きずりながらついてきた。

一行が縫うようにして進んだ道路は非常にせまく、影がまっくろにあたり一面をおおっていたので、突然がらんとした野原と広大な空のもとに出たときに夕空がまだ明るく澄みきっているのを見て、みんなは驚いた。孔雀のような緑を帯びた空が頭上に完全な丸天井を描き、黒味を増す立木と濃い菫(すみれ)色の遠景に接するところでは、空は金色に映えていた。ほんのりと明るい緑色の空にも、はや、水晶のような星が一つ二つ、瞬きはじめた。昼間の光の名ごりは、ハムステッドの向こう端と、健康の谷と呼ばれている有名な窪地一帯に、黄金色の輝きとなって残っているばかりだった。このあたりを散策する休日利用のハイカーも、まだ全部姿を消したわけではなく、カップルが数組、ベンチにぶざまに腰かけており、遠くのほうでは、あちこちに、ブランコに乗った女の子が、まだ黄色い声を張りあげている。天の栄光がしだいに深まって暗さを増し、人間のこのうえない俗悪さを覆い隠すのであった。斜面に立って谷の向こうをながめていたヴァランタンの眼に、捜し求めているものの姿がとびこんできた。

その付近に見える散りかけているいくつかの黒い人群れのなかに、一つだけ特に黒く、ぴったりと寄り添った一群があった——僧服を着た二人の人物である。その姿は虫けらほども小さかったが、それでもヴァランタンは、そのうちの一人が連れに較べてやけにちびなことを見てとった。連れの男は学者のように猫背で、その動作は目だたなかったが、身長はたっぷり六フイートを超えていることは、ヴァランタンに一目瞭然だった。ヴァランタンは歯を嚙みしめ、もどかしげにステッキを振り回しながら進んでいった。目標との距離をだいぶ縮めて、二つの黒い影が、巨大な顕微鏡をのぞいたときのように眼前に拡大されて見えるようになったときには、さらに一つのことが明瞭となっていた。彼はそれに気づいて度肝を抜かれたが、しかし、前々からなんとなく予期してなかったことでもなかった。のっぽの神父が何者であるかはともかく、ちびのほうの正体はもはや疑う余地がなかったのである。ハリッジからの列車でいっしょだったあのエセックスのずんぐりした教区僧——その持ち物である茶色の紙包みのことでヴァランタンが注意してやったあの男ではないか。

さて、ここのところまでは、万事がしごくしっくりと決定的、合理的に符合していた。エセックスのブラウン神父という人物が、大会に出席している外国人の神父に見せるために、相当高価な遺物であるサファイアをちりばめた銀の十字架を携えて上京するはずであるということを、ヴァランタンはけさ聞いて知っていたのであるが、この遺物こそ、例の「青い宝石のついた銀製品」であり、ブラウン神父とやらは、列車に乗っていたあの世間知らずのちび男にほかならぬのである。ヴァランタンでさえこれだけ聞きだしたのだから、フランボウがこれを嗅ぎだしたとしてもふしぎはない――フランボウはなんでも嗅ぎだしてしまう男なのだ。また、サファイアつきの十字架の話を耳にいれたフランボウが、それを盗んでやれと思うのもしごく当然の成り行きだろう――全自然史のなかでも、これほど自然なことはあるまい。なかでも特にふしぎでないのは、蝙蝠傘(こうもり)と紙包みを持ったこの男ほどの間抜けなお人よしを相手にすれば、フランボウは意のままに目的の品をせしめてしまうだろうということだ。この小男ときたら、どこの誰にでも紐一本で北極くんだりまで引っぱっていかれる類(たぐい)の人物なのである。ましてや、フランボウほどの役者が神父に変装しているのであるから、小男をハムステッド・ヒースまで引っぱってくるのに成功したとしても、すこしも驚くにはあたらない。という点までは、この犯罪は文句なしに明瞭であり、刑事は、いっぽうでは、手も足も出ぬ神父さまを哀れに思うと同時に、こんなお人よしを相手に罪を働くほどなりさがったフランボウをさげすまずにはいられなかった。とはいえ、ここまでいたるあいだに起こったもろもろの事件、この勝利にまで自分をみちびいてくれたすべてのことを考えてみると、さすがのヴァランタンも、かすかにでもつじつまのあう理由が見つからず、頭を悩ますばかりであった。いったい、エセックスの坊主から青い銀の十字架を盗み取ることと、壁紙にスープをひっかけることとどんな関係があるというのか？　この犯罪と、クルミにオレンジの値札をつけたり、前金で弁償しておいて窓ガラスを割ったりするのと、どんな関係があるのだろうか？　ヴァランタンの追跡もついに最終点にたどりついたのであるが、そこまでいたる途中の経過が腑に落ちぬのだ。彼が失敗をやらかす場合は（そんなことはめったにないのだが）、たいていは手がかりをつかんでいながら、おめおめと犯人をとり逃がす場合であったが、いまの場合は、犯人をつかんでいるのに、手がかりが依然としてつかめぬのである。

一行が追跡中の二つの人影は、緑の丘の巨大な地平線を黒い蠅のように這いあがっていく。あきらかに話に夢中になっており、足がどちらに向いているかも気にとめぬらしい。しかし、どうやらその行き先はヒースのなかでもずっと人気のない淋しい高台であるらしい。相手に近づくにつれて、追跡者たちは、鹿狩の猟師そっくりな、威厳にかかわる恰好で樹の切株の蔭にうずくまったり、さては深い草むらのなかを這って前進したりしなければならなかった。こういったぶざまな苦心のおかげで、狩人たちは獲物の小声な議論が耳に入るほど近距離に接近することができたというものの、まるで子供っぽい高い声で「理性」という言葉が何度も繰り返されているのが聞こえる以外、一言も聞きわけることができなかった。地面に思いがけぬくぼみがあって、そこには深い藪が鬱蒼と茂っていたために、刑事の一行は、目ざす二人の姿を見失ったこともあった。見失った小径(こみち)が見つからず十分間もやきもきしたが、やがて小径は、円形劇場のように展開する豊かで荒涼とした夕暮れの景色を見はらす大きなドーム状の丘をめぐっていた。この眺望のよくきく、だがひっそりとした場所の一本の樹の下に、ぐらぐらな木の腰掛けが一つあった。この腰掛けに、二人の神父が依然真剣な口ぶりで話をかわしながらすわっていたのである。燦然(さんぜん)たる緑と黄の光彩が、暮れゆく地平線のあたりにまだ消えやらずに残っていたが、頭上の丸天井はしだいしだいに孔雀のような緑色から孔雀のような青色に変じ、星はますますくっきりと、固い宝石のように輝きはじめた。あとからついてくる連中に無言の手招きをしながら、ヴァランタンは枝の広がったその大樹の蔭までなんとか這い寄ると、息を殺してその場にじっと立ちすくんだ。すると、妙な神父たちの話す言葉が、このとき初めて耳に入ってきた。

　一分半も聴き耳を立てているうち、とんだ疑念に襲われはじめた。ことによったら、自分が英国の警官を二人もわざわざ夜のヒースの荒野まで引っぱってきたのは、あざみの茂みに無花果(いちじく)を捜すのも同然な、狂気じみたむだ骨おりのためではなかったのか――そんな疑念が頭をもたげだしたのである。というのは、二人の神父は、いかにも神父らしく信心深そうに、学識も豊かにのんびりと、もっとも現実離れのした神学の謎について話をしていたからである。エセックスのちび神父は、その丸顔をしだいに光を強める星に向けて、きわめて素朴にしゃべっていたが、相棒は、自分には星を見あげる値打ちさえないのだといわんばかりに、うつ向いて話をしている。だが、これほど純粋に聖職者らしい会話は、たとえイタリアの白い修道院やスペインの黒い大伽藍（がらん）でも耳にすることはあるまい。

最初彼の耳に入ったのは、ブラウン神父が言いかけていた文章の末尾だったが、それは――「……中世の人が天は不滅なりと言ったのは、こういう意味だった」と結ばれていた。

のっぽの神父は、うなだれたままうなずいてからしゃべりだした――

「そうですな、たしかに現代の不信心な連中は自分の理性に訴えましょう――だが、誰だってこの無限の宇宙をながめれば、われわれの頭上のどこかに、理性がまったく不合理である宇宙がなきにしもあらずと感じるでしょうが」

「いいや」と相手の神父――「理性は常に合理的なものですよ――もっとも地獄に近い辺土（リンボ）、あの呪われた世界の涯であろうと、理性っていうやつは合理的なものですさ。理性を低下させたといって世人は教会を非難しなさるが、実はその反対ですよ。地上においてただ教会のみが理性をば真に至高なるものとし、地上においてただ教会のみが、神おんみずからも理性に束縛されていることを主張するのです」

相手の神父は、そのきびしくひきしまった顔を星の瞬く空に向けて言った――

「それにしても、あの無限の宇宙のなかにどんな……？」

「それは、ただ物理学的に無限だというだけのことで」すわったまま、いきなり振り返ると、ちびの神父が言った――「真理の法則から逃（のが）れられるという意味の無限ではありませんな」

樹蔭に隠れていたヴァランタンは、歯ぎしりして爪を噛んでいた。フランスの刑事に連れだされて、そいつのとんだ的はずれな勘を頼りにはるばるここまで来てみれば、なんと、二人の神父さまが形而上(けいじじょう)学の論争をやらかしているだけじゃないかと言ってぼやく英国人の刑事たちの冷笑が聞こえてくるようだった。焦躁のあまりヴァランタンは、のっぽの神父が言った、同様に凝った返事をうっかり聞き洩らしてしまい、ふたたび耳を澄ましたときには、しゃべり手はまたブラウン神父にかわっていた――

「理性と正義心は、もっともかけ離れた、もっとも孤独な星さえもとらえる。まあ、あの数知れぬ星をごらんなさい。あたかもダイヤモンドかサファイアのように見えるじゃありませんか？　もちろん、狂った植物学や地質学を想像なさるのは、あんたのご勝手。ブリリアント形の葉をもった金剛石の森を頭に描き、月は一個の青い月、一塊の巨大なサファイアだと思いなさるがよい。だが、さような錯乱した天文学をいくらもってしても、行いというものの理性と正義がいささかなりとも狂うものでないことは、ゆめ忘れてはなりませんな。オパールの平原の上にも、真珠でできた断崖のもとにも、《汝(なんじ)、盗むことなかれ》という立札がやっぱり立っているんですよ」

　ヴァランタンは、一生の大不覚に打ちのめされて、窮屈にかがみこんでいた姿勢をやめて、身を起こし、できうるかぎり音を立てずに忍び足でこの場から離れようとしていた。が、むっつりと押し黙ったのっぽの神父のようすがなんとなく気がかりだったので、のっぽが口をきくまで待ってみた。やっとのことで口を開いたかと思えば、のっぽは、うつむいて両手を膝に置いたまま、あっさりこう言った――

「いや、やっぱりこのわたしは、地球以外の世界が人間の理性を超えた高みにくるのじゃなかろうかと思いますが。天の神秘は測り知れぬものであり、わたしとしては、ただ頭をさげるばかりです」

さらにつづけて、依然眉をひそめたまま、態度も声も全然変えずに——

「いいから持っているサファイアの十字架をよこすんですな。ここにいるのはわたしたちだけなのだから、こっちがその気になれば、おまえさんなんぞ藁人形のように八つ裂きにできるんですよ」と言い足したのである。

声や態度がいささかも変わっていなかったことで、この意表をついた話の変わりようがいっそうふしぎに、強烈に感じられた。ところが、聖器を守っている相手の神父は、わずかに首を動かしたようすしかないのである。依然として、どこか間の抜けたその顔を天の星に向けているらしい。ことによると、相手の言った意味がわかっていないのかもしれぬ。それとも、わかったからこそ、その怖ろしさで石のように固くなってしまったのか？

「いいですね」とのっぽの神父は同じ低い声で、じっとした姿勢も崩さずに言った——「いいですね、わたしはフランボウなんだ」

そして、ちょっと間を置いてから——

「さあ、例の十字架をお出しなさい！」

「そりゃ、だめですよ」と相手は答えた。このぶっきらぼうな一語は奇妙な響きを帯びていた。

フランボウは突然いままでの取り澄ました神父らしい見せかけをいっさいかなぐり棄てた。正体を現わした大泥棒は腰掛けにそり返って、低い声ではあったが、長いこと笑いこけた。

「だめだと」と彼はどやしつけた――「渡すのはいやだと言うんだな、この高慢ちきな坊主めが。渡したくないんだな、このチョンガーのちびとんまめ。なぜそれをおれに渡せないのか、そのわけを教えようか？　なんのことはない、おれ様がとうの昔にこっちの胸ポケットにちょうだいしておいたからさ」

エセックスから来た小男は、暗闇を透かして見たところでは面くらっているとしか思われぬ顔を相手に振り向けると、芝居の《重役秘書》のようなおどおどした熱心さで言うのだった――

「ほう……そりゃたしかですか？」

フランボウは愉快でたまらぬといったようすで歓声をあげた。

「いやまったく、おまえさんときたら三幕物の道化芝居そっくりだよ」と彼は大声で言った。「そうさ、脳なしさん、それにまちがいなしだ。おれは頭を働かせて、本物の包みそっくりの替玉をこしらえたのさ。で、ほら、おまえさんが持っているのは替玉で、宝石はこちらさまが持っているというわけだ。古い手でござんすよ、ブラウン神父さま――ごく古い手さ」

「さよう」と言って、ブラウン神父はあいかわらず妙にあいまいなそぶりで髪の毛をかきあげている。「さよう、わたしも前に聞いたことがありますよ」

犯罪界の大立物は、急に興味をそそられたらしく、田舎者のちび神父のほうに上半身をのりだした。

「おまえさんでもそんなことを聞いたことがあるのかね？」と彼は訊く。「どこで聞いたのかね？」

「うん、もちろん、言った人の名をあかすわけにはいかんが」と小男は淡々と言った。「やっこさんは罪を改悛した人間でしてね。二十年というもの茶色い紙包みの替玉だけで豪勢に食ってきた男だ。そんなわけで、あんたが臭いぞと思うとすぐに、わたしはやっこさんの手口を思い出しましたよ」

「おれを臭いと思ったと」と無法者はますます力んで鸚鵡返しに言った。「ただおれがこのヒースの人気のない場所まで引っぱってきたというだけで、おれを怪しいと思うほどの脳味噌が、おまえさんにほんとにあったのかい？」

「いや、いや」申しわけありませんと言わんばかりにブラウンが言った。「実は最初にお会いしたときから、疑っておりましたよ。それ、その袖がちょっとふくらんでいましたからな——あんたのような連中は、そこにスパイクつきの腕輪をはめているんでしょうが」

「いったいぜんたい」とフランボウがさけんだ——「どこでスパイクつきの腕輪のことなんか聞いたのかね？」

「なに、わたしの知っていた信者ですよ！」とブラウン神父はややうつろな表情で眉をひそめて言った。「わたしがハートルプールで副司祭を勤めていたとき、スパイクつきの腕輪をはめた信者が三人いましてね。だもんで、最初からあんたを臭いと思ったから、いいですか、なにはともあれあの十字架が無事に届くように慎重にかまえたのですわ。すると、とうとうあんたが包みをすり替えるのを見つけてしまいましてね。そこで、いいですか、わたしはそれをまたすり替えて、本物をあとに置いてきたってわけですよ」

「あとに置いてきた？」と鸚鵡返しにフランボウは言ったが、その声から意気揚々とした調子が消え、別の語調が現われてきたのはこのときからだった。

「いいかな、こういうわけなんですよ」とちびの神父は相変わらず淡々とした口調で言った。「わたしはさっきの駄菓子屋に引き返して、包みの忘れ物をしなかったかねと尋ね、もしあとで包みが出てきたら送ってくれと言って、ある場所の所書きを置いてきました。実は忘れ物などしなかった。それどころか、二度目に店を出るときに、それを置いてきたってわけですよ。だもんで、店のものはあの貴重な包みを持って、わたしを追いかけてくるかわりに、ウェストミンスターにいるわたしの友人のところに、直接送ってくれたというしだいですよ」ここまで言ってから、神父は、やや悲しげな口ぶりでつけ加えた――「この手もまた、ハートルプールにいた男から教えてもらったんです。やっこさんは、駅で失敬したハンドバッグにこの手を使った。もっともいまは修道院にいますがね。まったく、いやでもいろんなことを覚えますよ」と言って、彼は前と同じようにひどく申しわけなさそうに頭をかくのだった。「神父稼業も辛いもんで。いろんな人が来ては、こんな話を聞かせるものだから」

フランボウは内ポケットから茶色の紙包みをむりやりに引っぱりだすと、それをびりびりに引き裂いた。なかには紙と鉛の棒が何本かあるだけだった。彼は巨大な身ぶりと同時にがばと立ちあがり、「信じられん。おまえさんのようなうすのろにそんな器用なまねができるなんて、本気にできん。どこかにまだあれを持っているんだろう――早いとこよこさないと、ここにいるのはおれたちだけなんだから、力ずくで取りあげるぞ――」

「いいや」やはり立ちあがりながらブラウン神父は淡々と言った――「力ずくでも取れませんな。第一に、ほんとにわたしはもうそれを持っちゃいないし、第二に、ここには、わたしらのほかにも人がいますからな」

　フランボウは前に踏みだしかけていた足をぎくりと止めた。

「あの樹の蔭にな」と指さしながらブラウン神父は言った――「腕っぷしの強いお巡りさんが二人と、現代一の名刑事が隠れていらっしゃる。その三人がどうしてここまで来たか知りたいというんですかな？　なんのことはない、わたしが連れてきただけの話！　どうやって連れてきたとな？　知りたければ教えて進ぜよう！　いいですか、わたしらは、犯罪人たちのなかで働くときに、こんなことはいやになるほどたくさん知っていなきゃならんのです！　いいかな、わたしは、はたしてあんたが盗人であるかどうか自信がなかった――同じ僧職のお方に汚名をきせたら、たいへんですからな。そこでわたしは、なにかであんたの正体がわかるようにテストしてみた。ふつう、人間は自分のコーヒーに塩が入っていたら、ちょっとした騒ぎを起こすもんですよ――それでも騒がぬ場合には、おとなしくしていなければならぬ理由がなにかあるわけです。わたしは塩と砂糖をすり替えておいた。ところが、あんたは黙っていた。また、勘定が実際より三倍も高かったら、ふつうの人なら文句を言うはずですよ。それでも黙って三倍も支払うのは、人目につかずにその場を去らねばならぬ理由があるからでしょう。わたしはあんたの勘定書を書き変えた。そしたら、あんたはそのとおりの勘定を払ったじゃありませんか」

周囲の世界は、フランボウが猛虎のごとくとびかかるのを待ちうけているかのようだった。しかし、彼はまるで呪文にでもかかったように、じっとしたままなのである――極度の好奇心にとらわれて啞然とするばかりなのだ。

「いいかな」とブラウン神父は、たどたどしいながら意味の明瞭な言葉で話をつづけた――「あんたが警察のために手がかりを残そうとしないからには、誰かが手がかりを残さなければならん、これは当然でしょう。で、わたしはどこかに立ち寄るたびに、あとで一日じゅうわたしらのことが話題になるようなことを、なにかしらしでかすように心がけた。もちろん、たいした悪さはしなかった――せいぜい壁を汚すとか、林檎をひっくり返すとか、窓ガラスを破るぐらいのことだったが、おかげで十字架を救えました――十字架というものは、いつでも救われますからな。いまごろはもうウェストミンスターに着いているでしょうよ。どうしてあんたはあれを《驢馬(ろば)の口笛》で引きとめなかったんです――合点がいきませんな」

「なんで引きとめるって?」とフランボウが訊いた。

「それを聞いたことがないとはありがたい」と神父は顔をしかめて言った。「穢(けが)らわしいことでしてな。そうか、あんたは《口笛吹き》になるほどの悪人ではなかったのか。あれを吹かれた日には、たとえ《あしぐろ》がついていても太刀打ちできなかったでしょうな――なにせ足が悪いので」

「いったいなんの話をしているんだ?」と相手は訊いた。

「ほう、《あしぐろ》ならご存じかと思ったが」ブラウン神父は嬉しそうに驚きを表わして言った。「そうだ。あんたはまだそれほど邪な道に入っているわけがない！」

「いったい、おまえさんはなんだってこんな怖ろしいことを知っているんだ？」フランボウがさけんだ。

相手の神父のあどけない丸顔に、ちらと微笑がうかぶ。

「なに、チョンガーのとんまだからでしょうな」と彼は答えた――「他人のほんとの罪を聞くよりほかに、することがなにもないような男が、人間悪についてなんにも知らずにいるなんてことがありますかね？　まあ、それは別としても、実際の話、わたしの商売のもう一つの面から言って、あんたが神父でないことは明白でしたな」

「というと？」あっけにとられて盗人は訊いた。

「あんたは理性を攻撃したではありませんか」とブラウン神父。「それは邪な神学でな」

そして、神父が向き直って持ち物を集めようとしたときに、はや三人の刑事がうす暗い樹々の下から現われた。フランボウは芸術家であり、スポーツマンだった。一歩さがったかと思うと、大きな身ぶりよろしくヴァランタンに一礼したのである。

「ぼくにおじぎせんでもいい」冴えた声でヴァランタンは言った。「さあ、いっしょにわれらが先生におじぎしよう」

こうして二人は脱帽して、一瞬のあいだ威儀を正したのであるが、当のエセックスから来た小柄な神父さんはと見れば、眼をしばたたきながら蝙蝠傘を捜しているのだった。

秘密の庭

パリ警視庁の警視総監アリスティード・ヴァランタンは帰宅が遅れていたので、彼よりも早く招待客の幾人かが姿を見せはじめていた。その人たちの気分をそつなくとりなしていたのは、主人の腹心の召使いイヴァンだった。この老人は顔に傷跡があって、その顔色ときたら口髭と見わけのつかぬような灰一色だった。彼はいつでも、武器がずらりと掛けてある玄関の広間で、テーブルを前にしてすわっていた。ところで、このヴァランタンの邸宅であるが、それは当家の主人に似たものか、一風変わっており、有名でもあった。古い建物で、高い塀がめぐらしてあり、セーヌ河に蔽いかぶさらんばかりの巨大なポプラの木々がそびえていた。しかしこの建築の奇妙さ――それは同時に防犯対策上の利点でもあったが――それは、正面玄関以外には外部に通ずるドアが一つもないという点にあった。しかもその玄関は、イヴァンと武器類とでものものしく警護されていたのである。庭は広々として、手入れが行き届き、建物の内から庭園に出るドアならいくつか造られてあったが、庭から外界へ通じる口となると一つも見あたらなかった。庭は、のっぺりとして足がかりのない高塀にすっかり囲まれ、塀のてっぺんには、よじ登る不届き者にそなえて特製の忍び返しが打ちこまれてあった。何百人もの悪党どもが発している死を願う呪いの言葉を肝に銘じている男にとって、これはまったく悪くない庭園にちがいなかった。

　イヴァンがお客たちに言いわけしたとおり、主人からはさきほど十分ばかり予定より遅れる旨の電話があったのだが、実は死刑執行かなにか、不愉快な仕事の最終手続きに手間どっていたのである。ヴァランタンはこんな仕事には心から厭気がさしていたのであるが、義務の遂行となるとけっしていいかげんなことはしなかった。罪の追及にはその手をゆるめない彼だったが、その刑罰に対しては、つい甘くなる傾向があった。彼は、フランスばかりか広くヨーロッパにおいても警察制度の権威者として君臨していたから、その影響は大きく、刑の判決の緩和や刑務所の浄化にその成果はみごとに現われていた。彼は、偉大なフランスの人道主義的自由思想家の一人であったが、こうした人びとの唯一の欠点は、慈悲というものを正義よりもなおいっそう寒々しいものに変えてしまうことにある。

　ヴァランタンは早くも黒の正装に赤の薔薇を飾り（残念ながら、黒い頰髯にはちらほらと銀色に光るものが見えてはいたが）、申し分なく奥ゆかしいいでたちで帰館したのであった。彼は家に入ると、裏手の庭に面した自分の書斎へとまっすぐ足を進めた。庭園に向かった扉はあいていたので、書類カバンをしかるべき場所にしまって注意深く錠をおろしてしまうと彼は、しばらくその戸口から外の庭に眼をやっていた。冷たく冴えた月が嵐の名残りをとどめるちぎれ雲や浮雲と競いあっていたが、それにながめいっているヴァランタンはいつもの科学者らしい彼に似つかわしからぬ悩ましげな面持ちだった。ひょっとすると彼のような科学者肌の男は、生涯に一度の怖ろしい難題に関して、なにか心霊的な予感を抱くものなのかもしれない。しかし彼は、自分が遅くなったのでお客たちはもうほとんど顔を揃えているだろうと考えて、すぐにこの超自然的感覚から立ち直って自分を取りもどしていた。客間に入ると彼は、さっとあたりを見まわし、今夜の正客がまだ姿を見せていないことを確かめた。その正客を除けば、今夜の小パーティーに必要な面々は、みな揃っていた——ガーター勲章の青いリボンをつけたギャロウェイ卿。この男は英国大使なのだが、林檎のような赤ら顔で、気難しい老人だった。線香のように細いギャロウェイ夫人はその銀髪の下に神経質で傲慢な顔を覗かせていた。彼女の娘マーガレット・グレアム嬢は銅色の髪の持ち主で、蒼白の美しい顔はどこかいたずらっぽい小妖精を想わせた。それに、豊満な肢体と黒い瞳のモン・サン・ミシェル公爵夫人が、これまた豊かな体格と黒い瞳を持った二人の令嬢をともなって顔を出していた。眼鏡をかけ、褐色の顎鬚を尖らせたフランス科学者の典型といったシモン博士の額には、しじゅう尊大な態度をよそおっている報いとして横皺が幾筋も刻まれていた。エセックス州はコボウルのブラウン神父の顔も見えていたが、ヴァランタンはこの神父とは最近英国で知りあったばかりだった。他のどのお客にも増してヴァランタンの関心を惹いた人物は、軍服姿の背の高い男だった。その男は、ギャロウェイ家の人たちにあいさつをしたが、いっこうに親しみのこもった反応を見せてもらえなかったので、今度はこのパーティーの主人公に尊敬の意を表さんものと一人進みでてくるところだった。彼こそフランスの外人部隊司令官オブライエンにほかならなかった。痩身のくせに威風堂々とそり身にかまえ、髪は黒く、瞳は青色で、顔をきれいに剃っていたが、その態度には、嚇々たる敗退をとげ、玉砕によって勝利を博した、かの名高い連隊の士官によく見られる、威勢のいい反面どこか物悲しげな雰囲気がただよっていた。彼はアイルランドの良家の生まれで、その少年時代にギャロウェイ一家と知りあったのである。山と積もる借金に追われるようにして故郷を去ったのち、いまでは軍服にサーベルと拍車をつけっぱなしで威勢よく歩きまわって、イギリス流の礼儀作法からは完全に解放されているらしかった。さて、こういう彼が大使一家にあいさつをすると、ギャロウェイ夫妻はぎごちなく腰をかがめ、マーガレット嬢はついと眼をそらしてしまった。

この人たちが互いにこだわっているのは、昔からのどのような因縁によるのであろうとも、それを迎えている高名な主人公のほうは、一同になんの関心も寄せていなかった。すくなくともヴァランタンにとって、今夜の正客と目されるものは一座のなかにはいなかった。彼がある特別の理由から待ち望んでいた主客は、世界的に有名な人物で、ヴァランタンが偉大な刑事として合衆国を旅してまわり、一大成功を収めた時分に親しくなった男である。億万長者のジュリアス・K・ブレインがそれで、群小の宗教団体に常識を超えた巨額の寄付をしては英米の新聞に──ふざけ半分、まじめ半分に──やんやと書きたてられている御仁だった。

ブレイン氏が無神論者なのか、それともモルモン教徒かクリスチャン・サイエンス（万病は精神的原因を有し、信仰によって癒されうるとする一派）の信者なのかは皆目見当がつかなかったが、とにかくこの億万長者は知的な人物と見れば、その人物が未知数であるかぎり、金をつぎこむのに躊躇しないということはたしかだった。彼の道楽の一つに、アメリカにシェイクスピアが出現するのを待つという気長な道楽があったが、いくら魚釣りがしんぼうのいる道楽だといっても、これには負けるだろう。彼はまたウォールト・ホイットマンの讃美者だったが、ホイットマンよりはペンシルベニア州パリのルーク・P・ターナーのほうがもっと「進歩的」だと思っていた。自分が「進歩的」だと思うものならなんでもお気に召したのだ。彼はヴァランタンも「進歩的」な男だと思っていたが、これはとんだお眼鏡違いだった。

ジュリアス・K・ブレインが、その堂々たる姿を現わすと、客間には一瞬、夕食のベルが惹き起こすあの緊張した雰囲気がみなぎった。彼にはその存在が不在と同様に大きな場を占めるという優れた性質があったが、これは誰にでも要求できる性質ではないのである。彼は背の高さに負けないいくらい前後左右に肥った巨体をすっぽり黒の夜会服で包み、装飾品の類(たぐい)は時計の鎖や指輪でさえも身につけていなかった。まっ白な髪をドイツ人のようにきちんとうしろに撫でつけ、まるく肥った赤ら顔は、唇の下に黒い顎鬚を一房たくわえていたので本来の童顔が台なしになって、お芝居がかり、メフィストフェレスのように残忍な感じだった。だが、このサロンは、いつまでもこの名高いアメリカの富豪に眼を見張ってばかりはいなかった。彼の遅参はすでに当家の重大問題になっていたので、ギャロウェイ夫人は彼の腕を取ると全速力で食堂へ連れていった。

ただ一つの点を除けば、ギャロウェイ家の人たちはなかなか愛想もよく、温厚な人柄だった。マーガレット嬢があの冒険家オブライエンと腕を組むようなことをしないかぎりは、彼女の父親はしごく満足していたのである。彼女もそんなことはせずにおとなしくシモン博士に従った。

それなのに老ギャロウェイ卿はそわそわと落ち着かず、いまにも礼を失しそうなていたらくだった。食事のあいだはなんとか社交的にふるまっていたが、葉巻も終わりに近づき、三人の若い連中——シモン博士に牧師のブラウン、それに外国の軍服をまとった亡命者のオブライエン——がご婦人連の仲間入りをし、温室で一服するために一人また一人と姿を消してゆくと、さしもの英国外交官もすっかりその外交手腕をひっこめてしまった。彼は、あのならず者のオブライエンがなんらかの方法でマーガレットに合図でもしているのではないかとたえず気が気ではなかった。それがどんな方法で行われているか、想像する気にもなれなかった。彼はいま、ありとあらゆる宗教を信じている白髪のヤンキーや、どんな宗教も信じることのない白髪まじりのフランス人とあとに残ってコーヒーを飲んでいた。二人はさかんに議論を戦わせていたが、どちらも卿の興味を惹くことはできなかった。しばらくするとこの「進歩的」な舌戦もすっかりだらけはじめ、ギャロウェイ卿も応接間を捜そうと席を立った。いくつもの長い廊下で、数分間も道に迷ったあげくやっと、博士の諭すような高い調子の声と、牧師のものうい声につづいてみんなの笑う声が聞こえてきた。卿はこの連中も大かた「科学と宗教」について弁じたてているのだろうとうんざりしたことだった。だが客間のドアをあけた瞬間に卿が見てとったのはただ一つ、そこに来ていないものが誰であるかということだった。オブライエン司令官の姿がどこにも見えず、マーガレット嬢もまた見あたらなかったのである。

卿は、食堂から出てきたときと同じたまりかねたようすで、今度は応接間からとびだすと足を踏みならして廊下をもどっていった。生涯うだつのあがりそうにないあのアイルランド系アルジェリア人から娘を守らねばならぬという思いが頭にこびりついて、卿は気も狂わんばかりだった。家の裏手にあるヴァランタンの書斎に向かって歩いていると、驚いたことにそこで出くわしたのは、ほかならぬ娘のマーガレットで、彼女は蒼白い顔に嘲るような表情をうかべて、あっというまにすれ違っていった。どうもおかしい、これは第二の謎だ。娘がオブライエンといっしょだったとしたら、オブライエンはどこにいるのだろう？　もしオブライエンといっしょにいたのでなかったら、娘はどこにいたのだろうか？　老人にありがちな烈しい猜疑心に駆られた卿は家の裏手の暗いほうへと手さぐりで進んでいったが、そのうち偶然にも庭園に向かってあけ放たれていた勝手口にぶつかった。はや月はその三日月刀で嵐の残した浮雲を切り裂き、跡かたもなく追いはらってしまっていた。銀白の光が庭をくまなく照らしだし、青い服を着た背の高い人影が芝生を横ぎって書斎のほうへ大股でやってきた。月光に襟章がきらりと白く光ったからにはオブライエン司令官にちがいなかった。

　見ているうちに、オブライエンはフランス窓から家のなかへ姿を消したが、残された卿は敵意を覚えると同時になにやら解しかねるといった複雑な気分を味わっていた。舞台の背景にも似たこの青銀色の庭園が圧政的な情のこまやかさで卿を愚弄しているかのようだった。こういう専横きわまる優しさというものに対しては、卿の世俗的な権威はいつも抗戦していたのである。あのアイルランド人の大股な足どりの優雅さに、卿はひどく腹をたてたが、その怒りは父親のものではなく、まさに恋敵に対するものだった。彼は月の光にあてられたのだ。魔術にかかったように、中世の殉情詩人の庭——ワトーの描くあのお噺の国に惹きこまれてしまったのだ。そこで、愚にもつかぬこのなまめかしい気分を振りはらうには、なによりおしゃべりがよかろうと、卿は威勢よく敵のあとを追った。とたんに彼は、草に埋まった木か石のようなものにつまずき、むかっ腹をたてて足元に眼をやった。それからもう一度あらためて見直したが、今度は好奇心からだった。さあ、それからがたいへんなことになった。月と高いポプラのもとに展開された光景の異様なこと――人もあろうに英国の外交官が、いい年をしてむちゅうで駆けまわりながら大声でわめきたてているのである。

卿のしゃがれたさけび声が伝わると、書斎のドアから一つの蒼白い顔が突きでた。卿が初めてはっきり口に出した言葉を聞きつけたシモン博士の、きらりと眼鏡を光らせた心配そうな顔だった。「芝生に死体が……血だらけの死体が」とギャロウェイ卿はどなっていた。こうなっては、オブライエンのことなど頭からすっかり消えていた。

「すぐにヴァランタンに知らせなくては」卿が勇気を出して見届けてきたことをきれぎれに話しおえると、博士はこう言った。「彼がいてくれてよかった」この言葉がまだ終わらぬうちに、当の名刑事がさけび声になにかといぶかりながら書斎に入ってきた。いかにも刑事らしい彼の刻々の変化を見ているのが、おもしろいようだった。はじめ彼は、お客か召使いに急病人が出たのではないかと、主人公であり、紳士でもある立場として、ごくあたりまえの心配をしながらやってきたのだったが、血なまぐさい事件と聞くや、とたんに生き生きとなって、てきぱきと事の処置にとりかかった。というのも、どんなに怖ろしい突発事件であるとはいえ、これこそ彼の仕事だったからである。

みんなといっしょに急ぎ足で庭に出ると、ヴァランタンは言った――「わたしは謎の事件を求めて世界じゅうをめぐり歩いたが、自分の家の裏庭にそいつが出向いてきて居すわったとは、どうも妙な話ですな。それはそうと現場はどちらです？」セーヌ河から薄靄が立ちはじめていたので、芝生を渡るのも容易でなかったが、おびえきったギャロウェイ卿の案内で深草に隠れた死体が発見された。非常に背が高く肩幅の広い男の死体だったが、うつぶせになっているので、眼に入るものといえば、がっしりした肩を包んでいる黒い衣服と、てっぺんに茶色の髪が一房か二房ぬれた海草のようにへばりついている大きな禿頭だけだった。うつぶせの顔から真紅の血が一筋、蛇のように流れでている。

「とにかくぼくらの仲間じゃない」シモンが妙に低い声で言った。

「よくしらべてください、先生、まだ脈があるかもしれない」ヴァランタンがいくぶんとげとげしく言った。

博士は死体のかたわらにかがみこむと答えた――「まだ冷たくはなってないが、完全に死んでいるようです。からだを持ちあげますからちょっと手をかしてください」

力をあわせて注意深く死体を地面から一インチほど持ちあげてみると、ほんとうに死んでいるのかどうかという疑念は怖ろしい形で瞬時に解消した。頭がぽろりと転げ落ちたのである。胴体から完全に切り離されていたのだ――誰がこの男の咽喉をかき切ったにせよ、そいつが同じように首も切り落としたのだ。ヴァランタンでさえいささかショックを受けていた。「ゴリラのように力のあるやつだったにちがいない」彼はぽつりとつぶやいた。

シモン博士は解剖などで総毛立つような死体には慣れっこになっていたが、その頭をひろいあげたときは、さすがに身ぶるいが出た。首と顎のあたりに深い切傷を残していたが、顔は無傷に近かった。肉のそげた尖り鼻とはればったい瞼(まぶた)がいっしょに乗っている不細工な黄色い顔は、悪虐なローマ皇帝に中国の皇帝の面影をちょっぴり加えたといった顔つきだった。居あわせた一同は見覚えのないその顔を完全に冷たい他人の眼でながめやった。

眼につくものはこれといってほかになかったが、死体を持ちあげると、まばゆいばかりに白いシャツの胸のあたりに血のしみが光っていた。シモン博士も言ったようにこの男は彼等の仲間ではなかったが、今夜のパーティーにふさわしい正装をしているところを見ると、仲間に加わるつもりだったとしてもおかしくはなかった。

ヴァランタンは四つん這いになって死体を中心に二十ヤードほど草むらのなかを、刑事独特のこまかい気のくばりを見せて隈(くま)なく点検した。博士はなれない手つきでそれを手伝っていたし、英国大使も恰好だけはなんとなく手をかしているというふうだった。彼等が這いまわったあげくに得た報酬といえば、ひどく短く折ったか切ったかした小枝が数本だけだったが、それとてヴァランタンが綿密な調査の最中にひろいあげたもので、すぐに遠くへ放り投げてしまった。

「小枝が数本か」ヴァランタンが重々しい口調で言った――「木の枝と、それから頭を切り離された見知らぬ男の死体一つ――これが芝生で発見されたもののすべてというわけか」

しばらく不気味な沈黙がつづいたが、このとき、臆病神にとりつかれていたギャロウェイ卿が鋭い声でさけんだ——

「誰だ、そこにいるのは？　そこの塀のそばにいるのは誰だ？」

頭だけがばかに大きい小柄な人影がゆらゆらとこちらへやってくるのが月の光にぼんやりと見えた。一瞬のあいだ、悪鬼のように見えたそのものも、すぐに、一同が応接間に置きざりにしてきたあの罪のない小柄な神父であることが判明した。

「みなさん、この庭には門が一つもありませんな」と彼は控え目に言った。

ヴァランタンは気難しげに黒い眉を寄せたが、これは彼が法衣を見たときにきまって見せることにしている表情だった。それでも彼は公正な男だったので、神父の言葉の妥当性まで否定するようなことはなかった。

「そのとおりです」と彼は言った。「この男がなぜここで殺される羽目になったのかを調べる前に、どうやってここまで来たのかを考えてみる必要がありそうです。みなさん、どうかお聴きください。もしわたしの地位なり任務に傷をつけずにできることなら、知名な方々のお名前が表だたぬようにしたいと思うのですが、いかがでしょう。なにしろ一流の紳士淑女ばかりですし、外国大使もお見えなんですから、もしこれが犯罪だということになれば、然るべき調査を行わねばならなくなります。ですが、はっきりするまではわたしが自分で慎重に調査することができます。わたしは警察の長ですし、この方面で世間にも知られている身ですから内密に済ますことも可能です。なんとかして、いらしていただいたみなさんの潔白を証明してから、警官を呼んで犯人の捜索をさせたいものです。どうかみなさん、ご自身の名誉にかけて、どなたも明日の正午までここを離れないでください、寝室は充分ございますから。シモン博士、玄関の広間にいた召使いのイヴァンをご存じですね、あの男なら信用できます。彼のところへ行って、あとの用は他の召使いにまかせてすぐここへくるように言ってください。ギャロウェイ卿、あなたがいちばんいい、ご婦人がたに事件のことをお話しして騒ぎが起きないようにしてくれませんか、ご婦人連にも泊まっていただかねばなりませんから。ブラウン神父とわたしはここで死体についています」

ヴァランタンの権威ある指示は進軍ラッパのように一同をすなおに動かした。シモン博士は武器庫まで行って、公（おおやけ）の刑事の私用刑事イヴァンを連れだした。応接間に派遣されたギャロウェイ卿は、怖ろしいニュースを言葉たくみに発表したので、みんながそこに顔を揃える頃には、ご婦人たちはもうとっくに驚いてしまっており、とっくに落ち着いていた。いっぽう、善良なる神父と善良なる無神論者は、月光を浴びて静かに死体の頭と足のところに佇（たたず）んでいたが、それは見るからに死に関する二つの哲学を象徴する像のようであった。

傷跡と口髭のある信任厚いイヴァン老人は弾丸のように邸をとびだし、主人のもとに駆けつける仔犬のように、芝生を走りぬけてヴァランタンのところへもどってきた。イヴァンの鉛色の顔は身近に起こった探偵事件にすっかり生気を取りもどしていた。彼が遺体を調べさせてほしいと主人に頼んだときの熱心さといったら不愉快なほどだった。

「ああ、いいとも、イヴァン」とヴァランタンは言った。「だが長くはだめだぞ、これから家に入って事件を検討してみなければならんのだから」

イヴァンは頭をあげたが、またすぐに下を向いた。

「おや」と彼は唸るように言った。「こいつは、いや違う――そんなばかなことが。この男をご存じですか、閣下？」

「いいや」ヴァランタンが気のない調子で言った。「なかに入ったほうがいい」

二人は死体を書斎に運びこんでソファにのせると揃って応接間へと向かった。

刑事はためらうようにゆっくりと机の前に腰をおろしたが、その眼は法廷における裁判官のように冷厳だった。彼は手元の紙片に、二、三走り書きをすると口ばやに言った――「みなさん、お揃いですか？」

「ブレインさんがまだ……」とモン・サン・ミシェル公爵夫人があたりを見まわしながら言った。

「いないようだね」ギャロウェイ卿が耳障りなしゃがれ声で言った。「それにネイル・オブライエン氏も見えんようだ。わしは死体がまだなま温かい頃あの男が庭を歩いているのを見かけたんだが」

「イヴァン、オブライエン司令官とブレインさんを捜しておつれしてくれ」と刑事は言った。「ブレインさんは食堂で葉巻を喫っておられる。オブライエン司令官は温室でもぶらついておいでだろう。はっきりはわからんが」

忠実な助手が部屋からとびだしていくと、誰一人身動きをする間も口を開く暇もないうちに、ヴァランタンが例の軍隊口調で手ばやく説明をつづけていった。

「どなたもご存じのように、この庭園で頭をすっぱり切り落とされた男の死体が発見されました。シモン博士が検死をなさったのですが、いかがでしょう、博士、あんなふうに人間の首を切るのはひどく力の要ることですか？　それとも、非常に良く切れるナイフのようなものでもあれば造作ないことですかな？」

「ナイフなどでは絶対不可能だと言いきってもいいでしょうね」と青白い顔の博士が言った。

「これならできるといった兇器をなにか思いつかれませんかね？」ヴァランタンはなおもつづけた。

「現在手に入る道具ではちょっと考えられませんね」博士は困りはてたように眉をひそめて言った。「首を切り落とすのは、荒っぽくやっても容易じゃないのですが、これは切り口がきれいですからね。できるとしたら、戦斧か、昔の首切り役人の斧か、両手使いの剣ぐらいのものでしょう」

「でも、変ですわ」公爵夫人がヒステリックな大声で言った。「このあたりには両手使いの剣や戦斧なんてございませんわ」

ヴァランタンは相変わらず手もとの紙と忙しく取り組んでいた。「どうでしょう、フランス騎兵隊の使っている長サーベルならできますか？」と筆の速度も落とさずに訊いた。

ドアに低いノックが聞こえたが、それはなぜか、《マクベス》に出てくるノックの音のように並みいる人たちの血を凍りつかせた。その張りつめた沈黙を破ってようやくシモン博士が口を開いた――「サーベル、そうですな、できると思います」

「ありがとう。お入り、イヴァン」とヴァランタン。

腹心の召使いイヴァンがドアをあけ、ネイル・オブライエン司令官を導き入れた。イヴァンは、もう一度庭を散歩していた彼をやっと捜しあてたのだった。

アイルランド生まれの隊長はとり乱して、ふてくされたように戸口で立ち止まったままどなるように言った。「ぼくになんの用があるんです？」

「まあ、おかけください」とヴァランタンは穏やかな口調で愛想よく言った。「おや、あなたは剣をさげていませんね！　どこにやったのです？」

「図書室のテーブルの上に置いてきました」とオブライエンは言ったが、平静を失っていたせいもあってお国訛りがますますひどくなっていた。「あれはじゃまっけもんだったし、そうそうあれが――」

「イヴァン、図書室に行って司令官殿の剣を取ってきてくれ」ヴァランタンが言いおわらぬうちに、召使いはもう姿を消していた。「ギャロウェイ卿は死体を発見する直前に、庭から家に入っていくあなたを見かけたと言っておられるんだが、庭でなにをしていたんです？」

司令官は無鉄砲とさえ見える勢いで腰掛けに身を落としたが、「そりゃ、月見をしてましたんです。大自然と親しみをかわしてましたです」と言ったときにはアイルランド弁丸出しだった。

重苦しい沈黙がしばらくのあいだ一同を包んでいたが、やがて、またあの不気味なノックがかすかに響き、イヴァンが中身の入ってない鋼鉄の鞘を手にふたたび姿を現わした。「これだけしか見あたりませんでした」と彼は言った。

「テーブルの上に置いときなさい」とヴァランタンは言ったが、顔はあげなかった。

部屋いっぱいに広がった沈黙は、有罪を宣告された殺人者の被告席に押しよせるあの冷酷非情な沈黙の波だった。公爵夫人のかすかな嘆声も、いまはその余韻さえ残していなかった。ギャロウェイ卿にしても、そのつもりにつもった憎しみは完全な吐け口を見つけて、いまでは心穏やかでさえあった。このとき、まったく予期しなかった方角から声がかかった。

「わたしがお話しできると思います」

マーガレット嬢は、勇敢なご婦人が公衆の前で話すときに出すあの澄んだ声を震わせて言った。

「あの方は沈黙を守るおつもりなんですわ。ですからわたしが、オブライエンさんは庭でなにをなさっていたのかお話しいたします。あの方はわたしに結婚の申しこみをなさっていたのです。わたしはおことわりしました──両親のことを考えるとお受けするわけにはいきませんが、ご尊敬申しあげていると言いました。それであの方は少しお怒りになったようでしたわ、きっとわたしの尊敬など、どうだってかまやしないと思っていらしたのでしょう。でも」ここで彼女は弱々しくほほ笑んだ──「いまなら、すこしは気にかけてくださるかもしれません。なぜって、わたしはやっぱりあの方を尊敬申しあげているし、けっしてこのような大それたことをなさるお方でないことは、どこに出ても誓って申しあげられます」

ギャロウェイ卿は娘のそばに身を寄せると、嚇すように言った。

「おだまりなさい、マギー」彼は自分では小声のつもりらしかったが、まるで雷のような声だった。「なんだっておまえはあの男をかばうのだ？　いったい剣はどこにあるんだ？　やつの恥さらしの騎兵サ――」

卿は、自分を見つめている娘の異様な視線に遭って思わず息を呑んだ。まったくその眼つきは毒々しく、並みいる人たちの眼はいっせいに吸いよせられたように彼女に集中した。

「わからずや！」と彼女は、慎しいたしなみをかなぐり棄てた低い声で言った――「お父さまはいったいなにを証明なさろうというの？　この方はわたしとごいっしょだったんですから、潔白なのよ。潔白でないとしても、わたしといっしょにいたことに変わりはないわ、この方が庭で本当に人殺しをしたとしたら、それを見ていた――すくなくとも知っていた――にちがいない人は誰だということになるの？　お父さまはあんまりネイルが憎いものだから、自分の娘までもいっしょに……」

ギャロウェイ夫人が金切り声をあげたが、その他の連中は、居ながらにして、前例のすくなくない三角関係の悪魔的な悲劇の一端を垣間見ることができて、ぞくぞくしていたのである。彼等は、誇り高いスコットランドの貴族にふさわしい白皙の顔と、その愛人であるアイルランドの冒険児とを、暗い家のなかで見る一対の肖像画のようにながめていた。一同はそれぞれ、殺された夫たちと裏切りの毒を盛る女たちをめぐる歴史上の物語を想い起こしていたのだろう。長いこと沈黙がつづいた。

このぞっとするような沈黙を破って邪気のない声が聞こえた――「ずいぶん長い葉巻のよう

ですな?」

　毒婦伝から葉巻へ、この転換があまりにも急だったので、一同は誰が口をきいたのかとあたりを見まわさねばならなかった。

「つまり」小柄なブラウン神父が部屋の隅から声をかけた。「つまりブレインさんの葉巻のことですが、どうやらステッキほどもあるらしいですな」

　えらく見当のはずれた話だったにせよ、頭をあげたヴァランタンの顔には、焦躁ばかりか賛同の色も見えた。

「まったくです」彼は鋭い口調で言った。「イヴァン、もう一度ブレインさんのようすを見てきてくれないか。そしてすぐここにお連れするんだ」

　間髪をいれずに便利屋がとびだしてドアを閉めると、ヴァランタンはうって変わった熱意を見せて令嬢に話しかけた。

「マーガレット嬢、あなたがつまらぬ威厳にこだわらずに隊長さんの行動を説明してくださったのはありがたいことですし、ご立派だったと思います。ですが、まだはっきりしない点があるのです。ギャロウェイ卿は書斎から応接間に向かうあなたにお会いになったと言われましたが、そのほんの数分後に庭に出られたお父さまは、そのあたりを歩いていた司令官をごらんになっているのです」

「思い出してくださらなくては」マーガレットはかなりの皮肉をこめて答えた。「わたしはあの方におことわりしたんですから、腕を組んで帰ってくるというわけにはいきませんでしたのよ。あの方はなんといっても紳士ですから、あとに残ってぶらぶらしたのでしょう――それで殺人の嫌疑をかけられたんですわ」

「そのわずかのあいだに」ヴァランタンは重々しい口調で言った。「彼がほんとうに……」

またもノックの音がすると、イヴァンが傷跡のある顔を覗かせた。

「お話の途中ですが、閣下」と彼は言った。「ブレイン氏は家を出ていかれました」

「出ていったと？」こうさけぶとヴァランタンは初めて椅子から身を起こした。

「行っておしまいになりました。逐電(ちくでん)です。蒸発です」イヴァンはフランス語でおどけてこう言った。「帽子とコートもいっしょになくなっています。それだけじゃありません。あの方の残した跡がないかとわたしが家の外に駆けだしてみると、なんと一つだけ、それも大きな跡が見つかりました」

「なんのことを言っているのだ？」

「お見せいたしましょう」

こう言うと召使いはいったん消えたが、二度目に現われたときには、尖端と刃に血がついた抜き身の騎兵用サーベルがその手に光っていた。一同は雷電に打たれたようにそれを見やったが、もの慣れたイヴァンはそれを尻目にごく落ち着いて話をつづけた――

「わたしはパリ街道を五十ヤードほど先に行った茂みのなかでこれを見つけました。つまり、あの尊敬すべきブレインさまが逃げていらっしゃる途中で投げすてた場所で発見したのです」

またもや一同は黙りこんでしまったが、いままでの沈黙とはようすが違っていた。ヴァランタンはサーベルを取りあげて点検していたが、すっかり自分の考えごとに没頭しているらしかった。やがてうやうやしい面持ちをオブライエンに向けると、彼は言った――「隊長さん、あなたなら、警察の調査でこの武器が必要となったときにはいつでもお渡しくださるものと信じます。それまで、この剣はあなたにお返ししておきましょう」彼は刃を丸い鞘にかちりと収めてこう言った。

この軍隊調のみごとな仕種に、見ていた人たちは拍手をせんばかりの感心ぶりだった。

ネイル・オブライエンにとって、ヴァランタンのそのふるまいは、実際に一つの転機となったのである。朝の光を浴びて、ふたたびあの神秘な庭を散歩する頃には、いつもの悲劇的で空虚な態度がすっかりふるい落とされていた。それもそのはず、彼には幸福になる理由が数多くあったのだ。ギャロウェイ卿は紳士だったので彼に謝意を表したし、マーガレット嬢は淑女以上のもの――すくなくとも女であったから、朝食前に連れだって古い花壇をめぐり歩いていたところを見ても謝意以上の気持ちを伝えたらしかった。一同はすっかりくつろいで、和やかな気分になっていた。それというのも、あの死に謎は残っていたが、嫌疑の重荷は解き放たれて、あの親しみの薄かった奇妙な百万長者とともに遠くパリまでとび去っていたからだった。悪魔は邸の外へ投げだされていた――いや、悪魔が我とわが身を追いだしたのだ。

しかし依然として謎は解決されていなかったから、オブライエンが庭の腰掛けにすわったシモン博士のそばに身を寄せると、このはなはだ科学的な精神をもった医者はすぐさまその話題をとりあげた。だが、もっと楽しい事に思いを馳せているオブライエンからはたいした話を引きだすことはできなかった。

「ぼくにはあんまり興味がもてないんです」とこのアイルランド人は正直に言った。「おまけにかなりはっきりしているようですね。ブレインさんがなにかの理由であの男を憎んでいたことはたしかです——なにしろ彼を庭園におびきだしてぼくの剣で殺したのですから。その剣を、パリへ逃げる途中で投げ棄てたんです。ところで、イヴァンから聞いたのですが、殺された男はポケットにアメリカ紙幣を持っていたそうですよ。してみると、あの男はブレインと同郷だったのですから、事件もこれでけりがついたようなものじゃありませんか。難しいことなんかなにもないと思いますが」

「難しい問題は五つもありますよ」博士はおだやかに言った——「塀の内側にまたいくつも高い塀があるようにね。誤解しないでください。わたしもたしかにブレインの仕業だと思います——彼の逃亡がそれを物語っているようです。しかし、どんな方法でやったかということになると別問題です。第一の疑問は、人を殺すのになぜあんなかさばったサーベルを使ったかということです、ポケット・ナイフでもできたでしょうに。それならまたポケットにしまっておけば済むというものです。二番目に、どうして物音も悲鳴も聞こえなかったのかという問題があります。相手が大きな刀を振りかざして近づいてくるのを黙って見ている男がいるでしょうか？　第三の疑問——召使いが一晩じゅう玄関を見張っていて鼠一匹も庭に入りこむ隙がなかったというのにどうやってあの死んだ男は庭に入ったのでしょう？　第四の難問——それとまったく同じ情況のもとでブレイン氏はいかにして庭から脱出することができたのか？」

「そして五番目の難題は？」とネイルは、このときゆっくり小径（こみち）を登ってくる英国の神父に眼をやって言った。

「つまらんことだと思うのですが、わたしにはどうも合点がいかない謎なのです。最初に首の切り口を見たとき、犯人は何度も刀で切りつけたんだと思ったのです。しかし検（しら）べていくうちに、首の切り取られた断面にいくつも切り傷がついているのに気がつきました。つまり、傷は頭を切り離したあとでつけられたのです。ブレインは月光の下に立って死体を切りさいなむほど相手を憎んでいたのでしょうか？」

「怖ろしい話だ！」オブライエンは身震いをして言った。

　小柄なブラウン神父は、二人が話しているあいだにそばまで来ていたが、持ち前の内気さから話が済むのを待っていた。この機会をとらえて彼はきまり悪げに言葉をはさんだ――

「おじゃまして申しわけありませんが、あなたがたにニュースをお伝えするように言われましたんで」

「ニュースですって？」シモン博士がいくらか難しい顔で眼鏡越しに神父を見ながら鸚鵡（おうむ）返しに言った。

「ええ。残念なことにまた殺人です」ブラウン神父は涼しい顔で言った。

　二人がいっせいにとびあがったので腰掛けがぐらぐら揺れた。

「それがまたおかしなことに」ものうげな視線をしゃくなげの花に注ぎながら神父は話をつづけた――「前と同じく胸の悪くなるようなことで、なんと、首切りなのですよ。ブレインがパリに逃げた道から数ヤード離れた河で血まみれになった首が発見された。当然みんなはブレインに——」

「なんてことだ！」オブライエンが大声をあげた。「ブレインは偏執狂なんですか？」

「アメリカにも敵討ちはあるんですな」神父はのんびりとそう言ってからさらにつづけた——「図書室へ来て見てほしいということでしたよ」

外人部隊の隊長は他の連中のあとから検死の場所へと足を運んでいたが、すっかり気分を害していた。軍人として彼は、この陰険な殺戮にはまったくがまんがならなかった。これらの途方もない切断さわぎはどこまでいったらやむのだろう？　首切り事件がたてつづけに二つも起こったなんて……。こんな場合に（と彼は苦々しく独りごちた）、三人よれば文殊の知恵——一つ頭より二つの頭のほうがましだ——というわけにはいかなかった。こう考えながら書斎のまんなかまで来たとき、彼は一つの戦慄すべき暗合にはっとなって、あやうくつまずくところだった。ヴァランタンの机の上に、三つ目の血にまみれた頭がカラー写真でのっているではないか。しかも、ヴァランタン自身の首である。よく見ると、これは《ギロチン》という国粋主義派の新聞で、この新聞は毎週その政敵の一人を、処刑直後の断末魔の姿に仕立てて掲載していた。ヴァランタンが出ていたのは、彼が反教権主義者としてかなり名のとおっているためだった。しかしオブライエンは、罪においてさえ一種の純潔さを保つというアイルランド男子であったから、フランスの知識人に見られるこうした桁はずれの残忍さに胸がむかつく思いだった。彼は、ゴチック式の教会の奇怪さから、新聞の下品な漫画にいたるまで、なにもかもパリそのものだなと感じていた。あのフランス革命のどえらい洒落(しゃれ)を思い出すにつけても、パリの街全体が、上はノートルダム寺院のあのおびただしい数の魔物をかたどった樋嘴(ひはし)、下はヴァランタンの机に置かれた血なまぐさいスケッチまで、一つの醜悪なエネルギーのかたまりのように思われた。

図書室は細長い部屋で、天井が低くうす暗かった。低い鎧戸の下から射しこんでいる短い陽ざしは、まだ朝の赤らんだ色を残していた。ヴァランタンと召使いのイヴァンが、表面の傾斜した細長いテーブルのはしに立って三人を待ち受けていたが、その上に置かれた死体はうす暗がりのなかで途方もなく大きく見えた。庭で発見された男の黒っぽい大きな姿と黄色の顔が昨夜とほぼ同じ恰好で、こちらを向いており、けさがた河の芦(あし)のあいだから釣りあげられた第二の首がそのわきで水をしたたらせていた。ヴァランタンの部下たちが、まだ浮流していると思われる、この首につくべき第二の胴体を捜索中だった。ブラウン神父はオブライエンのような感傷などとんともちあわせていないらしく、第二の首に近よるといつものように眼をしばたたかせて検査にとりかかった。首はびしょ濡れのモップ同然で、水平に射しこむ朝の陽光に白髪が燃えるような銀色に光って縁どっていた。醜く紫色をおびた顔は犯罪常習者のそれで、水中を転々としているまに木や小石でひどくたたかれた跡が歴然としていた。

「おはよう、オブライエン司令官」ヴァランタンがばかに優しく言った。「新しくブレイン氏が試みた大虐殺の実験についてはお聞きおよびでしょう?」

ブラウン神父はあいかわらず白髪頭の上にかがみこんでいたが、顔もあげずに言った――

「たしかに、この頭もブレインさんが切り落としたものらしいですな」

「まあそう見るのがあたりまえでしょうね」ポケットに手をいれたままヴァランタンが言った。「前のと同じ手口で殺され、前の首から数ヤードの場所で発見された。おまけにあの男が持ちだしたとわかっている兇器でちょん切られている」

「そう、いかにも仰せのとおり」とブラウン神父はすなおに答えた。「だが、あの男にこの首が切れたとは思えませんな」

「どうしてです?」当然ながら、シモン博士は眼を見張って尋ねた。

「それなんですよ、博士。いったい自分の首を切り落とせる男がいるでしょうかな?」神父は眼をしばたたかせ、見あげるようにして言った。

オブライエンは、常軌を逸した世界が耳もとで砕け散ったような気がしたが、シモン博士は衝動的にとびあがると、わが眼で確かめようと駆けよって、首の濡れた白髪をかきあげた。

「いや、それはブレインさんにまちがいありませんでな」と神父は穏やかに言った。「あの人の左耳には、それ、これとそっくり同じ切り傷がありましたよ」

刑事は、眼をきらりと光らせてじっと神父をながめていたが、真一文字に結んだ口を開いて鋭く声をかけた——「あの男をよくご存じのようですね、ブラウン神父」

「存じています」と神父はあっさり言った。「あの人はここ何週間かちょくちょく顔をあわせていたもんで。わたしどもの教会に加入しようとなさっていたのですよ」

狂気じみた光がヴァランタンの眼に宿った。彼は両手を握りしめ、大股で神父のそばへやってくると、いまいましげな冷笑をうかべてどなるように言った――「そのうえ、おそらく彼は、全財産をあんたの教会に残そうと思っていたのでしょうな」

「そうだったかもしれませんね」のっそりとブラウンが答えた。「ありそうなことですな」

「そうとなれば」とヴァランタンは気味の悪い笑いをうかべて大声で言った――「あの男のことをたっぷりご存じでしょうよ。彼の生活だとか、そのほか――」

オブライエン司令官がヴァランタンの腕に片手を置いて言った――「そんなつまらぬ中傷はおやめなさい、ヴァランタンさん。なにせ、まだいくらでも剣はあるんですからね」

しかしヴァランタンは、神父のいささかもたじろがぬ穏やかなまなざしを受けて、もう落着きを取りもどしていた。「まあ」と彼は口ばやに言った――「個人的な意見はひとまずおくとして、みなさんにはまだ、お約束どおりここに留まっていただかねばなりません。これはあなたがたご自身で――またお互いどうしで――守るように心がけてください。くわしいことをお知りになりたければ、このイヴァンがなんなりとお話しいたします。わたしはさっそく仕事を始め、上司に報告書を提出せねばならないのです。こうなれば、もうこの事件を伏せておくわけにはいきませんので。またなにかニュースが入ったら、わたしは書斎で書きものをしているからね」

「まだ新しいニュースがあるのかい、イヴァン？」警視総監が大股で部屋を出てしまうとシモン博士はこう訊いた。

「はい、先生、もう一つだけでございます」イヴァンは老いた灰色の顔にしわを寄せて言った。

「ですが、これがまた重大なことでして、あなたさまが芝生でごらんになったあの老いぼれなのですが」と彼は黄色い顔の大きな黒い死体を指さして言ったが、義理にでもうやうやしい態度をとろうとはしなかった。「とにかく、あの男の素姓（すじょう）がわかったのです」

「ほんとうかね！」博士は驚きのさけびをあげた。「どういう男なんだね？」

「名前はアーノルド・ベッカーと言いまして」と刑事の助手は説明した――「いろんな偽名をつかっていた男です。ほうぼう渡り歩いたならず者で、アメリカにいると聞いてました。ですから、そこでブレインの恨みを買ったんですね。わたくしどもとはあまり関係がなかったのは、あの男の働き場所がほとんどドイツにかぎられていたからなのです。もちろん、もうドイツの警察にも連絡しましたが、まことにふしぎなことに、彼にはルイス・ベッカーという双児がいるのです。この男とはわたくしどもも大いに関係がありまして、ほんの昨日も、そいつをギロチンにかけねばなりませんでした。いやこれは余談になってしまいましたが、先生、芝生でのびていたあの男を見ましたときは、眼の玉がとびでるほどびっくりいたしましたね。もしルイス・ベッカーがギロチンにかけられたのをこの眼で見たのでなかったら、芝生に倒れているのはルイス・ベッカーだと断言したでしょうよ。むろんすぐにわたしはドイツにいる双児の片割れを思い出したので、話をたぐって……」

イヴァンはここで説明を打ちきったが、それは彼の話を聞いているものが一人もいないというしごくもっともな理由からだった。司令官と博士は二人ともブラウン神父を見つめていた。神父はいましがた不意に立ちあがって、鋭い発作に見舞われでもしたようにこめかみをきつく抑えているではないか。

「黙ってくだされ、黙ってくだされ！」神父は大きな声で言った――「ほんのしばらくしゃべるのをやめてくだされ。半分わかりかけているのじゃ。神よ、われに力をあたえたまえ。あと一段階だけ頭が飛躍すればなにもかもぴったりするのだが。お助けを！　いつもはすばらしく頭が働くのに、トマス・アクィナスの著作ならどの頁でも解釈できた時代もあったのだが。わたしの頭が砕けるか、それともいっさいが解明するか？　半分まで行っているのだが――あとの半分がわからない」

神父は頭を両手に埋め、考えこんでいるのか、祈っているのか、苦悶に身をこわばらせて立っていた。あとの三人は、狂ったようなここ二十四時間の最後の奇観を気をのまれたようにうちながめているだけだった。

ブラウン神父が両手をおろすと、子供のような生き生きとした生真面目な顔が現われた。彼は大きくため息をついた――「一つ大いそぎで話してしまって、片をつけるとしましょうかな。それがみなさんに真相をとっくり納得していただく早道でしょう」ここで彼は博士のほうに顔を向けた。「シモン博士、あなたはしっかりした頭脳を持っていらっしゃる。けさがたあなたがこの事件について五つの難点をおあげになったのを聞きましたのでね。そこでいま一度その問いをお聞かせ願えれば、わたしがお答えして進ぜましょう」

シモン博士は疑いと驚きであやうく鼻眼鏡をずり落とすところだったが、すぐさま神父に応じた。

「では、よろしいですか、第一問は、なぜ短剣でも人は殺せるのに、不都合なサーベルを使わなければいけなかったのでしょう？」

「短剣では首を切り離すわけにはいきませんからな」とブラウン神父はもの静かに言った。

「ところで、この殺人では首を切り落とすことが絶対に必要だったんですよ」

「どうしてなんです？」興味を覚えたオブライエンが尋ねた。

「つぎのご質問は？」ブラウン神父は言った。

「それじゃ、なぜ殺された男は声をたてるかなにかしなかったんですか？」と博士は訊いた。

「庭でサーベルをさげた人を見かけたら、これはただごとじゃないと思うのがふつうです」

「小枝ですよ」神父は陰気にこう言うと、殺人の現場を見おろす窓のほうへ顔を向けた。「みなさんは小枝の意味するものを見落としておいでだ。あの小枝はなぜ、芝生のあんな場所にあったのでしょう？　ごらんなさい。あの近くに樹は見あたらないでしょう。あれは手折られたのではなく、切り取られたのですよ。殺人者はサーベルの芸当かなにかをやってみせて相手の注意を惹きつけておいたのですな――空中に突きでた枝でもこんな具合に切れるんだとかなんとか言ってね。相手がその切れ味を見てやろうとかがみこんだ瞬間、音もなく一振りで首がころげ落ちたというわけです」

「なるほど」とゆっくり博士は言った。「その考えはおみごとです。申し分ありません。しかし、これからの二つの質問には誰でもはたと行きづまるでしょうね」

あいかわらず批判的なまなざしを窓の外に向けたまま神父は待ち受けるように立っていた。

「庭は水も洩らさぬ密室のようにどこもかしこも固められていたのをご存じですね」と博士がつづけた。「それなのに、どうやって見も知らぬあの男が庭に入ったのでしょう?」

小柄な神父は振り向きもせずに答えを言った——

「どだい、庭には見知らぬ男などいやしなかった」

一同はちょっとのあいだ黙りこんでいたが、突然子供のような哄笑が湧き起こって、その緊張をほぐした。ブラウン神父の言ったことがあまりにばかげていたので、イヴァンが遠慮を忘れて笑いだしたのだった。

「やれやれ、その伝で行くと、わたくしどもは、昨夜、えらくでっかい死体をソファまで運んだりはしなかったということになりますか? あの男は庭になど入りこみはしなかったのですね?」

「庭に入りこむですと?」ブラウン神父は考えこむようにして訊きただした。「正しくは入りこまなかったと言える」

「ばかばかしい」シモン博士が嘆くように言った。「庭に入るか、入らないかのどっちかですよ」

「そうとばかりも言えますまい」かすかな微笑をうかべて小男の神父は言った。「つぎの質問はなんですか、博士?」

「どうも、あなたは具合がお悪いようですね」とシモン博士は尖った口調で言った。「しかし、お望みなら、つぎの質問を出しましょう。ブレインはどうやって庭から出たのですか?」

「彼は庭から出ませんでした」今度も窓の外を見ながら神父は答えた。

「庭から出なかったのですって？」シモンが咬みつくように言った。

「完全には出なかったと言える」とブラウン神父。

黒白をはっきりつけるフランス流の論理を振りかざすようにしてシモンは両の拳を振りまわしてさけんだ――「庭から出たか出なかったか、二つに一つです」

「いつでもそうとはかぎりませんでな」とブラウン神父。

シモン博士は癇癪を起こして勢いよく立ちあがると、「こんなわけのわからぬ話に暇をつぶしてなぞいられません」と憤懣をぶちまけた。「塀のこっちにいるのか、あっちにいるのかも区別がつかんようなら、これ以上あなたをおわずらわせしたくありません」

「シモン博士」神父の声はどこまでも穏やかだった。「せっかくいままでずっと楽しくやってきたのですから、その友情に免じてでも黙って五つ目の疑問をお聞かせ願えんでしょうか」

やりきれなくなってシモンは、ドアの近くにあった椅子に腰をおろすと、ぶっきら棒に言った――「頭と肩のところの切り傷が妙な具合でした。死んでからやったもののようですが」

「さよう」眉一つ動かさずに神父は言った。「あなたが犯したあの単純な思い違い、まさにそれをあなたに思いこませるために、その首はつけられたのです。つまり、あの首はあの胴体についていたものだと信じこませたかったのですな」

さまざまな怪物をつくりだす脳の一部分がゲール人のオブライエンをひどく刺激して、人間の不自然な空想が生みだした半人半獣や人魚の混沌とした姿を身近に垣間見るような心地にさせていた。遠い先祖の声が耳もとでささやいているようだった――「二色の実が成る樹の生えている庭に近寄るでないぞ。二つの頭を持った男が死んだ悪魔の庭には門前にも立つな」と。それでも、アイルランド人の昔ながらの心の鏡にこのような恥ずべき象徴的イメージがうかんでは消えていったが、この男のフランス化された知性はいっこうにひるまず、他の連中と同じようにこの奇妙な神父を信じられないもののようにじっと見つめる勇気を彼にあたえていた。

ブラウン神父はやっと一同のほうにからだを向け、顔だけは暗い日蔭にいれたまま窓に背をもたせた。ほの暗い蔭を通してさえ、彼の顔がひどく蒼ざめているのが見えた。それでも神父は、この世にゲール人の魂などないもののごとく、きわめて合理的に話をつづけた。

「みなさん、みなさんが庭で見つけたのは、顔も見たことのないベッカーの死体ではなかったのです。見知らぬ男の死体が発見されたのではなかった。シモン博士の合理主義を前に、あえてわたしはベッカーは一部分しかお見えになっていなかったと断言いたします。ごらんなさい」と黒い大きな謎の死体を指さして――「みなさんは一度もあの男を見たことがありませんでしょう。では、この男はいかがですかな?」

彼はすばやく見知らぬ男の黄色く禿げた頭を押しやると、その場所に白髪の首を据えた。するとそこにできあがったのは、見まごうかたなく、完全に一体となったジュリアス・K・ブレインその人だった。

「殺人犯は」と静かにブラウンは語りつづけた――「相手の首をかき切ると剣を塀の外に投げ棄てた。だが、その男は頭のきれる男だったから、剣だけ棄てるようなことはしなかった。首もいっしょにほうり投げたのです。それからは、別の首を死体にきちんとのせておくだけでよかった。そこで、あなたがたは——犯人が非公式の検死審問を強行した際に——これを文字どおり頭から別人だと思いこんでしまったのです」

「別の首をのせる?」きょとんとしてオブライエンが言った。「別って、誰の首なんです? 庭の藪には首など生えていませんでしょうからね」

「まったくです」ブラウン神父はしゃがれ声でこう言うと、靴の先に眼を落とした。「首の生えている場所が一つだけある。ギロチンの籠のなかです。警視総監のアリスティード・ヴァランタンはこの殺人事件の一時間ほど前にその籠のかたわらに立ち会っていた。ああ、みなさん、リンチでわたしを八つ裂きにする前にちょっと話を聞いてくだされ。論争で片づくことに正気を失う男を正直者だとすれば、ヴァランタンは正直な男です。そこでですが、どなたか、あの男の冷たい灰色の眼に狂気の色を見てとった方はありませんか? あの男は、彼が言うところの十字架の迷信を打ち破るためなら、どんなことでもやってのける人間だった。そのために戦い、勝利を夢み、ついには殺人を犯したのです。ブレインの巨額の富は、いままで非常に多くの団体に振り分けてばらまかれてきたので、勢力のバランスに変化をきたすようなことはありませんでした。ところがブレインが、あきっぽい懐疑家連によくあるように、わたしどもの教会に深入りしているといううわさがヴァランタンの耳に入るにおよんで事情は一変しました。ブレインは文無しで喧嘩ばやいフランス教会に資金をつぎこむだろうし、《ギロチン》をはじめ六つほどの国家主義の新聞を支持するだろうという具合で、両勢力の闘争はいまにもバランスを失いそうなきわどい状態にあった。この危機感にやりきれなくなって正気を失った彼は、この億万長者を無きものにする決意を固め、偉大な刑事が罪を犯すのにまったくふさわしい方法を選んで実行に移したのです。彼は犯罪学の研究に必要だからというような口実でベッカーの切り落とされた首を持ちだし、公用の鞄に入れて持ち帰りました。ギャロウェイ卿が途中までお聞きになったあの進歩的な最終論争を彼はブレインと戦わせたのですが、それにも失敗したので今度は脱け道のない庭にブレインを連れだし、小枝とサーベルを使ってフェンシングの技を説明しながらやがて――」

切られイヴァンがとびあがって吠えたてた――

「この大ばか者め、すぐにご主人のところへ行くんだ。おまえの首根っこを抑えてでも……」

「おや、わたしはご主人のところへ行くつもりでおるのに。あの人に懺悔をおすすめしなくちゃなりませんので」

哀れにもブラウンを人質か生贄のように背後から追いたてて、一同はひっそりとしたヴァランタンの書斎になだれこんだ。

偉大な刑事ヴァランタンは机に向かってすわったまま、騒々しいお客の闖入も耳に入らぬようだった。一同はぴたりと足を止めたが、まっすぐ硬直した優雅なうしろ姿になんとなく不安を覚えた博士は急いで駆けよった。軽く手を触れ、一目見ただけで充分だった。ヴァランタンの肘近くに丸薬の小箱がころがっており、ヴァランタンは椅子に掛けたままで死んでいた。この眼を閉じた自殺者の顔には、カルタゴ必滅をさけんだ勇将カトーの誇りがにじみでていた。

奇妙な足音

もし読者諸君が、あの選り抜きの「真正十二漁師クラブ」の某会員が年一度のクラブの晩餐会に出席しようとヴァーノン・ホテルに入ってきたのに会ったとすれば、彼が外套を脱ぐときにお気づきになるだろうが、彼の夜会服は緑色であって、黒色ではないのである。もし（そういう人物に話しかけるほど向こう見ずな度胸が諸君にあると仮定して）その理由を尋ねたとすれば、おそらくその人物は、給仕とまちがえられんようにするためさ、と答えるだろう。そこで諸君は二の句もつげずにすごすごと引きさがる。だが、それではある未解決の神秘と、話す値打ちのある物語を聞かずじまいに帰ることになる。

（これと同様にありそうもない仮定に立って）今度は諸君が、ブラウン神父という名の温和で働き者のちび牧師に会って、神父の一生のうちでなにがいちばんの幸運事だったと思うかと質問したとすれば、神父はおそらく、まあ最上の幸運は、ヴァーノン・ホテルのときのことだろう、ただ廊下の足音に耳を傾けていただけで、ある犯罪を未然に防ぎ、おそらくは一人の魂を救いさえしたのだから、と答えるだろう。神父は、このときの自分の飛躍したすばらしい推理を多少自慢していないともかぎらぬから、それについて話してくれるかもしれない。だが諸君が「真正十二漁師」を見つけることができるほど社交界にのしあがる見込みはまずあるまいし、といって貧民窟や犯罪階級の一員になって、ブラウン神父にめぐりあうほど落ちぶれることもありそうにないからには、筆者がお聞かせしないかぎり、この話は永久に諸君の耳には入らないだろう。

「真正十二漁師クラブ」が晩餐会を催していたこのヴァーノン・ホテルは、礼儀作法のことで発狂した寡頭政治社会にだけ存在しうる類の施設であった。それは、あの倒錯した産物、「排他的」営利事業にほかならなかった。ということは、つまり、客を惹き寄せるかわりに、文字どおり客を追いはらうことによって儲ける商売なのである。金権政治の中心地ともなると、抜け目のない商人は逆に客の選り好みをするのだ。商人は積極的にやっかいな条件を設定して、退屈しきっている金持ちの客がその難関を突破しようと金を使ったり、外交手腕を発揮したりするのをけしかける。もし、身長六フィート以下の人間の入場を禁じるハイカラなホテルがロンドンにあったとすれば、社交界はおとなしく六フィート以上の人を集めて、そこで晩餐会を開くにちがいない。また、経営者のほんの気まぐれから木曜日の午後にだけしか店を開かぬ高級レストランがあるとすれば、その店は木曜の午後、押すな押すなの盛況なのである。さて、ヴァーノン・ホテルは、まるでそこに立っているのは偶然にすぎぬと言わんばかりにベルグレーヴィア街のある広場の角に立っていた。小さいうえに、ごく不便なホテルであった。ところが、まさしくこの不便さこそ、ある特殊な階級を保護する城壁であると考えられていたのである。なかでも、このホテルではいちどきに二十四人の客しか食事できぬという不便さが特に重んじられていた。そこにただ一つしかない大食卓は、有名なテラス・テーブルで、ロンドンでも有数な、精美を誇る古い庭を見はらす一種のベランダの上にあって、雨ざらしだった。この理由によって、ただでさえ手ぜまなこの食卓の二十四人分の席が使えるのは、日和のいいときだけにかぎられるという結果になり、そこでますますこの食卓で食事をしたいと所望する客が増えることとなった。当時のホテルの持ち主はリーヴァという名のユダヤ人で、彼はホテルを入りにくいものにする手を使って、百万にものぼる金儲けをした。もちろん彼は、こうして経営の規模を制限すると同時に、そのサービスにも最善の注意をはらって磨きをかけることを忘れなかった。酒も料理も、ヨーロッパ内のどこのものにもひけをとらず、給仕たちの態度にしても、英国上流階級人の一律化された気分を寸分たがわず反映していた。経営者は、給仕の一人一人を自分の手の指のように知りつくしていた――給仕は全部ひっくるめて十五人にすぎなかったからである。このホテルの給仕になることよりは、国会の議員になることのほうがまだやさしいくらいだった。どの給仕も、まるで貴族の従僕のように、じっと無言を押し通し、しかも相手の気をそらさぬ術をしつけられるのであった。実際の話、食卓についた紳士一人に対し、すくなくとも一人の給仕がつくのがふつうだったのである。

「真正十二漁師クラブ」は、あくまでも人目につかぬ豪華な場所を望んでいたので、晩餐会を開くにしても、こういうホテル以外は敬遠するのが当然であった。彼等は、同じビル内で別のクラブが晩餐会を催していると考えただけで気が動転してしまうにちがいないのである。年一度の晩餐会に、このクラブの会員は、まるで私宅にでもいるかのように、ありったけの宝物を公開する習わしであった。特に、このクラブの象徴ともいうべき一揃えの由緒ある魚用のナイフとフォークが披露された。それは、魚を象（かたど）った精巧な銀製品で、柄（え）のところには大きな真珠がついていた。この食器はいつでも魚類料理用に置かれたのであるが、その魚料理がまた、いついかなるときでも、この豪勢な献立中の白眉であった。このクラブには盛りだくさんの儀式や行事があったが、歴史や目的は一つもなかった——そこがこの会のきわめて貴族的なところなのである。十二漁師クラブの会員になるためには、なにも特別な資格を必要としなかった——ひとかどの人物になっていないかぎり、この会のことは耳にさえ入らぬからである。このクラブはすでに十二年前から存在していた。会長はオードリー氏であり、副会長はチェスター公爵であった。

　もし筆者がいままで多少なりとこの驚くべきホテルの雰囲気を読者に伝えることができたとすれば、読者は、どうしてこの筆者がこのホテルのことを知るにいたったのかと当然の疑問を抱くであろうし、また、わたしの友人であるブラウン神父のような平凡な人物がこのホテルの金色まばゆい歩廊に立ちいることになったのはどうしたわけかといろいろ臆測をたくましゅうするにちがいない。この点に関するかぎり、わたしの話は単純であり、そればかりか俗悪でさえあるかもしれない。この世界には、たいへん老けた暴虐な民衆煽動家が一人いるのであるが、この男は、どんな上品な隠れ家だろうと容赦なく侵入しては、すべての人間は兄弟なりという怖るべき知らせを告げていくのである。さて、この平等主義者が青ざめた馬（ヨハネ黙示録第六章に「視よ、青ざめたる馬あり、これにのる者の名を死という」とある）にまたがっておもむくところなら、どこなりとついていくのがブラウン神父の職業であった。この日の午後、給仕の一人であるイタリア人が中風の発作で倒れ、そこでユダヤ人の雇主は、腹のなかではこんな迷信にうんざりしながらも、ともかくいちばん手近なカトリック神父を呼びにやることを承知したのだった。給仕がブラウン神父にどんな懺悔をしたかという点は、ここでは問題にしない――神父がそれを自分の胸にたたみこんでいる以上、それはむりな話である。だがしかし、その懺悔の結果として、神父が、ある伝言を伝え、ある不正を正すために覚え書きもしくは陳述書といったものを書きつけることになったのは明白である。そこで、ブラウン神父は、控え目ながら遠慮のない態度で（彼は、たとえばバッキンガム宮殿に参内しても、これと同じ態度をとったに相違ない）、どうか部屋と物を書くに必要な用具とをお貸し願いたいと申しでた。これにはリーヴァ氏はすっかり迷ってしまった。氏は親切な人間であったが、また同時に、親切心のまがいものである事なかれ主義を奉じ、騒ぎぎらいであった。けれども、今夜自分のホテルに見知らぬ他人が一人いることは、いま磨きあげられたばかりの品物に一点のしみがついたようなものだった。ヴァーノン・ホテルでは広間で待つ人も、不意に来る客もなかったので、一室の空き部屋も控えの間もなかったのである。給仕が十五人と客が十二人――いたのはそれだけだった。今夜このホテルで新顔の客にお目にかかるとしたら、それは新しい兄か弟が家族の一員になって食事をしたりお茶を飲んだりしているのと変わらぬほど驚くべきことなのだ。そればかりか、この神父の風采は上等でなく、着衣は泥にまみれて、こんな男を遠方から一目見ただけでも、クラブの連中は恐慌をひき起こすということになりかねなかった。それでも、リーヴァ氏はついに一つの方策を思いついた。それは、この恥を抹消できぬ以上は、せめて覆い隠しておこうという計画だった。読者諸君がヴァーノン・ホテルにお入りになると（永久に入れっこないのであるが）、煤けてこそいるが貴重な絵で飾られた短い通路を抜け、正面の広間兼休憩室に入るだろう。この広間の右側には、客室に通じる廊下がいくつかあり、左側には、このホテルの調理場や事務所に達する同じような廊下がついている。諸君の左手のすぐそばの角には、広間に接したガラス張りの事務所があるが、これは、いわば建物中の建物ともいうべき代物で、おそらく昔はそこに古いホテルによくあるバーがあったのだろう。

さて、この事務室には経営者の代理人がすわっており（かような地位にある人間ともなると、本人はできるかぎり姿を現わさぬものなのだ）、事務室のすぐ向こうには、給仕部屋に行く途中のところに紳士の携帯品預り所があり、紳士の領域の最前線をなしていた。が、この事務室と預り場との中間には、他に抜け口のない小さな私室があり、ここは、公爵さまに一千ポンドの金を貸すとか、場合によっては六ペンスの借金をことわるというような微妙な重大用件のために経営者がときおり使う部屋なのである。紙きれになにか書きつけるだけのために、たかが一介の神父が三十分もこの神聖なる部屋を穢すのを許可したのは、リーヴァ氏のなみなみならぬ寛大さの証拠であろう。ブラウン神父が書き綴っていた物語は、十中八九、この話よりよほどましなものであったにちがいないのだが、惜しむらくは、永久に公表されないのである。ここで言えることは、それがこの話とほぼ同じくらいの長さであり、その最後の二、三節は、なかでいちばん刺激がなく、退屈なものだったということだけである。

というのは、この最後の数節までたどり着いた頃になると、神父はやや気を許し、考えが散漫になり、概して鋭敏な動物的感覚が眼醒めはじめていたからだった。夕闇と晩餐の時刻が迫っていた——置き忘れられたようなこの小部屋には明かりが一つもなかったので、おそらくは、よくあるように、しだいに深まる黄昏が聴覚を鋭敏にしていたのであろう。その文書のいちばんとるに足らぬ最後の部分を書いていたブラウン神父は、ふと気がついてみると、部屋の外から繰り返し聞こえてくる物音に調子をあわせて字を書いているのだった。それは、走る列車の音にあわせて考えごとをするのと変わらなかった。この音を意識したとき、神父はそれがなんの音であるかを知った——ドアの前を通りすぎる人間のあたりまえの足音にすぎなかったのである。ホテルのなかでは、こんなことは別に珍しくないのだが、それでも神父は暗くなった天井をじっとにらんで、その音に聴きいるのだった。数秒のあいだ夢見心地で耳を傾けていた神父は、今度は立ちあがって小首をかしげながら熱心に聴き耳を立てた。それから、もう一度腰をおろすと、額を両手に埋め、今度は単に耳を澄ますばかりでなく、耳を澄ましつつ考えこみはじめた。

外の足音は、瞬間的に聞けば、どこのホテルででも耳にするような足音であったが、全体として聞くと、どことなく奇妙な節が多々あった。ほかに足音はない。だいたいがきわめて静かなホテルなのである——数すくない馴染みの客は、来ればすぐに自室に行ってしまうし、訓練の行き届いた給仕連中も、呼ばれるまでは全然といっていいくらい姿を現わさぬからである。およそこのホテルくらい異常なことの起こる懸念のない場所はないはずだ。ところが、この足音の奇妙さときたら、いったい正常なのか異常なのかさえ決めかねるほどであった。ブラウン神父は、ピアノで曲を弾く練習をしている人のように、足音について指でテーブルの端をたたいてみた。

まず、身軽な競歩選手が歩いているような、すばやい小刻みな足がすたすたと長いことつづくのだった。一定の地点にくると、これはぴたっと止まって、今度は足踏みするようなゆっくりとした歩調に変わり、その歩数は前のに較べて四分の一にも達しなかったが、それがつづく時間は前のとほぼ同じだった。そして、このゆっくりとした歩みが最後にこだましながら消えたかと思うと、またもや軽やかな急ぎ足の音が聞こえはじめ、ふたたびそれは重く踏みつけるような足音に変わるのだった。それがいつも同じ靴の音であることはまちがいなかった——という理由は、一つには（前述したとおり）このあたりには他の人間の靴音がしないということと、また一つには、この靴がかすかではあるが、聞きまちがえようのない軋るような音を立てていたからであった。ブラウン神父の頭は、なにかにつけ疑問を提起せずにはいられぬたちのものであり、この一見したところ些細な疑問にも彼の頭は割れんばかりであった。神父は、跳躍するために走る人間を見たことがある。すべるために駆ける人も見た覚えがある。が、いったい、歩くために走るというのはどうしたわけなのか？　あるいは、走るために歩くのはなんとしたことであろうか？　とはいえ、この見えざる二本の脚の道化た歩行ぶりを表現しようとすれば、こう説明する以外にしようがないのである。この男は、廊下の半分をのろのろ歩くために最初の半分を勢いよく歩いているのか、さもなければ、その後半を急いで歩く恍惚感にひたりたいために前半をゆっくりと歩いているのか、そのどちらかなのであろうが、どっちにしても、おかしなことではないか。神父の頭は、その部屋と同じようにしだいにまっ暗になってきた。

しかし、腰を落ち着けて考えだすと、この小部屋のまっ暗なのが、かえって神父の考えを冴えさせてくれるようだった。神父の眼には、あたかも幻影のように、不自然というか、象徴的というか、ともかくおかしな身ぶりで廊下を渡っている奇怪な足がありありと見えだしたのである。いったい、これは異教徒の宗教踊りなのか？　それとも、最新式の科学的な体操なのか？　ブラウン神父は、いままでにない正確さをもって、この足音の意味について自問しはじめた。まず、ゆっくりしたほうの歩調を考える――あれはたしかに経営者の足音ではない。ああいうタイプの男は足ばやにちょこちょこ歩くか、じっとすわっているかしかしない。召使いか使い走りの者が指図を待っているのでもあるまい。そんな足音とは思えない。貧困階級の人間は（寡頭政治の社会では）、酔いが回ると千鳥足でうろつくことがあるが、それにしても、ふつうは――ましてや、こういった豪華な場所では――緊張してちぢこまって立ちすくむか、すわっているかするものだ。断じて違う――あの重々しいくせに弾むような足どりは、特にやかましいわけでもないのに、どんな騒音を立てようと意に介さぬといいたげな無頓着な力のこめようから察するところ、この地上に棲む動物中唯一のものの足音にちがいない。その動物というのは、西欧の紳士にほかならず、おそらくは食うために働いたことのない紳士なのであろう。

神父がこの確固たる結論に達したおりもおり、足音は速いほうの歩調に転じて、ドアの前を鼠そっくりのあわただしさで駆け抜けていった。耳を澄ましていた神父は、この足音はかなり速くはあったが、同時に、まるで抜き足さし足で歩いているかのように、やかましさがかえってすくないことに気づいた。しかし、この足音から神父が連想したことは、この男はなにか内証事をしているのだろうということではなく、なにか別のことであったが、そのなにかがどうしても神父には思い出せなかった。自分がぼんくらになってしまったような気分を起こさせる、例の思い出せそうで思い出せぬ記憶のために、神父は気も狂わんばかりだった。たしかにこのふしぎな足ばやの歩調をどこかで聞いた覚えがあるのだ。突然、彼は頭にある新しい考えを秘めて立ちあがり、戸口に歩いていった。この部屋には直接廊下に出る戸口はなく、そのかわりいっぽうはガラス張りの事務室に、他方は奥の携帯品預り所に通じていた。事務室に通じるドアをあけようとしたが、それは錠がかかっている。神父は窓を見る——四角いガラス窓いっぱいに鉛色がかった黄昏によって断ち切られた紫色の雲が見え、彼は一瞬、犬が鼠を嗅ぎつけるように、不吉な予感に襲われた。

神父の理性的な面が（それが本能より賢明であるかどうかはいざ知らず）ふたたび頭をもたげた。さっきホテルの主人が、ドアには鍵をかけておかねばなりませんからあとでまた連れだしにきます、と言っていたのを神父は思い出した。そして、この珍妙な足音には、自分には考えつかなかった理由がいくらだってあるのだろうし、第一、本来のなすべき仕事を仕あげるのにやっと間にあうだけの夕明かりしかもう残っていないじゃないかと自分に言い聞かせて、まさに暮れなんとする荒れ模様の黄昏の残光を捉えようと紙を窓べに持っていくと、決然として、あとひと息で完成する記録の仕事にとりかかった。神父は、明かりが弱まるにつれて、しだいに紙のほうに前かがみになりながら二十分ほども書きつづけていたが、突然、はっと身を起こした。またあの奇妙な足音が響いてきたのだ。

今度は、妙な点がさらに一つ増え、三つになった。先ほどまでは、この正体不明の男は歩行していた——まるでうかんでいるように電光石火の勢いではあったが、ともかく歩いていた。ところが、今度は走っているのである。とぶように疾走する豹の足を思わせるすばやく柔らかい跳ねるような足音が、廊下を駆け抜けてくるのが聞こえるのだった。近づいてくるのが何者であるにせよ、それが屈強で敏捷な男で、声こそ立てぬが猛烈に興奮していることは明白だった。ところが、この足音は、かすかな旋風のように事務室のところまで突進したかと思うと、いきなりまた例のゆっくりした鷹揚な歩調に変わったではないか。

ブラウン神父は紙を投げだすや、事務室のドアがあかないのを承知していたので、すぐさま反対側の預り所に躍りこんだ。ここの係の男はたまたま席をはずしていた——おそらくは数すくない客が目下食事中で、自分の仕事が暇になっていたからであろう。神父が灰色の森林を思わせる外套のあいだを手さぐりで通り抜けてみると、うす暗い預り所の前面には、蝙蝠傘(こうもりがさ)を渡し、札を受け取るのにふつう使うカウンターがあって、明るい廊下と接していた。この半円形のカウンターの真上に一灯の明かりがついていた。この明かりはブラウン神父自体にはほとんど届かなかったので、神父の姿は、うす暗く黄昏れた窓を背景に黒々と輪郭だけがうきあがって見えるだけだった。ところが、預り所の外の廊下に立っている男には、この灯は舞台照明のように煌々たる光を投げかけていたのである。

男はえらく地味な夜会服を着た上品な人物であった。背が高いが、それでいてたいして縦の場所をとらぬといったようすだった。もっと小柄な連中でさえ人目を惹いたり、じゃまになったりするような場所を、この男は影のように、やすやすと滑り抜けるにちがいない。顔はと見れば、いまは灯火を避けてのけぞっているが、日焼けした元気のいい外国人の顔である。からだつきは立派だし、態度もいや味がなく自信ありげだ――ただ一つの欠点は、その風采や態度のわりに、黒の上着がいくぶん見劣りするうえに、妙にふくらんでいることぐらいだった。男は、暮色を背にしたブラウン氏の黒い影を認めるやいなや、紙の番号札をぽんと投げだし、愛想こそいいが高飛車な口調で言った。「帽子と外套を頼む。急いで出かけにゃならんのだ」

ブラウン神父は無言のまま紙の札を受け取ると、おとなしく外套を捜しにいった。こういう奉公人の仕事は、前にしたことがないわけではなかった。外套を取ってきて、カウンターの上に置く。チョッキのポケットを手さぐっていた外国人紳士は笑いながら、「銀貨の持ちあわせがない。これを取っときな」と言って、半ソヴリン金貨を一つ投げだし、外套を取りあげた。

ブラウン神父の姿は依然暗がりにじっとしていた。しかし、その瞬間、神父は判断力を失ってしまっていたのである。神父の頭脳は、判断力がなくなってしまったときこそ貴重なのである。こういうときには、神父が二と二をたし算すると、四百万の答えが出る。カトリック教会は（常識を固く守っているからには）かような離れ業を是認しないことが多かった。神父自身すら是認しないことが多かった。しかし、これは正真正銘の霊感であり、判断力を失った当人が、なんとか判断をつけねばならぬというような滅多にない危急時に際して肝要なのは、この霊感にほかならぬのだ。

「失礼でございますが」と神父は鄭重(ていちょう)に言った――「ポケットに銀貨がおありのはずです」

のっぽの紳士は眼を見張った。「なにを言う」とさけぶ。「金貨をやったのに、なぜ不服を言うんだ?」

「時によっては金より銀のほうが貴重なこともございますからな」と神父は穏やかに言った――「といいましても、大量にあっての話ですがね」

見知らぬ男は怪訝(けげん)そうに神父の顔をながめ、それから、さらにいぶかしげに廊下に眼を走らせて表玄関のほうを見やった。と、またブラウンに眼を返し、それからごく注意深くブラウンの頭越しに窓をながめた。窓は、嵐模様の日没後の残光に依然彩(いろど)られていた。それから男は腹を決めたらしい。片手をカウンターに置くと、さっと軽業師のような身軽さで跳びこえ、神父の頭上にそそり立って、ばかでかい手で相手の襟をつかまえた。

「おとなしくしろ」と小刻みなささやき声で言う。「おどかしたくないんだが――」

「こっちがおどかしたいのさ」ささやき渡る太鼓のような声でブラウン神父が言った。「尽きぬうじ虫と地獄の消えぬ火(マルコ伝第八章)でおどかしたいのじゃ」

「とんだ外套の番人もあったもんだな」と相手。

「わたしは神父だ、フランボウ君。あんたの懺悔を聞く用意はできている」とブラウン神父。

相手はしばらくあえぎながらつっ立っていたが、やがてよろけるように後ずさって椅子にすわりこんだ。

十二漁師クラブの晩餐は、最初の二品ぐらいのあいだは、平穏裡に滞りなく進行していた。このときのメニューを筆者は持ちあわせていない——たとえ持っていたところで、誰の役にも立ちはしまい。メニューは、コック連が使うすさまじいフランス語で書かれているのだが、このフランス語たるや、フランス人には絶対読めぬ代物（しろもの）なのである。このクラブには、前菜（オードブル）は正気の沙汰とは思われぬほど盛りだくさんでなければならぬという伝統があった。前菜は、まさしくそれが無用の長物（ちょうぶつ）であるという理由によって、きわめてまじめに受けとられていたが、このことは晩餐会全体やクラブそのものにもあてはまる。つぎに、スープは軽い控え目なもので、そのあとに出る魚の御馳走に備えての簡易質素なものでなければならぬ、という伝統があった。話題はといえば、例の英帝国を支配しきっている妙なたわいのない話で、こういう話は、ひそかに英帝国を支配していながら、ありきたりの英国人がたまたまそれを立ち聞きしたとしても、別にためになるわけではない。保守、進歩両党の閣僚の話にしても、洗礼名を呼びつけにし、おもしろくもないんだが話題にしてやるんだといわんばかりの話ぶりだった。その搾取（さくしゅ）ぶりには保守党があげて激昂しているはずの急進派の大蔵大臣が、そのへたくそな詩作や狩場での乗馬ぶりに賞讃をあびせられ、自由党の連中がこぞって暴君のように憎んでいるはずの保守党の首領が、討論の結果、全体として見れば立派であるとして賞讃された——しかも、自由主義者として賞讃されたのである。どうやら政治家のことが重大な話題であるらしい。ところが、政治家のあらゆる面が重大であるらしいのに、政治家の政見だけはどうでもいいらしかった。会長のオードリー氏は、いまだにグラッドストン風の高いカラーをつけている愛想の良い初老の人物であり、この幻じみているくせに確固不変な団体の象徴ともいうべき存在だった。この御仁(ごじん)は、いまだかつてなにもしたことのない——悪事さえしたことのない人間だった。放蕩家(ほうとうか)でもなく、特に金持ちだというのでさえなかった。彼はただなんとなしの大立物(おおだてもの)で、それ以外のなんでもなかった。いかなる政党も彼を無視することができず、彼が入閣を希望したとすれば、まちがいなく大臣にされていただろう。副会長のチェスター公爵は、目下売りだし中の青年政治家であった。つまり彼は、美しい金髪をぺたりと撫でつけ、雀斑(そばかす)だらけの顔をした愉快な若者で、ほど良い知性と莫大な財産の持ち主なのである。公(おおやけ)の場では、彼の風采は常にやんやの喝采を博した。その考えかたはいたって単純だった。なにか冗談を思いつくと、すぐそれを口にだし、頭の良い人だと評判された。冗談を思いつけないときには、いまは冗談なんか言ってる場合じゃないと言っては、やり手だと評判された。私人としては、同じ身分の仲間とクラブにでもいるときには、小学生そこのけの無邪気さとたわいのなさを愉快に発揮してばかりいた。それにひきかえ、オードリー氏は一度も政治に首をつっこんだことがなかったので、氏の政治に対する態度には、もっと真剣なところがあった。ときたま、自由党と保守党のあいだには違いがあるというような意味の言葉を述べては、一座をまごつかせるのである。氏自身は、私生活にいたるまで保守党だった。まるで古風な政治家のように、襟のうしろのところで白髪を巻いており、背後から見ると、これこそ英帝国が望む人物ではあるまいかと思われた。前方から見れば、オールバニー館に部屋を持っている温和で自分を甘やかしがちな独身者といった恰好なのだが、実際そのとおりであった。

前述したとおり、テラスのテーブルには二十四人分もの席があるのに、クラブ員の数は十二人にすぎない。そこで、会員は、向かい側には一人も着席せずに全部テーブルの手前側にならび、じゃまされずに心ゆくまで庭の景色をながめるというこのうえなくぜいたくな流儀でテラスを占領することができた。夕闇が、この季節としてはやや不気味にたれこめていたが、庭の色どりはまだあざやかに映えている。会長は列の中央に坐し、副会長はその左端に腰掛けていた。十二人の客が最初ぞろぞろと列をなして席につくときには、（いかなる理由があるのか不明だが）十五人の給仕が全部勢揃いして、国王に捧げ銃をする軍隊よろしく、壁に沿って一列にならぶ習慣があり、そのあいだ、肥満した主人は、まるでこのクラブ員のことを初めて知ったといわんばかりの驚きの表情で顔を輝かせながら、おじぎをするのだった。が、いざナイフやフォークの触れあう音がしはじめる頃には、この従僕の一隊は姿を消してしまい、皿を集めたり配ったりするのに必要な一人か二人が残って、死んだように無言のまま走りまわるだけだった。いうまでもなく主人のリーヴァ氏は、もうとっくにぺこぺこ会釈しながら引きさがっていた。主人がこのあと一度でも積極的に座に加わることがあったと述べるのは誇張でもあり、不敬でさえある。が、あの重要な魚料理が運ばれていたとき、なんと言ったらよいか、主人の人格の投影があざやかにうかびあがっており、彼があたりにうろついていることは明白だった。

この神聖なる魚料理は、(卑しい人間の眼には) 大きさも形も婚礼菓子そっくりのプディングの化物に見え、そのなかには、相当の数にのぼる珍魚が、神よりさずけられた形をすっかりなくして溶けこんでいた。真正十二漁師は、由緒ある魚ナイフと魚フォークを取りあげて、魚料理に手をつけたのであるが、その食べかたときたら、まるでプディングの一口が、それを食べるのに使う銀のフォークと同じくらい金がかかっているといわんばかりのおごそかさであった。いや、事実それほど高価な料理であったらしい。この料理は咳ばらい一つ聞こえぬなかで熱心にむさぼるようにして口に運ばれた。そんなわけで、例の若い公爵が格式張った発言をしたのは、自分の皿がからになりかけたときだった。公爵は言った――「こういう料理はここでしかできませんな」

「いやまったく」とオードリー氏は公爵のほうに向き、その尊い頭を幾度かうなずかせながら、深いバスの声で言った。「いやまったく、ここでしかできませんわ。わたしが聞いたところによりますと、カフェ・アングレーズでは……」

ここまで言いかけたとき、彼は自分の皿を持っていかれたので一瞬間中断を余儀なくされ、まごつきさえしたが、すぐに高説の筋道を取りもどした。

「わたしが、聞いたところによりますと、カフェ・アングレーズでも同じ料理ができるとのことです。が、これほどではありますまい」絞首刑を宣告する裁判官のように無情に頭を振り振り言った。「これほどではありますまい」

「買いかぶられているんだ」とパウンドとかいう大佐。(顔つきから察するところ) 口をきくのは数カ月ぶりのことらしい。

「さあ、それはどうでしょうか」と楽天家のチェスター公爵――「あそこだって、物によってはいいですからね。たとえば……」

給仕が一人、急ぎ足で近づいてきたかと思うと、ぴたりと立ち止まった。歩いてくる足音がまったくしなかったように、立ち止まるときにも音が立たなかったのであるが、これらの現実離れした気のいい紳士たちは、自分たちの生活を支えている周囲の見えざる機構がまったく滞りなく動くことに慣れきっていたため、一人の給仕がなにか思いがけぬことをしただけでとびあがるほど仰天するのだった。その驚きは、たとえば椅子がわれわれの手から逃げだすといったように、無生物の世界が人間のいうことをきかなくなったときに、諸君や筆者が感じる驚きと変わらなかった。

給仕はちょっとのあいだ眼を見張ったまままつっ立っていたが、その間、テーブルに居ならぶ人の顔には、けしからぬやつだと言いたげな奇妙な表情が深くなった。この表情は現代特有の産物で、現代流の博愛主義と、金持ちと貧乏人の魂のあいだにぽっかりとあいた、怖るべき現代の深淵とが混合してできた代物なのだ。昔の正真正銘の貴族ならば、まずあき瓶を手はじめに物を投げつけ、最後にはおそらく金を投げあたえたにちがいない。正真正銘の民主主義者だとすれば、同僚に話しかけるようにはっきりした言葉で、いったいきみはなにをしているのだと問いかけたであろう。ところが、ここに居ならぶ現代の金権政治家連は、奴隷としてだろうが友人としてだろうが、貧乏人が近くにいるのががまんできないのである。召使いがなにかまちがったことをするのは、彼等にとっては退屈で腹の立つ迷惑にすぎなかったのだ。無情な態度をしめすのは忍びないが、かといって情け深いところを見せてやらねばならぬ羽目におちいるのもいやなのだ。なにごとであるにせよ、ともかくいっときも早く終わってもらいたいと思うだけだった。やがてそれは終わった。給仕は、ちょっとのあいだ強直症患者（カタレプシー）のように硬直して立ちすくんでいたが、くるりと向き直ると、あたふたと部屋をとびだしていったのである。

この部屋に——いや、部屋の戸口のところに——この給仕がもう一度姿を現わしたとき、彼は別の給仕といっしょであり、南欧人特有の激しさで身ぶりよろしくささやき話をしていた。と、第一の給仕は第二の給仕をあとに置いたまま見えなくなったが、すぐに第三の給仕を連れてまた現われた。このあわただしい談議に第四の給仕が参加する頃になると、オードリー氏は、この場をうまく取りつくろうために沈黙を破る必要を感じ、「ムーチャ青年がビルマでやっているのは立派な仕事ですな。まったく、世界のいかなる国といえども……」

第五の給仕が氏のほうに向かって矢のように駆けつけたかと思うと、氏の耳もとで——「まことに失礼ですが、重大事件です！　主人がお話ししたいと申しております」

会長が取り乱した恰好で振り向くと、その呆然と見張った眼に、リーヴァ氏が重いからだを曳きずるように急ぎ足で近づいてくるのが見えた。この善良なるホテルの主人の足どりは、まったくいつもと変わらぬものであったが、顔つきは尋常ならざるものがあった。日頃はにこやかに銅褐色をしている顔が、いまは病人のように黄色がかっているではないか。

「おゆるし願います、オードリーさま」喘息病（ぜんそくや）みのようなとぎれがちの声で言った。「とんだ心配事ができましたもんで。みなさまの魚料理用の皿なんでございますが、ナイフとフォークをのせたまままきれいに片づいているのでございます！」

「そりゃあけっこうじゃないか」と会長はいくぶん熱のこもった口調で言った。

「ごらんになりましたか？」興奮したホテルの経営者は息もとぎれとぎれに言う――「皿を持ち去った給仕をごらんになりましたか？　その男をご存じでいらっしゃいますか？」

「給仕を知っているか？」と憤慨の体でオードリー氏は答えた。「給仕など知っているものか！」

リーヴァ氏は苦悶の身ぶりで両手を広げた。

「わたしはそんな男をよこした覚えがありません。その男がいつ来たのかも、なにをしに来たのかも存じておりません。わたしが、皿を片づけるようにと言って給仕をよこしたところが、皿はとっくに片づいていたではありませんか」

オードリー氏は依然、当惑した表情をうかべていたが、これではどう見ても大帝国が望む人物とは思えなかった。一座のものは口もきけないでいる――ただ一人木でできたような人間、パウンド大佐だけが、電撃を受けたかのように不自然に活気づき、すわったままの他の連中を尻目に、硬直したからだを起立させ、片眼にレンズをはめこみ、しゃべりかたなぞ忘れてしまったかのような耳障りな低声で話しだした。「というと、つまり、何者かがわたしたちの銀製セットを盗んだわけだな？」

ホテルの主は、いっそう大げさな身ぶりで、どうもこうもなりませんといわんばかりに、また両手を広げてみせたが、その一瞬、テーブルに着席していた全員がいっせいに立ちあがった。

「給仕は全部ここにいるのかね」例の低い荒れ声で大佐が訊く。

「うん、全部いる。ぼくは注意していたんだ」と青年公爵が子供じみた顔をいちばん前に突きだしてさけんだ。「部屋に入るとき、いつもかぞえるんだ——なにしろ、壁を背にして立っているようすがあんまりおかしいもんだからね」

「だが、人間の記憶はあいまいですからな」とオードリー氏がためらいがちな重い口調で言いはじめた。

「いや、ぼくの記憶はたしかだ」と公爵は興奮してさけぶ。「ここには給仕が十五人以上いたことはいままでに一度だってないし、今夜にしても十五人しかいませんでしたよ。誓ってもいい、きっかり十五人だったんだから」

主人は驚愕のあまり麻痺してしまったかのように身をふるわせながら公爵のほうに向き直った。

「すると、すると」つまり声だった——「十五人の給仕を全部ごらんになったというわけで？」

「いつものとおりにね」と公爵は肯定した。「それがおかしいとでも言うのかね？」

「いや別に」とリーヴァ氏はしだいにアクセントを強めながら言った——「ただ、そんなはずがないと申しあげるだけで。十五人のうちの一人は二階で死んでおりますので」

一瞬、室内にはぞっとするような沈黙が支配した。おそらくは、（死という言葉があまりに超自然的なので）これらの閑人はそれぞれ自分の魂を瞬間的に顧みて、それが小さな干し豆にしかすぎぬのを見てとったのだろう。連中の一人――たぶんあの公爵――は、いかにも金持ちらしい間の抜けた親切心を発揮して、「なにかしてやれることがあるかね？」とさえ言いだすしまつだった。

「神父をつけてやりました」とユダヤ人の主人はいくぶんほろりとした調子で言った。

ここまできたとき、一座の者は、運命の鐘音でも聞いたかのように眼ざめて、自分たち本来の立場を思い出した。それまでの不気味な数秒間というもの、彼等は、あの十五番目の給仕が二階にいる死人の亡霊ではなかったかと本気で考えていたのである。この重苦しい考えに圧倒されて口もきけなくなっていたのだ。というのは、この連中にとって亡霊などというものは乞食同様に迷惑千万だったからである。ところが、銀器のことを思い出すと同時に、この神秘的な魔力が破れた――唐突に、そして非常な反動をともなって破れたのである。大佐がさっと自分の椅子を跳びこえ、つかつかと戸口まで出ていった。

「諸君、もし十五番目の男がここにいたとすれば、その男が泥棒だったのだ」と大佐は言った。「すぐ表玄関と裏口へ行って、全部の戸を締めてくれ――話はそれからだ。あの二十四の真珠は取り返すだけの値打ちがある」

オードリー氏は最初のうちこそ、何事にせよあんまりあわてるのは紳士らしからぬことではないかと躊躇（ちゅうちょ）しているようすだったが、公爵が青年らしく勢いよく階段を駆けおりていくのを見て、もっと大人らしい動作でそのあとを追った。

それといれかわりに、六番目の給仕が部屋にとびこんできて、魚料理用の皿が食器棚の上に積み重なっているのを発見したが、銀器は跡かたもないと告げた。

てんやわんやの騒ぎで廊下をころがるように走っていた食事客と給仕の群れはふた手に別れた。漁師クラブ員の大部分は、誰かホテルを抜けだした者はいなかったかを訊きただすために、主人のあとを追って正面の広間に向かった。パウンド大佐は、会長と副会長、それに他の二、三の者といっしょに、こっちのほうが臭いとばかりに、召使い部屋に通じる廊下をすさまじい勢いで駆けていった。その途中、うす暗いくぼみ——というより洞窟のような携帯品預り所の前を通り過ぎようとしたとき、そこの暗がりのやや奥手に、どうやら番人と思われる黒服を着た背の低い人影が立っているのが見えた。

「おい、きみ」と公爵が声をかけた。「誰か通るのを見かけなかったか?」

背の低い人影は、質問に直接答えるかわりに、ただ「たぶんみなさんが捜していなさる物は、わたしのところにありますよ」と言った。

一同が躊躇しつつ不審に思いながら足を止めると、その男は静かに預り所の奥に行き、ぴかぴかと光る銀器を両手にいっぱい持ってもどってきた。男は売子のように落ち着きはらったようすでそれをカウンターにならべた。見れば、奇妙な形をした一ダースのフォークとナイフではないか。

「きみは……きみはいったい……」さすがに平静を失って、大佐が言いかけた。大佐はそこでこのうす暗い小部屋のなかをのぞきこんだが、そのとき二つのことが眼についた。第一に、小柄な黒服の男が神父らしい服装であることと、第二に、その男のうしろにある窓が、まるで誰かがむりやりに通り抜けでもしたかのように破れていることだった。

「預り所にお預けになるには貴重すぎる品物ですな？」と神父は快活に平然として言った。

「きみ……きみがこれを盗んだのか？」オードリー氏が眼を見張ってつまりながら訊く。

「たとえわたしが盗んだとしても」と愉快そうに神父は言った――「すくなくともこうしてお返ししていますのでな」

「だが、きみが盗ったのじゃない」とパウンド大佐は言ったが、その眼は依然破れ窓にじっと注がれている。

「正直に白状いたしますと、わたしではございませんな」と相手はいくぶんのユーモアをこめて言い、それから神妙な面持ちで丸椅子に腰かけた。

「でも、きみは犯人を知っているのだろう」と大佐。

「本名は知りません」と神父は眉毛一つ動かさずに言った――「だが、やつの重量ならおおよそ見当がつくし、やつの魂の悩みならいやというほど知っていますがね。やつがわたしを絞め殺そうとしたとき、やつの体力がどのくらいか測定できたし、やつが改悛したとき、やつの徳義心の程度は見当がつきましたよ」

「なんだって――改悛したと！」チェスター青年が、げらげらと笑いこけてさけんだ。

ブラウン神父は両手をうしろにまわしながら立ちあがった。

「妙なことですなあ」と神父は言った――「盗人や宿なしが悔い改めるというのに、いっぽうでは、金があって心配ごとのない大勢の連中が、いつまでたってもかたくなで浮薄な生活をやめず、神さまにも人間さまにも償いをしようとしないのですからな。まあ、それは別としても、失礼だがあなたはわたしの領分をちと侵害していなさる。やつが改悛したというのが事実でないと思うなら、このナイフとフォークをごらんになるがよい。あなたがたは真正十二漁師の面面で、ここにあるのはあなたがたの魚形の銀器でしょうが。だが、神さまはわたしを、人間を捕まえる漁師にしてくださいましたよ」

「きみはその男を捕まえたのか?」としかめ面をして大佐が訊いた。

ブラウン神父は相手のしかめ面をまじまじとながめて言った――

「さよう、眼に見えぬ鉤と紐で捕まえたのです。その紐は、やつが世界の涯までうろついていけるほど長くしてありますが、ぐいとひと引きすれば、やつはたちどころに帰って参ります」

長いあいだ沈黙がつづいた。居あわせた他の連中は、もどってきた銀器を仲間のところに持っていったり、この奇妙な情況について経営者と相談したりするために、みんな散り散りに去っていった。ところが、いかめしい顔つきの大佐だけは、依然カウンターの上に横向きに腰かけたまま、細長い脚をぶらぶら振り、黒い口髭を嚙んでいるのだった。

やがて大佐は穏やかに神父に言った――

「やつは利口な男だったにちがいないが、わたしはそれよりも利口な人間を知っている」

「やつは利口でしたな」と相手は答えた――「だが、あんたの言うもう一人の利口者は誰ですかな」

「きみのことさ」と大佐がちょっと笑いながら言った。「わしはやつを牢屋にぶちこむ気はない――その点安心してくれ。だが、銀のフォークなどいくらでもやるから、きみがどんなふうにしてこの事件に巻きこまれ、どうやってあの品物を取りもどしたか、正確なところを話してくれ。ここにいる連中のなかじゃ、きみがいちばん気のきいた男だろう」

ブラウン神父は、どうやらこの軍人のむっつりした率直さが気にいったらしい。

「そうですな」と微笑をうかべて神父は言った――「あの男の素姓や身の上話については、もちろんなんにも申しあげるわけにはいかんが、わたしが自分で掘りだした表面の事実なら話してはならぬという理由も別にありますまい」

こう言うと神父は、意外に活潑な動作でぴょんとカウンターを跳びこえ、パウンド大佐の横に腰かけ、門にのっかっている子供のようにその短い脚をばたつかせた。彼は物語を始めたが、そのしゃべりかたには、クリスマスの炉辺で旧友に話しているような気やすさがあった。

「いいですか大佐殿」と神父は言った――「わたしがあそこの小部屋に閉じこもって書き物をしていると、誰かがこの廊下で死の舞踏みたいに奇怪なダンスをしている足音が聞こえてきましてな。まず最初は、競歩大会に出場している男が爪先で歩いているようなすばやいおかしな足音が軽く聞こえ、つぎには、大男が葉巻をくゆらしながら歩いているみたいな、のろのろして無頓着なきゅきゅという靴音が聞こえてきました。ところで、これが両方ともまちがいなく、同じ人間の足音だった。そして、それが交互に聞こえてくるではありませんか――まず駆け足、つぎにぶらぶら歩き、それからまた駆け足といった具合にな。いったい同じ人間がいちどきにこんなふた役を演じるなんてどうしたわけなのだろうと、わたしはふしぎに思いました。最初のうちはこの疑問も漫然としたものだったが、そのうちに無性に気になりだしましてね。ぶらぶら歩きのほうはわたしにもわかりました――ちょうどあなたの歩きかたにそっくりだった、大佐殿。よく肥えた紳士がなにかを待っているといった感じの歩きっぷりで、神経的に苛々しているというより、肉体的に張り切っているためにそこらを歩きまわって待っているというふうなのです。もう一つの歩きっぷりも聞いた覚えがあったのだが、それがどうしても思い出せませんでした。あんな風がわりな流儀で爪先歩きをする無茶な男に、わたしはどこで会ったのかな？　さて、それから、どこかで皿のかちゃりという音がしたが、それでこの謎の答えは明々白々となった。あれは給仕の歩きっぷりだったのです――上体を前方に傾け、眼を伏せて、足の爪先で床を蹴り、上着の裾とナプキンをはためかせて進むあの歩きかたでした。それからわたしはまた一分半ほど考えた。そしたら、この犯罪の正体がわかりました――まるで自分がその罪を犯そうとしているみたいにありありとわかったのです」

パウンド大佐はじっと相手の顔を見つめたが、話し手の温和な灰色の眼は、うつろに冴えて天井に釘づけになっている。

「犯罪というものは、他のあらゆる芸術作品と変わりありません」と神父はゆっくりと言った――「驚かんでもよろしい――犯罪だけが、地獄のアトリエから生まれる芸術作品だとはかぎらぬのですから。だが、神々しい作品にしろ、悪魔的な作品にしろ、芸術作品と名のつくものには、必ず一つの特長がある――いかに仕あがりが複雑に見えようと、中心はあくまで単純であるというのがそれです。たとえば《ハムレット》にしても、墓掘り人夫の異様さ、発狂した乙女の花、でこでこ飾りたてたオズリックの衣裳、亡霊の蒼ざめた表情、冷笑しているような髑髏、そういったものはすべて、目だたぬ黒衣をまとった一人の悲劇的な人物の周囲をとりかこむ縺れあった変わり種の花環にすぎません。そこで、今度の事件もまた」と言いかけながら、神父は微笑をうかべてゆっくりと床におりた——「今度の事件もまた、黒い服を着た男の簡単明瞭な悲劇なのですよ。さよう」と神父は、大佐が訝しげな顔をあげるのを見ながらつづけた——「この話の全体が、一着の黒い上着に根ざしているんですよ。この話にも、《ハムレット》と同様に、ロココ風の余計な飾りがついている——たとえば、あなたがたがその飾りです。あそこにいるはずがないのにいたあの死人の給仕もそうだし、あなたがたの食卓から銀器をかっさらって雲隠れした眼に見えぬ人間の手もそうです。だが、どんな抜け目ない犯罪だろうと、結局はある一つの単純このうえない事実を土台にしている——それ自体にはすこしもふしぎなところのない事実にもとづいている。それが神秘的になるのは、この単純な事実をカバーし、それから他人の注意を逸らせようとするからでしてな。今度の緻密で——ふつうに行けば——稼ぎの多かった大犯罪の基礎は、紳士の夜会服が給仕の服と同じであるという単純な事実にあったのです。あとは全部、芝居の力でした——それもずばぬけて巧みな芝居でしてな」

「それにしても」と大佐は立ちあがりながら、自分の靴にしかめ面を向けて言った。「どうもよくわからんな」

「大佐殿」とブラウン神父は言った——「いいですかな、あなたがたのフォークを盗んだこの厚かましい大悪党は、煌々と明かりの灯っている廊下を、みんながじろじろ見ているのを尻目に二十回も往復していたのですよ。やつは暗がりに隠れるようなことはしなかった――そういう場所は誰でも怪しいと思うものですからな。やつは、明かりの点いた廊下のどこかしらをたえず動いておって、どこに行っても、自分はここにいるのが当然なのだといわんばかりのようすをしていました。やつがどんなようすだったかということは、わたしに訊くには及びません――あなたご自身、今夜六、七回もやつを見たはずです。あなたは他のおえらがたといっしょに、この廊下の突き当たりにある、すぐうしろにテラスを控えた応接間で待っておられた。あなたがた紳士のあいだに割りこむときには、やつは頭をさげ、ナプキンをぴらぴらさせ、とぶように歩いて、いかにも給仕らしい身のこなしで現われた。やつはテラスにとびだし、テーブル・クロスの上でなにか離れ業をやらかし、それからまた事務室や給仕部屋のほうに駆けもどった。やつが事務員や給仕たちに見られる場所に来た頃には、頭のてっぺんから爪先まですっかり別人になりきっていた。そして、いかにも客らしいぼんやりした傍若無人ぶりで給仕たちのあいだを歩きまわったのです。晩餐の席を離れたハイカラな紳士が、動物園の獣のようにホテルのいたるところをほっつき歩くのは、給仕にとって目新しいことではなかったのです――給仕にしてみれば、なにがといって縦横無尽に勝手に歩きまわることほど上流人らしい特徴はないと考えるのがあたりまえですからな。

　さて、この紳士は廊下を歩くのにお倦きあそばすと、今度はくるりと向きを変えて事務室の前を通ってもどっていき、そのすぐ先のカウンターの蔭で魔法使いよろしくたちまち一変して、またもや腰の低い給仕に化けて十二漁師のなかに割りこんだのです。ひょっこり入ってきた給仕に、紳士方が眼をとめるわけがありますか？　散歩中の一流紳士を怪しいと思う給仕がいましょうか？　一度か二度、やつは人を喰ったにもほどがある芸当を演じましたよ。主人の私室に行って、咽喉が乾いたからソーダ水のサイホンをくれと気軽に声をかけたものです。そして、自分で運ぶから、と人のよさそうなことを言って、ほんとに自分で運んでいったのですよ——あなたがたが束になって集まっているなかをすばやくまちがいなしに運んでいったのです。誰が見ても合点のゆく用事をしている給仕といったふうにね。もちろん、こんな見せかけは長くつづくはずがないが、ともかく魚料理が終わるまでつづけていなければならなかった。

　やつにとっていちばん危なかった瞬間は、給仕たちが一列になって立ちならんだときです——ところが、そのときでさえ、やつはうまうまと壁の角のちょっと先にもたれかかっていたので、こののるかそるかの一瞬、給仕たちはやつを紳士と思いこみ、紳士がたはやつを給仕だと考えた。それから先はもうなんの苦労もありませんでした。やつが食卓から離れているところを給仕が見つけたとしても、それは給仕がものぐさやの一貴族を見つけたということにすぎない。やつはただ、魚の皿を片づけにくる二分前の時間を見はからい、すばしっこい給仕になりすまして自分で皿を片づけさえすればよかったのです。やつは皿を食器棚の上に置き、銀器を胸ポケットに押しこみ、その部分をふくらませて脱兎のごとく駆けだし（そのときわたしは近づいてくる足音を聞いたのです）、携帯品預り所の前まで来た。そこでは、やつはまた富豪に化ければよかったわけです——急用で席をはずさねばならぬ富豪にね。やつはただ預り所の番人に札をわたして、入ってきたときと変わらぬ上品さで出ていきさえすればよかった。ところが、たまたまわたしがその番人だったというわけです」

「きみはやつにどんなことをしたんだ?」珍しく熱のこもった調子で大佐がさけんだ。「やつはどんな話をしたんだ?」

「まことに申しわけありませんが」と神父は眉毛一つ動かさずに言った——「話はそれでおしまいです」

「話がおもしろくなるのはこれからだというのに」とパウンドはぼやいた。「どうやらやつの手口はわかったが、きみの神父としての手口はよくわからんようだ」

「さて、わたしは行かねばなりません」とブラウン神父は言った。

二人は連れだって廊下を歩き、正面広間に出ていった。そこには、チェスター公爵の血色のよい雀斑だらけの顔が見え、公爵は快活に跳びあがるようにして二人のほうに近づいてきた。

「来たまえ、パウンド」息を切らして公爵が言った。「ホテルじゅうを捜しまわっていたんだ。晩餐はまた盛大に始まっているし、オードリー老人は、フォークの無事を祝して一席ぶつことになっていますよ。この事件を記念するために、なにか新しい儀式を始めたいんだ。ほんとにあの品物を取り返したのだから、どうです、なにか提案はありませんか?」

「そうだな」と大佐はいくぶん皮肉な賛成の意をしめして相手を見ながら言った。「わたしの提案は、今後われわれの夜会服は黒のかわりに緑色にしたらいいだろうということだ。あんまり給仕そっくりの恰好だと、どんなまちがいが起こらんともかぎらぬからな」

「いいかげんにしてくださいよ!」と相手の青年はさけんだ——「紳士が給仕そっくりに見え

るなんて絶対ありません」

「給仕が紳士そっくりに見えることもな」とパウンド大佐は、依然相手をばかにしたような笑い顔をうかべて言った。「神父殿、あんたの友人は紳士のまねをするくらいでは、よほど利口だったにちがいないですな」

ブラウン神父は、ありきたりの外套のボタンを襟のところまで全部はめた――夜風が烈しかったからである。そして、傘置き台から自分のありきたりの蝙蝠傘を取りだした。

「さよう」と神父は言った――「紳士になるのはちょっとやそっとのことではできません。だが、どんなもんでしょう、わたしはよく考えるんだが、給仕になるのもまた同じくらい骨の折れることではないでしょうかな」

そして、「お休み」と言いながら神父はこの快楽の宮殿の重いドアを押しあけた。表に出ると、重々しく金色の門が閉まる。神父は湿った暗い街路を威勢よく歩いて、安あがりなバスを捜しにいった。

飛ぶ星

フランボウは、年をくってすっかり良心家となってから、こんな話をした——

「ぼくがいままでにやったいちばん美しい犯罪は、妙な偶然の一致だが、同時にぼくの最後の犯罪でもあった。あれをやったのはクリスマスのときだった。これでも芸術家のはしくれであるぼくは、いつも、そのときどきの季節や特定の土地柄にふさわしい犯罪を提供しようと心がけていたので、ちょうど群像の背景を選ぶような具合に、大事件にふさわしいテラスや庭をあれこれと選んだものだ。そういうわけで、田舎の貴族をぺてんにかけるのは、樫の羽目板がある細長い部屋でなくてはならんし、逆にユダヤ人をだしぬいて一文無しにするには、あの煌々と明かりの点いたカフェ・リッシュの衝立のあいだでなくてはならぬわけだ。同様に、英国内で教会の副監督さまから財宝をちょうだいして、その重荷を軽くしてあげる場合には（相手が聖職者だからといって、これは諸君が考えるほど簡単じゃない）、ぼくはどこか大伽藍のある町の緑の芝生や灰色の塔などの背景に相手をはめこんで仕事をするのが望みだったし、舞台がフランスに移っても、たとえば、金持ちのくせして性悪の百姓から金を奪ったときには（そんな百姓はまずいないけど）、怒って髪を振り乱した相手が、刈りこんだポプラの灰色の並木や、ミレーの偉大な魂が瞑想しているあのゴールの荘厳な平原を背景に、くっきりとうかびあがるようにしてやって、初めて満足を味わったものだ。

さて、ぼくの最後の犯罪はクリスマスの犯罪だった——つまり、陽気でこぢんまりした英国中流階級的な犯罪、チャールズ・ディケンズ風の犯罪だった。場所は、パトニー近くの由緒ある中流の良家で、そこには、三日月型の車寄せがあり、母屋の脇には、馬小屋があり、表の二つの門には標札があり、一本のチリ松が生えている家だった。ここまで言えば、これがどんな家であるか見当がつくだろう。ほんとにぼくは、ディケンズのスタイルを模倣した自分のやり口が巧みで文学的だったと思っている。その同じ晩に改悛してしまったのが残念なくらいだ」

こう前置きしてから、フランボウは内側から見た者としてこの一件を話しだすのだった。が、これは内側から見ても奇妙なのである。外側からでは徹底的に不可解であり、しかも第三者は外側からでなくては調べられぬのだ。この外側の観点からすると、事件の幕があいたのは、この馬小屋のある家の玄関の戸が、チリ松の生えた庭に向かって開き、クリスマスの贈物日の午後の餌を鳥たちにやろうと一人の若い娘がパンを持って現われたときであったと言えぬことはない。娘は美しい顔だちで、凜々しい茶色の眼をしていたが、そのからだつきはまるで見当がつかなかった——というのは、茶色の毛皮にすっぽりくるまっていて、どれが髪の毛でどれが毛皮だか見さだめがつかぬくらいだったからである。その愛くるしい顔が見えなかったら、よちよち歩きをしている小熊に見えたろう。

冬の午後が暮れなんとしてしだいにあかね色を帯び、はやルビー色の光が、咲く花もない花壇の上にゆらぎ、いわば朽ちはてた薔薇の亡霊で花壇を満たしていた。母屋の片側には馬小屋があり、その反対側には、裏のもっと広い庭に通じる、月桂樹の覆いかぶさった通路があった。若い女は鳥たちにパンを投げあたえてから（餌をやるのは、その日これで四度目か五度目だった——犬が食べるからだ）、つつましやかに月桂樹の小径を通って、常緑樹が光に映えている裏の庭に入っていった。が、そのとたんに、ほんとうにびっくりしたのか、それともお座なりにびっくりしてみせたのか、ともかく大きな驚きの声を発して、そそり立つ庭の塀を見あげ、その上に現実離れしたようすでまたがっている現実離れした人間の姿を見つめた。

「とびおりないで、クルックさん」若い女はいくぶんはらはらした声で呼びかけた——「あんまり高すぎるわ」

天馬にまたがっているかのように塀にのっかっていたのは背の高い骨ばった若者で、ヘアブラシのように突っ立った黒い髪の下には知的できわ立ってさえいる顔が覗いていたが、顔色は黄色っぽく、外国人のようであった。これがことさら目だったのは、若者が毒々しいほどまっ赤なネクタイをしめていたからであるが、このネクタイたるや、当人が自分の服装のなかで気をつかう唯一の部分なのである。おそらくそれはシンボルなのだろう。青年は娘のはらはらした歎願に耳を傾けず、脚を折るかもしれぬような高みから、娘の横の地面めがけて、ばったのように跳びおりた。

「どうやらぼくには強盗の素質がある」青年は落ち着きはらって言った——「それでだ、もしぼくがたまたまこの隣の家に生まれていなかったとすれば、強盗になっていたことまちがいなしだ。強盗になったからって別に悪いことはあるまい」

「なんてことを言うの！」と娘はとがめた。

「だってさ、もし自分が塀のまちがったほうの側に生まれついたとすれば、塀を乗り越したってかまわないはずじゃないか」と青年。

「あんたときたら、つぎになにを言いだすか、どんなことをしでかすか、ちっとも予想がつかないわ」と娘。

「ぼくにだってわからないことがよくあるさ」とクルック氏はやり返す――「ところで、これでやっとぼくは塀の正しいほうの側に来たわけだ」

「正しい側ってどっち側なの？」と微笑しながら若い婦人が訊いた。

「どちらを問わず、きみがいるほうの側さ」とクルックという名の男が言った。

　二人が連れだって、月桂樹の小径を表の庭のほうに向かって歩いていると、自動車の警笛が三度、一度ごとにぐんと近づいて鳴るのが聞こえ、やがて一台のたいへん優美な薄緑色の自動車がすばらしい速度で現われたかと思うと、鳥のように玄関の前まで走り寄って、車体をふるわせて停止した。

「ようこそお出まし！」と赤いネクタイの青年が言った――「あれなら正しいほうの側に生まれついた人間にまちがいなしだ。まさかきみのサンタクロースがこんなハイカラさんだとは思いもよらなかったな、アダムズさん」

「あら、あれはわたしの名付け親のレオポルド・フィッシャー卿だわ。贈物日にはいつも来てくれるの」

と言って、ちょっとのあいだ無心に話をとぎらせたが、そのために、当人があまり熱をいれてないことが自然にばれた。それからルビー・アダムズ嬢はこうつけ加えた——

「とても親切な人」

新聞記者のジョン・クルックは、このレオポルドという著名な町の大立物のことを聞き知っていた。それに対して大立物のほうではクルックという男を聞いたことがなかったとしても、それはやむをえぬことだろう。《クラリオン》紙や《新時代》紙に載ったある記事で、レオポルド卿はこっぴどくたたかれたことがあるのだ。しかし、クルックはなにも言わずに、かなり手間のかかる荷おろし作業をむすっとした表情で見守った。緑色の服を着た大柄できちんとした運転手が運転台から現われ、客席からは灰色の服を着た小柄できちんとした従僕が現われ、ふたりは共同してレオポルド卿を玄関の階段の上に安置し、まるで取り扱い注意の小包みでも解きほぐすかのようにして卿をほぐしにかかった。バザーの一回分もあろうかと思われる膝掛け、ひと山に棲むあらゆる種類の動物の毛皮、虹に含まれたいっさいの色に染められたスカーフ——こういったものが、一枚また一枚とはがされてゆき、やがて、どうやら人間らしい姿をしたものが見えてきた。それは親しげでありながら外国人のような風貌の老紳士で、鼠色の山羊髭をたくわえ、にこやかにほほ笑んでは、大きな皮の手袋をこすりあわせている。

卿の正体がまだ完全に露わにならぬうちに、玄関の戸が両側に開いて、アダムズ大佐（例の毛皮の令嬢の父親）が、著名な客人を招きいれるためにわざわざ出てきていた。大佐は背が高く、日焼けした顔の無口な男で、トルコ帽に似た赤い喫煙帽をかぶっており、そのために、エジプト駐屯の英軍司令官かトルコ王のように見えた。大佐の横には、最近カナダから来た義弟が立っていた。これは大柄でかなり騒々しい若い豪農で、名前はジェイムズ・ブラントといった。それにもう一人、近所のローマ・カトリック教会の神父もいっしょにいたが、そのぱっとしないことときたらジェイムズに輪をかけたひどさだった。大佐の亡妻がカトリック信者だったので、例によって子供たちは母親を見習うようにしつけられていたのである。この神父はなにからなにまでぱっとしないようすで、ブラウンという名前にいたるまでくすんでいる。それでも大佐は、いつもこの神父になんとなくつきあいやすいものを感じて、このときのような家族の集まりにはよく招いていたのである。

この家の大きな玄関広間には、レオポルド卿のからだを容れる余地はもちろん、彼の外皮を脱ぎすてるにさえ充分な広さがあった。ここの車寄せと玄関広間は、家全体の大きさとは不釣り合いに大きく、いわば、一端に玄関があり、他端に階段の昇り口がある、一つの大広間を形づくっていた。ここの大きな炉の前で（炉の上には大佐の剣がかかっている）、例の作業が完了し、顔をしかめているクルックをも含めた一同がレオポルド・フィッシャー卿に紹介された。ところが、当のやんごとなき金融業者殿は、きちんと筋目の通った服装のあちこちの部分を依然として探っているのである。が、やっとのことで燕尾服の奥まったポケットから黒い卵形のケースを取りだすと、これが名付け子へのクリスマス・プレゼントだと顔を輝かせて説明するのだった。なんとなく憎めないあからさまな自慢顔で卿はケースをみなの前に差しだした。ちょっと指を触れると、ぱちんと開いてみなの眼を驚かせる。まるで水晶の噴水がみなの眼にしぶきをかけているようだった。覗きこむと、オレンジ色の天鵞絨地のなかに、三個の卵のようにならんでいるのは、あたり一面の空気を燃えあがらせるばかりに見える三粒の白く冴え冴えとしたダイヤモンドだった。フィッシャーは恩人ぶったにこやかな微笑をうかべながら、娘がびっくりした表情で見惚れているさまや、大佐がにこりともしないで賞讃したり無愛想に礼を述べる有様や、一座全体が発する讃嘆の声を心ゆくまで味わっていた。

「さあ、もうしまっておこう」と言って、フィッシャーはケースを燕尾服のポケットにもどした。「来る途中でも用心せにゃならなかった。これはアフリカ産の有名なダイヤモンドで、あまり頻々と盗難に遭うので、《飛ぶ星》と呼ばれている。犯罪界の大物はみんなこれをねらっているが、往来やホテルでうろついている無頼漢連中だって手をださずにはいられまい。ここに来る途中でだって紛失しなかったとはかぎらない。ありうることだよ」

「あたりまえのことでしょう」と赤いネクタイの男が唸るように言った。「やつらがこれを盗ったとしても、ぼくはやつらが悪いんだとは思わないな。やつらがパンを乞い求めているのに、あんたが石ころ一つあたえなければ、やつらは自分でこの石を奪ってもかまわぬはずだ」

「そんな言いかたをしないで」と娘がさけんだ。彼女はふしぎなほど頬をほてらせている。「あんたがそんな話しかたをするようになったのは、あんたがあのなんとかいう怖ろしいものになってからだわ。ほらあのことを言ってるのよ。煙突掃除夫を抱きしめたがる人のことをなんていいましたっけ？」

「聖者といいますよ」とブラウン神父が言った。

「わたしが思うには」人を見くだすような微笑をうかべてレオポルド卿が言った──「ルビーが言いたいのは社会主義者のことだろう」

「急進派(ラディカル)というのはラディッシュを食って生きている男のことじゃない」かなりいら立った口調でクルックが述べた──「また保守派にしても、ジャムを保存しておく男という意味じゃないでしょう。それと同じに、社会主義者というのは、煙突掃除夫と談笑しながら一夜をすごしたいと思っている男のことじゃないんだ。社会主義者というのは、どこの家の煙突もみな同じように掃除され、どこの煙突掃除夫もみなその報酬を受けるようになることを望む人間なのだ」

「すると、社会主義者というのは、人が自分の煤(すす)を所有することを許さぬというわけで」と低い声で神父が口をいれた。

クルックは、興味ありげな、尊敬の色さえまじえた眼で神父を見やった。

「煤を自分の物にしておきたい人がいるんですか?」とクルックは訊いた。

「いないこともありますまい」とブラウン氏は思案ありげな眼つきで答えた。「たしか庭師が煤を使うという話を聞いたことがあるし、またわたしはあるクリスマスの集まりで、手品師がやってこなかったものだから、煤だけを使って六人の子供を喜ばせたこともある──顔面に塗布致しましてな」

「まあすてき」ルビーがさけんだ。「ここに集まっている人にもやって見せてもらいたいわ」

やかましいカナダ人のブラント氏は持ち前の大声を張りあげてこの話を賞讃し、度肝(どぎも)を抜かれた金融業者が（これを貶そうとして）やはり大声をあげたときだった、玄関の両開きのドアにノックがした。神父がドアを開くと、常緑樹やチリ松や、その他さまざまの植物の生えた前庭の光景が、豪華な紫色に映えた西空を背景にしだいにたれこめる夕闇のなかに見えた。額縁に収まったようなこの景色が芝居の背景そっくりの色あざやかで珍しいながめだったために、戸口に立っているぱっとしない人影を一同はしばし忘れていた。その男は埃にまみれた顔をし、擦り切れた服を着ており、ありきたりのメッセンジャー・ボーイにまちがいなかった。

「みなさんのなかにブラントさんという方がいますか？」とその男は言って、半信半疑の体で一通の手紙を差しだした。ブラント氏はのこのこと出ていくと、おれがそうだよと大声でどなりながら足を止めた。驚きの表情をありありとしめしながら封筒を引き裂くようにあけ、手紙を読む。かすかに顔が曇ったが、やがてまた晴れ晴れとした表情に返り、彼は義兄であり主人公である大佐のほうに振り向いた。

「こんな迷惑をおかけするのは恐縮なんですが、大佐」植民地育ちらしい陽気さでブラント氏は言った――「実は、古い知人が今夜用談があって、ここへわたしを訪ねてくるというんですが、かまわないでしょうか？　実を言いますと、その男はあの有名なフランスの曲芸師兼喜劇役者のフロリアンなんです。もう何年も前に、カナダで知りあっていたことがありましてね。あの男はフランス系のカナダ人なんです。そいつがわたしになにか用があるそうなんですが、どんな用件なのかさっぱり見当がつきません」

「ああ、いいとも」大佐は無頓着に答えた。「おまえの友人なら誰でもけっこう。きっとその男は掘りだし物だろう」

「いやまったく、あいつなら顔を煤でまっ黒に塗ってごらんにいれるでしょう」と笑い声でブラントはさけんだ。「他人には、相手かまわず眼をまっ黒にしてしまうことも請け合いだしね。わたしはそんなこと平気ですよ――どうせお上品じゃないんだから。わたしは昔の陽気なパントマイムが好きなんだ――役者がシルクハットを尻に敷いたりするパントマイムがね」

「わたしのシルクハットはごめんですぞ」とレオポルド・フィッシャー卿が威厳をつけて言った。

「まあまあ」と軽い調子でクルックが口をはさんだ――「口論はよしましょうや。シルクハットを尻に敷くよりも低級な道化もありますからね」

なにかといえば破壊的な意見を吐いたり、名付け子の美女と見るからに親しげにしている赤ネクタイの青年に対して心穏やかならぬものを感じていたフィッシャーは、独特の皮肉たっぷりで親分気どりな調子で言った――「というと、きみはシルクハットを尻に敷くよりはるかに低級なことをご存じなんだな。そりゃいったいなんですか?」

「シルクハットを頭にのせることですよ、一例をあげれば」とこの社会主義者は言った。

「さあ、さあ、さあ」とカナダの農業家は野生人らしい心のゆとりをしめしてさけんだ――「楽しい晩をぶちこわしにするのはよしましょうや。そうですな、今夜はひとつこの集まりのためになにかやりましょう。顔をまっ黒けに塗ったり、帽子を尻に敷いたりするのは、いやならやる必要はないが、ともかく、なにかそういったものをやろうじゃありませんか。たとえば、英国独特の昔ながらのパントマイムはどうだろう――道化者(クラウン)やコロンバインやなんかが出てくる英国独特のやつさ！　わたしは十二歳で英国から離れるときにそれを見たが、それからというもの、その印象はまるで焚火のようにわたしの頭のなかで燃えていたんですよ。つい何年か前に母国に帰ってみれば、もうそれは死滅していたじゃありませんか。哀れっぽいお伽(とぎ)劇が幅をきかせているだけですよ。こっちは焼けた火箸と警官とがソーセージにされてしまうところを見たくてむずむずしてるというのに、やつらが見せてくれるものときたら、月光を浴びてお説教をするお姫さまとか、青い鳥だとか、そんなものばかりだ。青い鳥より青髭のほうがはるかにわたし向きだね――特に青髭が老いぼれの道化パンタルーンになるあたりは絶品だ」

「警官をソーセージにしちまうというのは大賛成だ」とジョン・クルックは言った。「このほうがさっきのよりずっとましな社会主義の定義だな。それはともかく、道具立てを揃えるのは大仕事だろうな、きっと」

「どういたしまして」とすっかり夢中になっているブラントがさけんだ。「道化狂言こそいちばんてっとり早くできるんだ――その理由は二つある。まず第一に仕種(しぐさ)の所作が無制限にできること、第二に道具が全部家にあるもので間にあうこと――テーブルとかタオル掛けとか洗濯籠(かご)とかいったもので充分なんだ」

「たしかにそうだ」とクルックは熱心にうなずきつつ歩きまわりながらいちおう相手の言うことを認めた。「しかし、ぼくの警官の衣裳がないじゃないか！　最近は警官を一人も殺しちゃいないんだ」

ブラントは、ちょっとのあいだ顔をしかめて思案していたが、やがて、しめたとばかりに膝をたたいた。

「いや、心配ご無用！」とブラントはさけぶ。「この手紙でフロリアンの住所がわかっているだろう――やつならロンドンじゅうの衣裳屋を全部知ってるさ。来るときついでに警官の服を一着持ってくるように電話をかければいいんだ」こう言ったかと思うと、彼はとびあがりながら電話のあるほうへ去っていった。

「なんてすばらしいんでしょう、おじさま」とルビーが、踊りださんばかりのようすでさけんだ。「わたしはコロンバイン、あなたはパンタルーンになるの」

相手の百万長者は、いわば異教的な厳粛さをしめしてからだをこわばらせた。

「ええと、パンタルーンは誰かほかの者にやってもらおう」と彼は言った。

「パンタルーンにはわしがなりましょう」とアダムズ大佐が口から葉巻を取って言ったが、大佐が口をきいたのは、あとにもさきにもこれきりだった。

「すばらしいことになるぞ」とさけびながら、カナダ人が満面をほころばせて電話口から帰ってきた。「これで役が全部揃った。クルック君は道化役(クラウン)だ――新聞記者で、昔からの洒落(しゃれ)にくわしいだろうからね。わたしはハーレクイン（パンタルーンの従僕でコロンバインの恋人）ならやれそうだ――ただ長い脚で跳びまわっていればいいんだから。電話だと友人のフロリアンは警官の衣裳を持ってきてくれるそうだ――しかも、途中でそれに着替えてここに現われるそうだ。舞台はこの広間を使えばいいし、見物人はあの奥の広い階段に何列でも上へ上へとすわればいい。こっち側の玄関のドアは背景だ——あいていても、閉まっていても役に立つ。閉まっていれば、背景は英国風の家の室内、あいていれば、月光下の庭園というわけだ。なにもかも魔法仕掛けさ」

こう言うと彼は、折よくポケットに入っていた玉突用のチョークを取りだし、正面の入口と階段との中間あたりに広間のはしからはしへ線を引いて、フットライトを置く位置をしめした。

この途方もない催しが、いったいどうして時間内に準備できたのかは、一つの謎であった。しかし一同は、若さが家じゅうにあふれている際につきもののあの無鉄砲さと熱心さのいりまじった態度でそれにあたった。その夜この家には若さがあふれていたのだ——といっても、その若さを発散している源である二つの顔と心とが誰のものであるかは、周囲の人全員が気づいていたわけではなかった。ブルジョア的なおとなしいしきたりがこの創意工夫の出発点になっていたのに、例によって、この場合も、工夫はしだいに奔放となっていった。コロンバインは、客間の大きなランプ笠にふしぎとよく似た、人目を惹くスカートをはいて、魅力たっぷりな姿だし、道化役とパンタルーンは、コックから貰ってきた小麦粉でまっ白に化粧し、これもやはり下女からせしめてきた紅で赤く塗りたくった——この紅の寄贈者は（真のクリスチャンである寄進者がみなそうであるように）最後まで無名であった。ハーレクインは、早くも葉巻の箱から取った銀紙の衣裳をまとっていたが、おつぎは燦然たる水晶で身を飾るのだと言って、ヴィクトリア朝時代の古いシャンデリアを打ち砕こうとするのを、やっとのことでみなにとめられた。もしルビーがいつかの仮装舞踏会でダイヤモンドの女王に扮したときにつけた無言劇用の古い人造宝石をひっぱりだしてこなければ、彼はきっとシャンデリアを打ち砕いたにちがいない。いやまったく、ルビーの叔父ジェイムズ・ブラントの興奮はすさまじいばかりで、手に負えぬくらいであった。小学生そこのけなのである。彼はいきなりブラウン神父の頭に紙製の驢馬（ろば）の頭をかぶせた――神父はしんぼう強くそれをかぶったままでいたが、なんとかそっと自分の耳を動かすこつを発見しさえした。さらにブラントは、今度は紙製の驢馬の尻尾をレオポルド・フィッシャー卿の燕尾服の裾につけようと計った。が、これは相手のしかめ面（づら）によってしりぞけられてしまった。

「叔父さんのばかふざけも度が過ぎるわ」と、クルックの肩に、糸に通したソーセージをまじめくさった顔つきでつけてやったばかりのルビーが、クルックに向かってさけんだ。「どうしてあんなに熱狂してるのかしら？」

「なにしろきみの相手役（ハーレクイン）だからな」とクルック。「ぼくは古くさいお笑い種（ぐさ）を演じる一介の道化役にすぎぬのさ」

「あんたがハーレクインだとよかったのに」とルビーは言って、かけおわった数珠つなぎのソーセージから手を離した。

　ブラウン神父は、舞台裏で行われているこまごまとした支度を全部知っており、さては枕を細工してパントマイムの赤ん坊に仕立てあげて喝采を博しさえしたのに、やがて正面の客席にまわっていって、生まれて初めてマチネを見る子供のように厳粛な、期待に満ちあふれた表情で、見物人のなかにまじって腰をおろした。観客は、親類の人たちや、この土地に住む二、三の友人や、召使いたちだけで、ほんの小人数であった。いちばん前の席にはレオポルド卿がすわっていたので、卿の依然として毛皮の襟を立てている大柄な図体(ずうたい)が、その背後にいるちび神父の観劇をすくなからずじゃますることになった――けれども、この出し物がよく見えなかったために、はたして神父が損をしたかどうかという点は、芸術の権威筋の判定を待たねばなるまい。パントマイムの上演ぶりは混乱そのものであったが、それでも、けっこうばかにならぬものであった。劇には終始一貫して奔放な即興が流れていたが、それは主として、道化役のクルックから流れでたものだった。クルックはふだんから頭のきれる男だったうえに、今夜は特にインスピレーションを受けて、現実離れした全能ぶり、世界のいかなるものよりも賢明な愚かしさを発揮するにおよんでいたのである。これは、ある特定の人物の顔の上にある特別の表情をちらりと読みとった若い男が感じるインスピレーションにほかならなかった。彼は一応は道化役ということにはなっていたが、実際には他のありとあらゆる役を引き受けて、作者(といっても、この劇に作者というものがあると仮定しての話だが)やプロンプターはおろか、背景画家から道具方にいたるまで、いっさいの役をやりこなし、とりわけ、そのオーケストラぶりはめざましかった。縦横無尽の劇が突然幕になると、彼は舞台衣裳のままピアノの前にとんでいって、ふざけていると同時に場面にぴったりした通俗曲をかき鳴らすのだった。

この劇のクライマックスは、定石どおり、舞台の奥手にあたる玄関の扉がさっと両側に開いて、月の光に照らされた美しい庭が見え、と同時に、警官に扮装した、あの有名な職業俳優、大フロリアンの登場してくる姿が、美しい庭よりもひときわ鮮やかに見えた瞬間であった。ピアノに向かっている道化役が《ペンザンスの海賊》中の警官隊の合唱を弾く。が、それも、耳を聾するばかりの拍手喝采の音にかき消されたほどだった――それほど、この大喜劇役者の一挙一動が、控え目ながら警官の身のこなしを実にみごとに生き生きと伝えていたのである。と、ハーレクインが警官に跳びかかって、ヘルメットの上からなぐりつける。《その帽子はどこでもらった?》を弾奏中のピアニストは、いかにも仰天したような巧みな恰好できょろきょろあたりを見まわす。跳びはねているハーレクインがまた警官を殴りつける――（ピアニストは《そのとき別のを持っていた》を暗示する二、三節を弾いている)。つぎにハーレクインは警官の腕のなかにまともに跳びこみ、割れんばかりの喝采のうちに警官を投げ倒して馬乗りになる。いまだにパトニーの近隣で語り草になっている名高い死に真似をこの奇妙な俳優が演じたのは、まさにこのときであった。生きている人間が、これほどぐにゃぐにゃに見えることがあろうとは、ほとんど信じられぬことであった。

運動選手そこのけのハーレクインは袋でも扱うかのように警官を振り回し、体操用の棍棒かのようにねじ曲げたり、ほうり投げたりした――すべてこれは、狂乱的なおどけたピアノの曲にあわせて行われたのである。ハーレクインがこの喜劇味たっぷりの警官を重そうに床から持ちあげるときには、道化者は《汝の夢から起きあがる》を演奏した。警官を背中にかつぎあげるときには、《荷を背負って》が弾かれ、最後にハーレクインが真に迫った音をどさんとさせて警官を振り落とすと、狂乱のピアニストはなにか歌詞を口ずさみながら、調子のいい曲を威勢よくかき鳴らした。その歌詞は《恋文を送ったら、途中で落っことしてしまったぞ》というものであったと、いまでも信じられている。

こうして精神的無政府状態が極限に達していた頃、ブラウン神父の視野は完全に遮られてしまった。前にすわっていた町の大立者が、身長いっぱいに立ちあがって、ポケットというポケットにあわただしく両手をつっこんでいたからである。ごそごそやりながら落ち着かなげに腰をおろしたかと思うと、また立ちあがって、そのまま一瞬のあいだ、いまにもフットライトを跳び越えていきそうな素振りをしめし、つぎに、ピアノを弾いている道化者をじっとにらみ据えていたが、やがて無言のまま部屋から跳びだしていった。

それからほんの数分のあいだ、神父は、素人役者のハーレクインが、みごとな気絶ぶりをしめしている敵のからだの上を跳び越えながら、おどけてはいるがけっこう優美なダンスを踊るのをながめていた。粗暴ながら真に迫った演技で踊りながら、ハーレクインはゆっくりとあとずさりつつ玄関を抜けて、月光と静寂が一面に支配する庭に出ていった。フットライトに照らされていたときには毒々しくさえあった銀紙と人工宝石のでっちあげ衣裳は、冴えきった月光のなかを踊りつつ遠ざかっていくにつれて、しだいしだいに神秘的な銀色を帯びてゆく。観客が滝音のように拍手を送りながら舞台に近づきはじめたときだった、誰か藪から棒にブラウンの腕に触れたものがあり、同時に、大佐の書斎にくるように告げるささやき声が耳もとでした。

ブラウンは、しだいにつのる疑念を抱いて、自分を呼びだしたもののあとについて出ていったが、書斎に入って、その場のしかつめらしさとこっけいさのいりまじった光景を眼にしても、この疑念を払いのけることができなかった。そこにいたアダムズ大佐は、気どりもなにもないパンタルーンの扮装をまだつけたままで、まるい取っ手のついた鯨ひげを額の上にぶらぶらさせていた。が、その老いぼれた眼を見れば、なんとそこには、悪魔の宴会さえしんとしてしまうような悲歎の色が宿っているではないか。レオポルド・フィッシャー卿は炉棚にもたれて、いかにも一大事だと言いたげな勿体ぶったようすで唸っていた。

「非常に困ったことになってね、ブラウン神父さん」とアダムズが言った。「実は、きょうの午後みんなで拝見した例のダイヤモンドが、この人の燕尾服のポケットから消えてしまったらしいんだ。そこで、あなたが……」

「わたしがこの方のすぐうしろにすわっていたから……」とブラウン神父は大きくにたりと笑って、相手の言葉を補った。

「いやいや、そんな疑いは、わたしが絶対に許しません」と言いながら、アダムズ大佐はフィッシャーの顔に、じっと、たじろがぬ視線を向けた。その眼つきから察すると、どうやら、そんな疑いがすでに言いだされていたにちがいない。「わたしのお願いは、ただ、あなたに紳士としてできるだけの援助をしていただきたいというだけなんです」

「つまり、ポケットの中身をさらけだすことですな」と言って、ブラウン神父はさっそくそれにとりかかり、貨幣を七シリングと六ペンス、往復切符一枚、小さな銀の十字架像、小型の祈禱書(とうしょ)、それに棒チョコを一本取りだして陳列した。

大佐は長いこと神父の顔をながめていたが、やがて言った――「実のところ、あんたのポケットの中身より頭の中身のほうを見せてもらいたいのです。わしの娘はあなたの信者の一人のはずですが、その娘が最近……」と言いかけて話をやめてしまった。

「あの娘は最近」とフィッシャー老人が大声で言った――「父親の家を傍若無人な社会主義者に開放したが、その男は、金持ちからならなんでも盗んでやると公言しています。これがその結果です。まさしくこのわたしは金持ちです――しかも、誰にも負けぬ金持ちです」

「わたしの頭の中身をご所望とあらば、進ぜましょう」とブラウン神父はやや物憂げな体で言った。「その中身がどれほどの価値があるかは、あとで決めていただくことにして、さあ、この廃物同然の頭のポケットから最初に出てくるのは、本気でダイヤモンドを盗もうと思っている連中は社会主義の話などしないという事実ですよ。彼等はむしろ」と神父はまじめくさったようすでつけ加えた――「社会主義を非難するでしょうが」

相手は二人とも、はっとして身動きした。神父はそのまま話をつづける――

「わたしらは、ここに集まっているみなさんのことを大なり小なり知っております。あの社会主義者にしたところで、まさかダイヤモンドを盗むなんて大それたことはしでかしそうにありません。眼をつけねばならんのは、わたしらが知ってないただ一人の人物ですよ。つまり、警官の役をやっているフロリアンという男です。やつは、まさしくこの瞬間にどこにいるのかな?」

パンタルーン姿の大佐がすっくと立ちあがると、大股に歩いて部屋を出ていった。大佐の去ったあとは、一種の幕間が訪れ、そのあいだ、百万長者は神父を凝視し、神父は祈禱書を見つめていた。やがてパンタルーンがもどってきて、厳粛な声でとぎれとぎれに言った――「警官はまだ舞台に倒れたままだ。幕が六回もあがったりさがったりしたのに、彼はまだ横になったきりです」

ブラウン神父は手にしていた本を落とし、頭のなかが支離滅裂になり、ぽっかり穴があいてしまったというような表情で眼を見張っていた。きわめて徐々に、ひと筋の光明がその灰色の眼に忍びもどってきた。すると神父はほとんどわけのわからぬ返事をした。

「こんなことを訊いて失礼ですが、奥さまがお亡くなりになったのはいつでしたかな？」

「わしの家内！」と相手の軍人は眼を見張って答えた――「あれが死んだのは、ふた月前のことです。あれの弟のジェイムズがやってきたのは、ちょうどその一週間あとだったので、死に目にあえませんでした」

ちびの神父は、これを聞くと、弾丸に当たった兎のように跳びあがった。「さあ、行きましょう！」いつになく興奮したさけび声だった。「さあ、早く！　警官を見にいかなけりゃ！」

三人は、すでに幕のおりている舞台に駆けつけ、（いかにも満足げにささやきをかわしているらしい）コロンバインと道化者のそばを乱暴に通り抜けた。すぐにブラウン神父が、倒れているこっけいな警官の上にかがみこむ。

「クロロホルムだ」立ちあがりながら神父が言った――「いま、やっと見当がついた」

一瞬、二人は電気に打たれたように黙っていたが、すぐに大佐がゆっくりした口調で言った――「まじめなところ、いったいこれはどうしたわけなのかうかがいたいですな」

ブラウン神父は、いきなり大声を立てて笑いだしたが、すぐに笑い声をひっこめた。それでも、まだおかしくてたまらぬといったようすでしゃべりはじめた。「お二方」と辛うじて言う

――「ゆっくり話をしている暇がありません。犯人を追跡しなければならない。が、この警官を演じたフランスの名優は――つまり、ハーレクインがワルツの相手にしたり、抱きしめたり、投げとばしたりしたこの気のきいた死体の正体は……」ここでまた声が出なくなった。神父はくるりと背を向けて走りだそうとする。

「いったい、何者です?」とフィッシャーがいぶかしげに呼びかけた。

「ほんものの警官ですよ」と言い残すと、ブラウン神父はかけだして夜の庭に出ていった。

葉の生い茂ったこの庭のいちばんはずれには、窪地や樹蔭になった場所があちこちにあり、そこでは、月桂樹をはじめとした種々の常緑の灌木(かんぼく)が、サファイアをちりばめたかと思われるばかりの星空と銀色に輝く月とを背景にして、真冬だというのに、南国のような暖かい色を見せていた。揺れ動く月桂樹の華麗な緑、夜空の豊かな藍紫(らんし)色、巨大な水晶玉のさながらの月。こういったものが、奔放なまでにロマンチックな光景を現出していた。と、庭の樹々の梢(こずえ)近くの枝のあいまをよじ登ってゆく怪しい姿が見えるではないか。ロマンチックというより、途方もない姿である。頭のてっぺんから足の爪先(つまさき)まで全身がきらきらと光っていて、無数の月を身にまとっているかのようだ。ほんものの月の光が、男の一つ一つの動作を照らしだして、いままで見えなかった男のからだの一部をあらたに燃えたたせる。が、男はさっと身をひるがえして、こちらの庭の低い樹から隣の庭の揺れ動く大樹にたくみにとび移って、じっと動かなくなった。男が静止したのは、とび移ってきたばかりの低い樹の下に、人影が一つすべるようにやってきて、たしかに樹上の男に呼びかけたからであった。

「やあ、フランボウ」と下から声がする——「まったく《飛ぶ星》そっくりだな。だが、《飛ぶ星》の末路は《転落の星》ということに相場が決まっている」

銀色にきらめく樹上の人影は、月桂樹の葉のなかで身をのりだしたようすである。逃げおおせる自信があるのか、下にいる小柄な人物の言葉に耳を傾けはじめたのだ。

「今度のは、いままでになく上出来だったな、フランボウ。アダムズ夫人が亡くなった一週間後に——おそらくはパリからの切符で——カナダから到来したのは、上出来だったね——なにせ、不幸の直後というものは、誰もなんやかやと問いただしたりする気分にならないからな。《飛ぶ星》に眼をつけ、フィッシャーが訪ねてくる日をつきとめたのは、さらに抜け目がなかった。だが、それから先のこととなると、抜け目ないどころか、まさに天才的だったよ。おまえさんにとっちゃ、あの宝石を盗むことなぞお茶の子だったろう。おまえさんの手先の早業なら、なにもフィッシャーの上着に紙の驢馬の尻尾をつけるなんてことにかこつけなくても、他にいくらでも方法があったろう。が、その点はともかく、他の点では、いままでのおまえさんに数段まさるやり口だった」

緑の木の葉のあいだにいる銀色の人物は、催眠術にでもかかったかのように動きだそうとしない——背を向けて逃げだそうと思えば、難なくできるのに、じっと下の男を見つめているのである。

「うん、そうなんだ」と下の男が言う——「わたしにはなにもかもわかっているんだ。おまえさんがあのパントマイムをむりにでっちあげたばかりか、あれを二重の目的に利用したことだってわかっている。おまえさんは最初こっそりと宝石を盗むつもりだった――ところが、そこへ仲間が知らせを持ってきて、はやおまえさんの身に疑いがかかっており、腕利きの警部が一人今夜おまえさんをひっとらえにくる、ということがわかった。ありきたりの泥棒だったら、そこで、この警告のおかげで命びろいしたとばかりに、さっさとずらかったにちがいないが、さすがにおまえさんは詩人だ。そのときすでに、おまえさんは、舞台衣裳についた無数の模造宝石のなかにあの宝石を隠してやろうと、抜け目ない計画を立てていたのだが、ふと、その衣裳がハーレクインの着るものならば、そこへ警官が登場するのは、まったくふさわしい当然のことだと気がついたのだな。さて、あの有能な警部どのは、おまえさんを見つけようとパトニーの警察署からお出ましになって、前代未聞の風変わりな罠にのこのこと入ってきたというわけさ。玄関のドアがあくと同時に、警部どのはいきなりクリスマスの無言劇の舞台に足を踏みいれることになったわけだが、そこで彼は、踊っているハーレクインに足蹴にされ、棍棒で殴られ、気絶させられ、麻酔薬をかがせられた――しかも、パトニーでもいちばんのお歴々が大声で笑いこけているさなかにやられたのさ。いやまったく、こんな上出来なやつは、もう二度とできまい。ところで、おまえさん、例のダイヤモンドを返してくれてもいいだろう」

左右にゆらぐきらびやかな人影が乗っている緑の枝が、びっくりぎょうてんしたかのようにがさがさとざわめいた。が、下からの声はつづいていた――

「返してもらいたいんだ、フランボウ――それから、こんな生活から足を洗ってもらいたいな。おまえさんには、まだ若さと名誉心とユーモアがある――が、こんな商売では、せっかくのそれも長つづきせん。人間というものは、善良な生活なら一定の水準を保つことができるかもしれぬが、悪事の一定水準を保つなんてことはむりな相談なんだよ。悪の道は、もっぱらくだるいっぽうさ。親切な男が酒飲みになると、とたんに残酷になる。正直な男でも、人殺しをすれば、嘘つきになってしまう。わたしの知りあった人のなかにも、ちょうどおまえさんのように、最初は律義な無頼漢とか富豪相手の陽気な盗賊になるつもりではじめたのが、最後には泥まみれになりはててしまったのが大勢いる。モーリス・ブラムは最初、信念のある無政府主義者、貧民の救世主としてこの道に足を踏みいれたのだが、おしまいには、敵味方双方に利用され軽蔑されるおべっか使いのスパイ兼密告者になりさがったし、ハリー・パークにしても、いとも真剣に、金を惜しみなくふりまく運動を自分で始めたくせに、いまでは、餓死寸前の姉さんにたかって、酒代をせしめている始末だし、アンバー卿にしたところが、無頼漢の社会にとびこんだときこそ騎士然としていたが、いまでは、ロンドンでもいちばん下等なゆすり屋にたかられて、金を払っている有様だ。バリヨン大尉は、おまえさんよりひと時代前の大紳士強盗だったが、やつは、『犬』や故売者に裏切られ、追いつめられる恐怖にさいなまれて悲鳴をあげつつ精神病院で死んでいった。おまえさんのうしろには、森がいかにも自由な天地に見えていることだろう、フランボウ――おまえさんがさっと身をひるがえせば、猿のように森のなかに消えうせてしまうことができようさ。だが、おまえさんだって、いつかは灰色の老いぼれ猿になるときがあるんだよ、フランボウ。そのときおまえさんは、森のなかにすわって、寒々とした心で死を待っている――樹も梢もまる裸になっていることだろうよ」

すべては依然しんと静まりかえっている――下にいる小柄な男が、眼に見えぬ長いひもで相手を樹上につなぎとめているかのようだ。小男は話をつづける――

「おまえさんのくだり坂はもう始まっている。おまえさんはよく、卑劣なまねはいっさいしないと大見得をきっていたものだが、今夜は卑劣なことをやっている。おまえさんのおかげである正直な若者に嫌疑がかかるだろう――いや、既にその人に不利な証拠が出ているのだよ。若者と、相思相愛の娘との仲をおまえさんは裂くことになるのだ。しかし、このままでいけば、一生のうちにはもっと卑劣なことをするようになる」

三粒のきらめくダイヤモンドが樹上から芝生に落ちた。小男は身をかがめてそれをひろいあげる。もう一度見あげたときには、梢の緑の籠はからっぽで、あの銀色の鳥の姿は見えなかった。

宝石が偶然、人もあろうにブラウン神父にひろわれて、もどってきたので、その夜は割れんばかりの歓呼のうちに幕を閉じたのであるが、すこぶる上機嫌のレオポルド卿は神父に向かって、自分としてはもっと視野の広い考えをもっているが、信仰上この俗社会を離れて世の中のことをなにも知らずに暮らす連中を尊敬することはできそうだ、と話しさえした。

見えない男

カムデン・タウンの一郭、二つの坂道が交叉している角の菓子屋は、蒼く冷たい黄昏のなかで、葉巻の火のようにほんのり輝いていた。人によっては花火の先のようだというかもしれない。複雑に混ざりあったさまざまの色彩がいくつもの鏡にはね返されて乱れとび、はなやかにきらめく無数のケーキや砂糖菓子の上で踊っていたからだった。

この燃えるようなウィンドウ・ガラスには浮浪児たちの鼻が押しつけられていたが、それはチョコレートの赤、青、金の包装紙が中身よりもおいしそうに見えたからであり、ウィンドウに飾られた大きな純白のウェディング・ケーキは、北極全部が食べられるお菓子だとしたらそうなるように、とうてい手の届かないものでありながら、お腹のくちくなるまで堪能できそうな代物だったからである。これら虹のように色彩豊かで人の心をそそるお菓子屋の飾り窓には、当然のことながら、近くの十二、三になる子供たちを吸いよせる力があった。しかし、この角店はもっと年のいった若者にでも魅力があると見え、二十四にはなろうと思われる一人の青年が同じ飾り窓を覗きこんでいた。この若者にとっても店は、お伽噺の国のような魅力をもっていたが、それは必ずしもチョコレートのせいだけではなかった。といって、若者もチョコレートはきらいなほうではなかった。

この青年は背が高く、赤毛でたくましい体格をしていたが、そのきりっとした顔に似合わず大儀そうな物腰の男だった。小脇には、ペン画のスケッチを入れた灰色の平たい折り鞄をかかえていたが、実は、海軍将官だった叔父から、資本主義経済理論に反対する講演をぶったのがもとで社会主義者の折り紙をつけられ勘当されて以来、このスケッチを出版社に売り歩いてどうにかやっていたのだった。この青年はジョン・ターンブル・アンガスという名だった。

ようやく店のなかに足を踏みいれると、軽食堂のようになっている奥の部屋へ行く途中、給仕をしていた店の娘に黙って帽子をあげてみせた。娘は黒一色の服を着ていたが、髪も、そのすばしっこい瞳もともに黒く、肌は桜色で、身のこなしの敏捷な、上品な娘だった。彼女は適当な間を置いてから、青年の注文を聞きに奥の部屋に入っていった。

その注文は、一応はしごくありきたりだった。「半ペニーの菓子パン一つと、砂糖なしのコーヒーの小さいやつを一杯ほしいな」と几帳面に言ってから、娘がまだこちらを向いているうちに追加の注文として――「それから、ぼくと結婚してほしいんですが」

若い娘は一瞬身をこわばらせて言った――「そんな冗談は許せませんわ」

赤毛の青年は灰色の眼をあげたが、その表情は案に相違して生真面目なものだった。

「ほんとうにまじめなんです。本気で言ってるんですよ、半ペニーの菓子パンと同じくらいに。金のかかることも菓子パンと同じだな。おまけに、こなれの悪いところもこのパンにそっくりだ。痛めつけられますからね」

黒い服の娘は、その黒い眼を片時も彼から離さずに非情なまでに綿密に相手を見定めていたが、納得のゆくまで吟味してしまうと、うっすらと微笑をうかべて椅子に腰をおろした。

「半ペニーの菓子パンをこんなふうに食べてしまうのは残酷だと思いませんか！」アンガスは気もそぞろに言った。「もしかすると一ペニーの菓子パンに成長するかもしれないもの。ぼくらが結婚したら、こんな野蛮なスポーツはきっぱりやめよう」

黒い服の娘は椅子から身を起こすと窓のところに歩いていったが、態度はしっかりしているとはいっても、やはりすこしは心を動かされたらしいようすだった。ようやくなにか思い決したように彼のほうに身を振り向けた娘は、青年が店の飾り窓からいろんな種類のお菓子を取りだして慎重な手つきでテーブルの上にのせているのを見て、あっけにとられた。そのなかにはピラミッド型のきれいな色をした砂糖菓子や、幾皿かのサンドイッチがあったが、こんな軽食堂にはつきものの得体（えたい）の知れぬ葡萄酒やシェリー酒の瓶も二本まじっていた。こういったものをこぎれいにならべたそのまんなかに、さっきまで派手にウィンドウを飾っていた、白い砂糖に蔽（おお）われた大きなウェディング・ケーキがそっとおかれてあった。

「いったいなにをなさっているの？」と娘はいぶかしんだ。

「義務をはたしているんですよ、ローラ」と青年は馴れ馴れしく言って、話をつづけようとした。

「まあ。その先を言うのはちょっと待って」と彼女は大声をあげた。「それにわたしに向かってそんなふうに話しかけないで。あれはいったいなんですの？」

「お祝いのごちそうさ、ホープさん」

「それから、あれは?」と娘は砂糖のかたまりのような高いケーキを指さして腹立たしげに言った。

「婚礼用のケーキですよ。アンガス夫人」と青年。

店の娘はケーキのところまで歩いていくと、手荒くそれをウィンドウにもどし、すぐに引き返してテーブルに肘をつき、この若い男をつくづくと見やった。かなり憤慨の体だが、まんざら悪い気持ちでもなさそうだった。

「わたしに考える暇をくださらないのね」と彼女は言った。

「それほどばかじゃございません。これでもキリスト教徒として遠慮はしているんですがね」と彼は応酬した。

娘はあいかわらず青年を見つめていたが、その微笑の蔭には前より真剣な表情が深まっていた。

「アンガスさん、こんなあほらしいことをつづけるよりも、わたし自身のことでなるたけ手短にお伝えしておきたい話がありますの」しっかりした口調で彼女は言った。

「拝聴つかまつりましょう」かしこまってアンガスが答えた。「その話のなかにはきっと、ぼくに関係した問題も出てくるというものでしょう」

「まあ、おしゃべりはいいかげんにして聞いてください」と彼女はたしなめた。「これはわたしの恥になる話じゃないし、後悔していることでもないの。でも、あなたどうお思いになる、もしわたしにまったく関係のないことで夢に見るほど悩まされているとしたら？」

「そんなときは」と若い男は真剣な口調で言った。「あのケーキをまた持ってくればいいんですよ」

「それよりも、まずこの話を聞いてくださらなくちゃ」頑固に娘はそう言った。「初めから言うと、わたしの父はラドベリーで《紅鮭亭》という宿屋をやっていて、わたしはそこの酒場でお客さまに給仕をしていたの」

「ぼくはよくふしぎに思うんだが」と青年は言った。「この菓子屋にはどこかキリスト教的な雰囲気があるのはなぜだろうか」

「ラドベリーは東部でも草深い小さな盆地で、ひどく退屈なところです。だから《紅鮭亭》にやってくる人たちときたら、ときたま姿を見せる行商人を除けば、どれもこれもあなたがご覧になったらぞっとするような人ばかりなの。とてもあなたなんか見たこともないような人たちだわ。つまり背が低くて怠け者で、暮らしには困らないけどなにもすることがなく、しょっちゅう酒場にとぐろを巻いて競馬で賭けをしているといった連中なの。それに着ているものがまた趣味の悪い洋服なんですけど、それだってあの連中にはもったいないくらいでしたわ。こんな不愉快な若いろくでなしでも、しじゅうわたしたちのところにいりびたっていたわけじゃありません。ところが二人だけ、来すぎるほどしじゅう来ている人がおりました。似ているところのとても多い人たちで、二人とも自分のお金で暮らしていたうえに、揃いも揃ってうんざりするほどの不精者で、すこぶるめかしやさんでした。だけどわたしはすこしばかりその人たちに同情してましたの。なぜって、うちのようなうらさびしい小さな酒場にこっそりやってくるなんて、二人ともいくらか外見が特徴的だったからでしょう。田舎ではそんなことを笑う人がおりますの。二人ともほんとうにおかしなわけではなかったんですけど、ふつうとはいえませんでした。一人はびっくりするほどの小男でした。子供の身長とまではいかなくても、競馬の騎手のようでした。見かけはちっとも騎手らしくなかったけど、まるくて黒い頭だし、きれいに手入れされた黒い顎鬚(あごひげ)をつけて、小鳥のように明るい眼をしていました。ポケットでお金をじゃらじゃらさせたり、大きな金の時計の鎖をこれ見よがしにちらつかせていましたわ。お見えになるときはいつもきまってめかしすぎていて、とうてい紳士とは思えないようないでたちでした。あの人は、毒にも薬にもならない男でしたけど、ばかじゃありませんでしたわ。まるで役に立たないことなると、なんでも奇妙に頭が働くの。即興手品なんかでは、十五本のマッチを仕掛け花火のように順々に発火させたり、バナナを切って踊り子の人形をつくったりするんです。名前はイジドア・スマイスといいましたけど、いまでもわたしは、カウンターにやってきて五本の葉巻でカンガルーのはねる真似をしてみせるあの人の小さな浅黒い顔が眼にうかぶようですわ。

もう一人はずっとおとなしくて、平凡な人でした。それなのに、どういうわけかわたしには小男のスマイスさんよりこの人のほうが怖かったんです。この人は背も高く、ほっそりしていて、髪は明るい色だし、鼻筋も通っていて、まずはまぼろしの美男といっていいくらいでした。ただひどい斜視で、あんなのはわたしし、あの人しか知りませんでしたわ。あの男にまともに見つめられると、どこを見ているのか見当がつかないのはしようがないとしても、自分がどこにいるのかもわからなくなってしまうんですの。この点であの男はずいぶんみじめな思いをしていたのでしょう。スマイスのほうはところかまわずいろんな手品をしてみせるのに、ジェイムズ・ウェルキン（あとの男の名前はそういうの）は酒場で浴びるように飲むか、一人で灰一色の平坦な土地をあちこち遠出する以外にはなにもしないんです。それと同じに、スマイスさんもひどくからだが小さいことを気に病んでいたのでしょうけど、あの人はずっと気のきいたやりかたで押し隠していました。こういうわけなので、同じ週に二人から同時に結婚を申しこまれたときは、ほとほと困りぬいてしまいましたの。

それで、あとから考えるとつまらないことをしたと思うんですけど――でも、いくらそうだと言って、わたしのお友達と言っていい人だったし、それに二人ともほんとうの理由を言ってことわったら、あの二人がどう思うか、それも怖かったんですの。で、わたしは別に口実をつくったんです、世間に出て自力で成功した人でなければ結婚する気にならないって。あんたたちのように相続したお金で暮らすのはわたしの主義に反すると言ってやったのです。わたしがこんな体裁のいいことを言ってから二日後にとんでもなくやっかいなことが始まりましたの。まず、わたしの耳に入ったのは、二人ともばかげたお伽噺の主人公をきどって宝探しに出かけたということでした。

ええ、それ以来きょうまでどちらにも会っていませんわ。でもスマイスという小男さんからは二通手紙をもらいましたの。二通ともけっこう胸のわくわくする手紙でした」

「もう一人の男からは便りはなかったの？」とアンガスは訊いた。

「一通も来ませんでしたわ」ちょっと娘はためらってからこう言った。「スマイスがよこした最初の手紙は、ウェルキンといっしょにロンドンに向けて出発したことを、知らせてきたのです。でも途中、足の達者なウェルキンから落伍して道ばたで一休みしていると旅回りの見世物にひょっこり拾われることになったんですって。あの人の背が低かったのと、実際に抜け目のないところがあったので、見世物稼業ではかなりのところまでいったらしいの。その後アクエリアム座に出て、なんだか忘れたけど手品をやったそうです。これが一通目の手紙でした。二通目のはもっと意外な手紙で、ほんの先週受け取ったばかりですの」

アンガスという名の青年はコーヒーを飲みおえて、おっとりした眼つきでのんびり相手をながめていた。彼女は話をつづけたが、その口は笑いのためにすこしゆがんでいた。

「あなたも広告で《スマイスの物言わぬ召使い》といったようなものをごらんになったことがあるでしょう？　そうでなかったら、あなたはきっと、その広告を見たことのないたった一人の人にちがいないわ。そりゃ、わたしもよくは知らないけど、家事万端を機械でやるゼンマイ仕掛けの発明なのよ。ほら、知っているでしょう——《ボタン一押し——一滴の酒も飲まぬ召使い頭》とか、《ハンドルを一ひねり——けっしていちゃつかぬ女中十人》こんな広告をどこかで見たことがあるでしょう。この発明がどんなものか知らないけど、それで一財産できるし、それからの儲けはみんな、わたしがラドベリーの田舎で知りあったあの小男のものになるんですわ。気の毒な小男が立派に独立できたのは喜ばしいと思わずにはいられませんわ。でも、はっきり言うとわたし、いまにもあの人が姿を現わして、世間に出て自力で成功しただろうと言いだしはしまいかとびくびくしているんです――ほんとにそうなったんですものね」

「で、もう一人のほうは？」アンガスは落ち着いた口調で、だが執拗に同じ質問をまたした。

ローラ・ホープは突然立ちあがって言った。

「まあ、それなのよ。あんたはいったい魔法使い？　そう、あなたの言うとおりなの。もう一人の男ときたら、葉書一つよこさないので、何をしているのかどこにいるのか、まるで死んでしまった人みたいに消息がないの。でもわたしが怖れているのはこっちの人だわ。わたしの道に立ちふさがって、わたしを半狂乱にしたのはこの男なの。実際この男のためにわたしの気が狂ってしまったんじゃないかと思うくらいだわ。あの男がいるはずのないところであの男の気配を感じたり、あの男がしゃべっているはずのない場所であの男の声が聞こえるような気がするんですもの」

「それじゃ、きみ」若者がのんきに言った。「もしやつが悪魔だとしても、きみはこれを他人にしゃべったんだから、やつはもうおだぶつさ。人間は一人きりでも頭がおかしくなるものなんですよ。ところで、きみがわれらの斜視先生の気配を感じたり、声を聞いたような気がしたのはいつのことだね？」

「こうやってあなたの声を聞いているのと同じほどはっきりとジェイムズ・ウェルキンが笑うのを聞いたんです」と娘は言いはった。「そばには誰もいませんでしたわ。わたしはお店を出たすぐそこの角に立っていたので、両方の通りを一目で見わたせたんです。そのときにはもう彼がどんな笑いかたをしたかは忘れていたけど、でもあの笑い声はあの眼と同じようにふつうじゃなかったんですもの。彼のことなんかその一年も前に忘れていたわ。それはともかくとして、それからほんの数秒後に彼の競争相手から最初の手紙が来たことは否定できない事実ですわ」

「きみはその亡霊になにかしゃべらすとか、悲鳴をあげさせるというようなことはしなかったの?」いくらか興味をそそられてアンガスが訊いた。

ローラは思い出したように身をふるわせたが、しっかりした口調で言った。

「ええ、ちょうどわたしが、出世に成功したというイジドア・スマイスの二通目の手紙を読みおえたその瞬間、ウェルキンの声が聞こえたんです。『だが、あいつにはきみを手に入れさせないぞ』って。まるでその部屋に彼がいるみたいにはっきりしてました。ぞっとするわ。わたし気が狂ってるんじゃないかしら」

「ほんとうにそうなら」と青年が言った――「自分は正気だと思うものですよ。それにしても、この見えざる紳士についてはどうもおかしな点があるようだ。一人より二人の頭のほうがましさ。一つの心より二つの心、なんてことは言わずにおきましょう。さて、それにつけても、きみさえよければ、ぼくはしっかりした実務的な男としてウィンドウから婚礼用のケーキをもう一度持ってくるんだけど――」

こう話しているうちにも、表の通りで鋼鉄のきしるような音が聞こえ、怖ろしいスピードでやってきた小型の自動車が店の戸口にぴたりと横づけした。と同時に真新しいシルクハットをかぶった一人の小男が店先におり立った。

アンガスはこれまで精神衛生学上、のんきに平静をよそおっていたのだが、事ここに及んでは、さすがに緊張を隠しきれず、不意に奥の部屋からとびだすと新来の客のほうへ大股で近づいていった。彼を一目見ただけで、恋する男のすばやい当て推量がみごとに的中していたことがわかった。そのきびきびしたからだつきといい、横柄に突きでた黒いとんがり鬚や、抜け目なく動きまわる眼といい、さてはこぢんまりときれいだが神経質な指にしても、すべてがさっき聞かされたばかりのあの男以外のなにものでもなかった。これぞ、バナナの皮とマッチ箱からちょっとした金を生みだしたイジドア・スマイス、盗み飲みをしない鉄製の召使いと、ふざけちらすことのない十人の機械女中とで一財産つくりあげたイジドア・スマイスその人だった。一瞬、二人の男は、本能的に互いのうちに独占欲の気配を感じとって、対抗意識につきもののあの奇妙にひややかな寛大さをしめして見あっていた。

しかしスマイス氏は、双方の敵愾心を煽っている核心的問題には触れずに、あっさりと、だが思いもよらぬことを言った——「ウィンドウのあれをホープ嬢はごらんになりましたか？」

「ウィンドウの？」きょとんとしてアンガスが鸚鵡返しに言った。

「いろいろ説明している暇はありません」と小男の百万長者は鋭い口調で言った。「なにかばかげたいたずらをしかけたんです。調べてみる必要がある」

スマイスはよく磨きのかかったステッキで、いまさっきアンガス氏によって婚礼準備のために空っぽにされたウィンドウをさした。アンガス氏が見て驚いたことに、ウィンドウの真正面には長い帯状の紙が貼りつけられているではないか。

いましがた彼はそのガラス越しに外を見たばかりだったが、そのときにはそんなものはありはしなかった。精力的なスマイスについて通りに出てみると、一ヤード半ほどの印紙がていねいにガラスの外側に貼ってあり、それにはぞんざいな字で《きみがスマイスと結婚すればやつは死ぬ》と書かれてあった。

「ローラ」アンガスは大きな赤毛の頭を店につっこんで呼びかけた――「きみは気が狂ってなんかいないよ」

「こいつはウェルキンの筆跡だ」スマイスが声を荒だてて言った。「やつにはここ何年も会っとらんのだが、やつはしょっちゅうおれを悩ませやがる。ここ二週間のあいだに五回も脅迫状をおれのアパートによこしおった。それなのに誰が持ってきたものかわからないんだ。ウェルキンが自分で届けにきたのかもしれんが、アパートの門番は怪しいやつは見かけなかったと断言している。いまもここであいつは人目につく店のウィンドウに壁板みたいに大きな紙を貼っていきよったが、それでも店にいた人は――」

「まったくです」アンガスは弱々しく言った。「店にいた人たちはお茶を飲んでたんです。いやまったく、この問題をまともに扱うあなたの常識には感心しましたよ。ほかのことはあとでも話せます。それよりも、まだやつはそう遠くまで行ってないでしょう――ぼくが十分か十五分ほど前にウィンドウのところへ行ったときには紙きれなどなかったのはたしかですから。考えようによっては、やつがどっちに逃げたのかわからない以上、もう追いつけないほど遠くにいるのと同じことにもなりますがね。ぼくの忠告を聞いてもらえるんなら、スマイスさん、これは誰か腕ききの探偵――それも警察でなく私立探偵の手にゆだねたほうがいいですよ。すばらしく頭のいい男を一人知ってるんですが、あなたの車なら五分もあれば行けるところで開業しています。フランボウという男で、若い頃はすこしすさみましたが、いまじゃ正直一点ばりの男で、金を払っても損のない働きをしてくれます。ハムステッドのラックナウ荘に住んでいます」

「そいつは奇縁だ」小男は黒い眉を弓なりに曲げて言った。「わたしもその角をまがったヒマラヤ荘に住んでいるんだ。あんたもいっしょに来てもらえるだろうね、わたしが自分の部屋へ帰ってあの変わり者のウェルキンの手紙を選りだしているまに、ひとっ走り行ってあんたの友達の探偵を連れてきてくれるとありがたい」

「よろしいですとも」とアンガスはていねいに言った。「そう、早く行動するにこしたことはないですから」

二人の男はどちらもとっさに妙な公平さをもって四角ばったあいさつを娘に送り、軽快そうな小型車にとび乗った。スマイスが運転して通りの角を大きくまがったとき、アンガスは《スマイスの物言わぬ召使い》という巨大な広告を見ておかしくなった。それには大きな鉄製の首なし人形が《一生つむじをまげない料理人》という銘のついたソースパンをさげている絵が描いてあった。

「わたしは自分のアパートでこいつを使っていますよ」笑いながら黒髭（くろひげ）の小男が言った。「半分は宣伝のためだが、便利なこともあるんでね。割引なしに正直に言って、わたしのゼンマイ仕掛けの大人形はどのハンドルを押すのかをまちがいさえしなければ、石炭でも葡萄酒でも時刻表でも、わたしが知っているかぎりのどんな生きた召使いよりもすばやく持ってきますぜ。だが、ここだから言いますが、この召使いにもそれなりに不便なところがあるのは否めませんが」

「そうですかね？」とアンガスは言った。「その人形にできないこともありますか？」

「あるね」スマイスはそっけなく言った。「あいつらには誰があの脅迫状をアパートに持ってきたのか言えんからね」

この男の車は持ち主に似て小型ではしっこかった。事実これも、あの家事をさばく召使い同様、彼の発明したものだった。仮に彼が宣伝屋の山師だとしても、あくまでも自分の製品を信用している山師だった。この車が夕暮れの、衰えかけた陽ざしをまともに浴びて、白いまがりくねった道を登っていくころには、なにか小さなものに乗ってとんでいるような感じがますます強まってきた。やがて白いカーブはいっそう鋭く、眼もくらむばかりとなって、まるで新興宗教でいうところの、螺旋階段を登っているようだった。景色はそれほどよくないにしても、エディンバラに負けないほどけわしいロンドンの一郭を車は登りつめていたからである。台地の上に台地がそびえ、そのまた上にやっと目的地であるアパートの特徴的な塔が、真横から射す夕陽に黄金色にはえて、まったくエジプトのピラミッドほどにも思える高さにそびえ立っていた。車が角をまがってヒマラヤ荘街と呼ばれる通りに入ると、とたんに景色は一変した。アパートの高い建物は、緑のスレートの海にうく城のようにロンドンの街のはるか上方に立っていたのである。アパートの向こう側、砂利を敷いたヒマラヤ通りの反対側には、庭園というよりは急勾配の生垣か土手といったほうがいい灌木の囲いがあって、ややさがったところから、お城の堀に似た一種の運河が流れていた。車がこの通りを走り抜ける際、一つのまがり角で栗を売っている男の屋台店を通りすぎたが、すぐそのまがり角の向こう端で、くすんだ紺色の制服を着た警官がゆっくり歩いているのがアンガスの眼に留まった。この淋しい町はずれの高台で見かけた人の姿といったら、この二人だけだった。アンガスはなぜか彼等がロンドンの無言の詩であり、一編の物語の登場人物であるような気がしたのだった。

小型の車は弾丸のようにめざす建物に突進し、爆弾のように車の主をはきだした。時を移さず彼は、金モールを光らせた背の高い受付係とワイシャツ姿の背の低い玄関番に、誰か、もしくはなにかが彼のアパートメントを探していなかったかと訊いた。前に訊いたとき以来まだ誰も、なんにもここを通ったものがないとはっきりすると、いささかめんくらった体のアンガスを引っぱって彼はロケット弾のようにエレベーターにとび乗り、最上階まで昇った。

「まあ、ちょっと入りたまえ」スマイスは息もつかずに言った。「きみにウェルキンの手紙を見せたいんだ。それからでも、角をちょいとまがればきみの友人をひっぱってこられるだろうからね」壁に隠れているボタンを押すとひとりでにドアが開いた。

奥には広々とした玄関広間がつづいており、ふつうの意味でなにか人目を惹くものといえば、部屋の両側に仕立屋のマネキン人形のように立っている背の高いロボットの列だけだった。仕立屋の人形と同じように頭がなく、同じく仕立屋の人形のように恰好のいい不必要な丸みが肩についていて、胸は鳩のように突きでていた。だが、これだけのことを除けば、その機械は、駅で見かける、人間の背丈ぐらいの自動販売機より以上に人間の姿に見えるということはなかった。機械には、お盆を運ぶために腕に似た鉤がついており、見わけやすいように黄緑色や、朱色や、黒に塗ってあった。その他の点ではあらゆる意味で自動機械にすぎず、誰もそれを二度と見る気はしなかったろう。すくなくともいまの場合はどちらもそうはしなかった。というのも、召使い人形の列と列とのあいだにこの世のどんな機械よりも興味を惹くものが置いてあったからだった。それは一枚の白い破れた紙きれで、赤インクで走り書きがしてあった。身軽な発明家はドアを押し開くや否や、さっとそれをつかみあげていた。彼はなんとも言わずにそれをアンガスに手わたした。赤インクはまだ乾ききってなく、内容はつぎのようなものだった――「きょう彼女と会ってきたのなら、おまえを殺してやる」

短い沈黙のあとでイジドア・スマイスは静かに言った――「ウィスキーを一杯どうです? どうもこれなしでは済ませられそうもない」

「ありがとう。ぼくはそれよりもフランボウです」読んだあとでアンガスは言った。「どうも事件は重大なことになっているらしい。ぼくはひとっ走り彼をつかまえにいってこよう」

「きみの言うとおりだ」相手はあっぱれな快活さを見せて言った。「できるだけ急いで彼を連れてきてくれ」

しかし、廊下に出てドアを閉めるときに、アンガスの眼に留まったのは、スマイスが一つのボタンを押すと、機械人形の一つが立っていた場所から床の溝を滑りだし、サイホンと酒瓶をお盆にのせて運んでくる光景だった。彼はこの小男を、ドアを閉めると生き返ってくる召使いどものなかにたった一人で残していくことになんとなく不安を覚えたのだった。

スマイスの部屋から六段くだったところで、ワイシャツ姿の男がバケツを持ってなにやらやっていた。アンガスは足を止めてその男に向かい、自分が探偵を連れてもどるまでここから動かずにいて、見かけない男が階段を登ってきたらよく憶えておくように約束させたが、念のために、もどったらチップをはずむからねと釘をさした。表玄関まで一気に駆けおりると、ここでも彼は受付係に同じような警護を頼んだが、この建物には裏口がないと聞いたので、事は一つ簡単になった。それでもまだものたらず、今度は巡回中の警官をつかまえて、入口の向かい側に立って見張っていてくれるようにと頼み、最後に栗売りの男のところに立ちよって栗を一ペニー買ってから、このあたりにどのくらいいるつもりなのかと訊いた。

男は外套(がいとう)の襟を立てながら、雪になりそうな空模様だからそろそろ帰るつもりだと言った。なるほど、黄昏の空はどんよりして寒さもきびしくなっていた。しかしアンガスはあるったけの弁舌を揮(ふる)って栗売りの男をその場に留めておこうと口説きにかかった。

「きみの持ってる栗を全部だいて暖まっていたまえ」と彼は一生懸命に言った。「みんな食べてしまってもいい。むだにはさせませんから。もしきみがぼくのもどるまでここにいて、誰でも、老若男女を問わず、あの門番が立っている家に入っていく人があったら教えてくれたまえ。一ポンドはずみますよ」

こう言うと彼は、いまや完全な包囲網に包まれた建物に最後の一瞥をくれて、さっと歩み去った。

「とにかくその部屋のまわりじゅうを固めといたんだ」と彼は言った。「四人が四人ともウェルキン氏の手下ということもあるまいからな」

ラックナウ荘はいわば建物の丘の麓にあって、それからいえばヒマラヤ荘は頂上にあった。フランボウの事務所をかねたつづき部屋は一階にあって、あの物言わぬ召使いのいるアメリカ式機械仕掛けや親しみのもてぬホテル式豪華さに満ちたアパートとはあらゆる点で対照をなしていた。アンガスの友人であるフランボウは、事務所の奥にあるロココ風の芸術味豊かな私室に案内したが、その部屋の装飾品といったら、サーベルに火縄銃、東洋の骨董品、それにイタリア産ワイン、未開人の料理鍋、毛のふんわりしたペルシャ猫とぱっとしない小柄のローマ・カトリックの神父さんだったが、とりわけこの坊さんは場違いな感じだった。

「こちらは、わたしの友達のブラウン神父」とフランボウが言った。「前からきみに引きあわせたかったんだ。けっこうな陽気だね。南国生まれのぼくにはいささか寒いがね」

「うん、もち直すだろうと思うけど」アンガスはこう言うと菫色の縞模様をした東洋風の椅子に腰をおろした。

「いいや」と神父が落ち着いて言った――「雪が降りだしましたよ」

そう言っているうちにも、栗売りの予言したとおり、暗くなった窓ガラスの外に雪がちらつきはじめた。

「ところで」とアンガスは重々しく言った。「ぼくは用事があって来たんです。それも、ちょっと神経にこたえる話なんですよ。フランボウ、こういうわけなんだ。あんたの家から眼と鼻の先のところで一人の男があんたの助けを必要としている。その男はほんとに見えない敵にわずらわされ、脅迫されているんです。悪党の姿を見た者は誰もいない」アンガスがローラのことに端を発するスマイスとウェルキンの物語をすっかり話しおえ、彼自身の話へと語り進んで、人気のない人通りの角で湧き起こった超自然的な笑い声のこと、誰もいない室内ではっきり聞こえたふしぎな言葉などを説明していくにつれ、フランボウは眼に見えて乗り気になり、小柄の神父は一個の家具並みにうち忘れられてしまったようだった。話がウィンドウに貼られたテープとその走り書きのことに及ぶと、フランボウは急に立ちあがった。大きな肩が部屋をふさいでしまうようだった。

「よかったら」と彼は言った――「残りは、その男の家にできるだけ近道していく途中で話してくれないか。どうも一刻を争うことのような気がするんだ」

「それはいい」と言ってアンガスも腰をあげた。「もっとも、彼の隠れ穴に通ずる唯一の入口を四人もの男で見張らせているからには、現在のところは絶対安全だがね」

二人は通りに出た。小柄な神父は小犬のように従順にあとから急ぎ足でついてきた。そして、なにかお愛想を言うような口調で陽気に言った。――「どうです。雪がもうこんなにつもりましたよ」

三人がもう点々と雪化粧の施された急な細い坂道を登っていくあいだに、アンガスは話をしおえていたので、塔のあるアパートの近くに来た頃には、四人の歩哨に注意をくばる余裕ができていた。例の栗売りは一ポンド金貨を受け取る前後に、くどくどと、入口を見張っていたが誰も訪ねてこなかったと力をこめて主張した。警官はそれよりもなお強く太鼓判を押した。シルクハットをかぶった悪党に、ぼろをまとった悪党とあらゆる種類の悪漢を扱った自分だから、怪しげな人物は怪しげな風体をしているものと決めてかかるような青二才ではないが、鵜の目鷹の目で見張っていたにもかかわらず、幸い誰もこなかった——警官はこう報告した。玄関に足を踏まえ、にこにこしている金ぴかの門番のところへ三人は行ったが、彼の意見はもっと決定的だった。

「わたしは公爵さまだろうと掃除人夫だろうと誰にでも、このアパートにどんな用があるのか尋ねる権限をもっています」と愛想のいい金モールの大男は言った。「ですが、こちらさまがお出かけになってからは、訊問したくとも誰一人お見えにならなかったことは誓って申しあげられます」

ほったらかしにされたブラウン神父はうしろのほうで慎ましく控えて歩道をながめていたが、ここで静かに思いきって言葉をかけた——「では、雪が降りはじめてからこの階段を昇り降りした人はないのですな？　雪はわたしどもがフランボウの部屋にいるあいだに降りはじめたのですからな」

「どなたもここには見えませんでした。はい、それはわたしが保証いたします」玄関番は威厳たっぷりに言った。

「それじゃ、これはなんですかな?」神父はこう言うと魚のようにうつろな眼を地面に向けた。

一同は彼にならって視線を落としたが、フランボウはフランス流の大げさな身ぶりとともにとてつもない声をあげた。というのも、金モールの男が守っている玄関のまんなかもまんなか、文字どおりその大男の横柄に拡げた両肢のあいだに、白い雪を踏みつけた灰色の足跡が点々とつづいていたのである。

「やっ!」思わずアンガスは大声をあげた。「見えざる男だ!」

言うなり彼は向き直って階段を駆けあがった。フランボウがすぐあとにつづいたが、ブラウン神父は相変わらず立ち止まったまま、もう自分の疑問には興味を失ったとでもいうように、雪をかぶった通りをながめていた。

フランボウは明らかにその堂々たる肩で扉を打ち破りたがっていたが、彼より直観力は劣っても理性では勝っているスコットランド人のアンガスはドアの縁をずっと手探りして、やっと隠しボタンを探りあてた。ドアはゆっくり開いた。

ドアからはさっきとほとんど変わらぬごたごたした内部が見えた。広間は前より暗くなってはいたが、まだ落日の名残りの深紅色がそこここにのこっていた。頭のない機械人形が二つ三つあれやこれやの目的で元いた場所から動いて、薄闇のなかのそこかしこに立っていた。あたりのほの暗さに人形の上着の緑や赤がくすんで見え、形がぼんやりとかすんでいたために前よりずっと見た目に人間らしくなっていた。しかし、この人形たちのなかほど、ちょうど赤インクで書かれた紙片が置かれていた場所に、インク瓶からとび散った赤インクのようなものが見えた。しかし、これは赤インクではなかった。

フランボウはフランス流に理性と激情を交錯させて、一言、「殺人だ!」とさけぶと、室内にとびこみ、五分もすると部屋の隅という隅から食器棚まで手ばやく調べあげてしまった。しかし、彼が死体を発見できると期待していたとすれば、その目的物は見つからなかった。イジドア・スマイスは、死んでいるにせよ生きているにせよ、影も形もなかったのである。涙ぐましいばかりの捜索を済ませて二人の男は外のホールに出ると、汗びっしょりの顔に大きく眼をあけて互いに見かわした。「ねえ、きみ」興奮したフランボウはフランス語でしゃべりだした。「この殺人犯は自分が見えないだけじゃなくて、被害者まで見えなくさせちまったな」

アンガスは機械人形で立錐(りっすい)の余地もない暗い室内を見わたしたが、彼のスコットランド魂の片隅にあるケルト人気質がそのとき全身をわななかせた。等身大の人形が、おそらく殺された男が倒れる直前に呼びだしたのだろう、血だまりに蔽いかぶさるように立っていた。腕のかわりを務めている高い肩についた鉤の片方が幾分もちあがっており、アンガスはとっさにこの哀れなスマイスの鉄製人形が彼を打ち倒したのではないかと想像して恐怖におののいた。物質が謀叛(むほん)を起こし、これらの機械どもがみずからの主人を殺したのだ。だが、そうだとしても、いったい彼をどう始末したのだろうか?

「食ってしまったのか?」夢魔が彼の耳もとでささやいた。引き裂かれた人間の死体があの首なしのゼンマイ人形に打ち砕かれ、その腹のなかに呑みこまれてしまったのかと考えると、胸くそ悪くなるようだった。

やっとの思いで気を取り直すと彼はフランボウに言った――「まったくごらんのとおりさ、かわいそうにあの男は跡かたもなく蒸発しちまって、残るのは床の赤い筋ばかりというわけだ。こんな話はこの世のもんじゃありませんね」

「するべきことはただ一つ」フランボウが言った。「この世のものだろうと、あの世のものだろうと、ぼくは下へ行って友達に話さなくちゃならん」

二人は階下へ降りていったが、途中、バケツを持った男のそばを通りぬけると、男は、断じて侵入者は通さなかったとまたも力説し、うろうろしている栗売りと門番のところまで行くと、この二人は異口同音に、監視はおさおさ怠りなかったと再度の保証をつけた。しかし、四人目の証人はどこかとアンガスがあたりを見まわしても、どこにも見あたらないので彼はいらだったように声を高めた――「警官はどこへ行ったんだ?」

「これは失礼」とブラウン神父が言った。「わたしのせいですよ。ちょいと下の道路まであるものを捜しにやりました――調べてみるだけの値打ちはあると思ったものでな」

「そうですか、すぐもどってほしいんだがな」アンガスはぶっきら棒に言った。「あの上の哀れな男は殺されたばかりでなく、きれいさっぱり消えてなくなっちまったんですから」

「どんなふうに?」神父が尋ねた。

「神父さん」短い沈黙のあとでフランボウが言った。「もう疑う余地はありません、これはぼくなんかよりあなたの領分ですよ。敵にしろ、味方にしろ、家のなかに入ったものはいないのに、スマイスは消えてしまっているのです。まるで妖精にでもさらわれたようにですよ。もしこれが超自然の出来事でないとしたら、いったいなにが……」

このように話しているとき、異様な光景が一同の注意を奪った。青い制服の大男の警官が通りの角をまがって走ってくると、一直線にブラウン神父のところへやってきた。

「おっしゃるとおりでした」彼は息を切らせて言った。「ここをくだったところの運河で気の毒なスマイスさんの死体がいましがた発見されました」

アンガスは片手をいっぱいに伸ばして頭にやった。「あの男は駆けおりていって、身投げをしたと言うんですか？」と彼は訊いた。

「あの人は絶対におりてきませんでしたよ」と警官は言った。「溺れたのでもありません。胸をぐっさり刺されて死んでいるんです」

「それでいて、あなたは誰も入った人を見なかった？」フランボウが重々しい口調で言った。

「すこしこの道を歩いてみようじゃありませんか」と小柄な神父が言った。

一同が通りの向こう端まで来たとき、突然、神父が言った――「いや、こいつはうっかりしていた！　警官に一つ訊き忘れたことがある。薄茶色の袋が見つかったかな」

「どうして薄茶色の袋なんです？」驚いたアンガスがこう尋ねた。

「もしほかの色の袋だったら、この事件は振りだしにもどらなけりゃならない」とブラウン神父は言った。「それが薄茶色の袋だったら、やれ、事件はおしまいですわ」

「ぜひお聞かせ願いたいですな」アンガスが皮肉たっぷりに言った。「ぼくに関するかぎり、まだ始まってもいないのですから」

「すっかり話してくださいよ」とフランボウは子供のようにおかしなほど率直に言った。

一同は知らず知らずのうちに足を速めて、小高い台地の向こう斜面をくだる長い坂道をおりていった。先頭に立ったブラウン神父は黙々と、だが元気よく歩いていたが、急に、相手をはっとさせるほどぼんやりと言った――「どうも、あんまり散文的だと思われるかもしれんが、わたしどもはきまって物事を抽象的な面から始めるんですよ、この物語もそこから始めるよりしかたがないらしい。

こんなことに気づいたことはありませんかな？　つまり、他人というものは、こちらの言ったことに答えようとしないということに？　人はこちらの言ったことの意味に対して――もしくは人が相手はこういうつもりなんだろうと考えたその意味に対して――答えるのです。仮に一人のご婦人が田舎の別荘にいる友人にこう訊くとする――《どなたかごいっしょにご滞在ですか？》ですが相手は――《ええ。執事が一人に三人の馬丁、それから小間使いなどがいっしょにおりますわ》とは答えませんでしょう。同じ部屋に小間使いもおり、自分の椅子のすぐうしろに執事がいたとしても、《どなたもここにはおりません》と答えますよ。あなたがおっしゃるような人はおりませんという意味でな。だが、伝染病のことで医者が《この家には誰がおりますかね？》と尋ねたときはどうでしょう？　その婦人は執事や小間使いなどをそっくり念頭に置いて答えるでしょうな。言葉というものはすべてこんなふうに使われておる。相手から満足な答えを受けとったとしても字義の上で厳密に質問にかなった答えというものはないのです。そこで、あの四人の正直者が誰もあの家には入らなかったと言ったのは、ほんとうに一人も入らなかったということではなかった。こちらで気にしていた男だと思われる者は一人も入らなかったという意味だったのです。一人の男が建物に入り、そこから出てきました。ところが、誰もその男には注意を払わなかった」

「見えざる男、ですか？」赤毛の眉を釣りあげてアンガスが訊いた。

「心理的に見えざる男というわけですな」とブラウン神父は言った。
一、二分たってから、彼はあいかわらず気どったところのない口調で、自分の考えを追うように語りつづけた。「むろん、あらためてじっくり考えてみるまでは、そんな男を考えることはできんのだが、そこにあの男の賢明さがある。わたしは、アンガスさんの話を聞いているうちに、ちょっとした二、三のことからその男について考えてみたのです。まず第一に、このウェルキンという男は長旅に出ておった。それから、ウィンドウにはたくさんの切手の耳が貼ってあった。つぎに、これがいちばん重要なことなんだが、若い娘さんの言ったことが二つある。それが、ほんとうであるわけがないような話なのだ。どうか怒らんでください」神父はスコットランド青年がとっさに頭を動かすのを見て急いで言った。「娘さんはたしかにほんとうだと思って話した——が、ほんとうであるわけがない。受け取ったばかりの手紙を街頭で読みはじめた人がまったく一人きりだということはありえないのですよ。娘さんのすぐそばに誰かいたにちがいありません。それこそ心理的に見えざる男だったのです」
「なぜ彼女のそばに誰かいなくちゃいけないのです？」とアンガスは尋ねた。

「そのわけは」ブラウン神父が言った——「伝書鳩ならいざ知らず、誰かが娘さんに手紙を渡しているからです」

「あなたは本気であのウェルキンが恋敵（こいがたき）の手紙をそのご婦人のところへ届けたのだと主張するんですか？」力をこめてフランボウが追及した。

「そのとおり」と神父は言った。「ウェルキンは恋敵の手紙をほんとうにそのご婦人のところへ持っていったのですよ。そうしなくちゃならん理由があった」

「ああ、もういいかげんうんざりした」フランボウが大声をあげた。「その男は誰なんです？　どんなようすをしているんでしょう？　心理的に見えざる男というのはふだんはどうしているんです？」

「その男は赤と青と金のかなり立派な服を着ておる」神父は待っていましたとばかりにきっぱりと答えた。「それが、このチンドン屋のように人目を惹く服のまま、八つの人目をくぐってヒマラヤ荘に入り、無情にもスマイスを殺してから死体を腕にかかえてふたたび往来へと……」

「神父さん」すっくと身をのばしてアンガスは大声で言った。「あなたは頭が変になって、たわごとを言ってるんですか？　それとも、おかしくなったのはぼくの頭かな？」

「あなたの頭がおかしいということはない」とブラウン神父。「ちょっとばかり不注意なだけです。あんたは、たとえばこんな人に気がつきませんでしたかな？」

神父は大股で勢いよく前に出ると、誰も気づかぬうちにそばを通りぬけて樹蔭へ駆けこんでいったごくあたりまえの郵便配達夫の肩に片手をおいた。

「どうやら郵便屋さんには誰も注意しないものと見えますな」考えこむようにして神父が言っ

た――「彼等とても人間ですから情熱もある。おまけに、小さな死体なら楽々と詰めこむことのできる大きな袋を持っているというものです」

配達夫は、こちらを振り向くだろうと思いのほか、いきなり身をかがめ、庭の生垣につまずいて倒れた。金髪の顎鬚を生やした、どこから見ても平凡な痩せた男だったが、肩越しにびっくりした顔を振り向けたとき、三人はその悪魔のような表情に立ちすくんだのであった。

フランボウはたくさんの仕事が待っているサーベルと紫の絨毯（じゅうたん）とペルシャ猫の部屋に帰った。ジョン・ターンブル・アンガスはあの店の娘のところへもどったが、この軽はずみな青年は彼女とこのうえなく楽しくやっていくことだろう。しかし、ブラウン神父は、雪に蔽われた丘を星空のもとで何時間も殺人犯と歩きつづけた。二人がなにを話しあったかは知るよしもない。

イズレイル・ガウの誉れ

オリーブとシルバーの色にとざされた嵐模様の夕暮れが迫るスコットランドの灰色の谷、そのはずれにやってきて、なんとも妙なグレンガイルの城をつくづく見やっていたのは、これも灰色のスコットランド式肩掛けにくるまったブラウン神父であった。その城は、この峡谷のような盆地を差し止めて袋小路のようにしてしまい、城自体がまさにこの世の終点かと思えた。海の緑に彩られたスレートの急な屋根や尖塔が古めかしいフランス＝スコットランド式別荘のスタイルで天を摩していたが、やはりあくまでもイギリス調を保っていて、お伽噺の魔女たちのあの不吉なとんがり帽子を思わせた。それとの対照で、緑色の小塔のまわりにうねる松の林は、なんと鴉の大群集ほどに黒々と見えたのである。夢心地へと誘う――いや、睡魔の地獄へと誘惑するこの雰囲気は、単にあたりの風景が醸しだす幻想なのではない。なぜかと言えば、この土地には雲が、あの誇りと狂気と神秘な悲しみの暗雲がかかっていたからであり、それらの雲こそは、他のどこよりもスコットランド貴族の邸の上に重々しくのしかかるものだったからである。スコットランドという地方は、世襲とか遺伝と呼ばれる二人分もの毒薬をもっている。すなわち、貴族にあっては流血の、カルヴァン主義者にあっては破滅の予感である。

神父は、グラスゴーでの仕事から一日だけ強引に暇をとって、グレンガイルの城に滞在している友人フランボウに会うべくやってきたのである。素人探偵フランボウは、もっと公式の肩書をもつ係官といっしょに、故グレンガイル伯爵の生と死について調査をしているところだった。この謎めいた伯爵は、十六世紀においてその勇猛さ、正気の欠如(けつじょ)、容赦せぬ狡猾(こうかつ)によって特に陰険な貴族にも恐怖すべき存在となった一族の最後の代表者にほかならなかった。あの迷宮のような野心、メリー・クイーン・オブ・スコットを中心に築きあげられた嘘の殿堂のそのまた一室のなかにある一室、そのように入り組んだ野心にこの一族ほど深く浸っていたものがどこにあろうか。

この地に伝わる韻文が彼等の権謀術策(けんぼうじゅつさく)の動機と結果をきわめて率直にうちだしている――

　夏の樹の緑の液のごとし
　オーグルヴィーの赤き金は。

すでに何世紀にもわたって、グレンガイル城にはまっとうな主人が出たためしがなかった。ヴィクトリア時代の到来とともに、奇人の類(たぐい)はすっかり種がつきてしまったとも考えられなくはない。ところが、最後のグレンガイルは、自分に残された唯一のなすべきことをやって一族の伝統を満足させたのである。すなわち、彼は失踪した。といっても、外国へ逃(のが)れたわけではない。どこかにいるとすれば、彼はまだ城内にいるとしか考えられなかった。しかるに、彼の名は教会の登録簿とあの赤い大冊《貴族一覧》に載っているにもかかわらず、誰一人として彼を陽のもとで見た者はない。

見た者があるとすれば、それは唯一人の召使いを措いて外にない。この馬丁とも庭師ともつかぬ下僕はとても耳が遠い。事務的な人たちが彼の耳は聞こえないのだと思うくらい遠いのであるが、洞察の鋭い連中に言わせると彼はとんまということになっていた。この雑役夫は全身が憔悴していて、毛は赤く、顎がいかつかったが、眼は藍色で、その通り名をイズレイル・ガウといい、このさびれた邸に働く唯一人の召使いだった。ところが、このガウが馬鈴薯をほじくりだす勢いといい、台所へすばやく消えるそのきまりのよさといい、たしかに彼は目上の人に食事をしつらえてやっているのだという印象を人びとは受けた。つまり、あの謎の伯爵は、まだ城のなかに隠れているということになる。それが（第二の）証拠には、この召使いはのべつ伯爵はおらぬと主張しているのである。ある朝、司祭長と牧師が城に呼ばれた（グレンガイルは代々長老会派の信者だった）。城についた二人が見たことは、問題の庭師兼馬丁兼料理人がその長い職歴にさらに葬儀屋の一項を加えて、やんごとない主人を棺に収めて釘づけにしたということだった。この奇妙な事実がどれほどの（あるいはどれくらいわずかの）調査によってパスしたのか、そのへんは依然はっきりしない。というのも、二日ほど前フランボウがこの北の地へ出向いてくるまでこの件は一度も法的な調査を受けなかったからである。フランボウが到着した頃には、グレンガイル卿の死体（それが死体だとすれば）は丘の上のささやかな墓地にもうかなりのあいだ横たわっていたのだった。

ブラウン神父がうす暗い庭を抜けて、城の影の落ちているところまで来ると、雲はいよいよ厚く、あたり一面の空気は湿っぽく、雷気をおびていた。日没寸前の緑と金の帯を背景に黒い人影がうかびあがるのをこのとき神父は見た。煙突ハット、いやシルクハットをかぶって、肩に鋤をかついだ男である。その組み合わせはいかにも妙なことながら墓掘り人を思わせた。しかし、ブラウン氏は、馬鈴薯を掘りだす耳の遠い男のことを思い出したので、別段おかしいとは思わなかった。氏は、スコットランドの農夫のことならすこしは知っていた。正式の調査に立ち会うには「黒服」を着る必要があると感じるようなしかつめらしさを、そしてまた、それに立ち会ったからといって一時間の畑仕事をふいにするのはごめんだという倹約心を、彼は先刻承知していたのである。神父がわきを通っていったときの男の驚いたような態度とうさん臭そうな眼つきにしても、右のようなタイプの人間の警戒心と猜疑心にそぐわないものではなかった。

城の大きな門をあけてくれたのはフランボウその人だった。その横には鉄灰色の毛を生やした細い男が手に紙を持って立っていた。ロンドン警視庁のクレイヴン警部である。玄関の間はほとんど飾りがなく、がらんとしていたが、ただ、黒い鬘と黒ずんでゆくキャンバスのなかからあの邪悪なオーグルヴィーの蒼い顔が一つか二つ、にたにたと見おろしてはいた。

二人について奥の部屋に入ってみると、二人がいままで席についていた長い樫のテーブルがあった。その彼等がすわっていた側には、なにやら書きこんだ紙片が一面に散らばり、ウィスキーと葉巻がそれをとりかこんでいた。残りの部分は全体が、点々と間を置いてならぶ品物で占められていたが、その品物たるや、なんともわけのわからぬものばかりだった。くだけ散ったガラスのきらめく破片を寄せ集めたようなもの。褐色の挨を堆く積みあげたようなもの。もう一つは、どうやらただの樹の枝のよう。

「地理学博物館みたいですな」褐色の挨と水晶状の断片に向かって頭をしゃくりながら神父はこう言った。

「地理学博物館じゃありませんよ」とフランボウ。「心理学博物館てとこでしょう」

「そいつはやめてください」と刑事が大きな笑い声で言った。「そういう長たらしい言葉で始めるのはやめましょうや」

「心理学ってなんのことかご存じないんですか?」と人のよい驚きをしめしてフランボウ。

「心理学とは、いかれてしまうことなり」

「まだわからない」とお役人。

「つまり」フランボウが決然と言う――「グレンガイル卿について発見されたことはただ一つ、彼が狂人だったということです」

ガウの黒い姿、トップハットと鋤で身を固めたあの姿が、暮れゆく空にその輪郭をかすかにうきあがらせて窓の前を通った。ブラウン神父はなにげなくそれを見つめてから答えた――

「あの方にはなにかおかしなところがあったというのならわかります。そうでもなければ、自分を生き埋めにしたり、あんなに急いで自分の死体を埋めたりはしなかったでしょうからね。だが、いったいそれが狂気の仕業だとは、どうして言えるのですか?」

「まあ、クレイヴンさんがこの家のなかで見つけた品物のリストになんと書いてあるかお聞きなさい」

「蠟燭をつけなきゃ」だしぬけにクレイヴンが言った。「嵐がやってきそうだから暗くて読めやしない」

「その珍品リストのなかには蠟燭は入っていないんですか」と笑顔でブラウン。

フランボウは真剣な顔をあげ、その黒いまなざしで友を見つめた。

「そいつもおかしいな」と彼は言うのである――「蠟燭が二十五本あるくせに、燭台は影も形もない」

みるみる暗くなってゆく部屋と、ずんずん高まってくる風のなかで、ブラウンはテーブルにそって歩き、ほかのがらくた証拠品にまじっている一束の蠟燭の前まで来た。その途中、ふと赤茶色の塵の山の上にかがみこんだが――とたんにくしゃみを一発、あたりの静けさが破られた。

「おやまあ」とブラウン。「嗅ぎ煙草でしたよ」

それから彼は蠟燭の一本を取り、慎重に火をつけてから、元の場所へもどってきて、それをウィスキー瓶の首に突きさした。安らぎを欠いた夜の空気が、ひびのいった窓から吹きこんできて、その長い焰を幟のようにはためかせた。城の外、どの方向でも、幾マイルも果てしなくつづく松林が岩礁をとりまく黒い海原のようにざわめきたっているのが聞かれた。

「一覧表を読みますよ」クレイヴンは紙片の一つを手に取って、いかめしく口を開いた――

「この城のなかに散らばっていた説明のつかない品のリストです。この家はだいたいが家具など取りはずされ、ほったらかしにされていたということを頭にいれておいてください。けれども、一つか二つの部屋が誰かに使われていたことはあきらかです。その人は、単純ですが不潔ではない生活をそこでしていました。誰かといっても、召使いのガウではない誰かです。ではリストを読みましょう――

第一品目。かなりの量の宝石類。ほとんど全部がダイヤモンドで、台についていたりセットとしてあるものは皆無。代々のオーグルヴィーが家族伝来の宝石を持っていてもふしぎではないが、これらの宝石は本来なら付属の飾りにはめこんでおくべきものであり、どうやら代々のオーグルヴィーはこれらを小銭のようにばらでポケットにいれていたと思われる。

第二品目。山盛りのばらの嗅ぎ煙草。角（つの）製のいれものにも、袋にさえもいれられてなく、マントルピースの上、戸棚の上、ピアノの上、その他いたるところに積みあげられていた。当家の老紳士は、ポケットのなかを探るのも、嗅ぎ煙草いれの蓋をあけるのもめんどうくさがったものと考えられなくもない。

第三品目。当家の随所に細かな金属片が積まれてあったが、そのあるものは鋼鉄のバネに似て、あるものは微小な車輪の形をしている。機械仕掛けの玩具を分解したものであろうか。

第四品目。蠟燭。これを突きさす場所としては、ほかになにもないので、瓶の口を利用する以外にない。

さあ、以上のこと全部が予想よりもどんなに怖ろしく希代なことであるか、とくと心にいれておいてください。中心の謎に対しては、わたしたちも覚悟ができています。当家最後の伯爵はどこか異常だったということは一目で察しがついたのです。わたしたちがここに来ているのも、伯爵がほんとうにここで生きていたのか、ほんとうにここで死んだのか、伯爵の埋葬をしたあの赤毛の案山子さんがはたして伯爵の死と関係があるのか、それを探りだすためです。そこでです。最悪の場合というか、もっとも不気味で大芝居な解決を考えてごらんなさい。つまり、あの召使いがほんとうに主人を殺したのであるとか、主人は実は死んでいないのだとか、主人は召使いになりすましているのだとか、召使いこそ主人のかわりに墓地に埋められているのだとか、なんでもよろしい、とにかく自分のお好きなウィルキー・コリンズ式悲劇の筋をおつくりになってごらんなさい。どう按配したところで、燭台のない蠟燭は説明できません。良家の年老いた紳士にピアノの上に嗅ぎ煙草を振り撒くなんてくせがどうしてあったのか説明不能です。物語の中核は想像にかたくない。ところが、その周辺が謎にとざされているというわけです。空想をどんなにほしいままにしても、嗅ぎ煙草にダイヤモンドに蠟燭に時計の部品をくっつけて筋を通すなんてことは、人間の心の及ぶところではありません」

「そのつながりならわかるような気がしますな」と神父。「グレンガイルはフランス革命には頭から反対しておった。旧政体の熱狂的な支持者だった彼は、ブルボン王家の家庭生活を文字どおり再演しようと骨を折った。嗅ぎ煙草を持っていたのも、それが十八世紀の贅沢品だからです。蠟燭は、これも十八世紀の照明道具だからです。機械みたいな鉄片は、ほかでもないルイ十六世の錠前いじりの道楽を表わしております。ダイヤモンドが象徴するのは、マリー・アントワネットのダイヤの首飾りにほかなりません」

他の二人は揃って眼をまるくして神父を見つめた。

「なんて妙ちきりんな考えだろう」とフランボウ。「ほんとうにそうだと思うんですか？」

「一点の疑問もありませんな、それが嘘だということは」とブラウン神父の答え――「嗅ぎ煙草にダイヤに時計に蠟燭を結びつけることなぞ誰にもできやしないと言ったから、わたしはさっそくそのつながりを一つ披露に及んだまでです。真相はもっと深いところにある」

ここで一息ついた神父は、城の塔でごうごう唸る風に耳を傾けた。

「故グレンガイル伯爵は盗人だった。捨鉢に稼ぎまくる強盗として、二重生活を送っていたのです。彼が燭台を持っていなかったのも、蠟燭はただ自分で持ち運ぶランタンのなかに短く切って使えばよかったからで、嗅ぎ煙草のほうは、極悪非道のフランスの犯罪人たちが胡椒を使ったのと同じ手口に利用したのです。捕まえようとする人の顔にいきなりそれを濛々と投げつけるというわけ。それもあるが、なによりの決定的証拠は、ダイヤモンドと小さな鋼鉄の輪という二つのものが奇しくも一つに合致するということ――そこまで言えば、なにもかもはっきりするでしょう。ダイヤモンドと小さな鋼の輪こそ、ガラス板を切り取ることのできる唯一の道具なのです」

折れた松の樹の枝が強風にあおられて二人のうしろの窓ガラスにはげしく打ちかかった。まさに強盗の侵入を思わせるその荒々しさ。が、二人は振り向きもしなかった。二人の眼はブラウン神父に釘づけになっていたのである。

「ダイヤモンドに小さな輪とね」クレイヴンが考えこむようにして言った。「その説が正しいという証拠はそれだけですか？」

「それが正しいなんて思ってはおりませんよ」神父は平然として答えた――「ただ、この四つのものを結びつけることは誰にも不可能だとおっしゃったから、そう言ってみたまでです。本当の説明は、もちろんもっともっと月並みなものですよ。グレンガイルは、自分の邸内で宝石を発見した――というより、発見したと思ったのですな。何者かがこのばらの宝石を見せて、それはみんな城の洞窟のなかで見つかったものだとでたらめを言った。小さな輪はダイヤモンドを切り取る道具なんですな。彼は仕事を荒っぽく目だたぬようにやった。このあたりの羊飼いか荒くれ男を少々集めてやったんですが、嗅ぎ煙草というのは、スコットランドの羊飼いにとっては大の贅沢品ときているから、彼等を買収するにはそれを使うのに越したことはない。おつぎに燭台だが、それがないのは要らなかったからです。洞窟を探検したとき、蠟燭は手に持っていたのですからね」

「それだけですか」フランボウが長いこと間を置いてから訊いた。「これでとうとう無味乾燥な真相に辿りついたというわけですか？」

「とんでもない」とブラウン神父。

はるか遠くの松林で、人を小馬鹿にしたような長い音を最後に風が熄み静まると、ブラウン神父は、どうにもとりつきようのない顔つきで話をつづけた。

「わたしがいまの説を唱えたのは、そちらが誰だって嗅ぎ煙草と時計、あるいは蠟燭と宝石を納得のゆくように結びつけることはできやしないとおっしゃったからです。でたらめを言う十人の哲学者の説も宇宙にぴったり合う。十のいいかげんな説もグレンガイル城の謎を説明できるのです。ところで、もうほかに証拠品は？」

クレイヴンは笑い声をたてた。フランボウも笑い顔で立ちあがり、長いテーブルにそって歩いていった。

「第五品目、第六品目、第七品目、等々。これらは役にたたないほど千差万別です。第一の奇妙なコレクションは、鉛筆ではなくて、鉛筆の芯そのものです。第二の品は竹が一本、頭がずいぶん割れています。これが兇器だとしてもふしぎはないでしょう。ただ、今回はそもそも犯罪がない。残るのは、古めかしい、ミサ典書と小さなカトリックの絵が少々。これはオーグルヴィー一家が中世の時代から受け継いできたものでしょう。この一家の伝統の誇りは、その清教主義よりも強かったのですから。これを博物館に加えましたのは、ただ、どれもまわりが奇妙に切れていて、表面が汚れていたからです」

外の大嵐は、たたきのめされたような形の雲をグレンガイル城の上空に吹き送り、ブラウン神父が金文字飾りのついた頁を調べようとしてそれを眼のそばに持ってきたおりもおり、この長い部屋は暗闇にとざされた。その闇が過ぎ去らぬうちに神父は口を開いた。が、それは、これまでの神父とはうって変わった人の声だった。

「クレイヴンさん」実際より十歳も若い人の声で言うのだった――「あの墓を調べるための執行状はお持ちでしょうね。それは早いとこやったほうがいい。そうして、この怖ろしい事件の底をつきとめるんです。わたしだったら、いまにでも出かけますがね」

「いますぐに」と度肝をぬかれた刑事は言った。「どうしてまたそんなに急いで？」

「なぜって、えらく重大なことだからです」とブラウン。「これは散らかった嗅ぎ煙草だとか、ばらの小石だとか、月並みの理由でそこらにころがっているものとはわけが違います。今度のことが行われた理由は、わたしには一つしか思いあたりません。そして、その理由はこの世界の根源にまで遡るのです。ここにある宗教画は、ただ汚れたり、破れたり、書きこみがしてあるのとは違います。そういうことなら、子供の悪戯か、プロテスタントの頑迷さにすぎないでしょう。ところが、これはどれもきわめて慎重に——そしてふしぎなやりかたで——保存されてきたのです。神の名が大きな飾り字で現われている個所は、全部が全部、念いりに切り取られているのです。ほかにも一つだけ取り除かれているものがありますが、それは子供のイエスの頭をとりまく後光です。さあ、それですから、執行状と鋤と斧を持ってあの棺をこじあけに出かけましょう」

「いったい、どういう考えなんです？」とロンドンのお役人が訊いた。

「つまり」と小男の神父は答えたが、その声は烈風の咆哮にまじってかすかながら高まるかに思えた。「つまり、この世の大悪魔がまさにいまこの城の塔のてっぺんに百頭の象にも匹敵する巨体を休ませて、黙示録そこのけに吼え声をあげているかもしれないということなのです。この事件の奥底には、なにやら邪な魔術が潜んでいる」

「魔術か」とフランボウが低い声で言った。彼は頭の啓けた人間だから、そういうことを知らずにいるわけがないのである。「それはともかくとして、ここにある品物はいったいなにを意味するのだろう？」

「どうせろくなことじゃないでしょう」ブラウンはせっかちに答えた。「それがどうしてわかります？　この地下の迷宮みたいなものをどう解きあかそうというのです？　ひょっとしたら、嗅ぎ煙草と竹で拷問をすることができるんでしょうよ。きっと狂人というものは、蠟や鋼屑に惹きつけられるんでしょう。鉛筆から猛毒の発狂薬を作ることもできるんでしょう。この謎に達するなによりの近道は、丘を登って墓へ、です」

　神父の相手方は、自分たちがその言に従ったことも、その先導に従ったこともわからぬままにいつのまにか庭に出ていた。そこでは、烈しい夜風が一行を吹き倒さんばかりに荒れすさんでいた。ふと気がついたことに、どうやら二人は自動人形のように神父に服従したものらしい。いつのまにかクレイヴンの手には斧が、そのポケットには執行状が収められており、フランボウはフランボウで、あのふしぎな庭師の重い鋤を持っていた。ブラウン神父はといえば、その手には、神の名がむしり取られた小さな金箔の書物が握られていた。

　丘を登って墓地に達する小径は、うねりくねってはいたが長くはなかった。ただ、風の圧力のために骨の折れる長い道中と思えたにすぎない。一行が斜面を登るにつれ、眼の届くかぎりに松の大海原が開けてきたが、どの樹も風に打たれて一様にかしいでいた。その揃った身ぶり、いや樹ぶりは、とてつもなく仰山であると同時にむなしく見えた、人気もなく、目的もない惑星に吹きすさぶ風のもとの樹のようにむなしく。この青灰色の果てしない森全体に、あらゆる異端なるものの核心にあるあの古代の悲しみが、甲高い歌を鳴り響かせていた。底知れぬ針葉の地下世界から聞こえるこの合唱は、道に迷ってさまよいつづける異教の神々の嗚咽かとも思えた。不条理の森のなかへさまよいこんで、もはや二度と天国への帰り道を見つけることのできない神々のさけび。

「よろしいですか」ブラウン神父は低声ながら気安い調子で言った――「スコットランドが存在する前のスコットランド人というのは、奇妙な種族でした。いや、いまでも奇妙であることは変わりありません。しかし、先史時代には、おそらく、悪魔を礼讃していたのではないかと思います。だからこそ」と神父は優しく言い加えた――「清教の神学にとびついたのです」

「神父さん」とフランボウはいささかむきになって呼びかけた――「いったいどうなんです、あの嗅ぎ煙草は？」

「フランボウさん」と神父も同じ真剣さで答えた――「正真正銘の宗教すべてに共通する一つの特徴があります。唯物主義がそれです。ですから、悪魔礼讃も正真正銘の宗教なのです」

一行は草深い丘の頂に達した。砕きあい、怒号する松林からむっくり突起している禿山の一つであるそこには、一部は木、一部は鉄線でつくられた見すぼらしい柵が嵐のなかでがたごと音をたて、墓地の境界が近いことを告げていた。そうして、クレイヴン警部が墓地の一隅にたどりつき、フランボウが鋤の先を地面に刺してそれにもたれかかった時分には、その二人は、ふるえる柵の木やワイヤーと同じくらいふるえおののいていた。墓の足元には、腐りかけて銀灰色になった大きなあざみが伸び放題に茂っていた。あざみの冠毛が風に耐えきれずにちぎれて眼の前を吹きとんでゆくと、クレイヴンはまるで矢をよけるように小さくとびのくのだった。

　フランボウは、風に泣く草のあいだに鋤の刃をいれ、その下の湿った泥土に打ちこんだ。そうしてから、手を休めて、鋤を杖がわりにしてもたれかかった。

「どんどんやってください」神父はいたって穏やかに言った。「真相を見つけようとしているだけのことじゃありませんか。なにをこわがっているんです」

「真相が見つかるのがこわい」とフランボウ。

　ロンドンの刑事がだしぬけに口をきいた。気安く陽気な会話調のつもりで発せられたその声も、どことなくうわずっていた。「どうして奴(やっこ)さんはあんな雲隠れのしかたをしたんだろう。なにかいやな理由があったんだな。癩病だったのかな」

「もっとひどいことさ」とフランボウ。

「じゃ訊くが」と刑事――「それよりひどいものってなんだ？　想像できるかね？」

「想像なんてしやしない」とフランボウ。

　彼はしばらく無言のまま掘りつづけていたが、やがて窒息しそうな声でこう言った――「どうも、ちゃんとした形をとどめていそうにないな」

「形が崩れているといえば、いつかの紙だってそうだったんじゃないですか」と神父は静かに言った。「しかも、あの紙に触れたあとでも、こっちの身には何事も起こりませんでしたからな」

　フランボウは力にまかせて、無闇に掘りつづけた。それでも、霧のように丘にまといついていた灰色の雲が嵐に運び去られ、かすかな星明かりの夜空が望まれるようになって初めて、荒削りの木の棺の全貌が見えてきた。フランボウが棺を草の上に引きあげると、斧を持ったクレイヴンが進みでた。と、あざみの先端がからだに触れ、彼は思わずたじろいだ。なにくそとばかりにあらためて一歩を踏みだした彼は、フランボウに劣らぬ豪力で、蓋がちぎれるまで棺を打ちのめした。棺に収まったすべてのものが灰色の星明かりにきらめいてそこにあった。

「骨だ」とクレイヴンが言った。そしてこう言い足した――「が、人間の骨だ」そうじゃないと思っていたとでもいうのだろうか。

「どうだい」妙に高低のある声でフランボウが訊いた――「どうだい、ちゃんとしているかい？」

「どうやらね」刑事は棺のなかの朽ちかけてぼんやりと見える骸骨の上に身をかがめながらしゃがれ声で言った。

フランボウの巨体に大波のようなふるえが伝わっていった。

「よくよく考えてみれば」と彼は大きな声で言った――「ちゃんとしているはずがないなんてことは、もともとありえないんだ。こういう寒々とした薄気味の悪い山に来ると、人はどうも変な気になるらしい。なんのせいかといえば、きっとこの暗澹として愚かしい反覆のせいなんだろう。つまり、この森と、そしてなによりも、原始的な無意識の恐怖。これはまるで無神論者の夢だ。松林につづく松林、それにまたつづく無限の松林……」

「ひや」と棺のかたわらの男がさけんだ――「頭がない」

他の二人が硬直してつっ立っていたこのとき、神父は初めて驚きのいりまじった不安を生きとしめした。

「頭がないって！」と神父は繰り返した。「あたまがない」まるでほかのものがないのを予期していたような口ぶり。

グレンガイル家に生まれた頭なしの赤ん坊、城のなかに身を隠した頭なしの若者、古めかしい広間や華美な庭園を駆けめぐっている頭なしの男、そういう狂気じみた幻の像が一同の心のなかをパノラマとなって通り過ぎた。それでも、この硬直した一瞬においてさえ、全体の経緯は一同の心に根をおろしたわけでもなく、それ自体に条理を宿しているとも見えなかった。三人は棒立ちのまま、疲れきった動物のようにぽかんとして、森の騒乱と天空の悲鳴に耳を傾けた。思考力などというものは、この瞬間、それを捉まえていた頭のなかから突然すべりぬけてしまったなにか途方もないものとしか思われなかった。

「頭をなくした人間なら」とブラウン神父は言った――「このあばかれた墓のぐるりに三人もいる」

蒼ざめたロンドンの刑事はしゃべろうとして口をあけたが、風のたてる長い悲鳴が空をつんざくあいだ、そのまま田舎者のようにあんぐりあけっぴろげていた。それから、ふと、自分の手が自分のものではないかのような眼つきで、握った斧をながめ、ぽたりと落とした。

「神父さん」めったに使わない赤ん坊じみた重々しい声でフランボウが言った――「どうしたらいいんでしょう?」

これに対する神父の返事の早いこと、まさにしびれを切らしていた大砲に発射命令がくだったかのごとくであった。

「眠ることです」とブラウン神父は言ったのである。「眠ればよろしい。もうわたしたちは道のつきる涯までやってきた。あなたは、眠りとはなんであるか知っていなさるかな？　眠る人間は誰であれ神を信じているのだということを知っておりますか？　眠りは聖餐式なのです。信じたうえでの行為であり、人間にとっての食物であるからです。そして、わたしどもには聖餐が必要なのだ——たとえ自然の贈り物であっても。人の身にめったにふりかからないことが、わたしどもの上にふりかかってきたのです。人の身にふりかかることで、こんなにも邪なことはないと言えるかもしれません」

クレイヴンの分かれた唇が一つに合わさって言った——

「どういう意味です、それは？」

神父は城のほうに顔を向けて答えた——

「わたしどもは真相を見つけた。が、その真相は意味をなさない」

そして一人で先に立ってずんずん小径をくだっていった。その無鉄砲なすばやさは、神父にしてはえらく珍しいものだったが、城にもどりつくなり今度は犬のような単純さで眠りの床に就いてしまった。

ブラウン神父は、みずから眠りを神秘的に讃美したくせに、他の誰よりも——といっても無口の庭師は別だが——早く起きて、大きなパイプをくゆらしながら、裏庭で黙々と働く庭師をながめていた。すでに嵐は払暁近く豪雨となって熄み、朝がふしぎなさわやかさとともに訪れていた。どうやら庭師は話をかわしさえしていたようだが、二人の探偵が見えると不機嫌に鋤を苗床に突き立て、朝飯がどうのこうのと言いわけをしてから、キャベツの列にそって退却し、台所のなかに消えてしまった。

「値打ちのある人ですな、あれは」とブラウン神父は言った。「実にうまく馬鈴薯を掘りだしますよ。それでもやっぱり」と冷静な慈愛をこめて言い加える――「欠点はもっている。誰だってもっているものでしょう。あの人は、この畑を掘りおこすのにあまり規則的にやってないようです。たとえば、ほら」と急に地面の一個所を踏みたたいて――「この下の馬鈴薯はどうも怪しい」

「それはどういうわけで？」とクレイヴンは訊いた。このおかしな爺さんめ、今度は馬鈴薯の道楽を始めたのか。

「これを怪しいと思うのは、ガウ君自身がそれについてあやふやだからです。あの人はいたるところに規則正しく鋤をいれたが、ここだけは除外した。よっぽどすばらしい芋があるんでしょうよ、きっと」

フランボウは鋤を引きぬくと、一瞬も惜しいといわんばかりに問題の個所に打ちこんだ。そして土くれといっしょに掘りおこした物は、どう見ても芋とは縁遠い、どちらかといえば頭でっかちの大茸に似た物だった。ところが、その何物かは鋤にこつんと当たり、ボールのようにころがって一同ににんまり笑いかけ……「グレンガイル伯爵殿」ブラウン神父は悲しげに言って、沈鬱そうに頭蓋骨を見おろした。

一ときの瞑想ののち、神父はフランボウの手から鋤をもぎ取り、「もとどおりに隠しておかんことには」と言って頭蓋骨を地中に押しこんだ。そして、小柄なからだ（と大きな頭）をかがめて、地面にぴんと突き刺さっていた鋤の柄にもたれたが、その眼はうつろで、額には幾筋も皺が寄っていた。「なんとかしてこの意味がわからないものか」と彼はつぶやいた――「この最後の怪事実の意味が」大きな鋤の柄にもたれたまま、神父は人が教会でやるように両手に額を埋めた。

空は全天隈なく輝いて青と銀に映えてきた。鳥たちは庭の小さな樹でさえずり、樹そのものが語っているかのようなけたたましさだった。が、三人の男はじっと黙りこんでいたのである。

「ぼくはお手あげだ」とフランボウは最後にやかましく言った。「ぼくの頭とこの世界とは折り合いがつかないんだ。いいかげんに見切りをつけよう。嗅ぎ煙草、傷つけられた祈禱書、オルゴールの部分、それがいったい……」

するとブラウンは八の字を寄せた額をぐいとあげ、鋤の柄をたたいたが、そんな不寛容な態度は彼には珍しいことだった。

「そんなことはみんな火を見るより明らかじゃないか」と舌打ちをしながら言うのである。「嗅ぎ煙草に時計にそのほかいろいろなもののことは、けさ眼を覚ましたときにわかった。それからわたしは庭師のガウと決着をつけた。あの人は、そのふりをしているほど耳が遠くもとんまでもありません。問題の、ばらばらになっていたいろいろの品にはなにか欠けているものがあった。破れた祈禱書のことはわたしの思い違いで、あれにはなんの害もない。問題は、この最後の怪事実です。墓をあばいて穢し、死人の頭を盗むということになると、どうしたってふつうじゃない。邪悪な魔術がそこに関係していると考えられる。それは、嗅ぎ煙草や蠟燭等等のいたって単純な話としっくり合わない事実なのです」こう言って彼は不機嫌にパイプをふかしながら、また大股で歩きまわりだした。

「神父さん」とフランボウは皮肉に言った――「相手を見てからしゃべってくださいよ。これでも以前は犯罪人だったんですからね。犯罪人という身分の大きな利点は、あの時分ぼくは自分で話の筋をでっちあげ、間髪をいれずに実行したということなんです。この、待って待って待ちぬくという探偵仕事は、ぼくのフランス人としての短気さにはとってもやりきれない。いままでぼくは、いつだって、事の良し悪しは問わず、即座に事を実行してきたんです。事をかまえられれば翌朝には決闘をやり、勘定を払うのはいつも現金で、歯医者へ行くのにも出足を遅らせたことはなく……」

ここまで言ったとき、ブラウン神父の口からパイプが落ち、砂利道の上で三つに割れた。茫然とつっ立つ神父の眼はまんまるく、まさにばか丸出しの表情だった。

「ああ、わたしはなんというでくの坊だったろうか」同じことをいつまでも繰り返す――「なんというでくの坊！」が、やがてそれは、ややうわずった調子ながら笑い声に変わった。

「歯医者とな！」また言うのである。「わたしが六時間も精神の淵底に沈んでいたのも、なんのことはない、ただ歯医者ということが思いつけなかったためか！　お二方、昨夜はひどい地獄の夜を過ごしましたが、もうだいじょうぶ、陽は昇り、鳥は歌い、歯医者の輝かしい像が世界を慰めてくれるのです」

「そのたわごとから筋の通った意味をひっぱりだすには」とフランボウは大きな一歩を踏みだしてさけんだ——「宗教裁判の拷問を使わにゃならん」

ブラウン神父は、いまでは陽ざしをいっぱいに受けた芝生の上で踊りはねたい衝動を圧し殺すような仕種をしてから、子供のようにあどけなく、哀れをそそる声でさけんだ——

「ちょっとはばかにならせてくださいよ。いままでわたしがどんなに悲しかったか、あんたがたにはわかっていない。わたしはいまになってわかったのですよ——この事件には深い罪はなに一つ隠されていなかったのだということを。ただ、ちょっとした気の狂いがあっただけ——で、そんなものは誰も気にしやしません」

神父はくるりと一回転して、厳粛な面持ちで二人に対した。

「これは犯罪の物語ではないのです。一風変わった、ひねくれた正直者の物語といったほうがよろしい。わたしどもの相手は、自分の分け前以上のものはなに一つ受け取らなかったという、おそらくは地上で唯一の男なのです。その男の宗教だった未開人の生きた論理に関する研究ともいうべきものが、この物語なのです。

グレンガイル一家を謳ったこの地方の詩——

夏の樹の緑の液のごとし

オーグルヴィーの赤き金は。

これは比喩的であるばかりか、文字どおりの意味にもとれるのです。これが意味するのは、代々のグレンガイルが富をためたということだけではない。彼等が文字どおり金を集めたというのも事実なのです。金の装飾品や実用品のコレクションはたいしたものでした。実のところ、彼等はそういう蒐集熱にとりつかれた吝嗇家だったのです。さて、この事実に照らして、わたしどもが城で見つけたもの全部をならべたててみましょう。金の環なしのダイヤ、金の燭台がつかない蠟燭、金の箱ぬきの嗅ぎ煙草、金のケースに入らない鉛筆の芯、金の握りのない杖、金のかこいなしの時計の部分。そしてもう一つ、これは正気の沙汰とは思えませんが、あの昔の祈禱書に刻まれていた神の後光と名前、それもまた本物の金だったので、そっくり抜き取られていたのです」

強まる陽ざしに庭はいやがうえにも輝きを増し、草はいよいよ陽気さを加えるかと見えるうちに、このとんでもない真相が語られるのだった。フランボウが煙草に火をつけているうちにも神父は話の先をつづけた。

「それは抜き取られたのであって、盗まれたのではありません。それがもし盗人の仕業だったら、こんな謎はあとに残らなかったでしょう。泥棒ならば、嗅ぎ煙草の金の箱を中身ごと盗んでいたはずです。金の鉛筆ケースにしても同様です。どうやら相手は一種独特の良心を――それにしてもやはり良心を――もった人物なのです。その狂ったモラリストをけさわたしは向こうの裏庭で見つけ、いっさいのしだいを聞いたのです。

故オーグルヴィー大監督は、グレンガイル家に生まれた人間のうちもっとも善人に近づいた人だった。ところが、彼のゆがんだ徳は人間ぎらいという方向をとった。先祖の不徳義に気を腐らせた彼は、そこから一般論を抽きだして、人はみな不正直だと結論したのです。なによりもとりわけ疑いの眼を向けたのは、慈善とか寄捨ということだった。そして、もしどこかに、自分の権利である分量だけを過不足なく取得している人がいたならば、グレンガイル家の金はすべてその人に贈ると宣言し、こうして人類への挑戦状をたたきつけると、よもやそれに応じて立つ者はあるまいとたかをくくって隠遁してしまった。ところが、ある日のこと、耳が遠いうえに見たところ能なしの若者が遠くの村から電報を届けにやってきた。グレンガイルは、皮肉ないたずら心から一枚の新しいファージング貨を若者にくれてやった（ファージング貨は英国の最少単位、四分の一ペニーである）。すくなくとも、ファージング貨だと思ってくれてやった。ところが、あとで小銭を調べてみると、新しいファージング貨はそのままで、一ポンド貨のソヴリンがなくなっているのに気がついた。この手違いにグレンガイルは世間への自分の侮蔑を満足させる可能性を見てとった。どのみち、あの若造は人間特有の貪欲ぶりを発揮するだろう。このまま消えてしまって、一枚の硬貨の盗人となるか、それとも、しかつめらしくそれを持って帰ってきて、褒美を要求する俗物となるか、二つに一つだ。その夜、グレンガイル卿がベッドからたたき起こされ——というのも、卿は一人で住んでいたから——しぶしぶと門をあけると、そこに立っていたのは例のあほう君だった。彼はなんと、ソヴリンをではなく、十九シリング十一ペンス三ファージングの釣銭を持ってきたのです。

この行いがいかにも几帳面であることが、狂ったグレンガイルの頭に焔のようにとりついた。彼は自分がディオゲネスであって、長いあいだ正直な人間を捜してきたが、やっと一人見つけたという意味のことを口ばしり、遺言状を書き改めた。それをわたしはもう見せてもらいました。こうしてグレンガイルはこの荒れすさんだ大屋敷に几帳面きわまる若者を招じ入れ、ただ一人の召使いとして、そしてまた——奇妙な流儀ながら——相続人として仕立てあげたというわけです。当の変わり者は、ほかのなにもわからずとも、主人の二つの固定観念は完全に理解した。つまり、権利状がすべてであること、それと、グレンガイルの金は自分の所有となるべきことの二つはよく呑みこんでいた。ここまでのところは、そのままの話で、いたって簡単ですな。あほう君はこの家にある金という金を剝ぎ取った。が、金でないものは一片の塵であろうと手をつけなかった。事実、嗅ぎ煙草の粉一つだってそのままになっていたではありませんか。金飾りのある古い本から金の部分を抜き取っても、他の部分は手つかずのままであることに彼は満足しきっていた。そういうことなら、わたしにはいっさいが理解できた。ところが、どうしてもわからなかったのは、この頭蓋骨の問題です。あの人間の頭が馬鈴薯畑に埋められていたというのは、なんとしても合点のゆかないことだった。どうしたわけかと頭を悩ましていると……そこへフランボウ君がそのものずばりを言ってくれたというしだいでしてな。

もうだいじょうぶでしょう。あの男は頭蓋骨をちゃんと墓にもどすでしょう——金歯の金を取りおわってしまえば」

はたせるかな、その朝フランボウが丘をよこぎっていくと、あのふしぎな人物、律義な吝嗇家殿が、穢された墓を掘り起こしているのが見えた。その首に巻かれたスカーフが山風にはためいて、頭の上にはトップハットが人の思惑などどこ吹く風とばかりに鎮座ましましていた。

狂った形

ロンドンから北に走る大路には、ずっと田舎の奥深くまでつづいているものがある。こういう道路は、町並みがまばらになり、とぎれがちになり、家々が間遠になっているのに、その道筋だけはいつまでも通っているという、いわば街頭の化物である。一かたまりの店があるかと思えば、つぎには柵をめぐらした畑か、馬小屋に付属した小牧場があり、その隣には有名な宿屋が立ち、またそのつぎには菜園か苗木の栽培場、その隣は個人の大邸宅であり、そのおつぎはまた畑、それからまた宿屋……といった具合なのである。それは、こういった類の道路の一つだったが、この道を歩いていく人は、ある一軒の家の前を通るとき、きっとそのほうに眼を惹かれるだろう――といっても、なぜそれに惹きつけられるのかは自分でも説明しかねるにちがいない。それは、道路に平行に建てられた、細長い、低い家で、大部分は白と薄緑に塗られ、ベランダがあり、日除けがついており、古風な家によく見かける、木製の蝙蝠傘そっくりの珍妙な丸屋根をいただいたポーチがある。事実それは、古風な家で、昔なつかしい富裕なクラパム近辺にありそうだという意味できわめて英国的であり、きわめて田舎びた建物である。とはいえ、この家には、主に暑い季節を考慮して建てられたようすがある。その白い塗りや日除けをながめていると、帽子から垂らした日除け布や、さては棕櫚(しゅろ)の樹さえ、おぼろげながら脳裡にうかびあがってくる。この印象の由来する根源をつきとめることは、筆者にはできないが、察するところ、長くインドに滞在していた英国人が建てた家ででもあるのだろう。

この家の前を通るものは、誰でも必ず、なにか名状しがたい魅力を感じ、これはなにか曰(いわ)くのありそうな家だと思うにちがいない。このあとの話を聞けばおわかりになるが、この勘は当たっているのである。というのは、筆者がここでお話ししようとしているのは、一八××年かの聖霊降臨節にこの家で現実に起こったふしぎな事件の物語だからである。

聖霊降臨祭（復活祭後七番目の日曜日）の前の木曜日の午後四時半前後に、この家の前を通った人は、その玄関の戸が開いて、なかから、セント・マンゴウの小さな教会の神父ブラウンが、大きなパイプをくゆらしながら、フランボウと呼ばれる非常に背の高いフランス人の友人（こっちは、けちくさく小さな巻煙草をふかしていた）と連れだって出てくるのを見かけたであろう。この二人の人物は読者にとって興味の対象であるかどうかは、人によってまちまちであろうが、実を言うと、この白と緑の家の玄関の戸があいたときに見えた興味ある対象は、この二人だけではなかった。ほかにも、この家にはいろいろ風変わりな点があり、なによりもまずそれを述べておかねばなるまい。それは、読者にこの悲劇的な物語を理解してもらうためばかりでなく、この玄関の戸があいたときに眼についたものがなんであるかを知ってもらうためにも必要なのである。

この家全体はT型をなしていたのであるが、T型といっても、横の線が非常に長く、縦の線が非常に短いものであった。横の長い線は、通りに平行に延びた表向きの部分で、その中央に玄関があった。それは二階屋で、この家の主だった部屋はほとんど全部ここにあった。玄関のまうしろから奥に突きだしている短い縦の部分は、平屋で、縦につづいている部屋が二つあるきりだった。これら二つの部屋の母屋寄りのものは、あの名高いクイントン氏が、現実離れした東洋的な詩や奇譚を書くのに使う書斎であり、奥の一室は比類のない、怪奇とさえいえる美しさの熱帯植物がところせましと繁茂しているガラスの温室で、ちょうどこの日のような午後には、壮麗な陽光に照り映えるのだった。そんなわけで、玄関の戸があいているときには、多くの通行人が文字どおり立ち止まって、眼を見張っては固唾を呑むのだった。ならんだ豪奢な部屋の奥を見とおすと、まさにお伽劇の早変わりの場面のように、紫の雲、金色の太陽、真紅の星が無数に燃えるようにくっきりと、だが同時に透明ではるけく見えていたからである。

　詩人であるレナード・クイントンみずからがこの効果をきわめて慎重に案出したのであるが、これほど彼の個性が完全に表現されているものは、彼の詩のどこを捜しても見あたらぬであろう。それというのも、彼が色彩に耽溺した男であり、色彩に対する渇望を満たすためなら形式を棄てて顧みぬ——よき形式をすら犠牲にしてはばからぬ男だったからである。彼の天才をしてもっぱら東方の美術やイメージに向かわせたのは、この色彩欲にほかならなかった——すべての色彩が、なにを象徴し、なにを教示するということもなく、すばらしい混沌の世界に落ちこんでいるかのような、眩惑的な絨毯や刺繍に彼は傾倒したのであった。彼は、強烈なばかりか残酷でさえある調子の、多彩きわまりない叙事詩や恋愛物語を書こうと努力し、完全な芸術的成功を収めるとはいえぬまでも、その想像力や創意の点では高く評価されていた——燃えるような金色や血を思わせる赤銅色に彩られた熱帯天国の物語、ターバンを十二巻きした冠物をいただき、紫色や孔雀の緑色に塗られた象の背に乗って進む東方の英雄たちの物語、百人の黒人にも運べぬ巨大な宝石が、妖しい色の古代の火に燃える話——こういったものをクイントンは書いていた。

（もっとふつうの観点に立って）手っ取り早く言えば、彼が主として扱ったものは、東洋の天国であり——これは、西洋の地獄の大部分よりまだひどい——モナクというより、狂人といったほうがぴんとくる東方の君主であり、ボンド街の宝石商人なら（仮に百人の黒人がやっとの思いで店にかつぎこんだとしても）おそらくほんものだと思いそうにない東洋産の宝石だったというわけだ。クイントンは、病的ではあったにしても、ともかく天才であった。そして、この病的なところさえも、作品のなかよりも実生活のほうに多く現われた。気性は弱気で怒りっぽく、東洋通らしく阿片を用いるのでひどく健康を害していた。器量が良く、働き者である——いや、働きすぎて憔悴している——妻は阿片に反対したが、それにも増して、白と黄の長衣をまとった生き身のインドの隠者を滞在させることにはげしく反対していた。というのは、夫はこの隠者を称して、自分の魂を東洋の天国と地獄に案内してくれるウェルギリウス（「神曲」中で案内役をつとめたローマの大詩人）だと言って、いく月も家に泊めてもてなすのだと、強情を張っていたからである。

いましもブラウン神父と連れの友人は、この芸術的な家の外に出ようとして、戸口の階段に足をかけたところであるが、二人の顔つきから察すると、どうやら出てきてほっとしているらしい。フランボウはパリで過ごした奔放な学生時代にクイントンを知っていたことがあり、いま週末を利用して旧交を暖めにきたところだった。しかし、フランボウが最近は昔より信頼に足る人物に生まれ変わったということは別としても、やはり、彼はこの詩人とうまがあわなかった。阿片で息をつまらせ、上等の皮紙に好色的な詩句を書き連ねるなどということは、いくら堕落の道とはいえ、紳士たるもののなすべきことではあるまい、とフランボウは考えたのである。さて、二人が庭を散歩しようと戸口の階段でちょっと足を止めたときだった。庭の正面の門が荒々しくあいて、つば広の山高帽をあみだにかぶった若い男が、夢中で転がるように階段をかけあがってきた。放蕩者らしい青年で、その派手な赤いネクタイは、ごろ寝でもしたかのようにねじれており、たえずそわそわして、例の節つきの小さなステッキを振りまわした。

「おい」と、息を切らしながらその青年が言った——「クイントンのおやじに会いたいんだがね。どうしても会う必要があるんだ、家にいないのか？」

「クイントンさんならなかにいるはずだが」とブラウン神父がパイプをはたきながら言った——「ただし、会えるかどうかは知りませんよ。ちょうどいま医者がついているのでな」

若い男は、どうやら素面ではないらしく、おぼつかない足どりで玄関の広間に入った。と同時に、クイントンの書斎から医者が現われ、扉を閉めて、手袋をはめにかかった。

「クイントンさんに会いたい？」と医者は冷静に言った。「そりゃむりだ。実際の話、どんな理由があろうと、絶対、面会謝絶ですよ。きみにかぎらず、面会はいっさいだめです。睡眠薬を服ませてきたばかりですからね」

「まあ、いいじゃないか、大将」と赤ネクタイの青年は、医者の上着の襟を馴れ馴れしげにとらえようとしながら言った。「なあ、ぼくはすっかりへべれけさ。ぼくは……」

「だめです、アトキンソンさん」と相手を押し返しながら医者は言った――「きみが麻酔薬の効き目を変えることができたら、わたしも決心を変えましょう」こう言うと、彼は帽子をかぶって、他の二人といっしょに日なたに出ていった。彼は、ちょび髭を生やした、首の太い、気立ての良い男で、きわめて月並みの人物ながら、いかにも有能な医者らしい印象を人にあたえる。


山高帽の男はと見れば、相手の上着をつかむという大ざっぱな思いつき以外には他人とかけあう機転に恵まれていないとみえて、まるでからだごと放りだされたかのようにふらふらと扉の外に立って、他の三人が揃って庭を歩いていくのを黙って見ていた。

「いま言ったのはまっ赤な嘘ですよ」笑いながら医師が言った。「実を言うと、クイントンさんが睡眠薬を服むのは、あと三十分も経ってからです。でも、クイントンさんがあの人でなしに悩まされるのは困りますからね。なにせ、あいつときたら、金を借りることだけしか能がなく、おまけに、返せる金も返したがらないときているんです。クイントン夫人の弟だというのに、眼もあてられぬならず者だ。奥さんは、またとないほど立派なご婦人なんだが」

「そうですな」ブラウン神父が言った。「ほんとに善良なご婦人ですな」

「で、わたしはあいつがいなくなるまで庭をぶらぶらしてようと思うんです」と医者がつづけて言った――「それから、なかに入って、クイントンに薬を服ませます。アトキンソンは、入れやしません――ドアに鍵をかけておきましたからね」

「そういうことなら、ねえ、ハリス先生」とフランボウ――「裏へまわって、温室のはずれのあたりをぶらついてみませんか。裏から温室に入る入口はないけど、たとえ外からだけでも、覗いてみる値打ちがありますから」

「そうですね、それに、そこからなら患者のようすがうかがえるかもしれない」と笑いながら医者が言った――「あの人は、温室のちょうどはずれのところで、あの血のようにまっ赤なポインセチアにかこまれて、長椅子に寝そべるのが好きですからね。そんなところを見たら、ぞっとするかもしれませんが。ところで、あなたは、なにをなさっているんですか？」

ブラウン神父が一瞬立ち止まって、長い草のあいだに隠れていた風変わりでゆがんだ東洋風のナイフをひろいあげたのだった――彩色した石や金属が精巧にちりばめてある刃物である。

「なんでしょうな、これは？」とブラウン神父は、どうも気にいらんといったようすでそれをながめながら言った。

「ああ、クイントンの物でしょう」と無頓着にハリス先生が言った――「あの人は、ありとあらゆる中国製の道具類を足の踏み場もないくらい持っていますからね。それとも、これは、あの人が引きとめているあのおとなしいヒンズー教徒の物かもしれませんよ」

「ヒンズー教徒というと？」手にした短剣を依然として見つめたまま、ブラウン神父が訊いた。

「ああ、なんとかいうインドの魔法使いですよ」気軽に医者が言う――「どうせ、いかさまでしょうが」

「あんたは魔術をお信じにならぬのか？」眼をあげずにブラウン神父が訊く。

「魔術なんかとんでもない！」と医師。

「これはたいした美しさだ」と神父はうっとりした低い声で言った――「色がとても美しい。だが、形がまともでない」

「どういう点で？」とフランボウが眼を見張って質問する。

「あらゆる点でさ。抽象的にまともでない形をしている。東洋の美術を見て、そういう感じを受けたことがありませんか？　たしかに色彩はうっとりするほど美しい――ところが、形となると下品でひどいものだ――意識的に下品でひどくしてある。わたしはトルコ絨毯のうちに、邪なるものを読みとったことがありますがね」

「由々しき一大事！」フランボウが笑い声でさけぶ。

「わたしにはわけのわからぬ言葉で書かれた文字と符号だったが、それがよからぬ意味の言葉であることは直観できた」と神父は、しだいに声を低めながら話をつづけた。「その行は故意に狂っていた――逃げだそうとしてうねりくねっている蛇のようにな」

「いったい、なんの話をしてるんです？」と医者が大声で笑いながら言った。

フランボウがそれに答えて静かにしゃべりはじめた。

「ときどき神父はこういう神秘家そこのけの靄に隠れちまうんですよ。だが、前もって警告しときますが、いままでの経験からすると、神父がこういうふうになるときには、きまってなにか不吉なことが身近に迫っているのですぞ」

「なにをばかな！」と科学者。

「まあ、これをごらんになるがいい」と大声で言いながら、ブラウン神父は、ゆがんだナイフを、ぎらぎらと光る蛇ででもあるかのように、胸いっぱいに差しだした。「この形がまともでないことがおわかりになりませんかな？　これにはなに一つ、しっかりした明白な目的がないことがおわかりにならないんですか？　槍のような切っ先もない。鎌のように彎曲してもいない。どう見ても武器らしくない。しいて言えば、拷問の道具のようだ」

「どうやらお気に召さぬようですから、それは持ち主にお返ししたらいいでしょう」と陽気なハリスが言う――「この奇妙きてれつな温室のはずれはまだかな？　そう言えば、この家からして、まともな形でないですね」

「あんたはわかっておらん」ブラウン神父が頭を振った。「この家の形は珍妙だ――こっけいなくらいだ。しかし、まともでないところは一点もない」

　しゃべっているうちに、一同は、温室の末端をなしている彎曲したガラス張りの面に沿ってまがっていた。こちら側からは室内に入る戸口も窓もないために、この彎曲面は中絶することなくつづいている。しかし、そのガラスは透明で、日が沈みかけているとはいえ、まだ明るかったので、三人の眼には、内部の絢爛たる花々ばかりか、茶の天鵞絨の上着を着て長椅子に寝そべっている詩人のきゃしゃな姿さえ見えた。本を読んでいるうちに、うとうとと眠りかけたといった恰好である。なんとも蒼白な顔色の、痩せこけた男で、ゆったりと波打つ栗色の髪、顎には鬚を生やしていたが、この顎鬚は風貌の逆説ともいうべきもので、このために彼の男らしさがかえって減じるという結果になっていた。これらの特徴は三人ともくわしく見知っていたのであるが、たとえそうでなかったとしても、まさしくこの瞬間に三人がクイントンに眼を注いだかどうかは疑問である。三人の眼は、もっとほかの物に釘づけになっていたのだ。

　このガラス張りの建物のまるみがかった末端のすぐそば、一同が通ってきたばかりのところに、一人の背の高い男が立っていた。ゆったりした純白の衣は足もとにまで垂れ、むきだしの頭、顔、首は暮れゆく日の光に映えて、みごとな青銅の像のようにほの明るい輝きを発している。ガラスを透かして、なかの眠っている人物をじっと見つめている。山のように泰然として、身動き一つしない。

「あれは何者だ?」ひゅうと音を立てて息を吸いこみながら、あとずさりして神父がさけんだ。

「なに、例のヒンズー教徒のいかさま師ですよ」おもしろくもないといった口調でハリスが言う——「それにしても、いったいここでなにをしているのだろう?」

「催眠術のようだが」と黒い口髭を嚙みながらフランボウ。

「あなたがた医学の素人は、どうして年じゅう催眠術だのなんだのとくだらぬことばかりしゃべっているんでしょうな?」医者が大声で言った。「強盗と言ったほうが、まだぴったりしている」

「まあ、とにかく話しかけてみよう」いかなる場合にも行動を旨とするフランボウが言った。大きく一歩を踏みだすと、それだけで、フランボウはインド人の立っている場所に来た。その東洋人よりも高い背を曲げて一礼すると、彼は穏やかではあるが傍若無人な態度で――

「今晩は、なにかご用はありませんか?」と訊いた。

入港してくる巨船のようにゆったりと、相手の大きな黄色い顔が向き直り、その白衣の肩越しにフランボウのほうを見た。三人は、その黄色い瞼が眠っているときのようにぴったり閉じられているのを見て、驚いた。

「ありがとう」非のうちどころのない英語で、その顔が言った。「なにも要りません」それから、なかば瞼を開いて、乳白色の眼球を細い隙間から覗かせながら同じ言葉を繰り返した――「なんにも要りません」つぎには両眼を大きく見開いて、一同が愕然とするような睨みをきかしながら、「なにも要りません」と言い残して、ざわざわと衣ずれの音をさせながら、急速に暗さを増してゆく庭に入ってしまった。

「キリスト教徒のほうがまだ謙譲だな」とブラウン神父がつぶやいた――「キリスト教徒なら、なにかしらほしがってくれますからな」

「いったいやつはなにをしていたのだろう?」黒い眉をしかめ、声を落としてフランボウが訊いた。

「あとで話してあげます」ブラウン神父は言った。

陽光はいまだに消え去っていなかったが、黄昏の赤い光と化しており、庭の樹木や茂みの大部分は、夕焼けの空を背にしてしだいに黒ずんでいた。一同は温室の端をぐるりとまわって、無言のまま、温室の反対側に沿って正面玄関のほうに歩いていった。こうして歩いていく一同の足音に、書斎と母屋のあいだの奥のほうの角の隅にいたなにものかが、人の気配に驚く鳥のように、眼をさましたらしかった。こうして一同は、また例の白衣の行者が暗がりから現われて、正面玄関のほうへ足音もなくまわってくるのを見たのである。しかし、三人が驚いたことに、あたりにいたのはその男だけではなかった。クイントン夫人の思いがけぬ出現に、一同はいきなり立ち止まり、むりにでも当惑の表情をはらいのけねばならなくなった。ふさふさした金髪と四角い蒼白な顔の夫人は、黄昏のなかから姿を現わして、三人のほうに近づいてくる。顔つきはやや峻厳だが、きわめて鄭重（ていちょう）な婦人である。

「今晩は、ハリス先生」と言ったきりである。

「今晩は、クイントン夫人」と小柄な医者が元気よく言った。「ご主人にこれから睡眠薬を差しあげようとしているところです」

「そうですね」明瞭な声で夫人が言う。「ちょうどその時間でしょう」こう言って夫人は一同にほほ笑みかけ、そのまますばやく家のなかに入ってしまった。

「あの女（ひと）は過労ですな」とブラウン神父――「ああいうのは、二十年ものあいだ自分の努めをはたしてきて、そのあげくになにか怖ろしいことをしでかす女（ひと）ですよ」

小柄な医者は、このとき初めて興味を感じたらしい眼つきで神父の顔を見た。「あなたは医学をやられたことがあるんですか？」

「あなた方は、肉体ばかりか精神のことも多少は知っておく必要があるでしょう」と神父は答えた――「わたしらのほうも、精神ばかりか肉体のことも多少は知っておかねばならぬのです」

「さて」と医者が言った――「そろそろクイントンに薬を服ませにいこう」

三人はすでに母屋の前面の角をまがって、玄関に近づいていた。そして戸口に着いたとき、白衣の男を三度目に見た。男は玄関めざして一直線にやってきたので、玄関の真向かいにある書斎から出てきたところだと、誰でも考えぬわけにはいかなかった。しかし、書斎の扉には鍵がかかっていることは、三人が承知している事実なのだ。

それでも、ブラウン神父とフランボウはこの奇怪な矛盾を胸にたたみこんで口にせず、ハリス先生はといえば、現実に不可能な事柄にむだに頭を使うような男ではなかった。ハリスは、この神出鬼没の東洋人が出ていくのをとがめようともせずやり過ごしてから、さっさと玄関の間に入った。そこには、彼がとっくに忘れていた人物がいた。薄のろのアトキンソンが、鼻唄を歌い、節つきのステッキであたりにある品物をつっつきながら、まだうろついているのだった。医者の顔が、不快と断固たる決意とをしめして痙攣する。彼は連れに早口でささやいた――「この扉はもう一度鍵をかけなくちゃ――そうしないと、この鼠公が侵入しますからね。でも、二分もすれば、わたしはまた出てきます」

医者はすばやく扉の鍵をあけ、なかに入って鍵をかけ、山高帽の青年がよろめきながら突入してくるのを間一髪でくい止めた。若者は玄関広間の椅子にいらだたしげに身を投げかける。フランボウは壁のペルシャ風の照明をながめ、ブラウン神父は、見たところ茫然としたようすで例の扉を鈍い眼でながめていた。四分もすると、扉がまたあいた。今度はアトキンソンの動作は敏捷だった。勢いよく前に跳びだしたかと見るや、開いた扉を一瞬のあいだ抑え、大声で呼びかけた――「よう、クイントン、ぼくは用が……」

書斎の奥のはずれから、欠伸(あくび)ともめんどうくさげな哄笑(こうしょう)ともつかぬ、クイントンの明瞭な声がした。

「いや、おまえのほしいものはわかっている。さあ、これを持っていくがいい――わしのじゃまはごめんだよ。いま孔雀の歌を書いているところだから」

扉が閉まる前に、半ソヴリン貨がその隙間からとんできた。アトキンソンは、おぼつかない足どりで前に進みでると、いとも巧みな手つきでとんでくる金貨をとらえた。

「これでかたがついた」と言って、医者は扉に手荒に鍵をかけ、一同の先頭に立って庭に出ていった。

「レナードさんもこれで落ち着くことができるというものだ」と医者はブラウン神父に向かって言い足した――「一時間か二時間は、一人きりで閉じこもりです」

「そうですな」と神父が答えた――「それに、あそこを離れるときに聞いたあの人の声は、ずいぶん陽気でしたな」こう言って彼がただならぬ眼つきで庭を見まわすと、ポケットの半ソヴリンをかちゃかちゃさせながら立っているアトキンソンのだらしない姿が見え、さらにその向こうには、紫の夕明かりのなかに、沈みゆく陽に顔を向けて草の斜面に正座しているインド人の姿が見えた。だしぬけに神父は言った――「クイントン夫人はどこでしょうか?」

「自分の部屋にあがっていかれましたよ」と医者。「あのカーテンに映っているのは、夫人の影です」

ブラウン神父は眼をあげて、ガス灯に照らされた窓の黒い人影を、顔をしかめながら、じっと見つめた。

「そうだ、あれは夫人の影だ」と言って神父は一ヤードか二ヤード歩き、庭の腰掛けにどっかりとすわりこんだ。

フランボウもその脇に腰をおろした。が、医者は、立ちっぱなしで動きまわる性質(たち)の精力的な人種の一人であり、このときも、煙草をふかしながら、夕闇のなかに去ってしまい、二人の仲間があとに残ることとなった。

「神父さん」フランボウがフランス語で言った――「どうしたというんです?」

ブラウン神父は、三十秒ほど口もきかずにじっとしていたが、やがて「迷信は宗教にもとるものだが、この家の雰囲気にはなにか気になるものがある。あのインド人のせいだろう――すくなくとも、部分的にはな」

神父は黙りこんで、そのインド人の遠い姿を見つめる。インド人は、依然、祈禱(きとう)でもしているのか、硬く正座している。一見したところ、ぴくりとも動かないようだが、ブラウン神父がじっと見守っていると、男のからだがごくかすかにリズミカルに揺れているのがわかった。あたかもそれは、うす暗い庭の小道を忍び寄り、落葉をわずかにかき乱す微風を受けて、黒味がかった梢(こずえ)がかろうじてかすかにそよぐ、そういった動きかただった。

嵐の寸前のように、あたりの景色は急激に暗さを加えていたが、二人の眼には、それぞれの場所を占めている人物の姿が全部見えていた。アトキンソンはぼんやりした顔つきで樹にもたれている。クイントンの妻の影は依然、自室の窓べに見える。医者は温室のはしをぶらぶらとまわってきたところだ――彼の葉巻が鬼火のように見えている。行者はいまだに、硬直して、だが、からだを揺らしながらすわっている――その頭上の樹々は揺れはじめ、吠えだしさえした。嵐が迫っているのだ。

「あのインド人がわたしらに口をきいたとき」とブラウンは座談風な低声で話をつづけた――「そのとき、わたしは一種の幻を見た――彼自身と彼の宇宙全体を幻として見たのだよ。と言っても、彼はただ同じことを三度繰り返しただけさ。彼が最初に言った『なにも要りません』という言葉の意味は、自分は腹の底を見透かされるような人間じゃない、東洋の正体がわかってたまるものか、ということだ。それからまたやつは『なにも要りません』と言ったが、それは、自分は宇宙同様一人だけで満ち足りた存在であり、いかなる神も必要とせず、罪の告白もしない、という意味だとわたしにはわかった。三度目にまた『なにも要りません』と言ったときのやつの眼は爛々と光っていた。で、わたしにはわかった――こいつの言わんとすることは、文字どおりなにも要らんということだなと。つまり、無こそやつの望みであり故郷であり、やつは酒に焦がれるように無に焦がれ、寂滅こそは、ありとあらゆるものの滅却こそは……」

雨が二粒ぽたりと落ち、なぜかフランボウは、まるで雨滴が針ででもあったかのようにびくっとして、空を見あげた。と、その瞬間、温室のはずれにいた医者が、なにごとかをわめきながら、二人のほうに走り寄ってきた。

医者が爆弾のような勢いで二人のあいだにとびこんできたとき、アトキンソンは、たまたま、家の正面の壁近くをぶらついていた。そこで医者は、むんずとばかりにアトキンソンの襟首をつかんだ。「ふらちな仕業だ！」医者がさけぶ――「あの人になにをしたんだ、こののらくらめが？」

神父ががばと立ちあがった。その声には、軍人が命令をくだすときのような鋼鉄の厳しさがあった。

「喧嘩はよしなさい」冷静なさけび声だった――「これだけの人数がいるんだから、誰だろうと取り押さえようと思えばすぐできる。いったい、どうしたと言うんです、先生？」

「クイントンのようすがただごとじゃないんだ」蒼白になった医者が言った。「ガラス越しにやっと見えたんですが、どうも彼の寝姿が気になるんです。ともかく、わたしが出てきたときとは違う寝かただ」

「入って、そばへ行ってみよう」ブラウン神父がぶっきら棒に言った。「アトキンソンさんは一人にしておいてもだいじょうぶ。クイントンの声を聞いてから、ずっとあの人から眼を離さずにいたから」

「わたしはここにとどまって、番をする」フランボウがせかせかと言った。「あなたがた二人で、見てきてください」

医者と神父は書斎の扉に駆けより、鍵をはずし、なかに、なだれこんだ。そのとき二人は、詩人が平常、書きものをする中央のマホガニー製大テーブルの上にあやうく倒れかかるところだった。というのも、この部屋の照明は、病人のために燃やされているわずかな火だけからくるものだったからだ。このテーブルの中央に一枚の紙がのっていた。故意にそこに置かれたものであることは明瞭だった。医者はその紙片をひったくり、紙面にちらと眼を注ぐと、ブラウン神父に手渡した。そして、「たいへんだ、あれをごらんなさい！」とさけびながら奥のガラス張りの部屋めがけて突進した。温室の悽惨な熱帯植物の花は、真紅に染まった夕暮れの名残りをいまだに留めているようだった。

ブラウン神父は、紙を置く前に三度その文面を読んだ。それは、「われはみずからの手によりて死す――されど、そは殺人なり！」という一文だった。その筆蹟は、読みづらいとは言わぬまでも、絶対に偽筆不能なレナード・クイントンのものであった。

そこでブラウン神父が、紙片を片手に、温室のほうに大股で近づくと、医者がやっぱりそうだったかと言わんばかりの、だが同時に打ちのめされたような顔をしてもどってくるのに出くわした。「とうとう、やってしまいました」とハリスは言った。

二人がいっしょになって、絢爛（けんらん）として不自然な美しさのさぼてんやつつじのあいだを通り抜けていってみると、詩人にして奇譚作家のレナード・クイントンが、長椅子から頭をだらりと垂らし、赤い巻き毛が床に触れているではないか。左の脇腹に、先ほど庭でひろいあげた奇妙な短剣が突き刺さっている。力の抜けた手が柄（つか）の上にまだ置かれてある。

外では、嵐が一足とびに襲来していた。ちょうどコウルリッジの闇のように（十九世紀初頭の英詩人コウルリッジは「ひとまたぎに夜がくる」と書いた）庭も、ガラス張りの屋根も、横なぐりの豪雨に、みるみる暗くなってゆく。ブラウン神父は、死体よりも例の紙片をもっと調べているらしかった。それを眼の近くに持ってきたところからするると、うす明かりのなかで文面を読みとろうとしているらしい。つぎに神父はそれを、かすかな光にかざした――と、おりしも稲妻が一瞬きらめき、その白光のなかに紙片が黒々とうかびあがった。

暗黒とはげしい雷鳴とがそれにつづく。雷が鳴りやむと暗闇のなかからブラウン神父の声がした――「先生、この紙の形はまともじゃありませんな」

「それはどういう意味で?」ハリス先生が眉をしかめ、にらみつけるような眼つきで言った。

「これは四角じゃない」ブラウンが答えた。「隅がちょん切られているようだ。どういうわけでしょう?」

「わたしにわかりっこないじゃありませんか」喰いつくように医者が言った。「この死体を動かしましょうか? もう完全にこと切れている」

「いけません」と神父は答えた――「このままそっとしといて、警察を呼ばなければならない」言いながらも、眼は依然として紙片を綿密に調べている。

もどりすがら書斎を通ったとき、神父はテーブルのそばで立ち止まり、小さな爪切り鋏をつまみあげた。

「ふん」と、なにかほっとしたように神父は言った――「これでやったんだな。だが、それにしても……」そこで神父は眉をひそめた。

「さあ、そんな紙きれのことを問題にするのはおよしなさい」医者が力をこめて言った。「あの人の気まぐれなくせだったのですよ。そんなのは何百枚もありました。どの紙も、そういうふうに切ってあるんです」と言いながら、別の小さなテーブルの上に積まれた未使用の紙を指さした。ブラウン神父はそのそばに歩み寄って、一枚だけ手に取ってみた。やはり、同じように不規則な形である。

「なるほど」と神父は言った。「して、ここにあるのが、その切り取られた隅ですね」こう言うと神父は、相手の立腹を尻目に、それをかぞえはじめた。

「文句なし」済まなかったと言わんばかりの微笑をうかべて神父は言った。「ちょん切られた紙が二十三枚と、切り取られた端くれが二十二枚と。では、お待ちかねのようだから、みんなのところへまいるとしましょう」

「誰が奥さんに知らせますか?」と医者。「あなたがいますぐいらして、奥さんに知らせてくださいませんか——そのあいだにわたしは召使いをやって警察を呼びますから」

「お好きなように」神父は無関心に言って、玄関に出ていった。

ここでまたもや、彼は劇的な場面を目撃した——といっても、今度のは、ずっとグロテスクな一場だった。ほかでもない、神父の大男の友人であるフランボウが、長いこと忘れていた身構えで立っており、階段が終わったところの庭の小径には、靴をはいた足を空中に突きあげて、あの憎めぬアトキンソンが大の字に倒れ、山高帽とステッキが、小径に沿ってそれぞれ正反対の方向にすっとんでいたのである。アトキンソンは、フランボウの頑固親父よろしくの監視ぶりに、ついにしびれをきらし、殴り倒さんものと喰ってかかったのだが、このパリ無頼漢仲間の巨頭を敵としては、たとえその隠退後とはいえ、けっして生やさしい勝負ではなかった。

あわやフランボウが敵に躍りかかって、もう一度おさえつけようとした刹那（せつな）、神父が軽く肩をたたいた。

「アトキンソン君と仲直りだ」と神父が言った。「お互いにあやまって《さよなら》を言いたまえ。もう引きとめておく必要はなくなった」そして、アトキンソンが半信半疑の体（てい）で立ちあがり、帽子とステッキをひろい集めて庭の門のほうに去ると、神父はもっと真剣な声で、「あのインド人はどこかな？」と言った。

一同は三人とも（医者も二人に加わっていた）反射的に、紫色にたそがれた木立のあいだに見えるうす暗い草地の斜面に眼を向けた。そこは、先ほどまで、あの褐色の肌の男が、からだをゆすりながら奇妙な祈りを捧げていた場所なのだ。が、インド人の姿は消えていた。

「あの野郎」と医者が憤然として足を踏み鳴らしながら言った。「これでわかった——犯人はあいつなんだ」

「あなたは魔術を信じていなかったはずだが」穏やかにブラウン神父が言った。

「自分でもそのつもりでした」と医者は、眼をまんまるくして言った。「ただ、あの黄色い肌の怪物が、いかさま魔術師なんだと思うにつけ、胸がむかついていたことだけはたしかです。それがほんものの魔術師だったということになれば、なおのことやつがいやになるでしょう」

「といっても、やつがずらかったことは、なんでもない」とフランボウが言った。「やつを相手どって証拠をあげることも、どんな手を打つこともできやしないんだから。まさか、この管区のお巡りさんのところへ行って、魔法か自己暗示に依る自殺が行われましたと告げるわけにはいくまいし」

そのあいだにブラウン神父は家のなかに入り、死んだ男の妻に椿事を知らせにいった。

ふたたび外に現われたときの神父の顔は、やや蒼ざめ、悲痛味を帯びていた。しかし、その神父と妻との対面中に、どんな話が交わされたか、それは、すべてが明るみに出てからでも、ついに不明のままであった。

フランボウは、物静かに医者と話をしていたのであるが、友人がもどってきたのがあまり早いので、驚いた。が、ブラウンはそんなことを気にもとめず、すこし離れたところへ医者を引っぱっていった。

「警察を呼びにやったでしょうな?」神父は訊いた。

「ええ」とハリスが答える。「十分以内にくるでしょう」

「お願いがあるんだが」と、穏やかに神父が言う。「実は、わたしはこういう風変わりな話を蒐める趣味がありましてな。ただ、こういう話には、いまのヒンズー教徒の場合もそうですが、警察の報告書には載せられないような要素が含まれていることがよくある。そこでお願いというのは、わたし個人のためにこの事件の報告書をひとつ書いていただきたいのです。あなたの商売は、頭がよくないと、できない商売ですからね」と神父は、容易ならぬ眼つきで医者の顔をまともに見据えながら言った。「あなたは、それは口にしないほうがいいと思っているらしいが、この事件のくわしい事情をある程度ご存じのようだと、わたしには思えるんですよ。わたしの商売も、あなたのと同様、相手の秘密を守る商売ですから、あなたがわたしのために書いてくださるものは、なんであれ、絶対秘密にしておきましょう。だが、洩らさず全部書いていただきたいものですな」

　医者は、いくぶん頭をかしげて思案ありげに聴きいっていたが、一瞬、神父の顔をまともに見てから、「承知しました」と言って、書斎に入り、うしろ手に扉を閉めた。

「フランボウ」とブラウン神父――「あそこのベランダの下に長い腰掛けがある、あそこなら、雨にも濡れずに一服ふかせるだろう。おまえさんは、わたしにとってこの世でただ一人の友達だから、話がしたいのさ。というよりも、いっしょに無言でいたいのかもしれん」

　二人は、ベランダの腰掛けに楽な姿勢でおさまった。ブラウン神父は、日頃の習慣を破って、差しだされた上等な葉巻を受け取り、無言のまま悠々とくゆらした。雨がベランダの屋根の上を吹きすさび、はげしく音をたてている。

「なあ、フランボウ」やっと神父は口をきいた――「これは至って風変わりな事件だ。ほんとに風変わりな事件だよ」

「同感ですよ」とフランボウは、身ぶるいせんばかりに言った。

「おまえさんもこれを風変わりと言い、わたしも風変わりだと言う」と相手は言った――「ところが、二人は正反対のことを言っているんだ。現代人の頭は、いつでも、二つの異なった考えを混同している――つまり、ふしぎなるものという意味での神秘と、複雑なるものという意味での神秘とをいっしょくたにしているのだな。そこに、現代人が奇蹟を信じえぬ理由の半分がある。奇蹟は驚くべきものではあるが、単純だ。奇蹟なるがゆえに単純なのさ。奇蹟は、自然や人間の意思を通じて間接的にやってくるかわりに、神、もしくは悪魔から直接にやってくる力なのだ。さて、おまえさんがこの事件をふしぎだというのは、それが奇蹟的で、よからぬインド人が働いた魔法だと考えているからだ。もちろん、この事件が霊的なもの、あるいは悪魔的なものでなかったというのではない。人間を取り巻くいかなる影響力によって、異様な罪が人間の生活のなかに現われるかは、ただ天国と地獄のみが知っている。だが、さしあたっての問題としては、わたしの話の要点はこうなんだよ——もし、この事件が、おまえさんの考えてるように魔法だとすれば、それはふしぎとは言えるが、神秘的ではない——つまり、複雑ではないはずだ。奇蹟は質こそ神秘的だが、その起こりかたは単純だ。ところが、この事件の起こりかたは、まさしく単純の逆なのさ」

しばらく弱まっていた嵐が、また勢いをもり返したらしく、遠雷でもあろうか、ずしんと響きが伝わってきた。ブラウン神父は、葉巻の灰を落として、話をつづける——

「この事件には、天国の閂(かんぬき)にも、地獄の門にも合わない、ゆがんで醜く複雑な性質がある。蝸牛(かたつむり)のまがりくねった跡がわかるように、あの男のまがりくねった足跡がわたしにはわかるのだ」

白い稲妻が、その巨大な眼を見開いて、閃光のウィンクを送ったかと思うと、空はまた暗く閉じられた。神父は話をつづける——

「まともでないものがたくさんある。そのなかでも、特にまともでなかったのは、あの紙片の形だ。あれは、クイントンを殺した短剣よりもねじけていた」

「クイントンが自殺の告白を書いた紙のことですね」とフランボウが言った。

「クイントンが《われはみずからの手によりて死す――されど、そは殺人なり》と書いた紙のことだよ」とブラウン神父の答え。「いいかね、あの紙の形はまともでなかった――わたしがあれをこの邪悪なる世界で見たことが事実であるかぎり、断じてまともな形ではなかった」

「ただ、いっぽうの片隅がちょん切られてあっただけだし」とフランボウ――「だいたい、クイントンの紙は全部あんなふうに切り取られていたはずですがね」

「それにしても、奇怪千万な切りかただよ、わたしの趣味や好みから言うと、ずいぶん悪趣味だ。いいかね、フランボウ、あのクイントンは――神よ、彼の魂を迎え入れたまえ！――あの人は、たしかにのらくらなところもあったにはちがいないが、文筆においてはもちろん、画筆を持たせても、真の芸術家だった。あの人の筆蹟は、読みづらいとはいえ、大胆で美しかった。わたしは、自分の言うことを証明できない。なに一つ証明できない。だが、わたしは絶対の確信をもって言う――クイントンがあんな下品な隅の切り取りかたをするはずがない、とな。もしなにかに紙をあわせるとか、とじるとか、ともかくそういった目的で紙を切り取りたいと思ったとしても、もっと違った切りかたを鋏でしただろう。あの形を覚えているかね？　下品な形だった。まともでない形をしていた。こんなふうにな。覚えていないかな？」

　言いながら、ブラウンは、火の点いた葉巻を暗闇のなかで振りまわし、眼にもとまらぬ速さで不規則な四角形を宙に描いた。そのため、フランボウの眼には闇の上に描かれた火の象形文字のようにそれが見えた――神父が前に話したことのある、判読不能ではあるが、絶対によい意味をもっているはずのないあの象形文字のように映じたのである。

「それにしても」とフランボウが、神父が屋根を見つめながら葉巻を口にもどし、背をもたせかけたときに、言った。「クイントン以外の人が鋏を使ったと仮定しても、その何者かは、なんだってクイントンの紙の隅を切り落としたりして、あの人を自殺させたのだろう?」

ブラウン神父は、依然、椅子の背によりかかって屋根を見つめたままだったが、葉巻を口から取りのけて、「クイントンは自殺などしなかった」と言った。

フランボウは、まじまじと相手の顔を見つめてさけんだ――「まさか、そんなはずありっこない。じゃ、なんだって自殺の告白をしたんです?」

神父は、また上体を前に乗りだし、両肘を膝に置き、足もとに眼を据えて、低い、はっきりした声で言った――「自殺の告白などしはしないよ」

フランボウは葉巻を置いた。

「すると」と訊く――「あの書き付けは偽筆だったと言うんですか?」

「いいや、まさしくクイントンが書いた物だ」とブラウン神父。

「そら、やっぱりそうでしょう」と癇癪(かんしゃく)を起こしそうになったフランボウが言う――「クイントンは《われはみずからの手によりて死す》と書いた――自分の手で新しい紙の上に」

「まともでない形の紙の上にな」と、神父が平然と言う。

「えい、形なんかどうともなれだ!」さけび声だった。「形がこれとなんの関係があるんです?」

「切り取られた紙が二十三枚あった」ブラウンはたじろがずに話をつづける――「ところが、切り取られたはしくれは二十二枚しかなかった。すると、はしくれの一枚は破り棄てられたわけさ、しかもそれは、例の文句が書かれてあった紙のはしくれにちがいない。ここまで言えば、なにか思いあたるだろう?」

一条の光明がフランボウの面上にうかび、彼は言った――

「なにかほかにも、クイントンが書いたものがあったんですな――なにか別の文句があったんだ。《人は言うことであろう、われはみずからの手によりて死すと》とか、《以下を信じてはならぬ……》」

「もうじきお倉に火がつきそう、子供がそう言うな」と神父。「だが、あのはしくれは半インチの幅もなかったから、五語はおろか一語の余地さえありはしない。なにかコンマほどの大きさで、しかも、心に地獄を抱いた男が、それが自分に不利な証拠になると思って破り棄てねばならなかったもの、そういったなにかを思いつけんかな?」

「考えつかないな」とフランボウは最後に白状した。

「引用のしるしはどうだ?」と言って、神父は葉巻を流れ星のように遠く闇のなかに投げ棄てた。

相手の口は、言うべき言葉をことごとく失っていた。そこでブラウン神父は、基礎知識にもどる教師のように言った。

「レナード・クイントンは奇譚作家で、魔術や催眠術を主題にした東洋風の奇譚を書いていた。

彼は……」

そのときだった。二人の背後の戸が勢いよく開いて、帽子をかぶった医者が現われた。医者は、神父の手に長い封筒を押しつけた。

「お望みの書類です」と医者は言った。――「わたしは家に帰らなければなりません。お休みなさい」

「お休み」とブラウン神父が言いおわらぬうちに、医者は門のほうに威勢よく歩いていった。医者が玄関の戸をあけっぱなしにしていったので、ガス灯の明かりが一条、二人の上に射していた。この光を頼りに、ブラウンは封筒を開き、つぎのような文面を読んだ――

ブラウン神父さま――Vicisti, Galilaee!（「汝は勝てりガリラア人よ!」ユリアヌス帝の最期の言葉）あるいは、洞察鋭きあなたの眼よ、呪われてあれだ。結局は、あなたの妄言にもなんらかの意味があるのだろうか――そんなことが可能なのだろうか?

わたしは、子供のとき以来ずっと自然を信じ、人が道徳的と呼ぼうが不道徳的と呼ぼうが、そんなことにはおかまいなく自然の作用と本能を信じてきた男だ。医者になるずっと以前、廿日鼠（はつかねずみ）や蜘蛛（くも）を飼っていた小学生の頃、わたしは良い動物になることこそ、この世で最善のことだと信じていた。しかし、いまやわたしの信念はぐらつきだした――わたしは自然を信じてきた――ところが、どうやら自然は人間を裏切ることができそうなのだ。あなたのたわごとに、なんらかの真実があるというのだろうか? わたしはほんとに病的になりかけている。

わたしはクイントンの妻を愛した。そのどこが悪い？　それは自然がわたしに命じたことであり、愛こそは世界を動かす原理なのだ。わたしはこうも考えた——彼女は、わたしのような清潔な動物といっしょにいるほうが、あんな人悩ませの狂人といっしょにいるより幸福なのだ。大真面目にそう思った。そのどこが悪い？　わたしは科学者にふさわしく事実を直視していたまでのことだ。そのほうが、彼女はもっと幸福だったろうに。

わたし個人の信条に従えば、クイントンを殺すのは、まったくわたしの自由だった。それは、クイントン自身すら含めた全部の者にとって最善のことだった。しかし、健全な動物であるわたしは、自分で手をくだすつもりはなかった。そこで、自分の潔白が保証されるようなチャンスが見つかるまでは、けっして実行するまいときめた。そのチャンスがけさ見つかったのだ。

わたしはきょう、全部で三回クイントンの書斎に入っている。最初入ったとき、クイントンは執筆中の《聖者の呪い》という怪奇な物語のことばかりしゃべっていた。あるインドの隠遁者が念力によって英国人の大佐を自殺させたという筋だった。クイントンは、わたしにその最後の原稿を何枚か見せ、最後の一節を朗読しさえした。それはこんな文句だった——「黄色い骸骨となりはてながら、いまだに巨体のパンジャブの征服者は、辛うじて肘をついて身を起こし、甥の耳もとにあえぎあえぎささやいた——《われはみずからの手によりて死す——されどそは殺人なり！》」百に一度の偶然で、この最後の一言はたまたま新しい紙の冒頭に書かれてあった。わたしは部屋を去り、この怖ろしいチャンスに夢中になって庭に出た。

わたしたちは、家のまわりを散歩しましたが、そのとき、わたしにとって都合のよいことがさらに二つ起こった。あなたはインド人を臭いとにらみ、また、いかにもそのインド人が使いそうな短剣を見つけたのだ。わたしはその機会をとらえて、短剣をポケットにねじこみ、クイントンの書斎にとって返し、ドアに鍵をかけて、睡眠薬を服ませた。クイントンはアトキンソンに返事することを頭からいやがっていたが、わたしはアトキンソンをけしかけて、声をかけさせ、クイントンになだめさせた。というのも、わたしが二度目にあの部屋を出たときに、クイントンはまだ生きていたという明白な証拠を作っておきたかったからだ。クイントンは温室で横になり、わたしは書斎を通って引き返したのだが、わたしは手先のすばやい人間で、一分半のうちに望みどおりのことをしとげた。クイントンの物語の最初の部分を全部炉にぶちこんで、灰にしたのだ。それから、引用のかぎがうまくないのに気づいて、その部分を切り落とし、さらに、もっともらしく見せかけるために、一重ねの紙のはしを全部ちょん切って、釣りあいのとれるようにした。それからわたしは、クイントンの偽自殺告白書が書斎のテーブルにのっており、クイントンは奥の温室で生きてはいるが眠って横になっていることを承知で出てきた。

最後の行動は死に物狂いだった——あなたには想像できるだろう。わたしはクイントンが死んでいるのを見たかのようによそおって、温室に駆けこんだ。あなたにはあの紙を渡して手間どらせ、その自殺告白書を見ている隙に、手先のすばやいわたしはクイントンを殺したのだ。彼は薬の効き目で半睡状態になっていた。わたしは彼の手に短剣を握らせ、それをからだに突き刺した。あの短剣はえらく異様な形なので、外科医でもなければ心臓に届く角度を測ることができなかったはずだ。あなたはこれに気づかれただろうか？

わたしがこれをしとげたとき、ただならぬことが起こった。自然がわたしを見棄ててしまったのだ。わたしはむかついた。なにかよからぬことをしでかした、そんな気持ちがした、頭が砕け割れそうな気分だ。このことを誰か他人に打ち明けてしまいたい。結婚をして子供ができても、自分だけの胸にこれを秘めておかなくてもすむ――、そう思うと、わたしは捨鉢(すてばち)な喜びともいうようなものを感じる。いったい、わたしはどうしたというのだ？　狂気か……それとも、人間は悔悟の情を抱きうるのか――バイロンの詩が現実であるかのように！　もうなんにも書けない。

ジェイムズ・アースキン・ハリス

ブラウン神父は丹念に手紙をたたみ、胸ポケットにそれを収めた。おりしも門の呼鈴がけたたましく鳴り響き、数名の警官の濡れた雨合羽が、外の道路できらめいた。

サラディン公の罪

フランボウはウェストミンスターにある事務所の仕事から一カ月の休暇をとった。小型の帆船がこの休暇中の彼の住居だったが、それは小型中の小型だったため、帆船としてよりもオールで漕ぐボートとして通用する時間のほうが多かった。おまけに、彼がそれを乗りいれたのは東部の小河川で、それらの小さなことときたら、まるでそのボートが陸上の牧場や麦畑を航行する魔法の小船かと見まちがえられるほどだった。ボートはかろうじて二人が楽に乗れる大きさで、他には必要品を容れる余地しかなかったが、フランボウはその余地を、彼独自の哲学が必要とみなした品々で満たした。つまるところ、それは四つの必需品に帰着した。鮭の罐詰――これはものを食べたくなったときの用意。装填した拳銃――これは射ちたくなったときの準備。ブランデーが一本――これはおそらく失神した場合に備えて。そして最後に神父が一名――察するにこれは死ぬ場合に対処してのことだろう。さて、以上の軽装備でフランボウのボートはノーフォーク州あたりの小さな河を這うように進んで、結局は「湖沼地方(ブロード)」に出るつもりながら、当座は河のすぐ両側に広がる庭や牧場、水の面に映った邸宅や村落を心ゆくまで楽しみ、沼や河のひっこんだところでは魚釣りに興じ、ある意味では河岸を抱きしめながら巡航をつづけた。

いかにもほんものの哲学者らしく、フランボウの休暇にはなんの目的もなかった。しかし、これもまたほんものの哲学者らしく、彼は口実を設けてもいた。つまり半目的とでもいうようなものを彼はもっていて、それを彼は、それが成功した場合にはこの休暇はクライマックスに達するのだという程度に真剣に、しかも、それが失敗しても休暇は台なしにならないのだという程度に軽く、考えていたのである。もう何年も前、彼がまだ盗賊王でパリ随一の有名人だった頃、彼はさまざまな手紙をよく受けとった。絶讃あり、非難あり、なかには愛情の表現さえあったが、とりわけ一通の手紙が彼の記憶にこびりついていた。それはイギリスの消印のついた封筒に名刺が一枚入っているきりのもので、名刺の裏には緑色のインクで「貴殿が引退し、堅気になったあかつきには、小生を訪問されよ。貴殿に会いたく思う。同時代の大人物には貴殿を除いて全部会っている。刑事に他の刑事を逮捕させた貴殿のあの離れ業はフランス史上もっとも光輝ある情景だ」とフランス語で書かれてあった。その表側には、「ノーフォーク、リード島、リード荘、サラディン公爵」と麗々しく刻まれてあった。

フランボウは当座この公爵について、彼が南イタリアで才気ある流行児だったということを確かめたきり、それ以上あまり注意をはらわなかった。公爵は青年の頃、位の高い人の妻と駈け落ちしたと伝えられていた。かくも奔放な行為でも公爵の住む社交世界では別段おどろくにはあたらないが、この事件が人びとの心に深く刻みつけられたのは、一つの悲劇がそれに付随したからだった。つまり、妻を寝取られた夫が自殺するという結末になったからで、この夫はシチリヤの断崖から身を投じたと伝えられていた。当時、公爵はウィーンに住みついていたが、ここのところ数年は、旅行に出て休みなく居所を変えていたらしかった。けれども、フランボウは——公爵自身と同じに——ヨーロッパ大陸での名声を棄てて、イギリスに腰を落ち着けると、ひとつノーフォーク湖沼地方に亡命しているこの名士に不意打ちの訪問をしてやってもいいなとふと思いついた。公爵の住居が見つかるかどうかは、まったくあてがなかったし、事実その場所は小さく、人から忘れられていた。ところが、ひょっとしたことから、その場所は思いのほか早く見つかることとなった。

一夜、二人のボートは、長い草と短く刈り込まれた樹で覆われた堤のもとに碇泊した。力いっぱいに漕ぐことで疲れきっていた二人に眠りがたちまち訪れ、同じような偶然の理由から彼等は明るくなる前に眼を覚ました。いや、もっと正確にいうなら、陽の光で明るくなる以前に眼を覚ましたのである。大きなレモン色の月が頭上の鬱蒼（うっそう）とした草むらの向こうにようやく没しかけていて、空は濃い紫と青の混合色で夜もすがら照り輝いていたからだった。二人は時を同じくして子供の頃を思い出した。小妖精のことや、たけの高い草が森のように頭上に蔽（おお）いかぶさってくるあの冒険の時刻。低空（ひくぞら）にかかった大きな月を背景に伸び立った雛菊はまさに巨人の雛菊に見え、たんぽぽは巨人のたんぽぽかと思われた。この情景は、なんとなく子供部屋の壁紙を想い起こさせた。河床がかなり低くなっているために、二人はあらゆる灌木（かんぼく）と花の根の下に沈んで、草を下から見あげる恰好となった。

「これはすごい」とフランボウが言った——「お伽（とぎ）の国にいるみたいだ」

ブラウン神父はボートのなかでまっすぐに半身を起こして十字をきった。この動作があまりに急激だったために、神父の友人は眼を見張って、いったいどうしたのかと尋ねた。

「物語詩(バラッド)を書いた中世の人たちは、おまえさんよりもよっぽど妖精のことをよく知っていたな。お伽(とぎ)の国で起こるのはいいことばかりだとはかぎらないのですよ」

「でたらめをおっしゃい」とフランボウ。「こんなに無垢(むく)な月のもとでは、よいことしか起こるはずがありませんよ。ぼくは断然もっと深く入っていって、どういうことになるか見届けたい。こんな月、こんな気分にはもう二度とめぐりあえないうちにぼくらは死んでしまうかもしれないもの」

「いいとも」とブラウン神父。「お伽の国に入るのは例外なくいけないことだとは言ってませんよ。そうするのは例外なく危険だと言ったまでです」

ますます輝きを加える河を二人は遡(さかのぼ)っていった。空のほの明るい紫と、月の青味がかった金色はしだいに薄れて、暁(あかつき)の多彩に先んじて現われるあの荒漠とした無色の宇宙に吸いこまれていった。やがて赤と金と灰色のかすかな曙光(しょこう)が地平線を涯(はて)から涯までうきあがらせ、二人のすぐ前で河に面して立っている村落の黒々とした姿がその光をさえぎった。早くもうす明かりながら光があたりに満ち満ちて、あらゆる物の形が見えるようになったとき、二人はその河畔の村にさしかかって、家々の横に突きでた屋根や橋の下に船を走らせていた。ずんぐりとした、長くて低い屋根の家々は、なんというのだろう、灰色と赤色の巨大な家畜が河に水を飲みにおりてくるように見えた。こうして、この静まりかえった村の船着場や橋に一つの人影も一匹の動物の姿もまだ見えぬうちに、白々と明るさを増してくる暁は早くも現実的な日中の光に変わっていた。それでもとうとう、シャツ姿でいかにも落ち着いて裕福そうな男が澱んだ流れの上の杭にもたれているのが見えた。その顔は、いましがた沈んだばかりの月のようにまんまるく、その下側の弧からは赤い頬髯が「放射」していた。フランボウは、分析不可能な衝動の力に駆られて、ぐらつくボートのなかでさっと立ちあがると、リード島とかリード荘をご存じありませんかと大声で訊いた。裕福そうな男の微笑はこころもち広がって、その指が河の上手のまがり角をしめした。フランボウも無言のまま船を進めた。

同じような草深い河角をいくつもまがり、同じような蘆の生えた静かな河面をたどってゆくと、この家探しがまだ退屈にならぬうちに、特に大きくまがっている角を経て静かな沼に入ったが、その光景は有無を言わさずに二人の心を捉えた。四面を藺草で縁どられたこの広々とした水域のなかほどに細長い島が低く横たわっていて、これも細長い家というかバンガローが低く立っていたからだった。竹か、強い熱帯産の籐でできている家で、その壁の役目を果たしている直立した竹は薄黄色で、斜めの屋根に使われた竹はもっと濃い赤茶色だったが、それ以外には、この細長い家は反覆と単調のかたまりといってよかった。早朝の微風が島のまわりの蘆をざわめかせ、めっぽう大きな笛を吹き鳴らすようにこのふしぎな筋だらけの家で歌っていた。

「そうなんだ」とフランボウが大きな声で言った。「とうとうやってきたぞ。これこそリード島、つまり蘆の島なんだ。これこそ蘆の荘なんだ。さっきの頬髯の肥った男は妖精にちがいない」

「そうかもしれん」とブラウン神父は淡々と言った。「だとすれば悪い妖精だな」

ところが、神父の言葉が終わらぬうちに、せっかちのフランボウはざわめく蘆のなかにボートを乗りいれて岸につかせ、すぐに二人は細長い謎の小島にあがって、古ぼけて静まりかえった家の前に立っていた。

家はその背を河と一つだけある船着場に向けて立っており、表門は反対側にあって、細長い島の庭に面していた。そこで、訪問者は、家の三面をめぐって低い軒の下に通っている小さな径（みち）をたどって玄関に近づくこととなった。その三つの側面にあいた三つの窓から覗くと、窓は変わってもいつも同じ一つの細長い、採光のいい部屋が見えた。壁板は薄い木で、鏡がふんだんにかかり、品のいいランチでも催すつもりか食卓の用意ができていた。まがりにまがって玄関にたどりつくと、そのドアの両側には、トルコ玉ようの青緑色をした花瓶が一つずつ配されていた。ドアをあけたのは、あまりぱっとしない執事で——からだつきはほっそり、髪は灰色、態度はものうげ——彼は、サラディン公爵はただいまお留守でございますが、一時間もすればお帰りのはずですとぼそぼそ言った。緑色のインクで走り書きのしてある例の名刺を見せると、沈鬱（ちんうつ）な執事の蒼白い顔にちらりと生気がさし、彼はふるえがちに礼儀正しく、お客さまはお待ちになってくださいませんかと言った。

「公爵さまは今すぐにもお帰りになるかもしれませんし、ご自分で招待なすったお客さまとちょっとのところでお会いできなかったら、それは残念に思うでしょうから。手前どもは、公爵さまとそのご友人のために、いつもささやかな冷菜のランチを用意しておくよう申しつけられておりますので、それを召し上がっていただければ公爵さまもお喜びになるでしょう」

　このちょっとした冒険に好奇心をそそられたフランボウは、上品にその申し出に応じると、老いた執事の案内に従った。執事が仰々しく招じいれたのは、うすい壁板をはめこんだあの細長い部屋だった。どこといって目だつところのない部屋だったが、ただ一つ、床すれすれまで届いている細長い窓がいくつもあって、そのあいまにやはり細長い長方形の鏡が一つずつかかっているというかなり奇妙な配列が、この部屋全体に一種独特の明るさと非現実の雰囲気をあたえていた。だから、そこでとるランチは野外で食事をするような趣（おもむ）きだった。控えめな絵が一つ二つ隅にかかっていて、一つは軍服を着た青年の大きな灰色の写真で、いま一つは毛を長く伸ばした二人の少年を赤チョークで描いたスケッチだった。この軍人さんらしいのは公爵かとフランボウが尋ねると、執事は言葉すくなくそれを否定した。公爵さまの弟のスティーヴン・サラディン大尉でございますという説明を最後に老人は急にだんまりをきめこんで、会話への興味をまったく失ったらしく見えた。

　手のこんだ上等なコーヒーとリキュールで食事が終わると、客人たちに庭と書斎と家政婦が紹介された。家政婦は色の黒い立派な婦人で、すくなからぬ威厳をもち、黄泉（よみ）の国のマドンナといった趣きがあった。見受けたところ、公爵のイタリア時代の家政からそのまま残っているのはこの婦人と執事だけらしく、他の召使いたちは全部ノーフォークで家政婦がかき集めた新人のようだった。この家政婦はミセズ・アントニーの名で通っていたが、そのしゃべりかたにはかすかにイタリア訛（なま）りが認められたので、フランボウは、アントニーというその名が実はラテン系の名前をノーフォーク流に改名したものだと信じて疑わなかった。執事のポールもやはりかすかに異国の雰囲気をただよわせていたが、しゃべりかたもふるまいかたも純英国式で、いかにもコスモポリタンな貴族に仕える洗練された下僕の典型と思われた。

美しく独特なものではあったが、この場所はふしぎな明るい悲しさをたたえていた。そこでの一時間は一日のようだった。窓の多い細長いこの部屋には、陽の光があふれていたが、それは死んだ光のようだった。そして、人びとの話し声、グラスの触れあう音、通りすぎる召使いの足音、そういった些細な物音にまじって、家の周囲のいたる所からあの河のメランコリックな騒音が聞こえるのだった。

「おまえさんとわたしはまちがった角をまがって、まちがった場所へ来てしまった」窓から灰緑色のすげと銀色の流れをながめながらブラウン神父は言った。「かまうことはない。まちがった場所にいる正しい人であるということで善をなすことのできる場合だってある」

ブラウン神父という人は、日頃は無口ながら妙に共感力の強い人で、このたった数時間の――それでいて無限に長い――滞在のあいだに玄人の友人よりもずっと奥深くリード荘の秘密の底に我知らず沈んでいた。ゴシップにはどうしても必要なあの親しみやすい無口さを神父は心得ていたので、自分ではほとんど一言もしゃべらぬのに、知りあったばかりの人たちから、どのみち彼らが告げたのであろう話を聞きとっていた。執事は当然のことながら語りたがらなかった。それでも、きわめて不運な目に遭った――と彼が言う――主人に対する陰気で動物的に近い愛情を言外に知らず知らずしめしていた。主人に害をあたえた主な人物はその弟らしく、その名前が出ただけで老いた執事の痩せこけた顎が伸びに伸び、鸚鵡のような鼻が嘲笑にゆがむのだった。スティーヴン大尉はろくでなしで、寛大な兄から何百、何千リラもまきあげ、やむなく兄はハイカラな生活を打ちきってこんな隠遁所で人目を避けて生活しなければならなくなったということだった。執事のポールが語ったのはそれだけであるが、あきらかに彼はいっぽうの肩をもちたがる人間だった。

イタリア人の家政婦のほうは執事よりは多少乗り気で話をしたがった。というのも、ブラウンの察するところ、彼女が主人のことを語る声は、一種の畏敬をおびてはいたが、かすかに毒をふくんでいた。フランボウと神父が鏡の間で二人の少年の赤いスケッチをながめていると、家政婦がなにかの用事でとぶように駆けこんできた。このきらめく鏡の間の特徴として、誰でもそこに入ってくる者は、四つか五つの鏡に同時に映しだされる仕組みになっており、ブラウン神父は振り返らないでも話を途中で切った。当家への批判をしていたところだったからである。ところがフランボウは、絵に顔を近づけていたので、すでに大きな声で言いはじめていた――

「サラディン兄弟だな。どっちもいちおう無邪気そうだ。どっちが善人で、どっちが悪人だか見わけるのは難しいな」ここで家政婦に気づいた彼はなにかあたりさわりのない話題に転じて庭に出ていった。ところが、ブラウン神父は依然まばたきもせずに赤クレヨンのスケッチに眼を据えたまま、アントニー夫人はブラウン神父をじっと見つめたままだった。

夫人の眼は大きく茶色で、悲劇的な風格をたたえ、そのオリーブ色の顔はなにかをいぶかるような痛々しい表情で暗く輝いた。見知らぬ人の素姓か目的を怪しんでいるといった顔つきだった。はたしてこの小柄な神父の僧服と信条が南国人の記憶をゆさぶって告白を想い起こさせたのか、それとも神父が実際に知っているよりも多くのことを知っているのだというふうにこの婦人は思いこんでしまったのか、ともかく彼女は共謀者にでも言うように低い声で——「あのかたの言ったことはある程度当たっていますわ。あの二人の兄弟から善いのと悪いのとを選りわけるのは難しいだろうと言いましたけど、それはほんとうですわ、善いのを選びだすのは難しいのなんのって」

「わけのわからないことをおっしゃいますね」とブラウン神父は言って退散しはじめた。

家政婦は一歩を進めて神父に近づいた。その眉は釣りあがり、上体は荒々しく前にのめって角をさげた闘牛を思わせた。

「善いのがいないんですよ」と彼女は語気荒く言った。「たしかにお金をみんな取ってしまったのは大尉の悪いところですけど、それをあげてしまった公爵にも善くないところがあると思いますわ。公爵に恨みがあるのは大尉だけじゃありませんしね」

聖職者のそむけた顔に一条の光がさしこみ、その口は音こそ出さなかったが《脅迫》という言葉を語っていた。そうしているうちにも婦人は急に蒼ざめた顔を肩越しに振り向けると卒倒せんばかりになった。いつのまにかドアが音もなくあいてそこにはポールが亡霊のように立っていたのである。壁にかかった鏡の妖術によって五人のポールが五つの入口から同時に入ってきたかのように見えた。

「公爵さまがおつきになりました」とポールは告げた。

その一瞬に一人の男の姿が第一の窓の外を通った。陽ざしを一面に受けたその窓ガラスの前を人影は照明された舞台を通るように横切っていった。一瞬ののちには第二の窓にさしかかり、数多くの鏡はつぎからつぎへと額縁のなかに同じ鷲鼻の横顔と歩行中の全身像を描きだした。からだをすっくと張った敏捷な人で、頭髪は白く、顔の色は黄色がかった象牙のそれだった。長くてこけた頬と顎につきものの短くてまがったローマふうの鼻、けれどもその頬と顎はある程度まで口髭でマスクされ、帝王のいかめしさをおびていた。その口髭は顎鬚よりよほど濃く、いささか芝居がかった効果を生んでいたが、服装も派手でその役割にぴったりし、頭には白いシルクハット、上着には一輪の蘭、そして黄色のベストに黄色の手袋が歩くにつれてばたついたり、大きく振れ動いている。玄関までやってくると、こわばったポールがあけるドアの音がし、ついたばかりの人物が陽気に「さあ、帰ってきたぞ」と言うのが聞こえた。こわばったポール氏は一礼して例によってぼそぼそした声で返事をした。それから数分間、人の会話は聞こえなかったが、やがて執事が「なにもかも御意のままに」と言い、手袋をばたつかせたサラディン公爵があいさつをすべく快活に部屋に入ってきた。ここでまた例の怪談がかった情景を客人は見ることになった。五人の公爵が五つのドアから一つの部屋に入ってくるのである。

公爵は白い帽子と黄色の手袋をテーブルの上に置き、いたって慇懃に片手を差しだした。

「ようこそ、フランボウさん。こんな言いかたをしては失礼かもしれませんが、かねがね評判であなたはよく存じております」

「どういたしまして」フランボウは笑い声で答えた。「ぼくは神経がこまかくありませんから。だいたい名声というやつは、一点の穢れもない美徳で手にいれられるものじゃありませんよ」

公爵はここで鋭い一瞥を相手に投げて、この受け答えが特に個人的なねらいをもっているのかどうかを確かめようとした。それから自分も笑い声をたて、みんなに椅子をすすめ、腰をおろした。

「ちょっとした気持ちのいい場所ですよ、ここは」と公爵は超然としたようすで言った。「たいしたことはできないが、魚釣りは文句なしにいいですよ」

神父は、赤児のような真剣なまなざしで公爵を見つめていたが、なんとも名づけようもない空想にとりつかれた。公爵の丹念にカールされた灰色の毛、黄白色の顔、ほっそりとしていくぶんか伊達なからだつきを神父はながめたが、それらは脚光の蔭の登場人物のようにかすかに強調されていたにせよ、不自然とはいえなかった。神父の名状しがたい好奇心の対象はもっと別なところ、顔の輪郭そのものであった。ブラウンは、これは前にどこかで見たことがあるという気がなぜかしきりに起こってきてどうしようもなかった。誰か昔馴染みが正装しているように思えてならないのだ。そのうちに神父は鏡のことを思い出し、自分の空想は人間の面相がいくつも見えることからくる心理作用のせいだろうと考え直した。

サラディン公爵はすくなからぬ陽気さと如才なさをもって二人の客人に社交的な気の配りかたをしめした。探偵のほうはスポーツ好きで自分の休暇をフルに使いたがっているのを見てとった公爵は、フランボウとフランボウの船をいちばんいい釣り場に案内したが、それから二十分後には自分のカヌーでもどってきて、書斎にいるブラウン神父のお相手をし、今度は神父の哲学的な楽しみの仲間いりをするのだった。公爵は魚釣りについても書物についても、特に人を啓発するところがあるわけではなかったが、非常に多くのことを知っているらしく、言葉も五、六カ国語をしゃべった。もっとも、各国語ともスラングが主だった。察するところ、公爵はさまざまの都会と千差万別の社会で生活してきたらしく、彼のもっとも陽気な話のなかには賭博場や阿片窟、オーストリアの群盗やイタリアの山賊に関したものが含まれていた。ブラウン神父は、かつて名声をうたわれたサラディンが最近の数年間をほとんど絶え間なく旅行に費やしたということは知っていたが、まさかそれがこれほど不謹慎というかおもしろおかしい旅行だったとは夢にも思ったことがなかった。

そのせいか、サラディン公爵は、世慣れた人らしい風格にもかかわらず、神父のような鋭敏な観察者の眼には、なにか落ち着きのない、頼りにならないとさえいえる雰囲気を発散しているように見えた。顔つきは几帳面そうだったが、眼つきは奔放だった。神経的に痙攣する癖があって、酒か麻薬に侵された人のようだった。それに、家政上の問題を処理することにかまけていず、かまけていると公言することもなかった。家政は前に述べた二人の召使い、特に執事の手にゆだねられ、執事が当家の大黒柱であることは明瞭だった。事実、ポール氏は執事というより家令、いや式部官とさえいってよく、食事は奥でしたが、主人にも劣らぬ豪勢さだった。召使いの誰からも怖れられていて、公爵と相談するときの態度も、しかつめらしくはあったが、断じて折れまじという強さをしめし、まるで公爵の弁護士ででもあるかのようだった。それにくらべると、くすんだ家政婦は影法師にすぎず、事実この女は自分を無にしてただ執事にだけ仕えているように見え、弟が兄を脅迫したというあの爆弾のようなひそひそ話をブラウンはもう二度と聞くことがなかった。はたしてほんとうに公爵がそのようにして大尉に金を絞り取られたものかどうか、神父は確信がもてなかったが、この話をいちおうはもっともなものと思わせるような不安定で公明正大を欠くところがサラディンにはあった。

窓と鏡にかこまれた細長い広間にもどった頃には、黄の暮色が水面と柳の生えた堤にたれこめはじめ、サンカノゴイが遠くで鳴く音が妖精の打ち鳴らす太鼓のように響いていた。またもや神父の心にあのもの悲しい悪のお伽の国を意識するふしぎな情緒が灰色の雲のように通りすぎた。「フランボウが帰ってくればいいのに」というつぶやきが思わず洩れるのだった。

「破滅の宿命というものを信じますか」落ち着きのないサラディン公爵が不意に訊いた。

「いいや」と客人は答えた。「最後の審判の日なら信じます」

公爵は窓から振り返って、妙な眼つきで相手を見つめた。その顔は日没を背景に暗く翳(かげ)っていた。「どういう意味なんです、それは?」

「つまり、わたしどもはここでタペストリーの裏側にいるということです」とブラウン神父。「ここで起こることはどうもなんの意味もないようです。どこかよその場所でこそなんらかの意味をもつものでしょう。どこかよそでほんとうの加害者の上に懲罰がくだるのです。ここでは、どうも見当違いの人にそれはくだるようですな」

公爵は動物のようなわけのわからぬ音をたて、翳った顔で眼だけが異様に輝いていた。神父の心には新しい機敏な考えが音もなく爆発した。サラディンは才気にあふれていながら突拍子もないところがあるが、それにはなにか特別の理由があるのだろうか。はたして公爵は……完全に正気なのだろうか？　神父は「見当違いの人、見当違いの人……」といつまでも、社交的な感嘆にしては多すぎるくらい幾度も繰り返した。

ブラウン神父はやがて第二の真理にやっと気がついた。眼の前の鏡に、音のしないドアがあけ放たれ、そこにポール氏が例によって蒼白い無感動な表情でつっ立っているのが映っていた。「すぐにお知らせするのがよいかと思いますが」と彼は古くからの家つきの弁護士並みに固苦しいうやうやしさをしめして言った──「六人の男が漕ぐボートが船着場に来ました。艫（とも）には一人の紳士が見えます」

「ボートだって！」と公爵。「そして紳士が乗っている？」と言いざまに立ちあがった。

息を呑んだ沈黙がそれにつづき、ただすげの茂みで鳥がたてる奇妙な音だけが断続的に聞こえていた。と、誰もしゃべるいとまもないうちに、新しい顔とからだが横向きに三つの明るい窓の前をめぐっていった──一時間ほど前の公爵と同じに。とはいっても、二人の輪郭が驚に似ているという偶然の一致を別にすれば、ほとんど共通のところはなかった。サラディンが新しい白のシルクハットをかぶっていたのにひきかえ、今度は旧式というか異国的な形の黒いシルクハットで、その下の顔は若々しくて厳粛な面持ちをしめし、鬚はきれいに剃られていて、強い決意をしめす顎のあたりは青味がかり、全体のようすはどことなく若きナポレオンを思わせた。この連想をさらに強めているのは、全体の身づくろいがなにか古めかしく珍妙で、父祖のスタイルをすこしでも変えるのをめんどうくさがっている人のようだという印象だった。見すぼらしい青のフロックコート、赤い軍隊風のベスト、ヴィクトリア朝初期にはやった粗地の白いズボン（これはいまではひどく不釣り合いな代物(しろもの)である）。この古めかしい衣裳一式のなかで彼のオリーブ色の顔だけが妙に若々しく、奇妙なまじめさをおびていた。

「くそっ！」とサラディン公爵は言って白い帽子を荒々しく頭にのせ、みずから玄関に駆けつけて、日暮れどきの庭に向かってドアをあけ放った。

　その頃には、新参の紳士とその従者は劇中の小軍勢よろしく芝生に布陣していた。六人の漕ぎ手はすでにボートを陸(おか)の上にずっと引きあげ、いまやオールを槍のようにまっすぐに押し立ててボートを護っており、その気配はただならぬものがあった。どれもどす黒い色の男で、なかには耳飾りをはめている者もあった。その一人は、オリーブ色の顔をした赤いベストの青年とならんで前に立ち、見慣れない形の大きな黒いケースを持っていた。

「おまえは」と青年は呼びかけた――「サラディンという名か？」

　サラディンはどちらかといえばいいかげんにうなずいた。

　新参者の眼は鈍く、犬のように褐色で、公爵の落ち着きのないきらきらした灰色の眼とはおよそ縁遠いものだった。それでもブラウン神父はまたまた、どこかでこの顔と瓜二つのものを見たことがあるという気持ちをぬぐいさることができなかった。が、今度もまた鏡の間の反覆作用を思い出して、こういう気がするのはそのせいだろうと考えた。

「この水晶宮殿がいけないんだ！」と神父はつぶやいた。「なんでも一つのものが何度も何度も見えるんだから。まるで夢だ」

「サラディン公爵なら」と青年は言った――「こっちの名はアントネリーだとあかしてよかろう」

「アントネリーか」公爵はけだるそうに鸚鵡返しに言った。「その名前なら憶えているようだ」

「自己紹介をさせてもらおう」と若いイタリア人。

例の旧式のシルクハットを左手でていねいに脱いだかと見るまに、右手でサラディン公爵の横っ面をいとも小気味のいい音をたててはたいたので、白いトップハットは階段をころがり落ち、青い花瓶の一つが台座の上でぐらついた。

公爵は、ほかの点はいざ知らず、臆病者でないことはたしかだった。敵の咽喉もとに跳びかかり、うしろの草の上に押し倒したかと見えた。が、その寸前に敵は、なんともこの成り行きにふさわしくないことに、そそくさと鄭重さをとりつくろって身を振りほどいた。

「それでけっこう」と彼はあえぎあえぎ、つっかえがちな英語で言った。「ぼくは侮辱をあたえましたね。ご満足のゆくようにいたしましょう。マルコ、ケースをあけてくれ」

ならんで立っていた耳飾りの男がケースを開きにかかった。彼がなかから取りだしたのは、柄も刃も鋼でできた二本の長いイタリア式の剣で、それを彼は切っ先を下にして芝生に突き刺した。黄色い顔に復讐の決意を表わして入口に面と向かって立っている謎の青年、墓地の十字架のように芝生につっ立つ二本の剣、その背後に一列に勢ぞろいした漕ぎ手たち、そういったものはこの場面に未開族の裁判を思わせる様相をおびさせた。それでいて、ほかのものはいっさいもとのままで、いかにこの闖入が唐突なものであるかをしめしていた。日没の金色は依然として芝生にほの明るく、サンカノゴイは依然なにか些細だが怖るべき運命を告示するかのように鳴きつづけていた。

「サラディン公爵」とアントネリーという名の男が呼びかけた。「ぼくがまだ揺籠のなかの赤ん坊だったとき、おまえはぼくの父を殺し、母を奪った。父のほうがまだ幸運だった。おまえは父を公明正大に殺さなかったが、ぼくはこれからおまえを正々堂々と殺すのだ。おまえとぼくの悪どい母はシチリヤの人里離れた峠へ自動車で父を連れていって崖から投げ落とし、そのまま姿をくらました。そのほうがいいと思えばそのまねをしてもいいんだが、おまえの真似なぞ穢らわしすぎる。ぼくはおまえを追って世界じゅうを旅したが、おまえはいつも尻尾を巻いて逃げていった。だが、ここはもう世界の涯、そしておまえの墓だ。もう逃がさぬぞ。ただ、おまえが父にやらなかった最後のチャンスをぼくはくれてやる。剣を選べ」

眉を寄せていたサラディン公爵は一瞬ためらうようだったが、先刻の平手打ちで耳がまだがんがん鳴っていたので、すばやく前に跳びだすと一本の剣の柄をつかんだ。同時にブラウン神父もこの争いを止めようと跳びだしていたが、すぐに、自分のいることがかえって事態を悪化させるのに気づいた。サラディンはフランスのフリーメイソンに属する強烈な無神論者であったから、神父の存在は反対の法則によって彼の気を高ぶらせるばかりだった。いっぽう相手の青年はといえば、神父だろうと俗人だろうとその心を動かすことはできなかった。ボナパルトの風貌と鳶色の眼を持ったこの青年は、清教徒でさえ遠く及ばないほど峻厳だった。つまり彼は異教徒なのである。この地球の黎明期からそのままとり残された単純な斬殺者、石器時代の人間、いや石の人だった。

残された希望はただ一つ、一家の従者たちを召集することだ。ブラウン神父はそこで家へ駆けもどった。ところが、下働きの召使いたちは独裁者ポールから一日の陸上休暇をあたえられていて、細長い部屋から部屋へ不安げに渡り歩いているのは陰気なアントニー夫人一人きりだった。しかし、彼女がそのうす気味の悪い顔を神父に向けた瞬間、この鏡の家の謎が一つ解けたのである。アントネリーの鈍重な鳶色の眼はまさしくアントニー夫人の鈍重な鳶色の眼であって、ここに真相の半分までが瞬時に明らかとなった。

「息子さんが外においでです」神父はよけいな言葉を費やさずに告げた。「息子さんか公爵のどちらかが殺されます。ポールさんはどこなんです?」

「船着場に」と女はかすれ声で言った。「呼んでいるんです、助けを呼んでいるんです」

「アントニーさん」ブラウン神父は真剣に言った。「ばかなことを言ってるときじゃありません。わたしの友達は自分のボートに乗って河下で釣りをしている。息子さんの船は息子さんの部下たちが護っている。残るのはあのカヌー一艘です。ポールさんはそれでどうしようとしているんです?」

「サンタ・マリア!　存じません」と言うなり彼女はマットを敷いた床に大の字に卒倒してしまった。

ブラウン神父はその倒れたからだをソファに持ちあげ、ポット一杯分の水をぶっかけ、大声で助けを求めてから、この小島の船着場に駆けつけた。が、カヌーはもう流れのなかほどに出ていて、ポール老人が年の割には信じられないほどの力で河上めざして漕ぎゆくところだった。「主人を救うんだ」と老人は眼を狂人のように燃えたたせてさけんだ。「まだ救えるぞ」

　ブラウン神父は、あがくように流れを遡(さかのぼ)ってゆくカヌーをじっと見送って、この老人が一刻も早く村びとたちを呼び集めますようにと祈る以外にどうしようもなかった。

「そもそも決闘ということからしてよくないが」と神父は乱れた髪をかきむしりながらつぶやいた――「たとえ決闘にしても、この場合にはどこか狂っている。それはこのわたしの血が感じている。だが、なにが狂っているのか？」

　水の面、入陽(いりひ)を映すふるえがちな鏡の面をじっと見つめているうちに、島の庭のはずれから、かすかだが聞き誤りようのない物音が伝わってきた。鋼鉄がぶつかりあう冷たいその音。神父は振り向いた。

　細長い小島のいちばん突先(とっさき)の岬を見ると、薔薇の花壇の向こうの芝生の上で決闘者たちは早くも矛先(ほこさき)をまじえていた。その上をおおう暮色は純金のドームをなしていたので、遠く離れたところからも一部始終が手にとるように見えた。敵同士は上着を脱ぎ棄てていたが、サラディンの黄色いベストと白い髪の毛、それとアントネリーの赤いベストと白いズボンは一様な明るさのなかで機械仕掛けで踊る人形の色彩のように照り映えていた。二本の剣は切っ先から柄頭(つかがしら)まで二本のダイヤのピンのようにきらめくのだった。二つの人影がこうも小さく、こうも派手に見えるということには、なにか背筋をぞっとさせるものがあった。二匹の蝶が互いに相手をコルクに釘づけしようとしている図にそれは似ていた。

ブラウン神父は小さな脚を車輪のように動かしてがむしゃらに走った。が、果たしあいの現場についてみると、時すでに遅し――と同時に時いまだ熟さずということがわかった。遅すぎたというのは、オールにもたれたたけだけしいシチリヤ人の影のもとで戦われる決闘を止めるにはもう間にあわぬという意味であり、早すぎたというのは、その悲惨な決着がどうつくか見きわめをつけるには時機尚早だという意味である。二人は互いに相手として不足のない力量で、公爵は一種の皮肉をまじえた自信たっぷりのようすで腕前を揮い、シチリヤ人は殺気に満ちた細心さで技を競った。観客のぎっしり詰まった闘技場においてさえも、いまこの忘れられた小島で展開されている果たしあいほどみごとな試合はめったと見られなかったろう。目まぐるしい撃剣はきわめて長いあいだ互角に進められたので、制止しようとする神父の心に一縷の希望が甦りはじめた。どう考えても、ポールはまもなく警官を連れて帰ってくるはずだ。フランボウが釣りから帰ってきてくれるだけでも安心だ。フランボウなら、肉体的には四人の男に匹敵するからだ。だがどこを見てもフランボウのもどった気配はなく、それよりも解せないことに、ポールや警官のくるようすもなかった。もはや河を渡る道具としては一艘の筏も、一本のステッキも残されてはいない。このだだっぴろい無名の池のなかの見棄てられた孤島の人びとは、太平洋のまっただなかで岩礁に置き忘れられた人のように孤立しているのだ。

このような考えを心に描いたおりもおり、剣の響きがひときわ活気をおびて快速調に変わったかと思うまに、公爵の両腕が高くあがり、その肩甲骨のあいだからうしろへ向かって切っ先がえぐりでた。公爵のからだは、大きく旋回するようによろめき、手からは剣が流星のように飛び離れて遠くの河のなかに没した。公爵のからだもまた重々しく地上に沈んでいったが、その勢いは大地をふるわせ、途中で大きな薔薇の木を道連れに折って、最後には空高く赤い土煙を巻きあげた。まさに異教の生贄の儀式であげる血煙だった。シチリヤ人は父親の亡霊に対して血の供物を捧げたのである。

僧侶は間髪をいれずに死体のかたわらに跪いたが、それとてそれが死体であることをあらためて確認するためにすぎなかった。こうして最後のはかない脈拍調べをしているうちに、河上のほうから初めて人声が聞こえ、警察のボートが警官やその他のお歴々を乗せてあっと言うまに船着場につくのが見えた。むろん、興奮したポールの姿もまじっている。小柄の神父はあきらかに不審の表情で顔をゆがませながら立ちあがった。

「さてさて」と彼はつぶやくのだった――「いったいどうしてもっと前に来られなかったのか」

七分ほどのちには、この小島は村びとや警察官の侵入するところとなり、警官連は決闘の勝利者に印導を渡し、彼のこれからの発言は本人に不利な証拠としてもちいられるかもしれないと格式ばって警告した。

「なんにも言いやしません」あっぱれなすがすがしい表情でこの偏執狂は言った。「もうこれ以上はなにも言うことはない。ぼくはとても幸福だ。望みは縛り首になることだけ」

それきり彼は口をつぐみ、黙々と引きたてられていった。珍しいことだがまちがいのない事実は、彼がこの世では二度と口をあけなかったということである――一度だけ「有罪」と裁判で言った以外には。

ブラウン神父は、たちまちのうちに黒山の人だかりがした庭をながめ、血に飢えた男の逮捕を見守り、医師の検死後に死体が運び去られるのを見送ったが、それはまるで醜悪な夢の覚めぎわのようだった。神父は悪夢にうなされた人のように身じろぎ一つしなかった。目撃者として自分の名前と住所を述べはしたが、岸までボートで送ってあげようという申し出を断り、島の庭にただ一人のこって、折れ乱れた薔薇の茂みや、あの眼まぐるしかった説明のつかない惨劇の緑の舞台全体をつくづく見やるのだった。河のあたりの光は薄れて消え、湿った土手に霧がたちこめてきた。巣に帰り遅れた鳥が数羽、ちらと空をかすめた。

潜在意識（神父のそれはいつになく活発だった）に頑固にこびりついていたのは、なにかまだ説明のついていないものがあるという表現不能の確信だった。この日ずっと神父の心にまといついていたこの感じは、《鏡の国》がどうのこうのという空想では説明しきれなかった。神父が見たのはどうも現実の出来事ではなく、なんらかの遊戯か仮面劇だったのであるが、しかし、謎遊びのために絞首刑になったり、剣を相手のからだに突き刺すようなまねをする人間はいないはずだ。

こんなことを考えながら船着場の階段にすわっていると、長い一柱の帆が輝く河面を静々と近づいてくるのに気づいた。がばと立ちあがった神父の胸に高まった感情の波がひたひたともどってきて、いまにも涙がこぼれんばかりだった。

「フランボウ！」と呼んでその両手を握って何度も何度も振りつづける神父に、釣り道具を携えて陸にあがってきたスポーツマンは度肝をぬかれた。「フランボウ、おまえさんは殺されやしなかったんだね？」

「殺されなかったって！」釣師はますます驚いて鸚鵡返しに言った。「どうしてそんなことを考えるんです？」

「なぜって、ほかの連中はほとんどみんなその目に遭ったのだよ」神父はずいぶんと大雑把な言いかたをした。「サラディンは殺されるし、アントネリーは死刑にされたがっているし、アントネリーのおふくろさんは気絶したし、それにわたしだってこの世にいるのか来世にいるのか見当がつかない。しかし、ありがたいことに、おまえさんも同じ世界にいてくれる」と言ってまた面くらったフランボウの腕を取るのだった。

船着場を去って低い竹の家の軒下まで来た二人は、初めてここについたときと同じようにまた窓からなかを覗いた。見れば、ランプで明るく照らされたその内部では二人の眼を惹くに充分な情景が展開されていた。この細長い食堂には、サラディンの殺害者が電光の勢いで上陸してきたときに晩餐のテーブルが準備されていたのだが、いまその晩餐が悠々と進行中で、テーブルの末席にアントニー夫人がいささか不機嫌にすわり、主席には召使い頭ポール氏の姿が見えた。ポールは、かすんだ青っぽい眼を妙な具合にとびださせ、やつれた顔に得体の知れない表情をうかべ、それでもけっこう満足げに飲み食いしているのだが、それが極上の飲み物と食べ物だった。

一秒も待ちきれないといった荒々しいジェスチャーでフランボウは窓をたたき、それをねじあけると、憤慨の体よろしく明るい室内に頭をつっこんだ。

「これはこれは」と大きな声で彼は言った――「そりゃ元気づけの食事が必要だということはわかりますが、庭で殺されたまま倒れている主人のご馳走を失敬するとなるとこいつは……」

「この長かった楽しい人生でわたしは実に多くのものを盗みました」と謎の老紳士は平然と答えた。「この晩餐は、わたしが盗まなかった数すくないものの一つです。この食事、この邸、この庭はたまたまわたしのものなのです」

一つの考えがうかんだことをしめす表情がフランボウの顔をかすかにかすめた。「つまり、サラディン公爵の遺言で……」

「わたしがサラディンなのです」塩つきのアーモンドをもぐもぐやりながら老人は言った。

ブラウン神父は、それまで外の鳥をながめていたが、これを聞くと弾丸に当たった人のようにとびあがって、蠟人形のように蒼ざめた顔を窓からいれて――

「あんたはなんですって？」とかん高い声で訊きだした。

「ポール・サラディン公爵、どうぞよろしく」やんごとない人物はシェリー酒の杯をかざして鄭重に言った。「わたしは家庭的な男なものですから、ここでとても静かに暮らしております。控えめに致したいのでわたしはポールという名で呼ばれ、不幸な弟のスティーヴンと区別しておりました。弟は死んだそうですね、さきほどうちの庭で。もちろん、弟を追いかけて敵がここまでやってきても、それはわたしのせいじゃありません。弟の人生が遺憾なことに常軌を逸していたためです。弟は家庭的な性格じゃなかったものですから」

ここで彼はまた口をつぐみ、女のうつむいた暗い頭のすぐ上のあたりの壁をじっとにらんでいた。その顔つきは、死んだ男のそれと瓜二つであることが、ここでいよいよはっきりした。そのうちに彼の老いた肩が波をうっておののきはじめ、むせているのではないかと思われたが、顔の表情はいっこうに変わらなかった。

「なんとしたことだ！」しばらく間を置いてフランボウが声をあげた――「笑っているんじゃないか！」

「行こう」ブラウン神父は言った。顔がまっ蒼である。「この地獄の家から逃げよう。まともなボートに帰ろうじゃないか」

二人を乗せた船が小島から離れる頃には、藺草と河水の上にすっかり夜の帳（とばり）がおりて、闇のなかを流れに乗ってくだっていく二人が心を暖めるためにつけた二本の大きな葉巻の火は、商船の紅のランタンそっくりにほのぼのと輝くのだった。ブラウン神父は葉巻を口から離して言った――

「もうおまえさんにも事件の真相は見当がつくだろうね。結局、あれは原始的な経緯だ。一人の男が二人の敵を持っていた。それは賢い男だったので、二人の敵は一人の敵よりもましだということを発見した」

「ついてゆけませんね」フランボウが答えた。

「いたって簡単なのに」と神父。「単純だが純真無垢とはほど遠い。サラディン兄弟はどちらもやくざだった。が、兄の公爵は同じやくざでも絶頂にのしあがる口で、弟の大尉のほうはどん底まで沈んでゆくタイプだった。このげすな将校さんは乞食から脅迫者に転落し、ある日ついに兄の公爵にその毒手を伸ばした。脅迫の種は些細なものじゃなかったにちがいない、ポール・サラディン公爵は道楽者であることを隠そうとせず、社交界にありふれた小さな罪という点ではもともと悪名が高かったのですからな。その脅迫の種は、実のところまぎれもない絞首刑もので、スティーヴンは文字どおり兄の首に縛り綱を巻きつけた恰好だった。例のシチリヤでの事件の真相をスティーヴンは探りだして、山中でポールがアントネリーの父親を殺したという証拠を握ったわけだ。こうして大尉は十年間にわたって多額の口どめ料をせしめ、最後には公爵のたいそうな幸運もいささかばからしいものに見えてきたほどだった。

ところが、サラディン公爵は吸血鬼のような弟のほかにもまだ一つお荷物を背負っていた。殺された男の息子、アントネリーが、当座はまだ子供だったのに、シチリヤ式の野蛮な忠節心を育まれていたので、父親の仇を討つことだけを人生の目的とするようになったということを公爵は知った。その仇は絞首台によってではなく（スティーヴンのように法的な証拠を握っていたのではなかったので）、昔ながらの復讐の武器によって行われるはずで、アントネリー少年は剣の腕を磨きに磨いた。彼がそれを実行に移せるようになった頃から、新聞の社交欄にサラディン公爵が各地を旅行しはじめたことが報じられた。つまり、公爵は追っ手を逃れる犯罪人よろしく土地から土地へ命からがら逃げまわったわけだ。それを追うのは唯一人の情け容赦のない男——というのがポール公爵の立場だったのだが、これはおもしろくない立場だった。アントネリーを避けることに金をつかえばつかうほど、スティーヴンへの口どめ料がすくなくなる。スティーヴンを黙らせておく金を多く出せば、それだけアントネリーの追跡をかわすチャンスが減る。さて、ここのところで公爵はたいした人物であることをしめした。ナポレオンのような天才であることをみずからしめしたというわけだ。

二人の敵に抵抗するかわりに、公爵は急にその双方に白旗をあげた。ちょうど日本の力士のように一歩を譲った——とたんに敵は彼の前にぺったり倒れたという寸法だ。公爵は世界各地を転々とするのをやめ、現在の住所をアントネリーに知らせた。そして弟にも自分のありとあらゆるものをあけわたした。スマートな旅行服と運賃にあてるための金をスティーヴンに送り、それに添えた手紙にいわく——『わたしに残されているのはこれだけだ。おまえにすっかり絞り取られてしまった。かろうじてノーフォークに召使い連と酒蔵つきの小さな家をまだ持っているので、もっとほしいならそれを取ってくれ。よかったら、こっちへ来て自分のものにしたまえ、わたしはおまえの居候(いそうろう)なり代理人なりなんなりとして静かにそこで暮らしたいと思う』公爵は、シチリヤの青年が写真以外では一度もサラディン兄弟を見たことがないのを知っていたし、また、自分たち兄弟が二人とも先のぴんと尖った鼠色の顎鬚を生やしている点でかなり似ていることも承知していた。そこで彼は自分の鬚を剃り落として待った。罠はうまく成功した。そんなこととは露(つゆ)知らぬ大尉は、新しい服を着て王公のように意気揚々とあの家に入り、そうしてシチリヤ人の剣にかかって斃(たお)れた。

一つ、予想しなかった障害が起きたが、それは人間性にとって名誉なことというべきでしょうな。サラディンのような悪どい心の持ち主は、人間の美徳というものを考慮にいれないためによくしくじる。イタリア青年による一撃は、その報復対象である公爵のかつてのやり口と同様に名のりをあげぬ闇討ちで礼儀を無視したものとなるだろう、被害者は夜中にナイフで刺されるか、生垣の外から狙撃されるかして、一言も語るまもなくこと切れるだろう――公爵はこう思いこんでいた。だから、アントネリーが騎士道ぶりを発揮して正式の決闘を申しこんだときのポール公爵の狼狽(ろうばい)は想像するにかたくない。いっさいがばれてしまう怖れがあった。そのときなのですよ、公爵が血まなこでボートを出しているのが見えたのは。アントネリーに化けの皮をはがされる前に逃げてしまえとばかりに、帽子もかぶらずにボートに跳び乗ったというわけだ。

だが、どんなに心が乱れていても、全然希望がないわけではなかった。公爵はいっぽうの冒険家と他方の狂信者をよく知っていた。冒険好きのスティーヴンのことだから、一つの役割を演じられるという芝居の楽しみやら、あの居心地のいい新居から離れたくないという未練やら、運と自分の剣技を信じる無頼漢らしい自信の強さやらからして、最後までだんまりを押しとおす可能性がすくなくない。ひるがえって狂信家のアントネリーだが、こっちの場合は終始無言をつらぬいて一家の物語を語らずに死刑になるということはまちがいない。というわけでポールはボートでわざとぐずぐずして、果たしあいの終わる頃合いを見はからって村びとに注進し、警官を連れてやってきた。そうして彼の罠にかかった二人の敵がもう二度と帰ってくる惧れなく連れ去られ、運び去られていくのを見届けてから、ほくそえみをうかべて晩餐の席についたというしだい」

「くっくっと笑っていたんですから驚くじゃありませんか」フランボウは大きく身ぶるいしながら言った。「あんな考えは悪魔から授かるのかな?」

「それを授けたのは、フランボウ、おまえさんですよ」と神父は答えた。

「めっそうな!」フランボウはさけんだ。「ぼくがだって? どういうつもりでそんなことを?」

神父はポケットから名刺をひっぱりだすと、葉巻の火のほのかな光にそれをかざした。緑色のインクで走り書きがしてある。

「そもそも公爵があんたを招待したときの文句をお忘れかな。あんたの犯罪の手柄話を褒めていたでしょう。《刑事に刑事を逮捕させた貴殿のあのお手並みは……》というようなことが書いてありますな。このやり口を公爵はそっくりまねをしたのです。前とうしろを敵にさえぎられた公爵は、すらりと身をはずして二人を正面衝突させ、殺しあいをさせたというわけでな」

フランボウはサラディン公爵の名刺を神父の手からひったくると、荒々しい手つきでそれをこまかに引きちぎった。

「あの海賊の誉れ(ほま)れももうこれでおしまいだ」と言ってフランボウは暗い河の波間に紙片を撒きちらした——「これでもまだ魚には毒かもしれないが」

カードの白い紙と緑のインクが最後に一度きらめいて水に呑まれ、消えていった。この頃から明けがたを思わせるかすかな律動的な光彩が空の色を変え、草の蔭で月が白みはじめた。二人のボートは静々と流れのままにただよった。

「神父さん」フランボウがだしぬけに言った――「きょうのことはみんな夢だったと思いませんか?」

神父は首を横に振った。夢ではないという意味か、なんとも言えないという意味か、それきり神父は唇一つ動かさなかった。さんざしと蘭草の香りが闇のなかからただよってきて、風が眼を覚ましたことを告げた。と、もうつぎの瞬間には二人の小船が左右に揺れ、帆がいっぱいに風をはらんで、まがりくねった河を下へ下へと二人を運んでいった――悪さをしない人たちの住むもっと幸福な土地をめざして。

神の鉄槌

ブーン・ビーコンのこぢんまりした村は斜面のひどく急な丘にちょこなんとのっていたので、その教会の高々と突きでた尖塔も小さな山の頂としか見えなかった。教会の足もとには鍛冶屋があって、たいがいは火で赤く照り輝き、ハンマーや鉄片がいつも散らばっていた。その反対側、ごろ石を敷いた小径が交叉している向こう側には、当地で一軒きりの宿屋《青熊》があった。さて、銀灰色の曙光が東の空に現われはじめた頃、この交差点で二人の兄弟が顔をあわせて言葉をかわした。とはいっても、片方は一日を始めるところで、他方はそれを終えるところではあった。ウィルフレッド・ブーン師は神に仕えるのにきわめて熱心な人で、このときにも、明けがたの祈禱か瞑想の厳しいお勤めに出かける途中だった。その兄であるノーマン・ブーン大佐はお義理にも敬虔な人とはいえず、この朝は《青熊》の前のベンチに夜会服姿で腰をかけ、哲学的な観察者が「大佐の火曜日最後の一杯」とも「水曜日最初の一杯」ともお好きなように呼んでいい酒宴を一人で張っていた。大佐自身は、そんなこまかな穿鑿など意に介しないのである。

ブーン一家は、中世にまで遡る数すくない貴族の一つで、その家紋を印した旗はパレスチナの地まで遠征しているくらいだった。だが、かような貴族の家が騎士道の伝統において高い地位を占めていると思うのは大きなあやまちである。伝統を保存するのは、だいたい貧乏人なのであって、貴族は伝統に生きずして流行に生きる。こうしてブーン一家はアン女王のもとでは貴族怪盗団のモーホク党員、ヴィクトリア女王の御世(みよ)には女漁(あさ)りの専門家だったのである。ところが、真に由緒のある家によくあるように、ブーン一家はここ二世紀のあいだに堕落して、大酒ぐらいと伊達(だて)なぐうたらばかりが輩出し、しまいには狂人の血が流れているのではないかと人のひそひそ話にうわさされるようになった。そういえばたしかに、大佐の快楽追求には狼も顔負けするほどがつがつした貪欲(どんよく)さがあり、朝になるまではなんとしても帰宅するまじという、そのかたくなな決意には不眠症患者だけが持ちうる醜悪な寛大さがなくもなかった。大佐は背の高い立派な動物で、もうだいぶ老けかかっていたが、髪の毛は驚くほど黄色だった。これだけなら、単に金髪で獅子を思わせるという程度だったろうが、彼の青い眼は顔のなかにそれは深く落ちくぼんでいたので、眼の色は黒に見えた。その眼と眼の間隔はこころもち短すぎるきらいがあり、非常に長い口髭(くちひげ)の両側からは筋というか皺(しわ)が一本ずつ鼻の口から顎にかけて延び、冷笑をうかべると顔にそれが切りこむように刻まれた。夜会服の上に着ている妙なうす黄色のコートは、外套(がいとう)というよりも軽い化粧衣といった感じで、あみだにかぶった珍しいつば広の帽子は明るい緑色で、どうやら手あたりしだいに買い求めた東洋産の珍品と見えた。こういうはなはだ不釣り合いないでたちで人前に出るのが大佐の得意とすることだった。それをいかにもしっくり釣り合ったものに見せるほど着こなしているというのがごじまんなのである。

弟の牧師もやはり髪は黄色で、上品さを全身にたたえていたが、黒い僧衣を顎もとまできちんとボタンをかけて着、きれいに剃った顔は教養の深さをしめし、いくぶんか神経質なようすだった。なんのために生きているのかといえば、ただ宗教のためのみといったようすだったが、村びとのなかには（とりわけ長老会派の信者である鍛冶屋の主張によると）それもなんのことはない、神のおんためというよりゴチック建築への愛情のためであって、彼が亡霊のように教会にしげしげかようのは、彼の兄をして女と酒に浮き身をついやさせた病的な美への憧れが別のもっと純粋な方向をとっただけのことなのだという者もあった。この非難は眉唾もので、いっぽう当人の実際上の敬虔さは疑う余地のないものだった。まったくのところ、この非難は、孤独とひそかな祈りへの愛というものを理解せずに誤解したところから主に起こったもので、彼がしばしば祭壇の前ならぬ奇妙な場所——教会の地下堂や回廊、ときにはなんと鐘楼の上——で跪（ひざまず）いているのを人に見られたことがその誹謗（ひぼう）の原因だった。さて、この牧師はいま、鍛冶屋の庭を抜けて教会に入ろうとしていたが、兄のくぼんだ眼が同じ方向を注視しているのかを見て足を止め、かすかに顔をしかめた。大佐がひょっとしたら教会に興味をもっているのかもしれぬという可能性に牧師は一顧の考慮も加えるむだをしなかった。そこで残るのは鍛冶屋の店だけとなったが、その鍛冶屋の主人は清教徒で、ウィルフレッドの教会に来る人ではなかったにせよ、その美しく名高い奥さんについてのスキャンダルを聞いたことがあった。そこで彼は鍛冶場にうさん臭そうなまなざしを投げたが、そのとき大佐が笑いながら立ちあがって話しかけてきたというわけである。

「おはよう、ウィルフレッド。まじめな地主さまのようにおれは一睡もせずにみんなを見張っているんだぜ。これから鍛冶屋を訪問するところだ」

ウィルフレッドは地面を見て言った――「鍛冶屋はいない。グリーンフォードに行っている」

「わかっている」声を出さずに腹をよじらせて笑いながら相手は答えた――「だからこそ訪問するんだ」

「ノーマン」と聖職者は路上の一粒の小石に眼を落として言った。「落雷というものをこわいと思ったことはないかね？」

「いったいなんの話だい？」と大佐。「いつから気象学を道楽にしたのかね？」

「つまり」とウィルフレッドは眼をあげずに言った――「道を歩いているときに神の罰が自分の身にふりかかるかもしれないと思ったことがあるかい？」

「これはどうも失敬」と大佐――「きみの趣味は民俗学だとは知らなかった」

「兄さんの道楽は神を冒瀆することでしょう」心のなかの唯一の生きた部分を刺された宗教家はやり返した。「でも、たとえ神を怖れないとしても、人を怖れなければならない理由は大ありなんです」

兄は無愛想でなく眉を釣りあげた。

「人を怖れる？」

「鍛冶屋のバーンズはこのあたりでは誰にもひけをとらぬ大男で強力者です」聖職者は険しい口調で言った。「兄さんは臆病者でも弱虫でもないけれど、バーンズなら塀の外に兄さんを投げとばすことだってできる」

これはほんとうだったので、すぐ効きめが現われ、口と鼻の脇にたれている筋が黒みと深みを増した。大佐は一瞬どぎつい冷笑をうかべたが、すぐに屈託のない軍人らしく例の遠慮会釈しないユーモアをとりもどし、黄色い口髭の下に二本の前歯を牙のようにむきだして笑った。

「そういうことなら、ウィルフレッド君よ」無頓着に言った――「ブーン家最後の主が身の一部を鎧で固めてお出ましになったのは賢明というべきですな」

そう言って珍妙な緑色の円帽子を脱ぐと、その裏側を見せた。裏地のかわりに鋼板が張ってあるではないか。これでやっとウィルフレッドにわかったのであるが、この帽子は、ブーン家の広間にかかっている戦利品から剝ぎとった日本製か中国製の軽量の兜だったのである。

「こいつがいちばん手近にあったもんでね」と兄は気軽に説明した。「帽子はいつも手近のやつを――女の場合もご同様だ」

「鍛冶屋はグリーンフォードに出かけている」とウィルフレッドは穏やかに言った。「帰ってくる時間はわからない」

この言葉を最後に彼はくるりと背を向けると、頭をたれたまま、不浄な霊を厄払いしようとするかのように一つ十字をきって教会に入った。こんな卑しい俗事は、一刻も早くゴチック式礼拝堂の冷気に満ちたうす暗がりのなかで忘れてしまうにかぎる。だが、この朝にかぎって、彼の一連の勤行はいたるところで些細なショックによって中断させられる運命にあった。教会に入ってみると、いつもはこの時刻にはがらんとしているところなのに、誰か跪いていた人がそそくさと立ちあがって、もう完全に明るくなっていた戸口のほうへやってくるではないか。それを認めたとき、牧師は思わず立ちどまった。この早朝の礼拝者はなんと村のばか者——鍛冶屋の甥——で、どう転んでも教会なんぞに用のある人間ではなかったからである。この男はいつも《いかれたジョー》と呼ばれ、そのほかに名前はなにもないらしかった。色の黒いたくましい男で、ちょっと猫背、顔は白く鈍重で、毛は黒くまっすぐ、口はいつもあいていた。僧侶とすれちがったときにも、それまでなにをやり、なにを考えていたのかをしめす手がかりは、そのばか丸出しの表情からはまったく得られなかった。この男がお祈りをするとは、これまで聞いたことがなかった。それがいまどんなお祈りをしていたのだろうか。さだめし並はずれなお祈りなのだろう。

ウィルフレッド・ブーンはその場に根が生えたようにつっ立って、ジョーが陽ざしのなかへ出るのを見送ったばかりか、自堕落な兄が叔父きどりの陽気な声で彼に呼びかけるのさえ見届けた。最後に眼にいれたのは、大佐がジョーの大口に向かってペニー貨を投げている光景だった。大佐は本気で口にあてようとしているらしかった。

この地上的な愚かしさと惨たらしい、白日下の醜悪な場面に、禁欲家は浄化と新しい想念を求める祈りにすがらねばならなかった。回廊のベンチまであがっていくと彩られた窓の下に来た。彼が愛し、いつも彼の魂を鎮めてくれるこの青い窓には、百合を持った天使が描かれていた。ここへくれば、鉛色の顔と魚のような口をしたあのうすのろのことがもうそれほど気にならなくなり、飢えて獰猛な痩せこけたライオンのようにうろつく邪悪な兄のことも頭から去りかけた。銀色の花とサファイア色の天のひんやりとして甘美な色どりのなかへ彼はしだいに深く沈んでいった。

同じ場所で三十分後に村の靴屋ギップスが彼を見つけた。ギップスは彼を呼びにかなり急いでやってきたのであるが、ギップスがこんなところに来るからにはよほどの事件が起きたのだろうと、彼は時を移さず立ちあがった。この靴屋は、どこでも村の靴屋がそうであるように無神論者で、それが教会に現われるというのは、《いかれたジョー》の場合よりも一段と異常なことだった。この朝は、まさに神学上の謎をふんだんにはらんでいた。

「どうしたんです?」ウィルフレッド・ブーンはこわばった声で訊いた。そしてふるえる手を伸ばして帽子を取った。

それに答える無神論者の語調は、案に相違してうやうやしく、そればかりか、いわばしゃがれた同情をおびてさえいた。

「おじゃまして申しわけありませんが」とかすれたささやき声で言うのである――「すぐにお知らせしなくてはまずいと思いましたんで……実は、なんとも怖ろしいことが起こったんでございます。実はその、お兄さまが……」

ウィルフレッドはかぼそい手をきつく握りしめた。「今度はどんな悪さをしたと言うんです」われ知らず高ぶってくる声でさけんだ。

「それですが」と靴屋は咳ばらいをして言った――「なにもしでかしたわけじゃないんです。実は、やろうとしたんじゃなくて、やられちまったんです。どうしても来ていただかんことには」

牧師は靴屋について短いまがった階段をおり、通りよりも幾分か高めの入口に出た。そこでブーンの眼に惨事の全景がとびこんできたが、それは眼下に絵図のようにひらべったく展開していた。鍛治屋の庭に五、六人の人が立っていて、その大半は黒衣をまとい、一人は警部の制服を着ていた。なかには医者、長老会派の牧師、鍛治屋の妻が所属しているローマ・カトリック教会の神父などの顔ぶれがまじっており、神父が声を低めて早口にしゃべっている相手は鍛治屋の細君で、赤金色の髪をした堂々たるお内儀(かみ)さんがベンチにすわってあたり構わず啜(すす)り泣いていた。この一団と教会の中間あたり、積みかさねたハンマーの山からちょっとはずれたところに、夜会服姿の男が翼を伸ばしきった鷲のようにうつむけに倒れていた。いまいる高いところからでもウィルフレッドは男の衣服と外観の細目をブーン家の指輪にいたるまでも確認できた。ただ、頭蓋骨は眼もあてられぬほど押し潰され、黒い血の星を思わせた。

ウィルフレッド・ブーンはそれに一瞥(いちべつ)をくれるなり階段をくだって庭に入った。ブーン家のかかりつけの医者である先生があいさつしても、とんと気のつかぬようすだった。かろうじて一言か二言、「兄さんが死んだ。どうしたことだろう？　この怖ろしい謎の意味は？」とつまりつまり言うのが精いっぱいだった。しばらく痛ましい沈黙がつづいたが、一座のなかでもっとも率直な靴屋が答えた——「怖ろしいことはえらく怖ろしいですが、謎はたいしてありませんよ」

「と言うと？」ウィルフレッドは蒼ざめた顔で訊いた。

「わかりきったことです」とギッブス。「このあたりで、こんなに強い力で殴りつけることのできる男は一人しかいませんし、その男ならこんなことをしでかす理由が大ありだときているんですからね」

「頭から決めてかかるのはいけないな」と黒い髭を生やした背の高い医者が神経質に言った――

「だが、この致命傷についてのギッブスさんの説を確認することならわたしの資格範囲内ですから言いますが、これは信じられない力です。このあたりでこんな豪力が出せるのは一人しかいないとギッブスさんは言われますが、わたしなら、そんな人間は一人もいないと申しあげるところですな」

迷信を考えてぞっとしたのか、ふるえの波が牧師の痩身をはしった。「どうもわけがわからない」と彼は言った。

「ブーンさん」と医者は低い声で言った――「これはどんな比喩を使っても表現できないような異常事です。大佐の頭は卵の殻のように微塵にくだけたと言ってもまだ言いたりません。骨の破片は胴体と地面のなかにまるで壁土に射ちこまれた弾丸のようにめりこんでいるのです。巨人の手だけがなしうる仕業ですよ、これは」

しばらく医者は黙りこくって眼鏡の奥から容易ならぬまなざしを向けていたが、やがて前言に加えて――「ということは一つの利点をもっています。つまり、これで大部分の人から一挙に嫌疑をはらいのけることができるわけです。みなさんでもわたしでも、その他この国のあたりまえの人間なら誰でも、この事件の犯人として告発されたところで、ちょうど赤ん坊がネルソンの銅像柱を盗んだ罪から釈放されるのと同じに無罪放免となること請け合いです」

「それなんですよ、わたしが言っていることは」と靴屋は強情に言いはった——「こんなことをしでかせる男は一人しかいないうえに、その男ならこれをやりかねないわけがあったときている。シメオン・バーンズ、鍛冶屋のシメオンはどこにいる？」

「グリーンフォードへ行ってますね」牧師がつっかえがちに言った。

「もっと足を伸ばしてフランスだろう」と靴屋。

「いやいや、グリーンフォードでもフランスでもない」とぶっきら棒な小声がしたほうを見れば、これはローマ・カトリック教会の神父さんだった。「実を言えば、いまのこのこと坂をのぼってここへ来るところですよ」

小柄の神父はこれといって見るところのない風采で、短い茶色の毛とぼんやりした円顔の爺さんだった。けれども、よしんばアポロ並みの美男子だったところで、この際には、誰一人そっちを見る者はなかったろう。並みいる人たちはいっせいに振り返って、下の平原にまがりくねっている小径をながめた。なるほど、そこをいつもの大股で肩にハンマーをかついでやってくるのは、鍛冶屋のシメオンその人だった。骨ばった巨体の男で、その深く黒い眼は陰険な光をおび、顎鬚は黒かった。ほかに二人の男がいっしょで、それと話しながら歩いてくるシメオンは、特に陽気とは言えないにせよ、いたって気楽そうだった。

「ほう！」と無神論者の靴屋がさけんだ——「あれに使ったハンマーもいっしょだ」

「ちがう」と言ったのは、砂色の口髭を生やした穏健そうな警部で、この人が口をきくのはこれが初めてだった。「あれに使ったハンマーは教会の壁のそばにある。ハンマーも死体も元のままにしておいたんです」

みんなが振り返って見るなかを背の低い神父はのこのこ出ていって、横たわっている兇器を見おろした。たくさんあるハンマーのなかでもいちばん小型で軽いそれは、ほかのにまじって特に眼を惹く代物（しろもの）ではなかったが、その端には血と黄色い髪がついていた。

じっとそれをながめていた神父はやがて眼をあげずに語りだしたが、そのくすんだ声には新しい響きがこもっていた。

「ギッブスさんはさっき謎はなにもないとお言いでしたが、それはまちがいのようですな。すくなくとも一つ、どうしてあんなに大きな男がこんなに小さなハンマーでこんなに大きな傷をこしらえようとしたのかという謎がある」

「なに、そんなことは問題じゃない」とギッブスは熱にうかされたようにさけんだ。「シメオン・バーンズをどうしたらいいのだろう？」

「ほっときなさい」神父が穏やかに言った。「自分でここにやってきますよ。いっしょにくる二人の男をわたしは存じてます。グリーンフォードに住むとても善良な人たちで、長老会の礼拝堂のことでやってきたのです」

こう言っているうちにも、のっぽの鍛冶屋は教会の角を勢いよくまがって自分の家の庭にのっしのっしと入ってきた。が、すぐに足を止めて棒立ちになり、ハンマーが手から落ちた。それまでは頑として動じない礼儀正しさを守っていた警部がこのときそばに寄ってきた。

「バーンズさん」と警部は呼びかけた。「ここでどんなことが起こったかあんたが知っているかどうか、それは訊かないことにします。それに答えねばならない義務はないのです。あんたがそれを知っていず、知らないことを証明できればいいがとわたしは思っていますが、どうしてもここであんたをノーマン・ブーン大佐を殺した廉(かど)で国王の名によって逮捕するという正式の手続きをふまなくてはならないのです」

「あんたはなんにも言わなくってもいいんだ」と興奮の体(てい)で差し出がましく言ったのは靴屋である。「お上(かみ)がいっさい証明してくれるんだ。殺されたのがブーン大佐だかどうかもまだ証明されていやしない――頭があのとおりめちゃくちゃなんだから」

「そんなことは問題になりませんよ」とわきで医者が神父に言った。「探偵小説のなかだけでの話です。わたしは大佐のかかりつけの医者ですから、そのからだは大佐自身よりくわしく知っています。大佐はとてもきれいな手をしていましたし、それがまた特徴のある手でした。人差指と中指が同じ長さだったんです。いや、なんといってもあれはまちがいなく大佐の死体です」

そう言ってから、地面に横たわる頭の潰れた死体にちらと眼をくれると、じっとたたずんでいた鍛冶屋の鉄のような眼がその視線を辿って同じものに注がれた。

「ブーン大佐がのびちまったと?」いとも平然と鍛冶屋は言った。「そいつはいい気味だ」

「なんにも言っちゃいけない！　一言もしゃべっちゃだめだ」と無神論者の靴屋はイギリスの

法律制度を絶讃するあまり狂喜して踊りまわった。立派な非宗教主義者にかぎってことさらに法律を重視するものなのである。

　鍛冶屋は振り返って狂信者の尊厳をおびた顔をそっちに向けた。

「おまえたちみたいな信仰のない者は、この世の法律が自分に有利にできているもんだから、狐みたいに言い逃れをすることもいいだろうさ。だがね、神さまはちゃんとご自分の法律をポケットにしまっておいでになる――きょうそれがわかるんだ」

　こう言ってから鍛冶屋は大佐を指さして訊いた――「罪悪に染まったこの畜生はいつ死んだのかね？」

「言葉を慎しみたまえ」と医者。

「聖書の言葉を慎しみ深いものにしてくれ、そうしたらおれも自分の言葉を慎しもう。いったい、いつ死んだと言うんだ？」

「けさ六時に会ったときは生きていた」ウィルフレッド・ブーンがつまりがちに言った。

「神さまは公平だ」と鍛冶屋。「警部さん、おれは逮捕されることにちっとも反対じゃない。むしろあんたのほうがおれの逮捕に反対するんじゃないかな。どうせ裁判が終わればおれは一点の汚名もこうむることなしに法廷におさらばを告げることができる。ところがあんたは、成績表に悪い点がつくことになるんだろうから心配だな」

　動じない警部はここで初めて生き生きとした眼で鍛冶屋を見やった。警部だけではない、全部の者がそうしたのであるが、ただ一人、背の低い他所者の神父だけが、あの致命傷を打ち加えた小さなハンマーをまだ見おろしていた。

「この庭の外に二人の男が待っている」とのっそりしているが明瞭なしゃべりかたで鍛冶屋はつづけた。「みんなよく知っているグリーンフォードの立派な商人だが、あの二人に聞けば、真夜中から明けがたにかけてばかりかそれからずっとあとまでおれが信仰復興特別伝道会の委員会室にいたことを証明してくれるだろう。おれたちは一晩じゅうそこで会議をしていたんだ。なにしろおれたちが魂を救うのは超スピードなんだからな。グリーンフォードだけでもゆうべからけさにかけてのおれの動静について証明してくれる人が二十人もいる。警部さん、おれがもし異教徒だったら、あんたが破滅の道をまっしぐらにくだっていくのを黙って見ているだろう。が、キリスト教信者であるおれはあんたにチャンスをやろう。さあ、おれのアリバイをここで聴くか、それとも法廷までそれをもちこすか？」

初めて警部は平静を乱されたらしく、「もちろん、この場で嫌疑を晴らすことができれば、そんなに嬉しいことはありませんよ」

鍛冶屋は入ってきたときと同じ気楽そうに大股で庭から出て、グリーンフォードの友人のところへもどった。その二人は、たしかに、この場に居あわせたほとんど全員と顔見知りの仲だった。二人が交互に述べた数すくない言葉に対して、誰一人として疑いを差しはさむ者はなかった。二人の発言と同時に、シメオンの無罪は眼前の教会のように確固として堂々と腰を据えることとなったのである。

どんなおしゃべりよりも異様で耐えがたい沈黙というものがあるが、いまそれが一同を包んでいた。なんでもいいからただ話をしたいという必死のあがきで、牧師がカトリックの神父に言った――

「あのハンマーがだいぶ気にかかるようですな、ブラウン神父さん」

「そうなんです」とわれらがブラウン神父。「なぜあんなに小さいのか？」

これを耳にするが早いか医者がくるりと向きを変えて神父と対した。

「なるほど、そいつはほんとうだ。あたりに大きいハンマーがごろごろしているというのに、よりによってあんな小さなやつを使うなんてふつうじゃない」

ここで医者は声を低めて牧師に耳うちした――「大きなハンマーを持ちあげられない人だけがやることですよ。この事件では、力の強さとか、男と女の勇気の違いなんていうことは問題になりません。ただ物を持ちあげる肩の力が問題なのです。大胆な女なら軽いハンマーで十人も殺しながら顔色一つ変えないことだってあるでしょう。重いハンマーじゃ甲虫は殺せませんからね」

ウィルフレッド・ブーンは催眠術にかけられた人のように怖る怖る医者を見つめていたが、ブラウン神父は頭を軽くかしげて、心から興味をもって注意ぶかく耳を傾けていた。医者はますます力んで口角泡をとばしながらつづけた――

「ばかな人というのはしようがない、細君の情夫を憎んでいるのは細君の旦那しかありえないと思いこむんだから。細君の情夫を憎むのは、十中八九は細君その人だ。大佐がどんなふてぶてしさや裏切り心をしめしたか、わかったもんじゃない。あれを見たまえ」

医者はちょっと身ぶりをして、ベンチにかけている赤毛の女をしめした。女はやっと頭をあげたばかりで、その美しい顔の涙は乾きかけていた。しかし眼は死体に釘づけになっており、その爛々(らんらん)とした輝きにはなにやら正気でないところがあった。

ウィルフレッド・ブーン師は、真相への穿鑿(せんさく)欲を振り払おうとするかのように腰ぬけな身ぶりをしたが、ブラウン神父のほうは、鍛冶場の炉から吹きとばされた灰を袖からはらうと、例によって無関心な口調で言った——

「あんたも世間一般のお医者さんと変わりありませんね。あんたの心理学はまったく示唆に富んでいます。問題はあんたの生理学ですが、こっちはどうもからきしいただけませんな。三角関係では夫よりも妻のほうが間夫(まぶ)を殺したがるものだという説には賛成ですし、女ならハンマーは大きいのより小さいのを選ぶものだということにも同意見です。だが、問題はそれが肉体的に実行可能かどうかということで、どんな女であろうと男の頭をあんなにぺしゃんこにつぶせるわけがありません」とここで一息いれてから——「みなさんはまだ事件の全貌をつかんでおりませんな。大佐は実のところ鉄帽をかぶっていた。それがこの一撃でみじんに砕けたのですよ。ごらんなさい、あのご婦人を。あの細腕を」

またもや沈黙が一同を重苦しく包んだが、やがていくぶんか不機嫌に医者が言った——

「そりゃ、わたしの思い違いってこともあるでしょうよ。なにごとにも異論はつきものですからね。しかし、わたしは自分の主張の要点は譲りません。大きなハンマーを使えるのに小さいのを選ぶなんていうことは、ばかだけのやることです」

この言葉が発せられると同時にウィルフレッド・ブーンの痩せた手がまだふるえながら頭に触れ、まばらな黄色い髪をむしるような仕種をした。一瞬後に手はさがって、ブーンはさけんだ――

「それだ、わたしの言いたかったのは。よく言ってくれました」

とり乱した気を鎮めるようにしながら彼はつづけた――

「先生が言ったのは《小さなハンマーを選ぶのはばか者ぐらいのものだろう》ということでしたね」

「そうですよ」と医者。「それで?」

「そこでです」と牧師――「まさに犯人はそうなのです」一同がまじまじと視線を集中するなかで彼は熱にうかされた女のように語りつづけた。

「わたしは僧侶です」大声だがふるえている――「そして僧侶たる者は人の血を流すことを許されません。つまりその、人を絞首台に送ってはならぬのです。神さま、ありがとうございます。わたしにはもう犯人がはっきりわかるのですが、ありがたいことにそれは絞首刑にすることのできない人間なのです」

「犯人を名ざさないつもりなんですか?」と医者。

「たとえ名ざしても死刑はまぬがれます」と答えるウィルフレッドの顔には、異様だが妙に幸福そうな微笑がうかんでいた。「けさ教会に入ったとき、狂人がお祈りをしていました。かわいそうに生まれてこのかた正しかったことのないあのジョーです。ジョーがなにを祈っていたのかは神のみの知りたもうことですが、ジョーのようなふつうでない人間の場合、そのお祈りも通常とはあべこべの倒錯したものであろうと考えてもむりではありません。狂人が人殺しの前に祈りを捧げるということは大いにありえます。わたしが最後にジョーを見たとき、兄が彼といっしょでしたが、兄はジョーをからかっていました」

「ほう！」と医者が声をあげた――「やっと話らしい話が出たぞ。しかし、それにしても……」

ウィルフレッド師は自分の垣間見た真相の一端に興奮して身ぶるいせんばかりだった。

「わからないんですか」とさけぶ声はいよいよ熱っぽさを加えた――「二つの妙な点、二つの謎を同時に解決する説はこれだけだということがわからないんですか。二つの謎とは、小さなハンマーと大きな力ということです。鍛冶屋さんは、大きな力をふるったということは考えられますが、小さなハンマーを選ぶなんてことは不可能です。奥さんの場合には、小さなハンマーを選ぶということはありえても、大きな力を加えられるはずがありません。ところが、これが狂人なら、その双方があてはまるのです。小さなハンマーという点では……なにも小さいハンマーにかぎらず、どんなものでも手あたりしだいに使ったでしょう。大きな力ということにしても、発作を起こした狂人なら十人力だって出せるというものです」

医者は深く息を吸いこんで言った――「負けた、牧師さんの説が当たっているようだ」

ブラウン神父はこれまでじっとまなざしを語り手に注いでいたが、それがいかにも根強かったので、神父の大きな灰色の眼、あの牛のような眼が実は顔の他の部分並みにとるにたらぬものではないのだと知らせたがっているようだった。また沈黙が一同を完全に支配した頃、神父はことさらに敬意をこめて言った――

「ブーンさん、あんたの説はこれまでに出された説のなかでたった一つの、矛盾のない、本質的には反論の余地のない理論です。だからこそ、あんたに知らせておかねばならんのですよ、あんたの説は断じて真相を衝いてはいないのだと」こう言ってしまうとこの変わり者の小男は一同を離れて、またあのハンマーに見いるのだった。

「あの爺さんはよけいなことまで知っているみたいだな」と医者は腹に据えかねるようにウィルフレッドに言った。「ああいうカトリックの坊主はどうも陰険でいけない」

「そうだとも」とブーンは言ったが、その声は投げやりで力がなかった。「犯人は狂人なんだ。そうなんだ」

二人の聖職者と医者のグループはいつのまにか警部と警部に逮捕された男を含むグループから離れていた。しかし、三人のグループがこうして解散してしまうと、他の連中の話し声が耳に入ってきた。神父は、鍛冶屋が大声でつぎのように言うのを聞くと、いったん静かに眼をあげ、それからまた下を向いた――

「これで納得がいったと思うんだが、どうです、警部さん？　おれはいわゆる力持ちというやつだが、いくらなんでもグリーンフォードからここまでハンマーをがーんと投げとばすなんてことはできる道理がない。垣根や畑を越えて半マイルもすっとんでくるにはハンマーに翼でも生えてなくちゃ」

警部は愛想よく笑って言った――

「そうですな、あんたは容疑から除いてもよさそうだ。こんなにばつの悪い偶然の一致はめったにあるもんじゃないですがね。さて、それではあんたに援助をお願いして、あんたと同じくらい強い大男を見つけてもらうよりしかたがない。いや、まったくそうだ、その大男を逃さないように取り押さえておくだけでも、あんたは使いものになる。ところで、誰か心当たりはありませんかね、そういう大男の」

「ないこともないが」と蒼白い鍛冶屋は言った――「男ではないんだ」ここで彼は、警部の恐怖にひるんだ眼が自分の細君のほうに向けられるのを見て、彼女の肩に大きな手を置き、こう言った――「けれども、女でもない」

「それはどういうことですかね?」と警部は冗談めかして言った。「まさか牛がハンマーを使うなんて言うんじゃないでしょうね」

「あのハンマーを手にしたのは、肉体を持ったものじゃないとおれは思う」と鍛冶屋は声を低めて告げた。「人間の立場からいえば、この男は自分一人きりで死んだんだ」

ウィルフレッドは不意に前へ数歩を踏みだすと、鍛冶屋の顔を燃えるような眼で見つめた。

「バーンズ」と靴屋の勢いこんだ声がした――「まさかおまえは、ハンマーがひとりでに跳びあがって大佐をたたきのめしたのだと言うんじゃあるまいね?」

「ふん、みなさんがた、たんとおれを物笑いの種になさるがいい」とシメオンはさけんだ。「日曜日の説教に、主なる神がセナカリブを顔色一つ変えずにたたきのめしたという話をなさる坊さん方からしてこうだ。あらゆる人の家という家に姿を見せずにお入りになるお方がおれの名誉を守って、闖入者をわが家の門前で息の根が止まるまで打ちのめしてくださった。その一撃をくらわせた力は、まさしく地震を起こす力と同じもので、それ以下のものじゃなかったんだ」

ウィルフレッドはなんとも言いようのない声で言った――「わたしもちょうどノーマンに落雷に気をつけろと言ったばかりだった」

「そういう力の仕業とすれば、こいつはわたしの管轄外だ」と警部がかすかな微笑をうかべて言った。

「ところが、あんたはあのお方の管轄外じゃない」と鍛冶屋が答えた――「お気をつけなさい」言うなり大きな背中を相手に向けて家のなかに消えた。

ふるえの止まらないウィルフレッドをブラウン神父がみちびいてその場を離れた。神父はウィルフレッドに気安く親しげな態度をとった。

「この怖ろしい場所から脱けだしましょう、ブーンさん」と神父は言った。「ひとつあんたの教会をお見せ願えませんか？　イングランドでもいちばん古い建物の一つだそうですね。わたしどもはこれでも興味があるんですよ」とこっけいめかしたしかめ面で言い加えた――「イングランドの古い教会にはね」

ウィルフレッド・ブーンは、だいたいがユーモアの得意な人ではなかったのでにこりともしなかった。そのかわりに真剣な面持ちでうなずいたわけであるが、それというのも、このゴチック建築のすばらしさを長老会派の鍛冶屋や無神論者の靴屋なんぞよりも理解のある人に説明してやりたくて前々からうずうずしていたからだった。

「ぜひどうぞ」と彼は言った。「こっちの側から入りましょう」こうして彼は階段のてっぺんにある高い脇口へと先に立ってみちびいた。そのあとから神父が階段の一段目に足をかけようとしたときである、誰かが神父の肩に手をかけた。振り向いて見ると、そこに立っていたのは色の黒い痩身（そうしん）の医者だったが、その顔は疑いの色でいよいよもって黒ずんでいた。

「神父さん」と医者はとげとげしく言った——「あんたはこの怪しい事件についてなにか秘密を知っているような口ぶりでしたね。その秘密をあんたは一人占めにするおつもりなんですか」

「まあ、お聞きなさい、先生」と神父はいたってにこやかに答えた——「わたしの商売では、なにごとであれ確信がもてないときには、それを自分の胸にだけ収めておかなくちゃならんちゃんとした理由があるのです。その理由というのは、確信がもてるときでさえもそれを秘密にしておくのがわたしどもの義務だからです。そうは言っても、もしみなさんにわたしが失礼なほどわずかしか口をきかなかったとお考えになるんでしたら、まあ、いつもの習慣をすこし破って、二つほどとても大きなヒントを申しあげましょう」

「というと？」医者は陰気そうに言った。

「第一に」とブラウン神父はどこまでも落ち着いて説明する——「この事件はやっぱりあんたの管轄内ですよ。形而上（けいじじょう）の問題なんかじゃありません。鍛冶屋さんはまちがっておいでだ——と言っても、あの一撃が神業であるという主張よりも、むしろあれが奇蹟によって起こったという主張においてまちがっているわけなんです。あれは奇蹟なんかじゃない——人間そのものが奇蹟だというのなら話は別ですがね。なんとも説明のつかない邪な心、それでいてなかば英雄的な心を持った人間、それはたしかに奇蹟ですな。しかし、大佐の頭をくだき割った力は、科学者がとっくに知っている力なんです。自然法則のなかでもとりわけしばしば論議の的になっている力」

緊張のあまり顔をゆがめるようにして相手を凝視していた医者は、ただ一言「もう一つのヒントは？」と言ったきりだった。

「それはこうです」と神父。「鍛冶屋さんの言ったことを憶えておいでですかな――自分は奇蹟を信ずると言っておきながら、あのハンマーが翼を生やして半マイルもとんできたというありえないお伽噺をあの人は鼻でせせら笑ったでしょう」

「ええ」と医者。「憶えてます」

「さて」とブラウン神父は一段と相好を崩して、「あのお伽噺こそ、きょう、人の口から出たことで事件の真相にいちばん近いものだった」これを最後に神父はくるりと背を向けて、牧師のあとを追ってちょこまか階段をのぼっていった。

ウィルフレッド師は、このちょっとした遅延がいやというほど神経にこたえたと見え、蒼ざめた顔をして、しびれを切らして待っていたこととて、即刻お客を案内して自分のいちばんお気にいりの一郭におもむいた。それは、彫り刻まれた天井にもっとも近い回廊の一部で、天使を描いたみごとな窓がそのあたりを照らしていた。小柄のカトリック神父はあまさず目にとめて、讃嘆を惜しまなかった。その間神父はずっと陽気な、だが低い声でしゃべっていたが、やがて、さっきウィルフレッドが兄の死体を見つける直前に出ていった脇の出口とまがり階段を見つけると、神父はそこへ出ていって、下へではなく上へ、猿のようにすばしっこく階段を辿っていった。と、澄んだ声が上のバルコニーから聞こえてきた。

「ブーンさん、ここへおいでなさい」と呼んでいる。「空気がからだにいいですよ」

ブーンは声のするほうに足を運び、建物から突きでた石づくりの一種のバルコニーに出た。そこからは、この小高い丘のまわりに際限なく広がっている平原が展望された。遠くには森があって紫色の地平線へとかすみ、ところどころに村や畑が点在していた。すぐ足もとにはっきりと四角く区切られて、しかし実に小さく見えたのは鍛冶屋の用地で、そこではまだ警部が立ってメモをとっており、死体もそのまま横たわって、つぶされた蠅のように見えていた。

「世界の地図みたいじゃありませんか」とブラウン神父。

「ええ」とブーンは深刻そうに言ってうなずいた。

二人の真下と周囲では、ゴチック建築のさまざまな線が自殺行為にも似た、胸のむかつくようなすばやさで外へ外へと空間に向かって突出していた。中世の建築には、なんというか、巨人のエネルギーとも称すべき要素があって、どの角度から見てもそれはいつも猛進しているようで、狂った馬のたくましい背を思わせた。この教会は古の静まりかえった石で造られ、古びた茸が髭のように生え、鳥の巣が壁面を汚していた。それでも、下から見るとこの建物は噴水のように星空めがけて撥ねあがり、いまのように上から見た場合には、森閑とした坑のなかへ瀑布のように落下しているのだった。塔の上の神父たちは、まさしくゴチック建築のもっとも怖ろしい面に二人きりで接していたのである。遠くのものが細く短く見え、すべてが釣り合いを欠いている怪奇な効果、眼がくらくらするようなパースペクティブ、小さなものが大きく、大きなものが小さく見えるような――それはまさに中空にうかんだ倒錯の城だった。石のこまかな肌目は、身近にあるために途方もなく大きく見え、遠距離で小人のように見える野原や畑の図柄を背景にくっきりと浮き彫られていた。建物の一角につけられた鳥らしい動物の彫り物は、なにか巨大な竜が歩くとも飛ぶともつかずに下の牧場や村々を荒しまわっている図を想像させた。あたりの雰囲気は眩暈（めまい）を起こさせそうで、怖ろしい危険をはらみ、巨怪な魔物のばたつく翼にさらわれて宙づりにされたような心地だった。そして、古い教会の建物全体は、伽藍（がらん）のように大きく堂々としていながらも、陽ざしをいっぱいに受けた田園の上に豪雨を降らす暗雲となって腰を据えているかに見えた。

「いくらお祈りのためとはいっても、こういう高い場所にいるのはなんとなく危険な気がしますね」とブラウン神父。「高みというやつは、下からながめるものであって、そこから見おろすものじゃなかったんですね」

「落っこちやしないかという心配ですか？」とウィルフレッドが訊いた。

「からだが墜落しなくとも、魂が堕ちるかもしれないという意味ですよ」と相手の聖職者は言った。

「どうも呑みこめませんね」とブーンはあいまいな言いかたで不審を表明した。

「たとえば、あの鍛冶屋さんをごらんなさい」ブラウン神父は平然とつづけた――「あれは善良な男ですが、キリスト教徒じゃない。冷酷で我が強く、赦すことを知らない。あの男のスコットランド式宗教は、山や高い絶壁の上で祈りをつづけ、天を見あげることよりも世界を見くだすことのほうをより多く学んだ人たちの創ったものです。卑下は巨人や超人を生むものなのです。谷にいる人はそこから偉大なものを見る。ところが山のてっぺんからは小さなものしか見えぬのです」

「しかし、犯人はあの鍛冶屋じゃないんでしょう」とブーンはふるえ声で言った。

「あの人じゃない」神父の声は妙だった——「あの人の仕業じゃないことはわかっている」

ちょっと間を置いて神父は、うす鼠色の落ち着いた眼で平地を見渡しながら話にもどった。

「わたしの知っていた一人の男は、最初はほかの者たちといっしょに祭壇の前で礼拝することから始めながら、やがて祈りの場所として鐘楼の片隅だとか塔のてっぺんとかいうような高く淋しいところを好くようになった。あるとき、世界が自分の足もとで車輪のようにまわっているように見えるそういう眼のくらむ場所で、その男の頭までがくるくるまわりだし、自分は神であると思いこむところまで行ってしまった。こうして、善良な人間であったのに、その男は大きな罪を犯した」

ウィルフレッドの顔はそっぽを向いていたが、その骨ばった手はみるみる血の気を失って、石の欄干をきつく握りしめた。

「この世を裁き、罪人を打ち伏せることが自分に許されているとその男は考えたのです。そんな考えは、ほかの者といっしょに床に跪いていたならば、とうてい思いつかなかったでしょう。

ところが、その男はすべての人が虫けらのようにうごめいているのを見てしまった。なかでも目だったのは、すぐ足もとで闊歩していた生意気な虫、派手な緑色の帽子でそれと知れる毒虫だった」

鴉が鐘楼の裏側で啼き声をあげた。が、それ以外には、咳ばらい一つ聞かれなかった。神父は先をつづけた。

「誘惑の種はもう一つあった。もっとも怖ろしい自然のエンジンが自分の手中に握られていたということがそれです。自然のエンジンすなわち重力です。この地上のあらゆる被造物がひとたび解放されると地球の中心めがけてとびもどろうとするあの死に物狂いの突進力。ほうら、警部さんがこの真下の鍛冶屋の庭を歩いているでしょう。いまわたしがこの欄干から一粒の小石でも落としたなら、それは警部さんに当たる頃には弾丸のようなスピードになっているでしょう。そこでもしハンマーを、ごく小さなものでもハンマーを……」

ウィルフレッド・ブーンが欄干に片足をかけた。すかさずブラウン神父はその襟首をつかんだ。

「そっちの出口はいけませんな」神父はいたって優しく言った――「そこから出ると地獄行きですよ」

ブーンはよろめくように壁に背をもたせ、ものすごい眼つきで神父をにらんだ。

「どうしてこれがみんなわかったんだ？　あんたは悪魔なのか？」

「人間ですよ」ブラウン神父はおごそかに答えた――「人間なればこそ、この心のうちにあらゆる悪魔を持っているのです。まあ、お聞きなさい」短い間を置いてから神父は説明を始めた。「あんたのしたことはわかっている。すくなくとも、その大部分は察しがつく。あんたが兄上と別れたとき、けっして不正義な私憤ではない怒りに駆られてあんたは、悪態をつく兄上をその場で殺してやろうと小さなハンマーをひったくった。しかし、さすがに怯みが出て、あんたはハンマーを兄上の頭にではなく服の内側に押しこんだ。そうして教会にかけこみ、天使の窓の下やら、バルコニーの上やら、それよりもさらに高いバルコニーの上やらを転々としながら必死に祈った。いちばん高いバルコニーに来たとき、大佐のあの東洋製の帽子が這いまわっている緑色の虫の背中のように見えた。その瞬間、あんたの魂のなかでなにかがぷつんと切れ、あんたは神の雷を放し落とした」

ウィルフレッドは力なく手を頭にのせ、小さな声で訊いた――「兄の帽子が緑色の虫に見えたということがどうしてわかったんですか？」

「ああ、そのことですか」と相手はかすかにほほ笑んで言った。「それは常識ですよ。それより、まだ言うことがあります。わたしにはいっさいがわかっていますが、ほかの誰にもこれがわかることはないでしょう。つぎの段階はあんたが決定すべきものです。わたしはもう手を出しません。このことは一つの告白としてわたしの胸に鍵をかけて収めておきます。なぜかとお訊きになるのなら、それには多くの理由があるが、あんたと関係のある理由は一つだけだとお答えしましょう。あんたにすべてをまかせるのは、暗殺者としてあんたはまだそれほど邪道におちいっていないからです。やれば簡単にできたのに、あんたは鍛冶屋に罪を被せることに手を貸さなかったし、おかみさんに対しても同様だった。あんたはジョーを犯人に仕立てようとしたが、それは彼なら苦しみというものを知らないですむとあんたにわかっていたからだ。そういうほのかな情けというか光を暗殺者の心に見つけるのがわたしの商売でしてね。さあ、おりて村へ行きましょう。それから先は、風のように消え去ろうとあんたの勝手です。わたしはもう最後の言葉を言いました」

二人は黙々としてまがった階段をおり、陽光のふりそそぐ外に出て鍛冶屋の脇へ来た。

ウィルフレッド・ブーンは庭の木戸の門を注意ぶかくはずすと、警部の前へ出て言った――

「自白したいと思います。わたしが兄を殺しました」

アポロの眼

テムズ河のふしぎな謎であるあのなんとも言いようのない煙ったきらめき、すべてが一つに混然と溶けあっていながら透明でもあるというあの現象、それがいま、陽がウェストミンスターの空高く天頂めがけてのぼるにつれて刻々と灰色から燦然とした光彩へと変わりつつあった。ちょうどその頃、ウェストミンスター橋を渡っている二人の男があった。一人はいたって背が高く、いま一人はいたって低かった。大げさに比較すれば、議事堂のあの生意気千万な時計塔と、ずっと慎ましいウェストミンスター寺院の猫背とが肩をならべているようなもので、実際の話、小男のほうは僧服を着ていたのである。大男を正式に紹介すれば、名をムッシュー・エルキュール・フランボウといい、職業は私立探偵、目下はウェストミンスター寺院の入口の反対側にあるビルの一部を占める自分の新しい探偵事務所に出勤する途中だった。小柄な男は、やはり正式に紹介すると、J・ブラウン師という聖フランシス・ザビエル教会（キャンバーウェル）の坊さんで、今はキャンバーウェルの臨終者の床から離れて、友人の新しい事務所を見にやってきたところだった。

そのビルディングは、天を摩す高さといい、電話やエレベーターなどの設備の滑らかな入念さといい、いかにもアメリカ式だったが、まだ完成したかしないかの頃で、なかで働く人間の数は微々たるものだった。借家人はまだ三人しか引っ越してきておらず、フランボウの階の上の事務所と、それからすぐ階下の事務所はふさがっていたが、一つおいて上の階とまたその上の階、一つおいて下の三つの階、その合計五階はまだ完全に空家だった。とはいえ、この新しい貸事務所の高層建築には一瞥(いちべつ)しただけで非常に眼を惹くものがほかにあった。まだちらほら残っている足場は別として、なにかぎらぎらしたものが一つだけフランボウの事務所の上の階の外に取り付けられていた。それは人間の眼を象(かたど)ったばかでかい金箔の看板で、周囲は放射する金色の光線でかこまれ、全体は事務所の窓二つか三つ分の空間を占領していた。

「あれはいったいなにかね」とブラウン神父は尋ねて棒立ちになった。

「なに、新興宗教ですよ」フランボウは笑い声で言った。「もともと罪なんてありゃしないんだと言って人の罪を赦す新しい宗教の一つですよ。例のクリスチャン・サイエンスという一派と同じようなもんです。自称カロンという男なんですが――本名はなんというのか知りませんが、カロンじゃないことはたしかです――そいつがぼくのすぐ上につづき部屋を借りたんです。下の階には二人の女タイピストが入っていますが、上に来ているのがこの熱狂的ないかさま師なんです。自分のことを《アポロに仕える新しき僧》と呼んで、太陽を崇拝しています」

「その人は気をつけたほうがいいな」とブラウン神父。「太陽というのはあらゆる神のなかでいちばん残酷な神だ。それにしても、あのばかでかい眼はなにを意味するのかね！」

「ぼくにわかっているところでは、あの一派の理論に、自分の精神さえしっかりしていればどんなことにも耐えられるという一項があるんです。連中のシンボルは二つあって、太陽と眼がそれなんですが、ほんとうに健康な人間ならお陽さまを見つめることができるという説をもっているんです」

「ほんとうに健康な人間なら」とブラウン神父――「お陽さまを見つめるなんてことはめんどうくさくてやる気にならないだろうが」

「まあ、この新興宗教についてぼくが知っているのはそんなところです」とフランボウは無頓着に言った。「もちろん、どんな肉体の病でも治せるという触れこみですがね」

「たった一つの魂の病は治せるのかな?」とブラウン神父は真剣に好奇心をそそられて言った。

「そのたった一つの魂の病とはなんです?」とフランボウは笑顔で問いかえす。

「自分がまったく健康だと考えることですよ」

　フランボウの関心は、階上の華麗をきわめた礼拝堂よりも階下の落ち着いた事務所のほうにあった。彼は頭のはっきりした南国人であるから、自分のことをカトリック教徒か、さもなければ無神論者か、そのどちらかと考える以外には考えようがなかった。当然、頭はきれるが顔色は蒼白だという類の新興宗教はあまり彼の関心を惹かなかった。それにひきかえ、人間というものにはいつも興味があり、特にそれが美貌の場合には著しかった。それだけではない、階下のご婦人方はそれなりに特徴のある人物だときていた。下の事務所を営んでいる二人は姉妹で、双方ともからだが細く、色が黒かったが、一人は背が高く、著しく人目を惹いた。横顔は浅黒く、熱意にあふれ、鉤鼻に特徴があり、この人を思い出すときまってその横顔が頭にうかぶといった女性だった。なにかの武器のきれいに研ぎすまされた刃を思い出すのと大差ない。事実、彼女は人生を割り切って進んでいくようだった。その眼がまた驚くほど冴えた光を放って、それもダイヤモンドというよりも鋼鉄の冴えだった。からだつきはまっすぐでほっそりしていたが、上品な割にはちょっとこわばりすぎた感じだった。妹のほうは、姉を短くしただけの瓜二つで、色がいくぶんか薄目で、全体があまり目だたなかった。二人とも着ているのは実用的な黒服で、それには男性的なカフスやカラーがついていた。こういう小ざっぱりした勤勉な女性はロンドンのオフィス街には何千といるのだが、この二人の場合、なによりの興味はその表だった地位よりも実際の身の上にあった。

実のところ、姉のポーリン・ステーシーは一つの紋章と一州の半分、それに言うまでもなく巨大な富を相続する身分にあった。彼女はさまざまな城や庭園で育てあげられたのだが、そのうちに（現代女性独特の）冷やかな荒々しさが作用して、よりけわしく、より高尚だと自分に思われた生活に彼女は突進した。むろん、財産を譲りわたしてしまうなんてことはしなかった。そんな行為は、彼女の堂に入った功利主義とは縁もゆかりもない夢想家の超世俗的な滅私奉公にすぎなかったろう。彼女は、実用的な社会目的のために使うのだと称して自分の富を保持した。その一部は商売に投資され、模範的なタイプ印刷会社の中核が設立され、また一部は、そういう仕事に女性を進出させるための連盟や運動に寄贈された。ところで、このいささか散文的な理想主義に妹の共同経営者ジョーンがどの程度まで共鳴していたかは知るよしもなかった。それでも、妹は指導者の立場にある姉に黙々として従った。その犬のような愛情の傾けかたは、どことなく悲劇味をおびていて、姉の冷厳で高邁な精神よりもなぜか魅力的だった。悲劇といえば、ポーリン・ステーシー女史はそれとまったく無関係の人間だった。悲劇の存在を否定しているとしか思えなかった。

この女性のこわばった迅速さと冷淡な性急さは、フランボウが初めてこのビルに入った折にすくなからず彼を興がらせた。彼は入口の広間でエレベーター・ボーイが来るのを待っていた。ところが、この眼を光らせた鷹のような娘さんは、そんな格式ばった遅延にがまんできないことを公然と表明し、エレベーターのことならなんでも知っている、わたしはボーイになんか(つまり男の人になんか)頼ることはしないのだとずけずけ言ってのけた。彼女の借室はたった三階上だったとはいえ、エレベーターが昇っているほんのわずかのあいだに彼女は無造作なしゃべりかたで自分の基本的な見解をいくつも語って聞かせた。それを要約すると、彼女は現代職業婦人で、現代の事務の機械化が好きでたまらないというようなことだった。機械科学を非難してロマンスの復興を要求する連中に対して、彼女は抽象的な怒りで黒びかりのする眼を燃えあがらせた。わたしがこうしてエレベーターを扱えるように人は誰でも機械をあやつることができなくてはいけないと言う彼女は、フランボウがエレベーターのドアをあけてやろうとしたことにも腹をたてかねない剣幕だった。こうして、われらが紳士は、このすさまじい自恃の精神を複雑な感情で思い出して一人で微笑しながら自分の部屋にのぼっていったというしだいである。

彼女の気質は、たしかにてきぱきとして、実際的なものだったし、その細い上品な手の動きかたは唐突で、破壊的でさえあった。あるときフランボウはタイプ印刷のことで彼女の事務所に入ったことがある。入ってみると、彼女は妹の眼鏡を床のまんなかにたたきつけて踵で踏みつけたところだった。そうして早くも長広舌を揮って「病的な医学思想」の非を難じ、眼鏡のような器具を使うのは病的に弱さを白状することにひとしいときめつけていた。こんな人工的で不健康ながらくたを二度とここに持ちこんだら承知しませんよ、いったいあんたはわたしに木製の義足やら鬘やらガラスの眼玉をつけろとでも言うのですか——こんな調子でしゃべりながら彼女はほかならぬ水晶体のように怖ろしく眼をぎらつかせるのだった。

この狂信的な態度に度肝をぬかれたフランボウは、どうしてもそこでポーリン嬢に対して、いったいなぜ眼鏡が弱さのしるしとしてエレベーターよりも病的なのか、科学が一つの方向で人間を助けてくれるのなら、別の方向においてそうしていけないわけがどこにあるのかと（直截なフランス式の論理で）追及せざるをえなかった。

「それは大違いですよ」とポーリン・ステーシーは高飛車に言った。「バッテリーやモーターや、そのほかいろいろなものはみんな人間の力のしるしなんです。フランボウさん、それは女の力のしるしでもあるんですよ。距離を縮め、時間に挑戦する偉大なエンジンに、今度はわたしたち女が手をつける番です。機械は飛躍的で堂々としている——それが真の科学というものです。ところが、医者が売りつけるこういうけちくさいつっかえ棒や膏薬ときたら、なんのことはない、腰ぬけの象徴にすぎないんです。医者たちは、まるでわたしたちが生まれつきの障害者か病気の奴隷ででもあるかのように脚やら腕やらを継ぎたします。でも、わたしは自由に生まれついたんですよ、フランボウさん。世間の人がこういうものを必要だと考えるのは、力と勇気を教えられるかわりに恐怖をたたきこまれたからで、たとえば、間ぬけな育児婦が子供にお陽さまを見ちゃいけないと言うもんだから、子供たちはお陽さまを見ると必ず眼をぱちくりさせるんです。ほんとうにおかしなことですわ、たくさんの星のなかで一つだけ人間が見ちゃいけない星があるなんて。お陽さまはわたしの支配者じゃありませんもの、わたしはいつでも好きなときに眼をあけて太陽を見つめます」

「あなたの眼こそ」とフランボウは異国風のおじぎを一つして言った――「お陽さまをまぶしがらせるでしょう」フランボウはこの妙に四角ばった美人に讃辞を呈することがおもしろくてしようがなかったが、それというのも、一つには彼女がこれでいささか平衡を失ってまごついたからだった。だが、階上の事務所へもどる途中、彼は深く息を吸いこんで口笛を鳴らし、「なるほど、この上にいるあの金色の眼をしたいかさま師の手中に彼女はとらえられたというわけか」と独りごちた。フランボウは、カロンの新宗教についてあまり知らず、気にもしていなかったけれど、太陽を見つめよという特別の主張は聞いたことがあったからである。

それからまもなくわかったことであるが、階上と階下のあいだの精神的な結びつきはどうしてなかなか密接で、現にそれは強まりつつあった。カロンと自称する男は堂々とした人物で、アポロの第一司祭となるにふさわしい肉体の持ち主だった。背の高さはフランボウよりちょっと劣るくらいで、美男子であるという点では数等まさり、金色の髭(ひげ)を生やし、青い眼はいかにも精悍(せいかん)な感じで、たてがみが獅子のようにうしろへ向かって走り、からだつきはまさにニーチェの金毛の獣だった。が、すべてこうした動物的な美しさは、にせものではない知性と精神性で高められ、磨きをかけられ、柔らげられていた。この男はサクソンの偉大な王の一人に似ているとしても、同時に、聖者をも兼ねた王の一人にも似ていた。しかも、それは彼の環境がいかにもロンドン式に不釣り合いであるという事実にもかかわらず、そうなのである。彼の事務所がヴィクトリア・ストリートのビルディングのなかほどの高さにあるという事実、事務員（カフスとカラーのついた服を着たありきたりの若者）が彼の部屋と廊下の中間にある別室で執務しているという事実、彼の名が真鍮の板に刻まれ、彼の信条の象徴が街路の上に金色にぶらさがって、眼医者の広告かと見まちがえられるという事実。すべてこういった俗っぽさがいくらか集まっても、通称カロンというこの男の魂と肉体からくる生き生きした圧迫感とインスピレーションを彼から奪い去ることはできなかった。どう言うにしても、結局のところ、このいかさま師の前に出た人はみな偉大な人物の前にいると感じないわけにはいかなかった。ゆったりとしたリネンのジャケットを仕事衣として着ているときでさえ、彼は魅惑と威厳にみちた姿だったが、白い祭服に身をくるみ、金の環を頭にはめて日課の太陽礼拝を行うときには、このうえない威光を放ったので、路を行く人びとの笑いがそのまま唇の上で凍りつくこともあった。この現代の太陽崇拝者は一日に三回バルコニーに現われ、ウェストミンスター一帯を尻目にかけて、輝ける主君に対して祈りを捧げるのだった。三度というのは、払暁と、日没と、それから正午きっかりであるが、フランボウの友人ブラウン神父が初めてアポロの白き僧侶を見たのは、まさにその正午の鐘が国会議事堂と教会の塔からかすかに鳴り響いていたときだった。

フランボウのほうは、この太陽神崇拝の日課をもううんざりするほど見ていたので、友人の坊さんがついてくるかどうか確かめもせずに大きなビルの入口にとびこんだ。ところがブラウン神父は、儀式というものに職業がら関心があるせいか、それともいかさまに対して個人的な興味を強く持っているためか、ぴたりと立ちどまって、太陽礼讃者のいるバルコニーをじっと見あげた。《パンチとジュディー》の人形芝居がかかっていたら、やはりそうしたであろうと思われるほどの熱心さである。さて、予言者カロンはもうまっすぐに立って、純白の衣から手を高く差しのべていた。太陽への讃歌を吟ずるその妙に滲(にじ)みいるような声は、にぎやかな街路をどこまでも伝わって、遠方からでも聞きとれた。祈りはもうなかばに達しており、彼の眼は金色に燃える円盤にじっと注がれていた。物であれ、人であれ、はたしてこの地上にあるものが彼の眼に一つでも見えていたかどうかは疑わしい。ましてや、小柄で丸顔の神父が下の群集にまじって眼をぱちくりさせながら彼を見あげているのが見えた道理は絶対にない。いくら互いに縁遠い二人だとはいえ、このことほど大きな違いはなかったにちがいない。ブラウン神父はなにを見るにも眼をしばたたかせたが、アポロの司祭は睫毛(まつげ)の一本も震わせずにこの日中に太陽をまともに見つめることができるのだった。

「おお、日輪よ」と予言者は呼ばわった。「おお、星よ、星屑(ほしくず)の仲間にいれるには大きすぎる星よ。おお、泉よ、かの空間と呼ばれる陰微の点に音なく流れる泉よ。すべての白き溌剌(はつらつ)たるもの、白き焰(ほのお)、白き花、白き山頂、そのすべての白き父よ。汝(なんじ)は汝の無垢(むく)静穏なる子供たちすべてよりもなお無垢なり。原初の純白さ、その平和のうちに……」

轟音一発、ロケットが墜落したような大音響があがり、それをつんざいて軋るような悲鳴が長くつづいた。五人の人がビルに駆けこむのと入れちがいに三人の人がとびだしてきて、一瞬のあいだこの人たちはてんでに大声をあげて互いの耳を聾した。なにか完全に藪から棒の恐怖を感じた路上の人びとは、一瞬のあいだ、不吉な知らせを聞いたような心地だった。その内容が誰にもわからないためにますます不吉に思われる悪報。この上を下への大騒ぎのすむまで泰然としていたのは、ただ二人、上のバルコニーに立つアポロの麗わしき司祭と、その真下にいるキリストの醜き司祭だけだった。

やがてフランボウの精力にあふれた巨体がビルの入口に現われ、路上の小群集を制した。警笛のようにいっぱいに声をはりあげて彼は、誰でもいいから外科医を呼んできてくれと頼んだが、そのまますぐに混雑した暗い入口に消えた。友人のブラウン神父はそのあとを追ってこっそり慎しやかに入っていこうとした。群集をかきわけて進んでいく神父の耳にまだ聞こえていたのは、太陽神の司祭が依然として、泉と花の友である幸福な神に呼びかけている声の朗々としたメロディーとモノトニーだった。

ブラウン神父が入っていくと、いつもならエレベーターがさがってくる筒のようなもののまわりにフランボウをはじめ六人ほどの人たちが集まっていた。ところが、エレベーターはそこにおりていなかった。なにか別のものが、ほんとうならエレベーターでおりてくるべきはずのものが、おりていたのである。

もう四分間もフランボウはそのものを見おろしていた。そのもの、つまり、悲劇の存在を否定したあの美しい婦人の血にまみれたからだと潰れた頭を見ていたのである。それがポーリン・ステーシーであることに彼はいささかの疑いもなかった。そしてまた、医者を呼びにやらせた当人でありながら、彼女の脈がもう切れていることに一点の疑いも抱かなかった。

この女を自分は好いていたのか、きらっていたのか、定かには思い出せなかった。それほど、好感のもてる面とそうでない面といっしょくたになっていたのである。それにしても、彼女はフランボウにとって生き身の人物だったのであり、そのこまごまとした特徴やくせが耐えがたい哀感をおびて彼の心に甦り、もう取り返しのつかない損失感が、無数の針のように彼の胸を突き刺した。彼女の美しい顔、あの小生意気なおしゃべりが、いま不意に密かな生々しさをもって想い起こされた。それは、死んだ人に誰もが痛恨とともに感じる生々しさなのだ。あの美しく、そして挑みかかるような肉体があっというまにエレベーターの昇降路の底めがけて真一文字に墜落していったのだ。それは自殺だろうか？　あんなに人をくった楽天家のことだから、それはどう考えても不可能だ。では、殺人か？　だが、まだ空き部屋のほうが多いこのビルのなかで、そんな大それたことをする人間は誰か？　フランボウは、強い調子のつもりで言ったのが実際に口から出ると弱々しいものとなったしゃがれ声で、カロンという男はどこかとあわただしく訊いた。重々しく、控え目で充実した声が、カロンならここ十五分間バルコニーで礼拝をしていたよと告げた。その声を聞き、そして同時にブラウン神父の手が肩に触れるのを感じたフランボウは、浅黒い顔をそのほうに向けて、だしぬけに言った。

「やつがずっとそこにいたんなら、これはいったい誰の仕業だ？」

「まあ、上へ行ってみたらわかるかもしれない。警察が動きだすまでまだ三十分間（ま）がある」と神父。

殺された女相続人のからだを医者たちにまかせて、フランボウは階段を駆けのぼり、タイプ印刷屋の事務所にとびこんだ。が、なかががらんとしているのに気がつくと、今度は自分の部屋へ。そこへ入ってから彼は、また引き返してきたが、その顔つきは前と変わっていて、しかも蒼ざめていた。

「妹さんは」と彼はただごとならぬ真剣さで言った――「妹さんは散歩に出かけたらしい」

ブラウン神父はうなずいた。「あるいは、例のお陽さま男の部屋へ行ったのかもしれない。わたしだったら、それを確かめ、それからおまえさんの部屋でじっくり話しあうことにするだろうが。いや」と急に神父はなにかを思い出したように言い加えた――「どうもいかん、このぼんくら頭は。話しあうのは、もちろん、下のタイプ屋の部屋でやらなくちゃ」

フランボウは眼をまんまるくした。それでも、小男の神父について階段をおり、ステーシー姉妹の人気（ひとけ）のない事務室に入った。頓狂な神父は入口にあった大きな赤レザーの椅子に腰をおろし、階段と踊り場の見えるその位置で待機した。長いあいだ待つこともなく、四分もすると三人の人が階段をおりてきた。彼等に共通しているところといえば、そのものものしさだけである。先頭の人物は、死んだ女の妹ジョーン・ステーシーで、どう見ても今まで（ヽヽ）アポロの臨時礼拝堂にいたにちがいない。第二はアポロの司祭その人で、もう祈禱（きとう）の終わった彼は衆人環視のうちでもないのに威風堂々と階段をおりてきたが、その白衣といい、髭や二つに分けた頭髪といい、ドレの描く《キリスト裁きの庭を出るの図》のキリストの顔にどことなく似ていた。

三番目はフランボウで、こちらは額を曇らせ、いささか当惑したようすだった。

あさ黒い顔をこわばらせ、髪には若白髪がちらほらまじっているジョーン・ステーシー嬢は、まっすぐに自分の机に歩みよると、ためらいもせず手際よく書類を広げた。そのなんでもない動作に一同ははっと我に返った。ジョーンが犯人であるとしたら、この犯罪人はなんとも冷静な人間だということになる。ブラウン神父は妙な微笑をうかべてしばらくそのようすを見ていたが、やがて、ジョーンから眼を離すと、別の一人に話しかけた。

「予言者のお方」と神父が話しかけた相手はおそらくカロンなのだろう——「あんたの宗教についていろいろお聞かせ願いたいのですが」

「誇りをもってそういたしたいが」とまだ冠をかぶった頭をさげて——「拙者にわかるものかどうか」

「なに、造作もありませんよ」とブラウン神父はいかにも自分にはわからないのだということを率直にしめして言った——「もしほんとうに善くない原則を信条としている人間があったならば、それはある程度その当人のせいにちがいない——こういうふうにわたしどもは教えられています。ですけれども——実は鏡のように汚れのない自分の良心を、それが詭弁で曇らされているばっかりに侮蔑している人間ということになると、これは別扱いにしなくてはなりません。さて、お訊きしますが、人を殺すということは正しくないとお考えになりますか？」

「これは犯人の告発ですか？」カロンはいとも平静に訊いた。

「とんでもない」とブラウンも負けず劣らず穏やかに答えた――「それどころか弁護の言葉です」

あっけにとられた一同の沈黙がいつまでもつづくうちに、アポロの司祭がゆっくり立ちあがった。まさに太陽の立ちあがり――いや、日の出を想わせた。カロンがこの部屋いっぱいに自分の光と生命を充満させたそのさまを見れば、この男ならソールズベリーの原っぱも同様に易々と満たしてしまうだろうと思われた。彼の僧衣をまとった英姿は、この部屋全体に古典的な壁掛けを垂らすかに見え、その英雄的な身のこなしは部屋の奥行きをさらに拡大して壮大なものと化し、ついには現代の聖職者の黒衣に包まれた貧弱なからだが、お門違いの闖入者、太陽神の栄光についたまるい一点のしみかと見えた。

「とうとう顔をあわせましたな、カヤパ殿」と予言者は、キリストに死刑を宣告したユダヤの僧の名で神父に呼びかけた。「貴殿の教会と拙者の教会、この二つだけがこの地上における唯一の現実です。拙者は太陽を崇拝し、貴殿は太陽のかげりを讃える。貴殿が仕えるのは死なんとする神、拙者が祀るのは生きつつある神。貴殿が目下行っている猜疑と中傷は、貴殿のその僧衣と教理にふさわしい。貴殿の教会の全組織は一つの秘密警察にほかなりません。甘言であろうと、拷問であろうと、あらゆる手段をつくして人びとから罪の告白を引きだそうとするスパイや探偵、それが貴殿たちの正体なのです。貴殿は人びとの罪を告発する。拙者はその無罪を宣告する。貴殿が人びとに罪を納得させれば、拙者は彼等に美徳を納得させる。

悪の書を読むお方よ、貴殿のその根拠のない悪夢を吹きとばす前にもう一言。拙者としては、貴殿が拙者を有罪と宣告しようとしまいと、さようなことはとんと気にならんのだが、これは貴殿にわかってもらえる道理のないこと。汚辱だの怖ろしい絞首刑だのというようなことも、拙者には、大人にとっての子供の絵本に出てくる人喰い鬼のごときもの。貴殿はおっしゃった――弁護の言葉を述べているのだと。それに対して、この空なる人生に未練のない拙者はあえて告発の材料を提供しようというのです。この事件で拙者に不利な点が一つだけある。それをみずから進んで申しあげましょう。あの死んだ婦人は、拙者の愛人であり、花嫁だった。貴殿たちの安っぽい教会が法にかなった結婚と呼ぶようなものではなく、もっと純粋で厳格な掟による結婚なのです。彼女と拙者は、貴殿のとはまるで違う世界を歩み、貴殿が煉瓦のトンネルや廊下を重い足どりで歩いているあいだ、水晶の道を踏みしめていた。いや、よくわかっています――警察官というものは、神学の警察官である貴殿たちにせよ、ふつうの警察官にせよ、愛のあったところには必ず憎しみがあると思いこんでいるものですからな。そこで貴殿は拙者を告発する第一の論拠を得たことになる。ところが、第二の論拠となるとなお強力なのだが、それをさえも拙者は惜しげもなく提供しようというのです。ポーリンが拙者を愛していたということが事実であるばかりか、彼女はけさ死ぬ前にあのテーブルで遺書をしたため、拙者と拙者の新しい教会のために五十万ほどの遺産を約束した。さあ、どうぞ、手錠はどこです？　拙者がどんなばかげた扱いを受けようと、そんなことを気にする拙者ではござらぬ。懲役なんぞは、道端で彼女のくるのを待っているようなもの。絞首台といえども、自動車でまっしぐらに彼女のもとへ行くようなもの」

カロンのこの話は、聞く人の胸をがくがくさせる権威をおびた雄弁調で語られたので、フランボウとジョーン・ステーシーはあっけにとられながらも感嘆の眼で彼を見つめた。ブラウン神父はといえば、その顔にはどうしようもない苦悶の表情しか見られず、額に一筋いたいたしく皺(しわ)をよせて床に眼を落としていた。太陽の予言者はマントルピースに楽々ともたれて、またまくしたてはじめた──

「拙者はわずかの言葉で拙者に不利な点を全部あけっぴろげにしました。それ以外には、不利となりそうな点はまったくない。そこで今度は、さらに言葉すくなに、その不利な点を跡かたもなく木っ端みじんに吹きとばすとしよう。拙者がこの犯罪の下手人であるかどうか、その真相はただ一行で言いつくせる。すなわち、拙者には絶対にそれがやれた道理がないということです。ポーリン・ステーシーは十二時五分にこの階から一階の床に墜落した。何十人もの人が証言台に立って言うでしょう──カロンは十二時が鳴るちょっと前から十五分過ぎまで、いつものように公開の祈りをささげるために自分の部屋のバルコニーに出ていたと。拙者の事務員──これはクラパム出身の立派な青年で、拙者とはなんの縁故もござらぬ──それが誓って言うでしょう──自分は午前中ずっと廊下に近い別室で事務をとっていたが、その間に出入りした者は一人もいなかった。カロンがやってきたのはたっぷり正午に十分前、あの事故の知らせが伝わった時刻の十五分前で、それ以後はずっと事務所からも、バルコニーからも離れなかった。そう証言してくれるでしょう。こんなに完全なアリバイがありますかな。ウェストミンスターの全住民の半分も証人として召喚できるというものです。手錠はどうもひっこめたほうがよさそうだ。これで一巻の終わりです。

しかし、最後にもう一言、このたわけた嫌疑が完全に晴れあがるように、貴殿の知りたがっているすべてをお話し致そう。拙者のあの不幸な友達の死にかたについて拙者にはその真相がわかるような気がする。お望みとあれば、そのことで拙者を非難し、すくなくとも拙者の信仰と哲学を糾弾(きゅうだん)することは可能です。だが、それで拙者をふんじばることは絶対にできない。高遠な真理を学ぶ人なら誰でも知っていることだが、達人や哲人が空中浮遊の能力を体得したことは歴史的な事実となっている。これは、拙者どもの神秘学の要点である物質の全面的征服というテーマの一部にすぎないのだが、それはともかく、不幸にしてあのポーリンは衝動的で野心の強い女だったため、拙者が思うには、自分の実力以上に神秘の奥義をきわめたと思いこんだ。そういえば、よくエレベーターでいっしょにおりたとき言ってました——意思さえ強ければ、鳥の羽のようにふわふわ舞いおりてかすり傷一つ負わずにいることができると。そういうしだいだから、彼女は高邁な想念に陶然(とうぜん)となった瞬間にこの奇蹟をやってのけようとしたのにちがいない。ところが、彼女の意思あるいは信念が大事の瀬戸ぎわで彼女を裏切り、より下等な物質法則が怖るべき復讐をなしとげた。というのが、みなさん、この事件の真相であり、これはたいへん悲しく、みなさんの考えでは思いあがった邪(よこしま)な所業というところでしょうが、およそ犯罪とは言いがたく、拙者とはなんのつながりもないのです。法廷の速記録につけるとすれば、これは自殺と記したほうがよろしい。拙者のほうは、これを科学の進歩のための失敗、天をめざす緩慢な登山の英雄的な失敗と呼ばねばなりますまい」

ブラウン神父の打ち負かされた姿というものをフランボウは初めて見た。まだすわったまま床をながめている神父の顔には、恥じ入っているかのように、痛ましい皺が幾重にもよっていた。予言者の高揚した言葉に煽りたてられて、誰しも、職業がら人を疑ってばかりいる陰険な男がいまや、生まれながらの自由と健康をもった誇り高い純粋な精神に圧倒されているのだと感じないわけにはいかなかった。やっとのことで神父は、肉体的に窮地におちいった人のように眼をしばたたかせて言った――「そういうことでしたら、先生、さっきお話にあった遺言状をポケットにいれて、好きなところへおいでになればよいでしょう。あのお気の毒な婦人はそれをどこに置いたのかな？」

「ドアのそばの机にあるでしょう」とカロンは言ったが、そのいかにも堂々とした潔白そうな態度を見ても、彼が無実であることはまずまちがいなかった。「彼女はそれをけさ書くつもりだと言っていたし、実際けさ拙者がエレベーターであがってくるとき、書いているのが見えましたよ」

「そのときドアがあいていたんですか？」と神父はマットのはしを見たまま訊いた。

「ええ」とカロンは静かに言った。

「ほう、それからずっとあいていたんですな」と言って神父はまた黙々としてマットをにらんだ。

「ここに書類が一枚あります」とかなり奇妙な声で言ったのは、にこりともしないジョーン嬢だった。いつのまにか彼女は姉の机に歩みよって、いまその手に一枚の青い大判紙を持っているのだった。彼女の顔にうかんだ皮肉そうな微笑は、こんな場面や場合には似つかわしくないもので、フランボウはしだいに額を曇らせながら彼女を見やった。

予言者カロンは、これまで彼をみごとに支えてきた王者のような超然とした態度を保って、書類に近づこうともしなかった。が、フランボウがそれをジョーンの手から取って読みはじめた。読んでゆくフランボウの顔に狐につままれたような表情が現われた。たしかにそれはふつうの遺言状の形式で始まってはいるのだが、《わたしが死ぬときに所有しているもののいっさいを下記の者に遺贈する——》まではいいとして、そこで字がぷつりと切れており、ペンでひっかいたような跡があるばかりで、肝心の遺産受取人の名前は跡かたもない。フランボウはいぶかしがりながらそれを友人に手わたした。神父はそれに一瞥をくれると、黙って太陽神の司祭に渡した。

一瞬のち、この司祭長はみごとな僧衣であたりを払うようにして大股の二歩で部屋を横ぎっていた。そして青い眼をぐりぐりさせてジョーンの前に立ちはだかった。

「これにおまえはどんないかさまをやったんだ?」と彼は声をはりあげた。「ポーリンが書いたのはこれだけじゃない」

彼が以前とはうって変わった声でがなるのを聞いて一同は仰天した。かん高いヤンキー訛りがあるのだ。彼の壮麗さと上品な英語は、ここに至って外套のように剝げ落ちたのである。

「机の上にあるのはそれだけです」とジョーンは言ってあいかわらず悪意のこもった微笑をうかべて彼に相対した。

まったくだしぬけに男は悪口雑言（あっこうぞうごん）の嵐を浴びせた。信じられないほどの悪態である。この仮面の脱落にはなんとも戦慄的なものがあり、仮面ならぬ素顔が落ちてゆくように思えた。

「よく聞け」と彼は悪態をつくのに疲れて息が切れると、アメリカ訛りをむきだしにしてさけんだ――「おれは冒険家かもしれないが、おまえときたら人殺しだ。そうだ、みんな、これでポーリンの死の説明がつく。空中浮遊なんてことはもちだす必要がない。あの娘はおれに有利な遺言を書いていた。そこへこの妹がやってきて、ペンをもぎ取り、姉さんをエレベーターの穴へ引きずって投げこんだ――遺言状が書きあげられないうちに。なんてことだ。やっぱり手錠が必要らしいぞ」

「あなたのおっしゃったとおり」とジョーンは醜い落ち着きを見せて答えた――「あなたのとこの事務員さんはとても立派な方で、宣誓というものの意味をご存じですわ。だからあの人はどこの法廷でだって証言してくれるでしょう――姉が墜死した前後の二十分間わたしがあなたの事務所でタイプの仕事について相談していたということを。フランボウさんだって、わたしがそこにいるのを見たと言ってくれるでしょう」

しばらくの沈黙。

「それじゃ」とフランボウが素頓狂な声で言った――「ポーリンは墜落したとき一人きりだったわけになるから、ありゃ自殺だ！」

「たしかに一人きりだったが」とブラウン神父――「自殺じゃない」

「じゃ、どうして死んだのです？」とフランボウはもどかしそうに言った。

「殺されたのだ」

「たった一人でいたというのに？」と私立探偵の異議。

「たった一人きりのそのときに殺された」と神父。

みんなはいっせいに神父を注視したが、彼はあいかわらず打ちのめされたような恰好で、まるいおでこに皺をよせ、人ごとではあるけれど恥ずかしさと悲しみの底に沈んでいるようだった。声まで生彩がなく、悲しげだった。

「いったいいつになったら」とカロンはいまいましげにさけんだ――「この血に飢えた鬼女をひっとらえに警察がやってくるんだ？　この女は肉親を殺し、そのうえおれの神聖な所有になった五十万ポンドを横どりしやがった……」

「まあ、まあ、予言者さん」と横合いからフランボウがからかい口調で言った――「この世はすべて空なりと言ったのは誰でしたかね？」

太陽神の導師はなんとかして元の台座によじ登ろうとした。

「単に金の問題じゃない」と彼はさけんだ――「もちろん、金があればこの宗教を世界に広める武器となったろうが。それよりも、これは拙者の愛する人の願望だった。ポーリンにとってそれは神聖なことだった。彼女の眼から見れば……」

だしぬけにブラウン神父が立ちあがった。そのすさまじさに、神父の椅子がうしろで倒れたほどだった。神父は死人のように蒼ざめていたが、そのくせ希望に燃えたつかのように眼が輝いていた。

「それだ」と神父は澄んだ声で言った。「それが出だしの文句だ。ポーリンの眼……」のっぽの予言者は狂人のようにとり乱して、ちびの神父の前からあとずさった。

「それはどういう意味だ？　よくもぬけぬけ……」

「ポーリンの眼」と神父は自分の眼をいよいよ輝かせて繰り返した。「さあ、おつづけなさい、是が非でもおつづけなさい。悪魔がそそのかしたどんなに卑劣な罪も、懺悔をすれば軽くなる。さあ、なんとしても懺悔をなさい。わたしのあとをおつづけなさい。ポーリンの眼……」

「そこをどけ、悪魔め」とカロンは鎖につながれた巨人のようにもがいて怒号した。「いったいおまえはなにものだ、おれのまわりに蜘蛛の巣をはりめぐらして、密偵のように覗いたり透かしたり。道をあけろ」

「抑えましょうか」とフランボウが出口のほうへすっとんでいきながら訊いた。カロンは早くもドアを大きくあけ放っていた。

「いいや、通しておやり」とブラウン神父は妙なため息とともに言った。宇宙の深みから湧き起こってくるかのような深いため息だった。「カロンをして通らしめよ、彼は神のものなれば」

カロンの去ったあと、室内にはいつまでも沈黙がつづいた。この謎を知りたくてうずうずしているフランボウのせっかちな顔には、なんともやりきれない時間だった。ジョーン・ステーシーは、冷静そのものに机の書類を片づけている。

「神父さん」フランボウはとうとう口をきった――「これは好奇心だけじゃなくてぼくの義務でもあるんですが、できることなら、犯人が誰であるか知りたいのです」

「どの犯罪を言っているのかね?」と神父。

「もちろん、いま扱っているやつですよ」とフランボウはせっかちに言った。

「扱っている犯罪といえば」とブラウン――「二つある。重要さも大いに違うが、また犯人も大いに違う二つの犯罪というわけだ」

ジョーン・ステーシーは、もう書類を集めおえて片づけ、今度は引き出しに鍵をかけはじめていた。ブラウン神父は、彼女が神父を無視しているのと同様に彼女を無視して先をつづけた。

「この二つの犯罪は、同一人物の同じ弱点を利用して、その金を盗るために行われた。大きいほうの犯罪の計画者は、小さな犯罪の計画者にまんまとしてやられた。小さな犯罪の計画者が金を手にいれたというわけだ」

「講義をするみたいな言いかたはごめんですよ」とフランボウはぼやいた。「一言か三言で簡単に願います」

「一言でも言える」

ジョーン・ステーシー嬢は、小さな鏡の前でさりげないしかめっ面をして、これもさりげない黒い帽子を頭にピンでとめると、会話がまだつづいているあいだに、おっとりした動作でハンドバッグと傘を手に取って部屋を出た。

「真相は一語につきる。それも短い一語でな」とブラウン神父。「ポーリン・ステーシーは眼が見えなかった」

「眼が見えなかった!」とフランボウは鸚鵡返しに言って、ゆっくり立ちあがって背をいっぱいに伸ばした。

「遺伝だったのだ」とブラウンは説明にとりかかった。「妹のほうは姉の許しさえ出れば眼鏡をかけたかった。ところが、ポーリンの迷信というか哲学は、こういう病気に負けてしまうのは病気を助長することになるからいけないということだった。彼女は眼の見えないのを認めようとしなかった。意思の力でそれをはらいのけようとさえした。こうして眼は過労でどんどん悪くなっていったのだが、ただでさえ悪化しているところへ、このうえなくひどい負担がかかった。その負担をもたらしたのは、カロンだかなんだか知らないが、あのおえらい予言者さまで、彼は肉眼で日中の太陽を見つめろと彼女に教えた。それがアポロを受け容れることになるという触れこみだった。いや、ああいう新しい異教徒たちがもし古代の異教徒だったら、もうすこしは賢明だったろうに。昔の異教徒たちは、手ばなしの自然崇拝には残酷な一面があることを知っておった。アポロの眼が火傷を負わせ、盲人をつくるということを知っておった」

しばらく休んで息をついてから神父は優しい声でほとんどときぎれときぎれに言った――

「あの人でなしが故意に彼女の眼を見えなくしたのかどうかはともかくとして、それを利用して彼女を殺したということは疑いない。この犯罪の単純なことときたら、胸くそが悪くなるほどだ。カロンとあの婦人は係員の手を借りずにエレベーターを上下させていた。そのエレベーターがまたどんなに滑らかに音もなく動くか、あんたは知っているだろう。さて、カロンはエレベーターに乗って娘のいる階まで来、あいたドアから彼女が例の約束しておいた遺言を盲人らしくゆっくり書いているのを認めた。その彼女に向かって、カロンはエレベーターが待っているから、用がすんだら出ておいでと元気よく呼びかけた。そうしておいて、ボタンを押し、音もなくすっと自分の階にエレベーターをあげ、自分の事務所を通りぬけてバルコニーに出、混雑した通りの真上でなんの心配もなくお祈りを始めた。その頃に書きものを終えた娘さんはかわいそうに、恋人とエレベーターが待っているはずのところへ元気よくとびだしていって、そこへ足をかけた……」

「もういい！」とフランボウはさけんだ。

「エレベーターのボタンを押すだけでカロンは五十万も儲けることができるはずだった」こういう戦慄すべきことを物語るときにいつも出す淡々とした声で小男の神父はつづけた――「ところが、それはめちゃめちゃになってしまった。なぜだめになったかといえば、ほかにもう一人その金のほしい人間が出てきたからだ。その人もポーリンの眼が使いものにならないという秘密を知っていた。その遺書のことだが、誰も気がついてない点が一つある。あれは未完成で署名がついていないが、ジョーンとそれから奉公人の誰かが証人欄に署名をすませていた。ジョーンは、いかにも女性らしく、法律的な手続きなんかどうでもいいから、姉さんはあとで署名すればいいわと言って最初に署名をした。つまり、ジョーンは姉がほんとの証人のいないところで署名することを望んでいたのだ。その理由は？　わたしはポーリンが眼が見えないことを考えあわせ、ポーリンに一人きりで署名させたがっていたのは、実際には一字も署名させたくなかったからだと確信した。

ステーシー姉妹のような人はいつも万年筆を使うものだ。が、万年筆を使うのは、特にポーリンにとっては当然のことだった。習慣と、強い意思と、記憶力のおかげで彼女はまだ眼が見えたときと同じように立派にものを書くことができたが、さすがにいつペンにインクをいれたらいいかまではわからなかった。だから、彼女の万年筆はどれもこれも妹が気をつけてインクをいれていた。が、一本だけは別だった。その一本は妹が気をつけてインクをいれておかなかった。前からの残りのインクは二、三行分を書くあいだはもったが、それ以後は完全に出が止まった。というわけで予言者は五十万ポンドをふいにし、人類史上でも稀な残虐的で知能的な殺人を犯しながら報酬はゼロという結果に相成った」

フランボウはあいた戸口へ出ていったが、そこで警官が階段をのぼってくる足音を聞いた。振り返ってフランボウは言った――「十分間で犯人がカロンだとわかったんですから、神父さんはよっぽど緻密にあらゆる点を調べたんでしょうね」

ブラウン神父はなにかはっとして――

「ああ、カロンのことか」と言った。「そうじゃないんだ。わたしが緻密に調べて探りださなくちゃならなかったのは、ジョーンと万年筆のことだった。カロンが犯人だということは玄関に入らぬうちからわかっていたのさ」

「冗談をおっしゃい」とフランボウ。

「本気ですよ」と神父。「彼がなにをやらかしたのかもわからぬうちでさえ、彼がやったということはわかっておった」

「どうしてそんなことが?」

「ああいう異教的なストイックは」とブラウンはしみじみと言った——「きまって自分の力で失敗する。けたたましい響きと悲鳴が表の通りに伝わっても、アポロの坊さんはびくりともせず、きょろきょろすることもなかった。それがなにごとであるのかはわからなかったが、カロンがそれを予期していたことは即座にわかったのだよ」

折れた剣

森では、樹々の千本もの腕が灰色にくすみ、百万本もの指が銀色に輝いていた。石板を思わせる濃い緑青色の空には、氷のかけらのような星が荒涼ときらめき、こんもりした森におおわれて、住居のまばらなこの一帯は、もろくはげしい霜でこちこちに固まっていた。樹の幹と幹とのあいだのまっ暗な空間は、あのはかり知れぬ酷寒の地獄、スカンジナビア半島の底なしの暗黒洞穴そっくりだった。教会の四角い石塔さえが異教的な感じをあたえるほど北方的で、アイスランド沿岸の岩礁(がんしょう)にそびえ立つ未開人の塔を思わせた。何者にせよ、こんな晩に教会の墓地を探るというのは、ふつうのことではあるまい。が、反面、これはけっこう探り甲斐のある墓地なのかもしれない。

墓地は、灰色の森の荒地から不意に盛りあがった瘤(こぶ)か肩のような台地にあり、その緑の芝生は、星明かりで灰色に見えていた。大部分の墓は傾斜面にあって、教会にのぼる細径(ほそみち)は階段のように急だった。この丘の上には、ひときわ目だつ平坦地に有名な記念碑が立っていた。この土地が有名なのは、この碑のおかげなのである。この像は周囲にむらがる墓標と奇妙な対比を成していた。現代ヨーロッパ一流の彫刻家がつくったものだからである。ところが、この作者の名声は、彼の手がけた彫像の男の人気に圧倒されてたちまち忘却されてしまった。銀の鉛筆の跡のような光を投げかける星明かりで見ると、それは横臥している軍人の大きな像であった。そのがっしりした両手は組みあわされて永遠の祈りをささげ、大きな頭は銃を枕にしている。いかめしい顔には、いまは昔のニューカム大佐ふうの重々しい顎鬚があった――いや、それは頰髯と言ったほうがいい。軍服は、わずかの単純な彫りこみで表わされているだけだが、近代戦で着用する服である。左脇には剣が置いてあるが、その切っ先は折れている。像の左側には、聖書があった。燦然たる夏の日の午後には、この墓地を見物しようというアメリカ人や片田舎の文化人たちを満載した乗合馬車が続々と押しよせるのだが、そのときでさえ見物人は、墓地と教会とがずんぐりした丸天井のように盛りあがっている広大な森林を見て、これはまた妙にひっそりした、世界から置きざりにされたような場所だなと感じないわけにはいかなかった。ましてや、この凍りつくような真冬の夜ともなれば、ここを訪れる人は、星といっしょにただ一人とり残されたような気になりかねない。ところが、この凍りついた森林の静けさを破って、ぎいっという木戸の音がし、おぼろな黒衣の人影が二つ、墓地に向かって小径を登っていくではないか。

寒々とした星明かりはきわめてかすかで、二人のくわしいようすは見定めがつかぬが、ともに黒衣をまとい、一人はばかでかい図体で、相棒は（おそらくは対比のせいで）驚くべき小男であることは察せられた。二人は、例の歴史上名高い将軍の像の大きな墓碑のところまで登っていき、その前に立って数分間じっと眼をこらしていた。あたりには、広い範囲にわたって、人間はもちろん、獣一匹いなかったにちがいない。いや、病的な空想癖の持ち主ならば、この二つの姿もはたして人間なのかどうかと疑ったであろう。なにはともあれ、この二人の会話の最初の部分は、他人の耳には奇怪に響いたことだろう。しばらく黙っていてから、ちびの男が相手にこう言ったのである――

「賢い人間なら小石をどこに隠すかな?」

それに対しのっぽの男が小声で答えた――「浜辺でしょう」

小男はうなずき、ちょっと黙ってから、「賢い人間なら樹の葉はどこに隠すかな?」と訊く。

すると「森のなかですよ」と相手は答える。

もう一度、沈黙があったのち、のっぽの男がふたたび口を開いた――

「ということは、賢い人間がほんもののダイヤモンドを隠さにゃならんときには、偽のダイヤモンドのなかにまぎれこますに決まっている、という意味で?」

「いや、いや」とちびの男が笑い声で言う――「過去は過去、水に流そう」

そして冷えきった足でちょっと足踏みしてから、

「わたしが考えていたのはあのことじゃなくて、もっとほかのことなのだ。どちらかというと、突拍子もないことだな。ちょっとマッチをすってくれないか?」

大男はポケットをごそごそ探っていたが、やがてマッチをこすると、記念碑ののっぺりした側面全体が金色にうかびあがった。そこには、これまで数知れぬアメリカ人が敬虔な気持ちで読んだ有名な文句が黒い文字で刻まれてあった――「英雄にして殉教者たりしアーサー・セント・クレア陸軍大将の聖碑。クレア将軍は常に敵を征服し、常に敵を赦したるも、ついに不実なる敵の手によりて斃る。願わくは将軍の信頼せし神が将軍の死に報い、復讐を遂げられんことを」

マッチは大男の指先を焦がして地に墜ちた。つづけてもう一本すろうとしたが、相手の小男はそれを止めた。「もうけっこう、フランボウ――見たいだけのものは見た。いや、見たくないと思っていたものを見なかったと言ったほうがよかろう。さて、これから一マイル半、あの道を歩いて、つぎの旅館までたどり着かんことには――そしたらこの話を一部始終お聞かせするとしよう。火とビールにでもありつかんことには、こんな話はできるものじゃない」

二人は急坂の小径を降り、錆びついた木戸に掛け金をかけて、強く足を踏みつけながら、霜で凍りついた森の道をさくさくと歩いていった。たっぷり四分の一マイルは歩いた頃、初めてちびの男が口を開いた。

「さよう、賢い人は小石を浜辺に隠す。だが、浜辺がないときにはどうするかな？　ところで、セント・クレアの大不思議をご存じかね？」

「英国の将軍連のことなどとんと知りませんよ」と笑いながら大男が答えた――「英国の警官のことならちょっとはくわしいですがね。わたしにわかっていることは、あんたに遠い道を引っぱりまわされて、あの何者だかもわからぬ男の名所遺跡を一つ残らずお参りさせられたというだけのことでさ。まるであの男は、六カ所もの違った墓地に分散して埋められているみたいだ。ウェストミンスター寺院でセント・クレア将軍の記念碑を見たかと思えば、テムズ河畔でも同じ将軍さまの勇ましい乗馬服姿を拝んだし、将軍の生まれた街ではやつの大勲章にお目にかかり、あげくのはてに、あんたは、あたりが暗くなってからぼくをこんな片田舎の墓地に引っぱってきて、やつのお棺を見せた。こうなると、この偉人さまにも少々うんざりしてきますよ――やつが何者だかも知っちゃいないぼくにはなおさらでさ。いったいあんたは、こんな墓地や銅像参りをしてなにを漁ろうというんです?」

「たった一つの言葉を捜しているんだよ」とブラウン神父。「どこにも存在せぬ言葉をな」

「で、その話を聞かせてもらえるのでしょうね?」とフランボウ。

「話となると、まず二部に分けねばならん」と神父は言う。「第一部というのは、世間の人がみな知っていることで、第二部はわたしが知っていることだ。周知の話は簡単明瞭。と同時に嘘でもある」

「ごもっとも」とフランボウと呼ばれた大男が陽気に言った。「その嘘のほうの糸口から入りましょう。周知の真実ならざる話から始めましょう」

「一般に知られている話は、まったくの虚偽ではないにしても、すくなくともきわめて不完全なのさ」とブラウン――「実際のところ、世間が知っていることといえば、アーサー・セント・クレアが英国の将軍として偉大な成功者だったこと、インドとアフリカでの数々のめざましくも慎重な作戦ののち、将軍は、あのブラジルの大愛国者オリヴィエが最後通牒を発したときに、対ブラジル戦の指揮官となったこと。そして、その際にセント・クレアはごく少数の部隊でオリヴィエ麾下の大軍に攻撃をしかけ、英雄的な抗戦の末に捕虜となり、手近の樹に吊されて首を縊られ、文明社会を震撼させた――つまり、ブラジル軍が退却したのちに、折れた剣を首にかけて宙吊りにされた将軍の死体が発見されたということ、これだけが周知の事実さ」

「で、この俗説が嘘だと言うんですね」とフランボウが水を向ける。

「いいや」と相手は穏やかな口調で言う――「この話そのものに嘘はない」

「この話そのものだけでもけっこうひどいというのに」とフランボウ――「ですが、俗説が正しいとすれば、どこにふしぎがあるんです？」

ちび神父がこれに答えたのは、二人が不気味な灰色の樹を何百本か通り過ぎてからのことだった。神父は考えごとをしながら指を噛んで言った――

「いいかね、この謎は人間心理の謎なのだよ。と言うより、二人の人物の心理の謎と言ったほうがいい。いま話したブラジル戦役の場合、現代史上でも特に有名な人物が二人、揃いも揃って常日頃の評判とは正反対の行動をしているのだ。いいかね、オリヴィエとセント・クレアは二人とも英雄だった――ともに老人で、まちがいをやらかすわけがない。ちょうどトロイ戦争の勇士ヘクターとアキレスの対戦といったところだった。ところが、そのアキレスが弱虫でヘクターが裏切者だったとしたら、おまえさんはなんと言うかね？」

「先をつづけてください」と大男は、また指を噛んでいる相手を見て、いらだたしげに言った。

「アーサー・セント・クレア卿は旧式な信心家タイプ、ベンガル人の反乱に際して英国人を救ったあのタイプの軍人だった」とブラウンの話はつづく。「卿は猪突猛進よりも義務を重んずる人物で、個人としてこそ豪勇の士だったが、指揮官としては慎重で、特に兵士の命をむだに失わせるようなやりくちには憤激する男だった。ところが、その彼が、この最後の戦闘では赤児にもわかるようなばかげた作戦を企てたのだ。戦略家でなくとも、あの作戦が無謀きわまりないものだということはわかるはずだ——それは、バスが来たらどかねばならん、そんなことは、戦略家でなくとも知っている、それと変わりがあるまい。さあ、これが第一の謎だ——つまり、この英国陸軍大将の頭脳はどうなったのかという疑問だ。第二の謎は、ブラジルの大将軍の心情はどうなったのかという問題だ。オリヴィエ大統領を夢想家とか厄介者とか呼ぶのはさしつかえないが、彼が、武者修業中の騎士を思わせるほどに寛大な人物だったことは彼の敵がたでさえ認めているところで、彼の捕虜になった兵士はほとんど釈放され、場合によっては数知れぬ恩典に浴しさえしている。彼に心からの敵意を抱いていた者ですら、彼の単純な人情味にうたれて還ってきている。その彼がどうして一生に一度だけ極悪非道な報復を遂げたのか？　しかも、自分の身に危険の及ぶ心配もないくだらぬ攻撃にかぎってそんなまねをしたというのだから、ますますおかしな話ではないか。さあ、問題点はまさしくここにある。世界でも有数な賢者が理由なくして愚者にも似た行動を執り、世界一の善人が理由なくして悪魔のごとき所業に及んだ——一口で言えば、そういうわけさ。あとはおまえさんの判断にまかせるよ」

「いや、まかせないでください」と相手は鼻を鳴らして言う。「あんたにおまかせしますよ。洗いざらい話してもらいたいんだ」

「そうか」と言って、ブラウン神父はふたたび話を始めた——「世間が考えていることはさっきわたしが言っただけのことでしかないと言いきるのは公正を欠く。さらに二つのことがそのあとで起こっているからだ。この二つの事件は、誰にも合点のいかぬことなので、事件の解明に役だつあらたな光明を投げかけてくれたわけではない。むしろ、あらたな翳を投じた——新方向に翳を投げたというわけだな。その最初の事件というのは、セント・クレア家の家つきの医師がクレア一族と争って、激昂した調子の記事をつぎつぎに発表したのだが、そのなかで医者は、故クレア将軍は狂信者だったと主張した。しかし、その話のかぎりでは、将軍は宗教的な人間だったというだけの意味にしか受けとれなかった。ともかく、この話はあっけなく立ち消えとなった。セント・クレアが信心深い清教徒にありがちな奇癖の持ち主だったことは、いうまでもなく周知の事実だったからな。第二の事件はこれよりもっと興味をそそるものだった。あのブラジルのブラック河畔で無謀な攻撃を行った、援護部隊をともなわぬ不運な連隊にキース大尉という男がいた。これは当時セント・クレアの娘と婚約していて、のちにその娘と結婚した男だが、この大尉もオリヴィエの捕虜になった一人で、クレア将軍を除いた他の全員と同様にやはり手厚い待遇を受けて即刻釈放されたらしいのだ。およそ二十年も経ってから、このときには中佐になっていたこのキースという男は、《ビルマおよびブラジルにおける一英国士官の手記》という自叙伝を出版した。この本の読者が、セント・クレア将軍の悲劇についてなにか書いてないかと捜すと、ある個所にこんな文章がある——《本書の他の個所において筆者はすべて事件をあるがままに正確に記述してきた。なんとなれば、英帝国の名誉は充分に確固たるものにして、ことさらの配慮を必要とせずという古風なる意見を筆者は抱くがゆえである。しかし、このブラック河畔における敗北の件に関しては、筆者は例外を設け、真相を避ける。

その理由は私的なものであるにせよ、高貴にして必須なものである。しかしながら二人の傑出せる人物の死後の名声に公正ならんことを期して以下を付言する。セント・クレア大将は同戦闘において無能なりきと非難されているものの、すくなくとも筆者は、この作戦こそ将軍の一生におけるもっとも抜群かつ深慮の戦闘なりしことを証言しうる。オリヴィエ大統領また同様の流説によって正義にもとる蛮行を犯せりと誹謗(ひぼう)されているが、筆者は敵将の名誉のためにも、オリヴィエが同戦闘に際して日頃以上の善良なる人間味をもって行動せしことを断言するを自己の責務と感ずる。この一件を平明に換言すれば、セント・クレアは断じて表面どおりの愚か者にあらず、オリヴィエまた見かけどおりの人でなしにあらざりしことを筆者はわが同胞に確言するしだいである。筆者の述べんとするはこれのみにして、いかなる事情ありとしても、これ以上は一言も書き加うる意志はない》

　きらめく雪の玉を思わせる大きな寒々とした月が、二人の前方のもつれた小枝のあい間から見えはじめ、その光に照らして話し手は、一片の印刷した紙を見ながらキース大尉に関する記憶を甦(よみがえ)らせることができたのである。その紙片をたたみ、ポケットにしまいこんだとき、フランボウがフランス人特有の身ぶりで片手をあげた。

「そこでちょっと待った」と興奮の体(てい)でさけぶ――「どうやら最初の一発で当てられそうだ」

　そして、黒い頭と太い首を前に突きだして、呼吸も荒々しく大股で、ランニング選手のように歩みつづけた。ちび神父は、これはおもしろいぞと興(きょう)がっていたが、相手に遅れずに歩くのはいささか骨が折れた。二人の行く手で両側の木立がいくぶん後退し、道路は、月光に照らされた明るい谷を直角に下ってから、塀のように立ちはだかるあらたな森のなかに、また兎のように走りこんでいる。この行く手の森の入口は小さな丸に見え、遠方で黒々と口をあけた鉄道のトンネルを思わせた。しかし、フランボウがふたたび話を始めたときには、それは数百ヤード以内に迫り、洞窟のようにあんぐりと大口をあけていた。

「わかった」と彼はついに大声で言い、大きな手で膝をたたいた。「四分間、考えさせてもらったが、もうこれでぼくも、事件の経緯をすっかり話すことができるぞ」

「よろしい」と相棒は同意をしめす。「聞かせておくれ」

フランボウは頭をあげた――しかし、声はさげた。

「アーサー・セント・クレア将軍は、精神異常が遺伝している一家に生まれた。そこで将軍の希（ねが）いは、ひとえにこの事実を娘に隠し、できることなら未来の婿（むこ）にも隠そうとすることにあった。この予感が当たっていたかどうかは別として、ともかく彼は決定的な発病が間近いと感じて自殺を決意した。といっても、ありふれた自殺法では、自分が怖れている事実をかえって世間にひろめるようなものだ。戦闘が切迫するにつれ、暗雲がクレアの頭脳にたれこめ、ついに彼は狂気の発作に駆られて公（おおやけ）の責務を犠牲にしても私的な義務をはたすにいたった。そこで、彼は敵の第一弾に撃ち斃されることを望みつつ、がむしゃらな戦闘に突入した。ところが、案に相違して、捕虜となる不名誉をしか得なかったと知るや、脳内に封じこめられていた爆弾がついに破裂し、将軍はみずから剣を折り、首吊り自殺してはてた、というわけです」

フランボウは眼前に立ちはだかる灰色の森をじっと見据える。そこには、まっ黒な穴が洞窟の入口そっくりに見え、その穴から、道が森のなかに突っこんでいる。こうして道路がだしぬけに呑みこまれてしまうようすがいかにも不気味なため、フランボウの脳裡にありありとうかぶ悲劇の光景がますます強められたのであろうか、彼はぶるっと身をふるわせた。

「怖ろしい物語だ」と神父は頭を垂れたまま繰り返し述べた。「しかし、それは真相ではないな」と言ってから、絶望的な身振りで頭をのけぞらせ、「それが真相だったら、ありがたいのだが」とさけんだ。

のっぽのフランボウはくるっと頭を振り向けて、相手をまじまじと見つめる。

「おまえさんの話は清らかだ」と言うブラウン神父の声は感動した調子を帯びている。「優しさにあふれた、純でまともな物語で、あの月のように公明で純白だ。狂気と絶望だけなら罪はない。世のなかには、それよりもっとひどいことがあるんだよ、フランボウ」

フランボウは、相手が呼び起こした月を狂ったような眼つきで見あげる。彼の位置から見ると、一本の黒々とした大枝が、悪魔の角よろしく弧を描いて月にかかっている。

「神父さん」とフランボウはフランス的な身ぶりをしながらさけび、以前にも増して速い歩調で進みはじめた――「真相はこれよりもっとひどいと言うんですか」

「もっとひどいのだ」と答える相手の声は重々しいこだまのようだった。おりしも二人は、暗黒にとざされた森のなかに入り、両側には樹の幹がおぼろな夕ペストリーのように立ち並び、さながら夢のなかの暗い通路を行くようだった。

まもなく森のもっとも奥まった地点に達した彼等は、眼に見えぬ樹の葉を身近に感じていた。

そのときふと神父がまた口を開いた——

「賢い人はどこに樹の葉を隠すか？　森のなかだろう。だが、森がなかった場合にはどうするかな？」

「さて、さて」とフランボウはいらだたしげにさけんだ——「どうするんでしょうかね？」

「葉を隠すために、森を生やすだろうよ」とあいまいな声で神父が言う——「怖るべき罪悪だがな」

「いいですか」相手は、もうがまんならぬと言いたげな口調でさけんだ——あたりの森の闇と、神父の闇のような話しぶりがいささか癇に触れたのである。「この話をしてくれるつもりなんですか？　いやなんですか？　ほかにどんな証拠があるんです？」

「ほかに断片的な証拠が三つある。それは、わたしがあちこちから掘りだしたものだが、話すとすれば、年代順でなくて論理的な順序に従って述べよう。まず第一に、いうまでもなく、あの戦闘の経過に関する権威ある証言は、オリヴィエ自身の公式報告書にほかならぬのだが、この報告書は明解なものだ。オリヴィエは、ブラック河を見おろす台地に二ないし三連隊をひきいて布陣していた。河の対岸はずっと低く、ブラジル軍側の河岸よりひどい沼沢地だった。その背後にはまた、ゆるやかに盛りあがった高台があり、そこに英国軍の第一前哨陣地があり、この部隊は、ずっと後方に位置する他の部隊によって支援されていた。英軍の総数ははるかに優勢ではあったが、この前哨部隊は、主力から相当に離れていたため、オリヴィエは渡河作戦を実施して、この部隊を孤立させようとする計画を考えたほどだった。しかし日没ごろまでには、彼は現在の陣地を固守する決心をしていた――それが特に強固な陣地だったからだ。翌日の払暁、オリヴィエは度肝をぬかれた――なんと、例の、後援部隊をともなわぬ少数の英部隊が、半数は右手の橋を渡り、他の半数はもっと上流の浅瀬を歩いて渡河をすませ、すぐ眼の下の沼沢地に集結していたではないか。

　こんな小部隊で、こんな堅陣に攻撃をしかけてくるなどとは、本気にできぬことだった。ところが、それよりも輪をかけて非常識なことが、オリヴィエの眼にうつった。というのは、このいかれた部隊は、堅固な地歩を確保しようともせずに、ただ一回の無鉄砲な突撃で渡河をすませてしまっただけで、蜜にむらがる蝿よろしく沼地にへばりついているのだ。言う必要もあるまいが、ブラジル軍はそこに砲撃をあびせて、隊形に大きな間隙をあけたが、それに対して英軍は、威勢こそいいがしだいに弱まる小銃射撃で応戦するのがやっとだった。それでも英軍は四散しなかった。そして、オリヴィエの簡明な報告は、とんまな敵軍のふしぎな勇戦ぶりに対する強い語調の賞讃で終わっている。《わが前線部隊は最後に前進し、敵を河中に追いこみ、セント・クレア大将本人をはじめ、他の将校数名を捕虜とせり。敵の大佐ならびに少佐は戦闘中に斃れたり。この常軌を逸した連隊の行ないし最後の抗戦は、史上稀に見る崇高なるものと断言せざるをえず。傷つきし将校が兵卒の屍から小銃を取り、将軍みずからも無帽のまま馬に乗りて、折れし剣を手にわが軍に立ち向かいたり》とオリヴィエは書いているのだが、あとで将軍の身にふりかかったことに関しては、キース大尉と同様、一言も触れていない」

「なるほど」とフランボウは唸った――「では、つぎの証拠に移ってください」

「つぎの証拠は、見つけるまでにだいぶ時間がかかったのだが、話すにはたいして手間どるまい。わたしはやっとのことで、リンカンシア沼沢地帯にある養老院で一人の老兵を見つけた。この男はブラック河の戦いで負傷したばかりか、連隊長の大佐が息をひきとった際に、実際にそのかたわらに跪いて看とった男なのだ。連隊長はクランシー大佐といって、アイルランド生まれのがさつな大男だったが、大佐が死んだのは、敵弾のためばかりでなく、憤激やるかたなかったせいでもあるらしい。なにはともあれ、あのたわけた攻撃の責任は大佐にはなかった。どうやら将軍がむりに押しつけたらしいのだ。大佐が最後に言った意味深長な言葉は、その老兵の言によると、こんなものだった――《あのいまいましい老いぼれとんまめが、先をへし折られた剣を持ってあんなところを行きやがる。へし折られたのがやつの頭だとよかったに》とな。このことからしても、みんなはこの折れた剣のことに気づいていたらしいな――もっとも、一般の人は、故クランシー大佐殿とは違って、この折れた剣をあがめ奉っているわけだが。さて第三の断片的証拠に移るとしよう」

森の道は登り坂になり、話し手は先をつづける前にしばらく沈黙して息を継いだ。そして、前と変わらぬ実務的な口調で話をつづけた――

「ほんのひと月かふた月か前に、あるブラジル士官が英国で死んだ。これはオリヴィエと口論して祖国を去った男なのだが、英国でもヨーロッパ大陸でも有名な人物で、エスパードというスペイン人だ。このわたし自身この男を知っていたが、黄色い顔に鉤鼻の伊達者の老人だった。種々の個人的理由から、わたしは彼が世に残していった書類を見せてもらった――もちろん彼はカトリック信者で、わたしは臨終間近にそのかたわらについていたのだ。彼の書類には、特にセント・クレアの謎を一端でも解明するような項は見あたらなかったが、ただ一つ、ありふれたノートブックが五、六冊あって、ある英軍兵士の日記がいっぱいに書き連ねてあった。おそらくこれは、戦死した英兵の死体からブラジル兵が見つけてきたものだろう。それはともかくとして、この日記は戦闘前夜のところでふっつりと打ち切られてあった。

が、この不運な兵士の最後の一日の記録は、たしかに読み甲斐のあるものだった。それをわたしはここに持っているんだが、この暗さでは読めんから、その内容をかいつまんでお話ししよう。この日の項の最初の部分には、禿鷹と渾名された一人物に関する冗談がやたらにとびだしてくる——これは兵士たちのあいだでとりかわされた冗談を書いたのに相違ない。この禿鷹という人物は、正体不明ではあったが、どうやら兵士仲間の一人でもないばかりか、英国人でさえないらしいのだ。かといって、はっきり敵がたの者だとも書いてない。どうやらこの地方に住む非戦闘員の、斡旋人で、案内人か新聞記者といったところらしいのだ。この男は、クランシー老大佐と密談したことがあるが、それよりもしばしば少佐と話をしているところを見られている。そういえばこの少佐は、兵士の日記のなかでかなり目だった存在で、話のようすからすると、黒髪の痩せ男で、名をマレーといい、アイルランド北部の出身で清教徒だった。このアイルランド男の冷厳なようすと、クランシー大佐の陽気さとの対照のおかしさが、しじゅう冗談の種になっている。また、禿鷹が派手な色の服を着ていることも、だいぶからかわれている。

ところが、こうしたうわついた騒ぎも、いわば喇叭の響きとでもいうべきものによって吹きとばされることになる。英軍の陣営の背後には、この地方に数えるほどしかない大道路の一つが、ほとんど河と平行して走っていた。陣営の西方でこの道路は河のほうにまがり、前に話したあの橋で河を渡っていた。東側では、道路は背後の荒野に折れ、二マイル行ったところにつぎの英軍前哨部隊がいた。道路のこの方角から、その夜きらめく軽騎兵の一隊が蹄の音も勇ましく到着したが、驚いたことにそのなかに幕僚連をともなった将軍の姿がまじっていた。そのことは、この単純な日記の筆者にもわかった。将軍の乗馬は、新聞の写真や王立美術館の絵でお馴じみのあの大きな白馬だった。そこで兵士たちがした敬礼は単なる儀礼でなかったことはまちがいあるまい。が、すくなくとも将軍のほうは儀礼などにむだな時間を費やさずに、ただちに鞍から跳びおりて将校連にまじわると、秘密らしい話をそれでも力強い調子で始めた。この日記を書いた男の気をいちばん惹いたのは、将軍が特にマレー少佐と問題を論じたがる傾向があったことだ。が、特に少佐を相手に選んだといっても、別段とりたてて不自然なことではないだろう。この二人はうまが合うようにできていたのだ——ともに『聖書を読む』仲間であり、旧式の信心深い将校同士だったからな。まあ、それはともかくとして、将軍がふたたび馬上の人となったときにも、将軍はこのマレーと熱心にしゃべっていたことはたしかだし、将軍を乗せた馬が道路を河のほうにゆっくりと歩きはじめても、のっぽのアイルランド人はまだその轡のそばをいっしょに歩きながら熱心に議論をつづけていたこともまちがいない。兵士たちはそのうしろ姿を見送っていたが、やがて二人は、道が河のほうにまがる角にある林の蔭に見えなくなった。大佐は自分のテントに帰り、兵士たちも小哨部署に帰ってしまったが、日記の男は、さらに四分間その場に残っていた。すると、尋常ならざる光景に出くわしたのだ。

　さきほど分列行進と変わらぬゆったりした歩みで道を進んで行ったばかりの大きな白馬が、今度は競走中のような死に物狂いの勢いで道路をかけもどってきたではないか。最初みんなは、馬が騎手を乗せたまま暴れだしたのだろうと思ったが、すぐに、優秀な騎手である将軍がみずから馬を全速力で駆りたてていることを見てとった。人馬がひとかたまりになって、一陣の旋風のごとく一同のもとに駆け寄ってくると、将軍は、よろめく馬の手綱を引きしめながら、焔のようにまっ赤な顔を向けて、死者を喚びさます喇叭よろしくの大声で大佐を呼んだ。

　想像するに、大地をゆるがすようなこの破局の事件はすべて、日記の男のような連中の心には、つぎつぎに将棋倒しになる材木のように感じられたに相違あるまい。夢を見ているような、我を忘れた興奮状態のうちに、彼らはいつのまにやら隊列を組んでいた——そしてただちに渡河攻撃が行われるということを知らされた。将軍と少佐が橋でなにかを発見したのだが、こうなってはもう命がけで攻撃をかける一手しかないという話だった。少佐は、背面にいる予備軍を呼集すべくすでに引き返していったが、いくら敏速に援助を求めたところで、援軍が間にあうかどうかは疑問だということだった。ともかく、部隊はその夜中に渡河を行い、朝までに敵高地を確保しなければならんというのだ。この、胸のときめくようなロマンチックな夜行軍の興奮を最後に、日記は突然終わっている」

　ブラウン神父は先に立って坂を登った——森の径はしだいに細く、けわしくなってまがり、ついには螺旋階段をのぼるような具合になった。神父の声が、闇のなかで上から聞こえてくる。

「ほかにもう一つ、些細なようで途方もないことがあった。将軍が部下に勇猛果敢な突撃命令をくだしたとき、彼は鞘から剣をなかば引きだしたのだが、こんな芝居がかった指揮ぶりが気恥ずかしいといわんばかりに、すぐにまた引っこめてしまったのだ。ここでも剣が出てくるんだよ」


網目のように交錯した頭上の枝のあい間から、うす明かりが射しこみ、足もとに気味の悪い網の翳を投げかけた——二人は、ほんのりと明るい開けた土地に向かって登っているのだった。フランボウは、自分の周囲一面に事件の真相を感じとった——観念としてではなく、雰囲気として直感したのである。混乱した頭で彼は返事をした——

「剣がどうしたと言うんです？　将校が剣を持つのはあたりまえでしょう？」

「近代戦では剣の話が出ることは稀だ」と相手は冷静に言った——「ところが、この場合にかぎって、いたるところにこのありがたい剣が顔をだすのだよ」

「それがどうしたと言うんです？」フランボウがうなるように言う——「老将軍の剣が最後の戦闘で折れたなんてことは、二ペンスで売っている色刷りの絵にもってこいの場面だから、新聞がそれを嗅ぎだすのは当然でしょう。将軍のどの碑や像を見ても、剣はきまって切っ先が折れている。まさかあんたは、絵画に対する嗜好をもった二人の男がセント・クレアの折れた剣を見たというだけの理由で、極地探検よろしくこんなところまで、ぼくを引っぱりだしてきたんじゃないでしょうね」

「いいや」とさけぶ神父の声は、ピストルの銃声のように鋭かった――「だが、将軍の折れてない剣を見た人がいるかね？」

「なんだって？」

相手は大声で言って、星空のもとで立ちすくむ。二人はこのとき、灰色の森の出口から突然そとに出ていたのであった。

「すくなくとも日記を書いた男はそれを見ていない。将軍は間一髪で鞘に収めたからさ」

フランボウは月光の降りそそぐあたりを見まわしたが、そのようすは、かんかん日の照りつけるなかできょろきょろしている、眼がくらんだ人そっくりだった。神父は、このとき初めて熱心な口調になって話をつづけた――

「フランボウ、こんなに墓地を漁りまわってみたあげくでさえ、この説を証明することはできん。しかし、確信はある。ほんの些細なことだが、すべてを根底から覆えしてしまうもう一つの事実を言わせてくれないか。奇妙な偶然で、例の大佐は最初の敵弾で斃れた一人だった。両軍が接近するずっと前にやられているのだ。ところが、その彼がセント・クレアの剣が折れているのを目撃している。なぜ折れたのか？　どうやって折れたのか？　いいかね、剣は戦闘の始まる前に折れていたのだよ」

「ほう！」と相手は、途方に暮れながらも冗談めかして言った――「で、その折れた切っ先はどこにあるんで？」

「それがわたしにはちゃんとわかっている」と間髪をいれずに神父。「ベルファストのプロテスタント寺院の墓地の北東よりの隅にある」

「ほんとですか?」と相手は訊く。「捜してみたんですか?」

「捜すのは不可能だった」とブラウンは無念さを隠そうともせずに答えた。「その上には大きな大理石の記念碑がのっているのでな——あの有名なブラック河の戦いで名誉の戦死を遂げた英雄マレー少佐の記念碑だ」

突然フランボウは電気に打たれたかのように活気づいた。

「と言うと」大きなしわがれ声で彼は言う——「セント・クレア将軍はマレー少佐を憎んでいて、戦場で少佐を殺したと言うわけ……」

「まだおまえさんの心は善良で無垢な考えでいっぱいだ」と相手が言う。「真相はそれよりももっとひどい」

「いやはや、悪事に関するぼくの想像力はもう種切れですよ」とフランボウ。

神父は、どこから話しはじめたらいいのかとまどっているらしかったが、やっと前に言ったことを繰り返した——

「賢い人は葉をどこに隠す? 森のなかに隠す」

相手はなんとも返事をしない。

「森がない場合には、自分で森を作る。そこで、一枚の枯葉を隠したいと思う者は、枯木の林をこしらえあげるだろう」

依然として返答はない。神父はいっそう穏やかな口調でつけ加える——

「死体を隠したいと思う者は、死体の山を築いてそれを隠すだろうよ」

フランボウは、時間にせよ距離にせよ遅れるのが耐えられないといったようすで強く足を踏みつけながら進みはじめたが、ブラウン神父は、あたかも最後の宣告文を読みあげるかのように話をつづけた――

「さっきも言ったとおり、アーサー・セント・クレア卿は自分の聖書を読む男だった。彼の問題はそこにある。いくら自分の聖書を読んだところで、あらゆる他人の聖書を読んでみないかぎり、なんの役にも立たぬということを、世間はいつになったら理解するだろう。印刷屋は誤植捜しのために聖書を読む。モルモン教徒はモルモン教の聖書を読んで、そこに一夫多妻制を見つけだす。クリスチャン・サイエンスの信者も、やはり専門の聖書を読んで、人間には手も足もないと考える。セント・クレアは、インド育ちのイギリス人で、プロテスタントの老兵だった。さあ、するとどういうことになるか考えてごらん――ただし、それについてのお説教はごめんだな。つまり、これは、熱帯の太陽が照りつける東洋の社会に暮らし、良識も指導もなしに東洋の書に読みふけった肉体的に手に負えぬ男ということになりかねない。むろん、彼は新約聖書よりむしろ旧約を読んだ。むろん、自分の求めているものがすべて、肉欲も専制も反逆も、みんな旧約にのっていたからさ。あの男がいわゆる正直者であったことは否定せん。だが、不正直を礼讃することにおいていくら正直だったところで、どうにもなるまい。

あの男は、神秘的な熱帯のどの国に行っても、ハーレムに妾をかこい、証人を拷問し、不善の富を集めた――にもかかわらず、当人に言わせれば、それは主の栄光のためにやったのだと眼をそむけもせずに言ってのけたろう。わたし自身の神学でいえば、それはどっちの主なのか、神なのか悪魔なのかと問うてやりたいところだ。ともかく、こういう悪は、その性質上、つぎからつぎへと地獄の戸をあけてしだいしだいにせまい部屋に入っていくものなんだよ。犯罪がよからぬものであるという真の理由は、人間がしだいに奔放になるからでなく、ただただ卑しくなるばかりだからさ。セント・クレアはやがて賄賂や強請の心痛で息がつけなくなり、ますます現金が必要となってきた。こうしてブラック河の戦闘ごろには、やつは堕落しつづけたあげく、ついに、ダンテが宇宙のどん底と見なしたあの場所まで落ちこんでいたのだ」

「それはどういう意味で？」と相手はまた訊いた。

「そのとおりの意味さ」と神父はやり返し、だしぬけに、月光に輝く氷が一面に張りつめた池を指さした。「どんづまりの氷の世界にダンテがどんな人間をいれたか覚えているかな？」

「裏切者ですね」とフランボウは言って、思わず身を震わせた。嘲けるような、淫らとさえ言える形をした樹々の非人間的な風景を見まわしていると、彼は自分がダンテで、小川の流れのような声の神父が、永遠の罪の世界を案内してくれるウェルギリウスであるかのような幻想にとらわれるのだった。

神父の声はつづいた——

「ご存じのとおりオリヴィエはドン・キホーテばりの理想家で、諜報活動やスパイを許さなかった。だが、ほかの多くのことと同様、これもやはり彼に見えないところで度々行われた。これをはたしたのがあのエスパードという男だ。彼こそあの派手な服装を着こんだ洒落者で、その鉤鼻から禿鷹という名をつけられた人物なのだ。前線にうろつく博愛主義者といったものに化けて、やつは英軍内部を探り歩き、ついに一人の堕落した男を嗅ぎだしたのだが、それがなんと最高の地位にある将軍だったのだ。セント・クレアは金がひどく必要だった――しかも巨額の金をな。クレア家の、信用を失った医師がその頃、例の尋常でないすっぱぬきをやるぞと言って脅迫していたのだ――この暴露はずっとあとに行われかけて、そのまま立ち消えとなったわけだ。以前にパーク・レイン街で起こった醜怪きわまりない事件やら、ある福音主義派の英国人がやらかした、人間の犠牲（いけにえ）や奴隷の群れの臭いがする悪事やらをすっぱぬこうとしていたのだ。金が必要だったのはまた、娘の持参金のためでもあった。彼にとっては、富豪だという評判も富そのものと同様に好もしかったわけだ。そしてついに最後の一線を踏み越えて、ブラジル側に秘密を洩らすと、英国の敵から富が続々ところがりこんだ。が、彼のほかにもう一人、禿鷹エスパードと話をした男があった。あのアイルランド出の色黒い、むっつりやの青年少佐がそれで、少佐はどうやってか醜悪な真相を感づいていたのだ。で、将軍と少佐が二人して橋のほうに歩いていったとき、マレーは将軍に、即座に辞職せよ、さもなくば軍法会議にかけて銃殺だぞと迫ったわけだ。将軍はなんとか話をごまかしながら、橋ぎわの熱帯樹林のそばまで引っぱっていき、せせらぐ河と、目に映えた棕櫚（しゅろ）の林とのそばで――わたしにはその光景がありありと見えるのだよ――サーベルを引き抜くと、それで少佐のからだを突き刺した」

　黒々として無情な形の藪や茂みに覆われ、霜が身を切るような尾根で道はまがっていたが、フランボウはそのかなたに、星明かりでも月明かりでもないほんのりとした光の一端を見たような気がした。それは人間がおこした火のように見えた。じっとそれを見つめているうちに、物語は終末に近づいていた。

「セント・クレアは悪鬼だった、いや、生まれながらの悪鬼だった。彼の足もとにマレーが冷たい屍となって倒れたときこそ、彼の頭がもっとも冴え、もっともしっかりしていたときに相違ない。キース大尉がいみじくも言ったように、クレアの数多い勝利のどれよりも、世間から冷たい眼でながめられているこの最後の敗北においてこそ、彼はもっとも偉大だった。彼は血を拭き取ろうと冷静に剣に眼をやった――と、相手の肩と肩の中間に刺しこんだ切っ先が折れて、体内に残ってしまったことに気づいた。とっさに彼は、あたかもクラブのガラス窓ごしに覗いているかのような沈着さで、このあとに来るべき事態を見とおしていた。この謎の死体を部下たちが発見し、死体から謎の切っ先を取りだし、さらに謎の折れた剣にも気づくにちがいない――剣を隠したところで、それも怪しまれるに相違ない。じゃま者を殺しはしたものの、沈黙させたわけではない。が、ここで、この予期せぬ支障に対して彼のずぶとい知恵が勝ちを占めた――まだ一つ解決策が残っていたのだ。死体の謎をもっともらしくすることが可能なのだ。死体の山を築いてこの一死体を覆い隠せばよい。それから二十分後には、八百名のイギリス兵が死の行進を始めていたというわけさ」

黒々とした冬の森の蔭でほんのりと輝く温か味を帯びた火影が、さらに豊かに明るく見え、早くそこにつこうとフランボウは大股で歩を進めた。ブラウン神父も足をはやめたが、物語をすることにすっかり夢中になっているようだった。

「千名近い英兵の勇敢さと、指揮官の天才的な技量からして、もし英軍がただちに敵の丘を攻めていたならば、この狂気の進撃もなにか僥倖(ぎょうこう)にめぐりあわなかったともかぎらない。しかし、兵士を質草同然にもてあそんでいた邪(よこしま)な心の持ち主には、それ以外の理由と目的があった。すくなくとも英兵の屍が累々と横たわって物珍しくなくなるまでは、橋のたもとの沼地から動いてはまずいのだ。それにまた、白髪の聖者のような将軍がこれ以上の殺戮(さつりく)を救わんものと先の折れた剣を棄てて降伏するという最後の壮麗な場面のためにもそれは必要だった。まったく、ただの即興としてはたいした演出さ。だが、わたしが思うに、(この証明はできんが) 部隊が沼地に釘づけになっているあいだに、誰かが怪しみはじめた。感づいた者があったにちがいない」

ここで神父はちょっと口をつぐみ、それから、「どこからともなくある声がわたしに告げるのだ――感づいた男というのは、あの愛人――つまり将軍の娘と結婚するはずだったあの大尉だったとな」と言う。

「でも、オリヴィエのことや首吊りの件はどうなるんで?」とフランボウは訊く。

「一つには騎士道精神から、また一つには政策から、オリヴィエは、進軍の足手まといになる捕虜を連れまわることはめったにしなかった」と語り手は説明する。「たいていの場合、全員を釈放した。この場合にも全員を釈放している」

「ただ将軍を除いてですね」とのっぽ。

「一人残らずさ」と神父。

　フランボウは黒い眉をひそめる。

「どうもまだ全貌が呑みこめないな」

「もう一つの別の情景があるのだ、フランボウ」以前にも増して神秘がかった低声でブラウンが言う。「証明はできん。が、証明以上のこと、つまり眼前に見ることができるのだ。樹一本生えてない熱帯の丘、そこでは朝になると陣営が解体され、ブラジル軍の制服を着た兵士がいくつものかたまりや縦列をつくって行軍開始を待っている。オリヴィエの赤いシャツ、黒く長い髭も見える。そのシャツと髭をなびかせながら立っている彼の手には縁の広い帽子が握られている。いましも彼は、釈放直前の偉大な敵将、白髪頭の単純な老兵に別れを告げているところだ。イギリスの老兵は、部下にかわって感謝の意を表する。その背後では生き残りのイギリス兵が直立不動で立っており、そのかたわらには撤退用の糧食や車輛がならぶ。太鼓が鳴り響き、ブラジル軍は動きだす。イギリス兵は依然、銅像のように直立している。立ち去る敵軍の最後のざわめきや金属のきらめきが、熱帯の地平線から消えるまで、彼等はそのままの姿勢を保っていた。やがて、しめしあわせたように全員が、まるで死者が甦ったかのようにいちどきに姿勢を崩し、その五十の顔を将軍に向ける。忘れられぬ顔また顔」

　フランボウは跳びあがった。

「なんですって」さけびが口を突いてでる。「まさか……」

「そのとおりなのさ」と言うブラウン神父の声はふとく低く、感動的であった。「セント・クレアの首に縄を巻きつけたのは、一英国人の手だったのだ。わたしが信ずるに、それは、クレ

ア の娘の指に結婚指輪をはめたと同じ手だったに相違ない。将軍を汚辱の樹に吊しあげたのは、まさしく英国兵の手、彼を崇拝し勝利を求めて彼に従った部下たちの手にほかならなかった。異国の太陽の光を浴びながら、棕櫚の樹の緑の絞首台に揺れる屍を見つめ、将軍よ地獄に墜ちろと憎悪をこめて祈ったのは、ほかならぬ英国兵の魂だった」

尾根に達した二人の眼に不意にさしこんだのは、赤いカーテンを引きめぐらした英国の旅館から洩れる強い真紅の光だった。旅館は道路からすこし横に入ったところにあり、客人を厚くもてなそうと意識的に脇に控えているかのようだった。その三つの戸口は、さあどうぞといわんばかりにあけ放たれており、まだそこからだいぶ離れている二人の耳にも、幸福な一夜をすごしている人びとのざわめきや笑い声が聞こえてきた。

「この先は話すまでもあるまい」とブラウン神父は言った。「兵士たちは将軍を荒野のただなかで裁き、その命を断った。そうして、英国と将軍の娘さんとの名誉を慮って、この国を売って金を儲けた暗殺者の折れた剣の真相を永久に秘め隠す誓いをたてた。そして一同はおそらく、このことを忘れようとしたにちがいない――神よ、彼等に救いをあたえたまえ。さあ、わたしらもこんなことは忘れてしまおう――それ、宿に着いたじゃないか」

「なんとしても忘れてしまいたい」と言いながらフランボウは、騒音に満ちた明るい酒場に足を踏みいれようとした刹那、思わずあとずさりして、あやうく路上に倒れかかった。

「これはまたなんとしたことだ!」とわめくフランボウの指さすほうを見れば、一枚の四角い木の看板が道に突きでている。よく見れば、それには残忍な形をしたサーベルの柄と先のない刃とがかすかに見えていて、まちがった古風な書体で《折れた剣》亭と彫ってあった。

「予期していなかったのかね？」と、ブラウン神父は優しく言った。「クレア将軍はこの地方じゃ神さま扱いでな。旅館とか公園とかは、まず半分までが将軍とその伝記とにちなんだ名がつけられているのさ」

「こいつとはすっかり縁が切れたとばっかり思っていたのに」とフランボウはさけんで、路上に唾を吐いた。

「英国にいるかぎり、あの男とは縁が切れないよ」と神父はうつむいて言った――「真鍮（しんちゅう）や銅が頑丈で、石が朽ちはてぬかぎりはむりだな。この男の大理石像は、今後なん世紀ものあいだ、誇りの高い無垢な少年たちの魂を奮い立たせ、片田舎にあるその墓は、百合の匂いのごとき、忠節の香りを放つことだろう。ついにその正体を知ることのなかった幾百万もの人びとは、父のごとく彼を愛していかねばならぬのだ――その正体を見きわめた生き残りの少数者が鼻つまみした当の男を、世人は父と仰がねばならぬのだ。あの男は聖人にでっちあげられ、よもやその真相があかるみにだされることはあるまい――わたしは沈黙することに、意を決したのだ。秘密をあばくということには長所、欠点ともに多々あるので、秘密を保持しようというわたしは一種の賭をしているわけだ。将軍の記事を載せた新聞はすべて消えうせることだろうし、反ブラジル的な風潮も既になくなり、オリヴィエはいたるところで尊敬されている。だが、もしどこかで、クランシー大佐やキース大尉やオリヴィエ大統領やその他の無実な人の名前が、金属にせよ大理石にせよ、ともかくピラミッド同様に永久に残る物に刻みこまれ、不当な非難の言葉を書かれたとしたら、そのときには真相をぶちまけよう、とこう決心したのだ。セント・クレアが不当に讃美されているというだけのことなら、わたしは沈黙を守りたい。どうやら沈黙することになるらしい」

赤いカーテンを引いた宿屋に二人は跳びこんだ。なかは、居心地が良いばかりか、豪壮でさえあった。テーブルの上に、白髪の頭（こうべ）を垂れ、折れた剣を脇に置いたクレア将軍の墓碑を象（かたど）った銀製の模型が立っており、壁には幾枚かのカラー写真が貼ってあったが、それは銅像の場面か、それを見物する観光客を乗せてくる乗合馬車の写真であった。二人は、クッションのついたすわり心地のいいベンチに腰かけた。

「なんと寒いんだろう」と大きな声でブラウン神父が言った――「葡萄酒かビールをひっかけよう」

「ブランデーもいいね」とフランボウ。

三つの兇器

人間誰しも、死んだときには威厳があるものだということは、職業柄としても、また信念としても、ブラウン神父が人一倍身にしみて感じていることだった。ところがその神父でさえ、夜明けにたたき起こされて、エアロン・アームストロング卿殺害さると聞かされたときには、妙にしっくりしないものを感じないわけにはいかなかった。卿ほど愛想がよくて人気のある人物に対して闇打ちの暴力が揮(ふる)われるということは、どことなく条理を欠き、不似合なものがあった。エアロン・アームストロング卿の愛想のよさは、度を越して滑稽(こっけい)味さえおび、その人気たるや、伝説中の人物扱いだったからである。卿が殺されたということは、陽気なジムが首をくくって自殺したとか、ピックウィック氏（ディケンズの小説の主人公、お人よしで単純な男）がハンウェルの精神病院で死亡したというのと変わらないニュースであった。というのは、エアロン卿は慈善家であり、それゆえ社会の暗黒面を相手にしていたのであるが、それをできるかぎり明朗な態度で実行することが卿の誇りだったからである。卿の政治や社会に関する演説は、逸話と哄笑(こうしょう)の奔流であり、肉体の健康ははちきれんばかり、道徳観は楽天主義に貫かれ、（十八番の題目である）飲酒問題に関しては、富裕な完全禁酒主義者によく見られるあの不滅にして単調な陽気さをもって論じていた。

定説となった卿の改宗談は、比較的かた苦しい講話の席で親しまれ、卿が子供の時分いかにしてスコッチの神学からスコッチウィスキーに転向したか、さらにはスコッチの神学からもウィスキーからも脱却して、現在あるがままの自分（と卿はつつましく称していた）となった経緯が語られた。とはいえ、卿の大きな白い顎鬚、天使そこのけの無邪気な顔、きらめく眼鏡が現われた数知れぬ晩餐会や会議の出席者たちは、まさかこれがかつては大酒飲み、あるいはカルヴァン教徒となるほど病的な男だったことがあるとは容易に信じられなかった。誰もが、卿こそは世にも稀な謹厳きわまりない朗らか男であると感じていたのである。

卿が住んでいたのはハムステッドの田舎びた郊外にある立派な家で、それは上には高いが横にはせまく、例の塔のような現代風で散文的な建築だった。そのせまい四面のうちでも特にいちばんせまい面は、鉄道線路が走る急勾配の緑の堤にのしかかるようにそそり立っており、列車が通過すると震動する始末だった。本人がやかましく説明したところによると、エアロン・アームストロング卿は神経質ではなかったのである。それはとにかく、たとえ列車がこれまで何回となく卿の家にショックをあたえてきたとしても、この日の朝には主客転倒して、家のほうが列車にショックをあたえることと相成った。

機関車は速度を落として、この家の一角が芝の急斜面につきでている地点のすぐ手前で停車した。たいてい機械を止めるのは、手間がかかるものである――ところが、この場合、停車の原因となった生き物の動作は敏速をきわめた。すっかり黒に身を固め、驚くなかれ黒の手袋までした男が、機関車の行く手の土手に現われ、その黒い手を黒貂皮の風車のように振りまわしたのである。これだけでは、のろのろと徐行中の列車でも停めることはおぼつかなかったろう。ところが、その男の口からは、まったく不自然で耳新しいものだったとあとで取り沙汰されたさけび声が発せられた。その言葉が聞きとれなくてさえ、怖ろしいほど明瞭だというさけび声があるが、これはそういう声だった。この場合にさけばれたのは、「人殺し！」という言葉だった。

とはいえ、機関車の運転手が断言するに、もしこの言葉が聞きとれず、あの怖ろしくも明確な声音だけしか耳に入らなかったとしても、やはり急停車せずにはいられなかったろうとのことであった。

ひとたび列車が停まってしまうと、どんなに節穴のまなざしを向けても、悲劇の跡がいくつも歴然と見えた。緑の土手に立っている黒ずくめの男は、エアロン・アームストロングの従僕マグナスであった。主人の準男爵は、持ち前の楽天主義から、この陰気な従者の黒手袋をしばしば笑い草にしていたものだが、今回にかぎり、誰一人マグナスを笑うものはいなかった。

なにごとが起こったのかと一、二の乗客が線路から離れて、煤煙で汚れた生垣を越えて出てみると、眼も醒めるばかりに鮮やかな朱色の裏をつけた黄色い部屋着をまとった老人が、土手の下あたりにごろっと倒れていた。その脚には、もがいているうちにからまったのでもあろうか、一本の短いロープがまといついたようになっている。ほんのわずかではあるが、血痕がちらほら見えた。が、からだの折れ具合というか、ねじくれかたは、どう見ても生者には不可能な姿勢であった。死体はエアロン・アームストロングなのだ。それから数秒、狼狽（ろうばい）した瞬間がつづいているうちに、金色の髭（ひげ）をたくわえた大男が現われた。この男は、乗客中にもそれと認めてあいさつするものが二、三あったとおり、死人の秘書であるパトリック・ロイスであり、かつてはボヘミアンの社交界で鳴らしたばかりか、ボヘミアン芸術家としても名を馳（は）せたことのある男であった。マグナスにくらべてあいまいではあるが、人を納得させる点ではかえって迫力のある大音声で、ロイスもまた従僕と同じ悲痛のさけびをあげた。この一家の第三の人物である死者の娘のアリス・アームストロングが、早くもよろめきながら庭に出てきた頃には、運転手は停車に終止符を打っていた。汽笛が鳴り、列車はつぎの駅から応援を求めるために、あえぎつつ進行を再開したのである。

こうしてブラウン神父が、前身はボヘミアンだった大男の秘書であるパトリック・ロイスの要請に応じて、あわただしく呼びだされたのであった。ロイスはアイルランドの生まれであり、まったくの窮地におちいらぬかぎりは、自分の宗教を思い出すことがないという気まぐれなカトリック信者であった。だが、もし公式筋の刑事の一人が、私立の探偵フランボウの友人で崇拝者でなかったとしたら、ロイスの要請も、こんなに即座には応じてもらえなかったにちがいない――フランボウの友人であれば、いやでもブラウン神父に関する話が無数に耳に入らざるをえないのである。こういうわけで、この（マートンという名の）青年刑事が小男の神父を案内して野原を横切り、線路に近づいていく際に二人のあいだにかわされた話は、まったく見ず知らずの人間同士の会話よりもずっと胸襟を開いたものだった。

「ぼくにわかっているかぎりでは」とマートン氏は率直に言った――「この事件は、なにがなにやら全然見当がつかない。怪しいと思えるような人物は一人もいないんです。マグナスといえば、謹厳一点張りの老いぼれ無能者で、あんなあほうに殺人ができるわけがない。ロイスはここ何年も準男爵のいちばんの友人だったのだし、あの娘がロイスに惚れていたことはたしかだ。だいいち、なにもかも理屈にあいません。いったい、誰がアームストロングみたいな朗かな老人を殺したいと思うでしょうか？　テーブル・スピーチの名人の血のなかに、誰が両手を浸してやろうという気を起こすでしょうか？　まるでサンタクロース殺しじゃないですか」

「さよう、たしかに朗らかな家でしたな」とブラウン神父が相槌を打つ。「卿が生きていたあいだは、朗らかな家でしたよ。ところで、卿が死んでしまったいまでも、やはり朗らかでしょうかな？」

マートンはいくぶんはっとして、生気を帯びた眼で相手を見た。「卿が死んでしまったいま？」と神父の言葉を繰り返す。

「さよう」と神父はうすのろじみた口調で話をつづける――「あの人自身は朗らかだった。が、はたしてその朗らかさは他の人に伝わったろうか？　あけすけに言って、あの一家では卿以外に陽気な人がいただろうか？」

マートンの心の窓から、あのふしぎな光――かねがね知っていたものを初めて明瞭に認識させてくれる、あの光明がだしぬけに射しこんだ。彼は、あの慈善家の警察関係の用で、いままでに何回となくアームストロング家を訪れていたが、いまあらためて考えてみると、この家の造りからして陰鬱であった。どの部屋も天井がやけに高く、えらく寒々としていたし、装飾は品が無く、野暮ったく、隙間風の吹きこむ廊下の照明は、月光よりも荒涼とした電灯だった。たしかに老主人のまっ赤な顔や銀色の髭は、一つ一つの部屋や廊下のなかで順ぐりに篝火のように燃え輝いてはいたが、あとには暖かみ一つ残りはしなかった。もちろん、この家の幽霊屋敷じみた不快さは、一つには主人のあふれるばかりの活力が原因となっていたことも否めない。主人は口ぐせのように自分はストーブもランプも要らない、そのかわり体内に秘めた暖かみをどこへでももち運ぶのだ、と言っていた。ところが、いまマートンがこの一家の他の連中を思い出してみると、その連中も建物同様、主人の影にすぎぬ存在であったと認めざるをえないのである。あのぶざまな黒手袋をはめた気難し屋の従僕は、まるで悪夢そのものであり、秘書のロイスにしても、牧牛のようにがっしりした大男で、ツイード地の服を着、短い髭を生やしていたとはいえ、その薄黄色の髭は服と同じく霜降りで、見る人を驚かせ、広い額には若皺が幾筋も刻まれていた。ロイスはまた人がよかったが、それにしても沈鬱な人のよさで、まさに心に痛手を負っているといわんばかりだった。彼全体には、どことなく人生の失敗者といったようすがあった。アームストロングの娘はといえば、これがあの準男爵の娘だとは夢にも考えられぬような人であった――それほど彼女の顔は蒼白で、からだつきは神経質なのだ。上品な娘ではあったが、その柳の枝を思わせる姿自体が震えおののいていた。彼女がものおじするようになったのは、そばを通過する列車の轟音のせいではないかと、マートンは考えたことがあった。

「いいですか」ブラウン神父が謙虚に瞬きしながら言った――「はたしてアームストロングの陽気さが、他の人たちにとって、それほど陽気なものだったかは疑問ですよ。誰もあんな愉快な老人を殺せるわけがないとあんたはおっしゃるが、わたしにはそんな確信はない。《――我らを嘗試に遇せ給うなかれ》(マタイ伝第六章)」と言って神父は、ごく軽い調子で「仮にわたしが殺人をするとすれば、殺す相手は楽天主義者といったところかな」とつけ加えた。

「なぜです?」とマートンはおもしろがって大声で訊いた――「あなたの考えだと、世間の人は明朗なことがきらいだというわけで?」

「世人は哄笑の頻発なら好みましょう」とブラウン神父が答える――「ところが、のべつ幕なしにうかぶ微笑に対しては業を煮やすものじゃないでしょうか。なにしろ、ユーモアのない陽気さというやつは、まったくたまらないものですからな」

線路の脇の風当たりの強い草の土手の上を、二人はしばらく無言のままで歩いていたが、高いアームストロング家の長い影が落ちている地点までくると、突然ブラウン神父は、心の重荷となっている考えを、まじめにもちだすというより振り棄ててしまおうとするかのように、こう言った――

「もちろん、酒そのものは善くも悪くもないのだが、わたしがときおりいやでも感じるところでは、アームストロングのような人物は、悲しみを味わいたいばかりに、たまには酒の一杯もほしくなるのじゃありますまいか」

マートンの上司であるギルダーという名の白髪まじりの有能な刑事が、緑の土手の上に立って検死官の到着を待ちながら、パトリック・ロイスと話をしていた。ロイスの大きな肩と、こわ毛の髭が、刑事の頭上にそそり立っている。ロイスののっぽが特にこのとき目だっていたのは、平常彼は強そうに身をかがめて歩き、あたかも水牛が乳母車を曳いているかのような鈍重でへりくだった恰好で些細な事務や家事を処理していたためなのである。

神父の姿を認めると、ロイスは常になく喜びの表情をしめして頭をあげ、神父を二、三歩離れた場所へ連れていった。いっぽうマートンは年長の刑事に話しかけたが、その語調には敬意がこめられているとはいえ、子供っぽいじれったさが感じられなくもなかった。

「ギルダーさん、謎はよっぽど解決に近づきましたか？」

「謎なんてあるものか」とギルダーは夢見るようなまなこで鳥の一群をながめながら答えた。

「でも、すくなくとも、わたしには謎です」とほほえみながらマートン。

「ことはいたって単純さ」と年長の刑事は、ぴんととがった白髭を撫でながら言う。「きみがロイス氏の神父を迎えに出かけていってから三分後に、事件の全貌が判明したよ。ほら、あの列車を停めた黒手袋の青ちょろい顔をした召使いを、きみ知っているだろう？」

「やつならどこにいようとわかりますよ。あいつを見たら、なぜだか身の毛がよだちました」

「それでだ」とギルダーがもったいぶってゆっくりと言う――「あの列車がまた走りだすと、やつもいっしょに消えうせたのさ。まさしく警察を呼びにいく列車に便乗して逃走するなんて、あの犯人はなかなか冷静だな。そう思わんかね？」

「ほんとうにやつが主人を殺したんだということ、確信があるんでしょうね？」と青年刑事。

「うん、大ありだ」とギルダーはそっけなく答える――「なに、理由は簡単、やつは主人の机に入っていた二万ポンドの紙幣を持ち逃げしているのさ。なんでもないことさ。ただ一つ、難点と言えば言えるのは、殺害方法なんだ。頭蓋骨の砕け具合はなにか大きな兇器を使ったらしいんだが、あたりには兇器なぞ全然見あたらないし、そうかと言って、そんな大きな兇器を持ったまま逃げるのは、いくら殺人犯でもまずいと思ったにちがいない――よほど小さくて、人目を惹かない物なら話は別だが」

「大きすぎて眼につかなかったのではありませんか」妙なふくみ笑いをしながら神父が言った。

この突拍子もない言葉にギルダーは振り返り、やや難詰するような調子で、それはどういう意味かとブラウンに訊いた。

「ばかな言いかたをしましたな」いかにも申しわけなさそうにブラウン神父は言った。「お伽噺そっくりに聞こえるでしょう。ところが、アームストロングを殺した道具は、巨人の棍棒、眼に見えぬほど大きな緑の棍棒で、その名は大地というわけですよ。現にわたしらが立っているこの草の土手にぶつかって、あの人は頭を砕いたのです」

「と言うと?」刑事が間髪をいれずに訊いた。

ブラウン神父は丸顔をあげて、家のせまい正面をながめ、高い一点を凝視して沈鬱そうに瞬きした。その視線をたどってゆくと、この建物の、ほかは全部のっぺりとしたうしろの部分のてっぺんに、屋根裏部屋の窓が一つ開いたままになっているのが見えた。

「わかりませんか?」と神父は、子供のように不器用な手つきで指さしながら説明する――

「あそこから放りだされたのです」

ギルダーはしかめ面をつくって窓をまじまじと見つめてから、「うん、そりゃありうることだ。しかし、あんたがそんな自信たっぷりに言うのは、おかしいですな」と言った。

ブラウンは灰色の眼を大きく開いて言った——

「いや、死人の脚には切れたロープがからみついていましたが、それ、あの窓の隅にもロープの切れはしがひっかかっているでしょう?」

その高さでは、問題の物件はごくかすかな埃か毛筋のようにしか見えなかったが、眼の鋭い老刑事は納得した。「ほんとにそのとおりだ、神父さん」と彼は言った——「こいつは一本まいりましたな」

刑事がそう言っている最中に、客車を一輛連結しただけの特別仕立ての列車が、三人の左側にあるカーブにさしかかり、停車した。車内からは、警官隊の第二陣が吐きだされたが、それにまじって、あの逃走したはずの従僕マグナスの卑屈な顔が見えるではないか。

「しめた！　あいつをつかまえたな」とさけびながら、ギルダーは、いままでに見られなかったすばやさで前に出ていった。

「あの金も手にいれたか?」と彼は最初に出くわした警官をつかまえて大声で訊いた。

相手はやや怪訝な面持ちでギルダーの顔をまじまじとながめ、まず「いえ」と答えてから、「すくなくとも、ここには持ってきていません」と言いたした。

「警部さんはどの方でございましょうか?」と問題の男マグナスが問いかけた。

その声を聞くと同時に、居あわせた人びとはみな、この声がなぜ列車を停めたかを諒解した。マグナスはいかにも鈍感そうな男で、黒い髪をぺったりと頭に撫でつけ、顔は色艶がなく、横にまっすぐ細長い眼と口には、かすかに東洋人的な風貌が感じられた。エアロン卿のおかげで、彼がロンドンにある某レストランの給仕の職から――そしてまた（一部のうわさによると）もっと低劣な環境から救われて以来このかた、彼の血筋と姓名はずっと疑わしいものであった。それはともかく、彼の声は、その死んだような顔と正反対で、怖ろしく活気があった。外国語を正確に話そうとするためか、それとも、（いくぶん遠耳だった）主人に対する思いやりからか、マグナスの音声には一種独特の、響きわたって耳をつんざくような調子があり、このときも、彼が口をきいたとたんに、全員が跳びあがったほどである。

「こんなことになるだろうと思っていました」図太さと物柔らかさのいりまじった口調で声高にマグナスは言った。「だんなさまはわたしが黒ずくめの服装をするのをからかっておられましたが、いつもわたしは、これはだんなさまの葬式に備えてやっていることだと申しておりました」

こう言って彼は、黒手袋をはめた両手で瞬間的な身ぶりをした。

「巡査部長」と警部のギルダーが、マグナスの黒手袋を憤然とした面持ちで見やりながら言った――「こいつに手錠をはめないのか？　ずいぶん危険そうなやつじゃないか」

「実は、その」という巡査部長の面上には、あいかわらずあの怪訝そうなおかしい表情がうかんでいる――「手錠をはめてもよいものかどうかわからないんです」

「どういう意味だ?」と相手は鋭く訊き返す。「こいつは逮捕されているんだろ?」

マグナスの細長い口がかすかな冷笑をしめして広がり、おりしも近づいてくる列車の汽笛が、あたかもこの嘲弄と呼応するかのようにこだました。

「やつを逮捕したのは」と巡査部長が尊大ぶった口調で答える――「やつがちょうどハイゲイトの警察署から出てきたところでやったのですが、署でやつは、主人の金を全部ロビンソン警部の手もとに預けているんです」

ギルダーは完全に度胆を抜かれて従僕の顔を呆然と見つめた。

「なんだってそんなことをした?」彼はマグナスに問いかける。

「金を犯人の手から守るためじゃないですか」と問題の男は平然と答えた。

「誰が考えたって」とギルダー――「エアロン卿の金は、エアロン卿の家族の手にゆだねておけば安全じゃないか」

この言葉の最後の部分は、がたごとと大地を揺るがせながら通過する列車の轟音にかき消されたが、この不幸な一家が定期的に悩まされる地獄同然の騒音のただなかでさえ、マグナスの返答は、一語一語、鐘の音のように明瞭に聞きとれた――「エアロン卿の家族を信頼していい理由がないのです」

身動き一つせずに立ちすくんでいた一同は、身近に新しい人物の気配を不気味に感じた。そこで、マートンが眼をあげると、ブラウン神父の肩越しにアームストロング嬢の蒼白な顔がのぞいていたが、マートンは特に驚きもしなかった。彼女は、やや地味ではあるがまだ若く美しい女だったが、髪の毛は、怖ろしくくすんで艶のない褐色であり、ちょっとした日蔭では、総白髪かと見まごうほどであった。

「言葉に気をつけたまえ」とロイスが不平がましく言った――「お嬢さんがどきっとするじゃないか」

「どきっとさせてやりたいですな」とマグナスが明瞭な声で言う。

娘がたじろぎ、他の一同が不審がっているあいだにも、マグナスは言葉をつづけた――

「わたしは、お嬢さんの身震いにはかなり慣れています。ここ何年も、お嬢さんがしょっちゅう身震いするのを見ておりますからな。それは寒さからくる震えだとか、いや、不安の震えだとか言う人もありますが、わたしには、それが憎悪と邪な怒りからくる震えだということがわかっているのです。その憎しみと怒りの悪魔どもが、きょう祝杯をあげたというわけなのです。もしわたしのじゃまが入らなかったら、お嬢さんはいまごろは愛人といっしょにあの金を残らずかっさらって雲隠れしていることでしょう。お気の毒なだんなさまが、お嬢さんとあの酔いどれのごろつきとの結婚をお禁じになってからというもの、ずっと……」

「よしたまえ」とギルダーが峻厳にさえぎった――「この一家に対するきみの勝手な空想や疑いには用がない。なにか現実の証拠がないかぎり、きみの意見なんて……」

「よろしい、その現実の証拠を提供しましょう」と区切れのはっきりした口調でマグナスが口をはさんだ。

「わたしを召喚しなくてはだめです、警部さん――そしたら、わたしも真実を陳述せねばなりますまい。その真相というのはこうなんです——ご主人が血まみれになって窓から放りだされた直後に、わたしが屋根裏部屋に跳びこんでみると、お嬢さんが血痕のついた短剣をまだ手に握ったまま床に気絶していました。その短剣も、しかるべき筋にお渡ししておきましょう」と言って、彼は裾のポケットから、刃に赤いしみのついた長い角柄のナイフを取りだして、うやうやしく巡査部長に手わたした。それがすむと、彼はうしろにさがったが、その顔にはねっとりした中国人風の冷笑がただよい、ただでも細い眼が見えなくなった。

この男の姿を見ていると、マートンはほんとに胸がむかつきだした。彼はギルダーに耳うちする——

「あの男の証言に対するアームストロング嬢の弁明もお聞きになるでしょうね？」

突然、ブラウン神父が顔をあげたが、その表情は、いま顔を洗ったばかりだといわんばかりに、怖ろしく溌剌(はつらつ)としていた。「もちろんですよ」無邪気に顔を輝かせて神父は言う——「だが、お嬢さんの申し立ては、はたしてあの人の証言を否定するものかな？」

と、娘が驚愕した異様なさけび声を発し、みながそのほうを見た。彼女のからだは麻痺したかのように硬直していたが、くすんだ茶色の髪の毛にかこまれた顔だけは、見る人も愕然とするような驚きの表情をたたえて生気を宿していた。まるで投げ縄で咽喉をしめられたように立ちすくんでいるのだ。

「この男は」とギルダー氏が深刻そうに言った——「あなたが犯行直後にナイフを握って気絶していたとまではっきり言っているのですぞ」

「それはほんとうなんです」娘のアリスが答えた。

つぎに一同が感づいたことは、パトリック・ロイスが例によって大きな頭をうつむかせて、輪をなしている一座のなかに割りこみ、つぎの奇妙な言葉を発したことだった――

「ここを去らねばならぬとすれば、まず、ちょっとばかりお楽しみをすませてからにしよう」

ロイスの巨大な肩がもちあがったかと見るや、マグナスの蒙古人じみた、のっぺりした顔に鉄拳が砕けよとばかりに加えられ、マグナスは芝生の上に、ひとでのようにぺしゃんこに打ちのめされた。二、三人の警官が間髪をいれずにロイスを取り押さえたが、他の連中にとっては、理屈という理屈が砕け散り、全宇宙が脳なしの道化芝居と化しつつあるかのように思われた。

「暴力はやめてください、ロイスさん」ギルダーが権威ある口調で呼びかけた。「暴行罪で検挙しますぞ」

「いや、それはできない」と答える秘書の声は、鉄のどらが鳴り響いているかのようだった――「ぼくは殺人罪で逮捕されるんだ」

ギルダーは驚きの眼を見張って、たたきのめされた男を見たが、この暴行を受けた人物はもう上半身を起こして、特に深傷（ふかで）を負ってはいない顔からわずかの血を拭き取っていたので、ギルダーは「それはどういう意味です?」とだけ手短に言った。

「お嬢さんが手にナイフを握ったまま気絶したというのは、こいつの言うとおり事実なのです」とロイスが説明した。「でも、お嬢さんがナイフをつかんだのは、父親に襲いかかるためではなく、逆に守ってやるためだったのです」

「守ってやるため」とギルダーがいかめしく同じ言葉を繰り返す。「誰から守ってやるためかね?」

「ぼくからです」と秘書。

そういう彼の顔をアリスは複雑微妙な表情で見やっていたが、やがて小声で、「なんといっても、あなたはやっぱり勇気のある人だったのね」とささやいた。

「上に来てください」パトリック・ロイスは重苦しい声で言った。「あの呪わしい現場をそっくりお見せしましょう」

問題の屋根裏部屋は、秘書の私室であり(巨漢の隠者にはせますぎるこもり場所であったが)、なかには惨劇の跡がすっかり残っていた。床のまんなかあたりに、一丁の大型拳銃が、いかにも放りだされたといった具合にころがっており、左寄りのところには、栓があいてはいるが、完全に空にはなっていないウィスキーの瓶がころがっていた。小卓のテーブル・クロスがずり落ちて踏みにじられているし、死体にからまっていたと同じロープのはしくれが窓の敷居に手荒にかかっている。炉棚の上には花瓶が二つ砕けており、床の絨毯(じゅうたん)の上にも一つ割れている。

「ぼくは酔っていたんだ」とロイスが言ったが、この若いくせに打ちのめされたような恰好の男の口から出た単純簡潔な言葉には、生まれて初めて罪を犯した幼児(おさなご)を思わせる哀感がこめられていた。

「みなさんはぼくのことをご存じでしょう」とロイスはしわがれた声でつづけた——「ぼくの

経歴の発端がどんなものだったかは、誰でも知っているでしょうが、それが始まったと同じ具合に幕を閉じるのもまたいいでしょう。ぼくは以前に利口者と言われていたことがありましたが、幸福者にもなれたかもしれないのです。アームストロングは、頭もからだも抜けがら同然となっていたぼくを酒場の世界から救いあげてくれ、以来ずっと、あの人なりの親切をつくしてくれました。それでも、ここにいるアリスと結婚することは承知してくれなかった——世間の人は、それは当然のことだと言うでしょう。いや、結論はみなさんがご自由にお決めになるので、ぼくがこまごました内情を話す必要はありますまい。あそこの隅にあるのは、半分からのぼくのウィスキー瓶で、あの絨毯の上にあるのは、全部撃ちつくしたぼくの拳銃です。死体にからまっていたロープもぼくの箱にあったもので、死体が放りだされたのも、ぼくの部屋の窓からです。刑事連を動員して、ぼくの悲劇をほじくり返す必要はありません——この世のありきたりの雑な悲劇にすぎません。ぼくはみずから絞首台にのぼります——そうなんだ、それだけのことなんだ！」

きわめてかすかな合図と同時に、警官たちは大男のまわりに寄り集まって、連れ去ろうとしたとき、ブラウン神父がとんだ恰好で現われて、せっかく穏便にことを運んでいる警官連をまごつかせた。神父は戸口前の絨毯の上に四つん這いになって、なにかみっともないお祈りでも捧げているような恰好をしていたのである。人さまの眼に自分がどう映るかなぞいっこうに無頓着な神父は、依然この姿勢を保ったまま、それでも明るい丸顔をあげて一同に向け、いともこっけいな人間の頭部がついた四足動物の出場を自己紹介したのである。

「なあ」神父は人のよさそうな口調で言った――「いかにせん、これはどうも変てこですよ。最初は兇器が全然見つからないということだったのに、いまとなると、続々と現われた――刺し殺し用のナイフあり、絞殺用のロープあり、射殺用のピストルありだ。しかも、被害者は窓から落ちて首を折ったというのにな！　これは変てこですな。第一、不経済な話ですよ」と言って、神父は床を見つめたまま、草を食んでいる馬のように首を振った。

ギルダー警部は真剣な考えを述べようと口を開きかけたが、話しはじめぬうちに、床上のグロテスクな人物はまた滔々としゃべりだした。

「さて、ありうべくもないような事実が三つある。まずこの絨毯にあけられた穴だが、これは、六発の弾丸の跡だ。いったい、絨毯に弾丸を撃ちこむ人がどこにいる？　酔った男だろうと、ねらいは、こっちを見てにやついている敵の脳天に定める。まさか相手の足もとに喧嘩をふっかけたり、相手のスリッパを攻めたてたりしはせん。つぎには、あのロープだが」と絨毯の件を片づけた神父は、ついていた両手をあげてポケットにつっこんだが、膝はまだ平気でついたまま――「いくら酔っぱらっていたにしても、相手の首にロープを巻きつけようとして、結局は足に巻きつけるなんてことを誰がするだろうか？　とにかくロイス君はそれほど酔ってはいなかった。うんと酔っていたとすれば、いまごろはぐっすり寝こんでいるはずだ。それから、いちばん見えすいているのは、あのウィスキーの瓶ですな。諸君の推量だと、呑んべえの男がウィスキーの瓶を取ろうと争って、みごとそれを手にいれたあげく、わざわざ部屋の隅におっぽりだして、中身を半分こぼし、半分は残っているということになるが、そんなばかなまねをする呑んべえはまずあるまいな」

　こう言って神父は、不器用にからだをくねらせて立ちあがると、罪びとが懺悔するような元気のない声で、自称殺人犯に向かって「まことにお気の毒だが、あなたの話はとんでもないでたらめだ」と言った。

「あの」とアリス・アームストロングが低声で神父に言った――「あなたと二人だけでちょっとお話ししたいのですが？」

　この頼みには、さしもおしゃべりの神父も戸口から立ちのかざるをえなかった。さて、隣の部屋に入って、神父が一言もしゃべりだすまもないうちに娘は異様な辛辣さでまくしたてた。

「あなたは頭の鋭い方ですわね」と娘は言う――「で、あなたはパトリックを救おうとしていなさる。でも、それはむだです。この事件の中核はまっ黒な闇に包まれていて、あなたがいろいろなことを発見すればするほど、わたしの愛している不幸な男がますます不利になるのです」

「なぜですな？」娘を見据えて神父は訊いた。

「この眼であの人の犯行を目撃したからです」娘の答えもたじろがぬものだった。

「ほう！」ブラウンは泰然自若としている――「で、その犯行というのは？」

「わたしは、あの部屋の隣室であるここにいました」と説明する――「扉は両方の部屋とも閉まっていましたが、突然いままでに聞いたこともないような声がして、『畜生、畜生、畜生』となんべんもわめきちらすのが聞こえ、そのつぎには、二つの扉が、拳銃の最初の発射音でがたがたと震えました。わたしが二つの扉をあけて、煙で濛々とした部屋に入るまでに、銃声はさらに三回聞こえたのです。ところが、そのピストルは、あの哀れな発狂したパトリックの手に握られて煙を吐いていたではありませんか。わたしはこの眼で、あの人が最後の血なまぐさい連射を放つのを見たんです。つぎに、あの人は、恐怖のあまり窓枠にしがみついている父に躍りかかり、組みついて、頭にロープをかけて絞め殺そうとしたのですが、ロープは父の肩からすべって足のところまで落ちました。そこでロープは父の片足にきつく巻きつき、パトリックは父を狂暴に曳きずっていきました。わたしは床からナイフをひったくり、二人のあいだに跳びこんで、やっとのことでロープを切り落とすと同時に、気を失ったのです」

「なるほど」とブラウン神父は、あいかわらず無表情に、それでも言葉だけはていねいに言った――「いや、ありがとう」


惨劇を思いかえして娘がふさぎこんでいるあいだに、神父は身をこわばらせて隣室に去ったが、そこには、手錠をかけられて椅子にすわっているパトリック・ロイスのほかには、ギルダーとマートンだけがいた。そこで神父は警部に向かって下手に言った――

「お二人の眼の前で囚人に一言話をしてもよろしいですか？　それに、しばらくのあいだ、このおかしな手錠をはずしていただけましょうかな？」

「やつはたいした力持ちですよ」とマートンが調子を低めて言った――「どうして手錠をはずせとおっしゃるんです？」

「いや、なに」と神父は控え目に答える――「ひょっとすると、この方と握手をする光栄に浴さないともかぎらぬと思っているものですから」

刑事が二人とも驚きの眼を見張るうちに、ブラウン神父はつづけて「どうです、ロイスさん、洗いざらい話してあげませんか？」

椅子にすわっていた男が、その毛の乱れた頭を振ると、神父はもどかしげに向きなおった。「じゃ、わたしが言ってしまおう」と神父。「個人の生命のほうが世間の評判よりも重大ですぞ。わたしは生者を救い、死者は死者をして葬らしめるつもりですよ」

神父はあの宿命の窓まで歩いていって、そこから瞬きする眼で表を見ながら話しつづけた。

「前にわたしは、この事件には兇器がやたらに多いのに、死体は一つしかないと申しあげたが、今度は、あの道具はみんな兇器ではなく、人殺しのために使われたものでないと申しあげよう。輪型のロープや、血まみれのナイフや、火を吐くピストルといったあの不気味な道具は、どれもこれも、実は風変わりな慈悲の道具だったのですよ。あれは、エアロン卿を殺すためでなく、救うためのものだったのです」

「救うためだって！」とギルダーが鸚鵡返しに言う。「いったい、なにから救うためなんだ？」

「卿自身からですよ」とブラウン神父。「あの人は自殺狂でした」

「なんだって？」とマートンが、まさかと言いたげな口調でさけぶ。「でもあのにこにこ宗教は……」

「あれは残酷な宗教でな」窓から外を見ながら神父が言った。「世間の人はなぜ、あの人に、すこしは涙を流させてあげられなかったのだろうか？　あの人の先祖は、みな泣いたのだ。あの人の考える計画は固苦しくなり、立派な意見も冷たくなって、あの陽気な仮面の蔭には、無神論のうつろな心がひそんでいた。そしてとうとう、なんとか陽気な世間体をもちつづけたいばかりに、とっくの昔にやめていた酒を最後の拠りどころとするようになった。だが、独り者の禁酒主義者がアルコール中毒になると、とんだ怖ろしいことが起こるものですよ——つまり、あの人は、みずから他人に警告していた心理的な地獄の世界を頭に描き、予想するようになった。哀れにもアームストロングさんは、そんな年でもないのに、その妄想に襲いかかられて、けさはもう症状が悪化していて、ここにすわりこみ、娘さんには誰の声か聞きわけられなかったほど狂気じみた声で、おれは地獄にいる畜生だとわめきちらしておった。無性に死にたがって、狂人らしいたわいないやりかたで、自分の周囲にいろんな死の道具をまきちらした——輪型のロープ、ロイス君の拳銃、それに一丁のナイフをちらばらせておいたのだ。そこへ偶然入ってきたロイス君は、電光石火の勢いで行動した。まず、ナイフをうしろのマットの上に投げ棄て、拳銃をひったくったが、なかの弾丸を抜き取るひまがないので、銃口を床に向けて一発また一発と発射して空にした。と、自殺男は、四番目の死にかたを思いついて、窓めがけて突進した。救助人は、自分に残された唯一の手段をとった——つまり、ロープを持って相手を追っかけ、手足をふんじばってしまおうとしたのだ。そこへ運悪くも娘さんが跳びこんできて、この格闘を勘ちがいし、父親のロープを切ってやろうと奮闘した。ところが最初のうちはロイス君の指の関節にばかり切りつけたものだから、こんな小さな事件でもあんなに血が流れたということになった。と言わんでも、もちろんあんた方は、ロイス君があの召使いを殴ったときは傷はつかなかったのに、血がついていたのをお気づきでしょうな？　さて、娘さんは気絶する直前にやっと父親のロープを切りほどいた。そこで、アームストロングさんはあの窓から猛然と躍りでて、永劫の世界に落ちていったというわけですよ」

一座はしんと静まりかえっていたが、やがて、ギルダーがパトリック・ロイスの手錠をはずす金属的な音が聞こえた。ギルダーはロイスに言っている——

「最初から真相をぶちまけてしまえばよかったのに。あなたとあの若いご婦人の身は、アームストロングさんの死亡記事の内容にはかかえられませんな」

「そんな死亡記事などどうでもいいんだ」と荒々しくロイスがさけぶ。「アリスに知らせたくないばかりにやったことだというのが、わからないのか?」

「知らせたくないって、なにをです?」とマートン。

「きまっている、アリスが自分の父親を殺したっていうことさ、勘の鈍いやつだな」とロイスは吠えるように答えた。「アリスがじゃましさえしなければ、あの人はいまでも生きてるはずなんだ。そんなことを知ったら、あの女は発狂してしまうかもしれないじゃないか」

「いや、発狂するとは思わんね」とブラウン神父は、帽子をつまみあげながら言った。「話したほうがいいんじゃないかとわたしは思う。いかに血なまぐさい大しくじりでも、罪と違って、人生を毒することはないのだ。ま、それはともかく、これでお二人は幸福になれるというものですな。さて、わたしは聾学校へもどらんことには」

神父が強風の吹きつける草地に出ていくと、ハイゲイトから来た顔見知りの男が呼びとめて、「検死官が到着しましたよ。調べが始まるところです」と言った。

「わたしは聾学校にもどらにゃなりませんでな」とブラウン神父は答えた。「残念だが、調べには立ち会っていられませんよ」

記念すべきブラウン神父譚の第一短編集

戸川安宣

「権威や年上の者の言うことは盲目的に尊ぶという私の習慣に従い、差し当り自分個人の判断を働かせて確かめることのできない話を鵜呑みにして、私は自分が一八七四年五月二十九日、ケンジントンのキャムデン・ヒルで生まれたのだと思っている」(吉田健一訳)

本書の著者、ギルバート・キース・チェスタトン Gilbert Keith Chesterton は一九三六年に上梓(じょうし)した『自叙伝』*Autobiography* を、このように始めている。いかにもブラウン神父の生みの親という感じの書きっぷりではないか。

チェスタトンはここでも書いているように、一八七四年、日本の暦で言うと明治七年の五月二十九日、ケンジントン地区のキャムデン・ヒルで生まれた。サマセット・モームやウィンストン・チャーチルと同年の生まれである。父エドワード・チェスタトンはケンジントンで三代続いた不動産業者だった。オースティンの『高慢と偏見』のベネット氏にどこか似ている、とチェスタトンは『自叙伝』の中で書いている。母マリー・ルイス・グロウスジーン・チェスタ

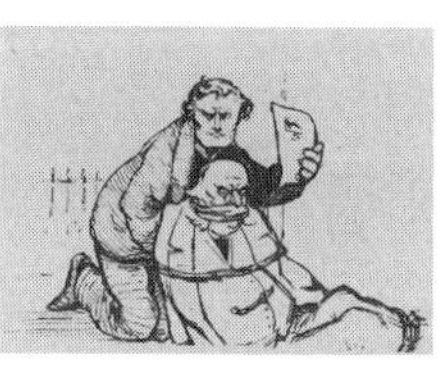

チェスタトン自身による
『奇商クラブ』の挿絵

トンはフランス系の姓だが、アバディーンから来たキースというスコットランド人の家系だった、という。チェスタトンには五歳違いのセシル・エドワード・チェスタトンという弟がいた。二人は子供の頃から議論好きだった。食事の席でも、口角泡を飛ばして言い合いをしていたという。ただし喧嘩はしなかった。「実際にわれわれは意見の不一致を繰り返しているうちに最後に意見の一致を見るのだった」（吉田訳）と自伝の中に書いている。ロンドンのコレット・コート（現セント・ポール・ジュニア・スクール）からセント・ポール・スクールに進み、ここで一歳年下のE・C・ベントリーと出会い、終生の友となる。チェスタトンの処女出版となった『老爺戯作集』にはそのベントリーへのやや長めの「献詞」が冒頭に載っている。それは「あいつは、疾風怒濤の少年時代を通じ、ぼくのまたとない、心を許し合った友達だった。ぼくたちは、一つの帽子をかぶり合い、一本の葉巻を、互いに、反対側から吸い合った」（織田禎造訳）と始まっていて、ふたりの友情の深さをうかがい知ることができる。チェスタトンはロンドン大学附属のスレイド美術学校に入学する。自伝の中で、美術学校というのは「三人ばかりのものが熱に浮かされでもしたかというふうに勉強し、その他の誰もが人間に出来るかと思うくらいに懶けに懶ける場所である」（吉田訳）と言っている。だが詩を書き、哲学論文をものし、文明を批判する傍ら、絵筆を執り、自分の本だけではなくヒレア・ベロックやE・C・ベントリーの本の挿絵も描いているのだから、チェスタトンに絵心があったのは間違いない。一八九六年にロンドンの出版社レドウェイに勤め、すぐにT・フィッシャー・アンウィンへ移って一九〇二年まで在籍した。原稿の下読みをする仕事から始め、やがて自ら筆を執るようになる。友人が始めた〈スピーカー〉誌で評論の筆を執り、一九〇一年から三六年にかけて〈ロンドン・デイリー・ニュース〉や〈ブックマン〉誌で執筆するようになった。一九一一年から翌年にかけては〈アイ・ウィットネス〉の共同編集者、一六年から二三年にかけては〈ニュー・ウィットネス〉の編集長、そして一三、一四年には〈デイリー・ヘラルド〉の常連寄稿家となった。

長い婚約期間を経て、一九〇一年六月二十八日にフランシス・アリス・ブロッグと結婚。チェスタトンはセント・ポール・スクール時代にジュニア討論クラブを設立しているが、未来の妻と知り合うきっかけは、ベッドフォード・パークの討論クラブだった。この結婚に母は反対だったという。それが原因したのか不明だが（自伝ではそんなことはおくびにも出していない）、チェスタトンは妻の意向を受けて郊外へ引っ越した。ふたりに子供はいなかった。しばしば言及する『自叙伝』で、ふたりの馴れ初めを書いた部分は、この本の最大の読みどころと言ってもいい。チェスタトンがいかにして一人の女性に思いを寄せるようになるか、そしてそれを自らどのように綴っているか、ぜひご自分でお読みになることをお勧めする。

ジェームズ・ガン描く油絵のチェスタトン（左端）

チェスタトン初の出版物は一九〇〇年にロンドンのR・ブリムリー・ジョンソン社から刊行された『老爺戯作集』、それに同年、やはりロンドンのリチャーズ社から上梓された *The Wild Knight and Other Poems* という二冊の詩集（エッセイも併載）である。T・S・エリオットはチェスタトンの詩を「第一級のジャーナリスティックなバラッド詩」と評している。詩人にしてジャーナリストというスタートだが、近年、チェスタトンが十九歳の時に書いたという *Basil Howe* という小説が見つかり、二〇〇一年に出版された。詩やエッセイより先に小説に手を染めていた、ということか。というよりも、評論、評伝、詩作から小説にいたるすべてがチェスタトン、ということだろう。『自叙伝』がまさにそうであるし、ブラウン神父譚をはじめとする推理小説における業績も、チェスタトンの文明批評や宗教論などと切り離すことはできない。

一九三六年、昭和十一年六月十四日、チェスタトンはベコンフィールドのトップ・メドウで死去した。享年六十二。一九〇〇年の初出版以来、生涯で年五冊超の著作を遺（のこ）している。

本書『ブラウン神父の童心』*The Innocence of Father Brown* は、一九一一年七月、ロンドンのキャッセル社より上梓された。アメリカ版は同じ年、ニューヨークのジョン・レイン社より刊行されている。ここに収められた十二編の初出は〈ストーリーテラー〉誌と〈キャッセル〉誌である。一九一一年にはその両誌の二月号にそれぞれ別の作品を発表しているので、第一短編集収録の十二話を十一ヵ月で発表したことになる。

チェスタトンは『自叙伝』の中で、こう記している。「計算してみると私は少なくとも五十三の人殺しを犯して、罪を隠すための五十もの死体の隠匿に関係している勘定になった（中略）無邪気な工夫を凝らしたのである」（吉田訳）

たしかにブラウン神父譚は五つの短編集と未収録の短編を合わせて全五十三編だが、その全てに殺人が出てくるわけではない。これもチェスタトンらしい表現と言えるだろう。

ブラウン神父のモデルについては、さんざん小説の主人公のモデル探しはナンセンスだと言いながら、「その内面の知的な性格のあるもの」（吉田訳）を友人、ブラッドフォードのジョン・オコナー神父から拝借した、と明言している。ただし外観はまったく違う、と。

主人公のブラウン神父は、第一話「青い十字架」で「エセックスの一寒村から上京するきわめてちびなローマ・カトリックの神父さん」として登場する。次の「秘密の庭」でこの村が「コボウル」であると明かされる。ここは架空の村だ。「狂った形」には「セント・マンゴウの小さな教会」とあり、「アポロの眼」では「聖フランシス・ザビエル教会（キャンバーウェル）」とあって、次々と移動しているようだ。外見はというと、「その顔は、ノーフォークの団子そっくりにまんまるで、間が抜けており、眼は北海のごとくにうつろで、持ち物であるいくつかの茶色の紙包みをまとめておくこともできぬ御仁（ごじん）だった」「これといって見るところのない風采で、短い茶色の毛とぼんやりした円顔の爺さんだった」「大きなみすぼらしい傘を持って」「大きなパイプをくゆらし」ている。

真相をつかんでもなかなか明かさないのは名探偵の常だが、その理由は他の探偵たちと些（いささ）か

「通路の人影」(『ブラウン神父の知恵』所収)のブラウン神父(シドニー・セイモア・ルーカス画)

違う。「わたしの商売では、なにごとであれ確信がもてないときには、それを自分の胸にだけ収めておかなくちゃならんちゃんとした理由があるのです。その理由というのは、確信がもてるときでさえもそれを秘密にしておくのがわたしどもの義務だからです」というのだ。「ほのかな情けというか光を暗殺者の心に見つけるのがわたしの商売でしてね」とも言っている。

「アポロの眼」の冒頭に、J・ブラウンと一ヵ所だけ名前の頭文字が出てきて、研究家を悩ませることになる。

もう一人の主要人物、フランボウ(彼も「アポロの眼」によると、エルキュールという名だという)は稀代の怪盗として登場し、その後改心してブラウン神父の片腕となる。「若い頃はすこしすさみましたが、いまじゃ正直一点ばりの男で、金を払っても損のない働きをしてくれます」とブラウン神父に太鼓判を押される探偵となり、「ハムステッドのラックナウ荘」に住み、「ウェストミンスター寺院の入口の反対側にあるビルの一部を占める自分の新しい探偵事務所」を構えるまでになる。だが、「ブラウン神父の秘密」(『ブラウン神父の秘密』所収)によると、その後引退してスペイン婦人と結婚し、スペインで邸宅を構え、大家族の主(あるじ)としておさまっていた。ここで彼の本名が「デュロック」だと明かされる。

さて、収録作品は以下の通りである。本集収録の順序をジョン・ピータースンのブラウン神父書誌（*The Mask of Midas* 1991 Classica forlag As）に依ってみていくと、必ずしも発表順ではないことに気づかされる。

青い十字架　The Blue Cross
〈ストーリーテラー〉誌一九一〇年九月号。記念すべき第一話。
「一人の司祭が何も知らないでいるように見えて実際には犯罪者よりも犯罪について知っている喜劇を書く考えが浮かんだ」（吉田訳）と、『自叙伝』で本編執筆の経緯を明かしている。

秘密の庭　The Secret Garden
〈ストーリーテラー〉誌一九一〇年十月号。第二話。

奇妙な足音　The Queer Feet
〈ストーリーテラー〉誌一九一〇年十一月号。第三話。

飛ぶ星　The Flying Stars
〈キャッセル〉誌一九一一年六月号。発表順では十一番目の作品。

見えない男　The Invisible Man
〈キャッセル〉誌一九一一年二月号。六番目に発表された。

イズレイル・ガウの誉れ　The Honour of Israel Gow
〈キャッセル〉誌一九一一年四月号。九番目に発表。初出時は'The Strange Justice'のタイトルだった。

狂った形　The Wrong Shape
〈ストーリーテラー〉誌一九一一年一月号。五番目の作品。

サラディン公の罪　The Sins of Prince Saradine
〈キャッセル〉誌一九一一年五月号。十番目に発表。

神の鉄槌　The Hammer of God
〈ストーリーテラー〉誌一九一〇年十二月号。四番目の作品。

アポロの眼　The Eye of Apollo
〈キャッセル〉誌一九一一年三月号。第八話。

折れた剣　The Sign of the Broken Sword
〈ストーリーテラー〉誌一九一一年二月号。第七話。
賢い人間は葉をどこに隠すと訊かれ、森のなか、と答えると、では森がない場合には、自分で森を作る、という問答から、意外な隠し場所を言い当てる。ブラウン神父譚で最も有名な問答の一つが登場する一編。

三つの兇器　The Three Tools of Death
〈キャッセル〉誌一九一一年七月号。第十二話。

G・K・チェスタトン著作リスト

1 *Greybeards at Play : Literature and Art for Old Gentlemen : Rhymes and Sketches* 1900『老爺戯作集——詩とスケッチ』（溪水社）

2 *The Wild Knight and Other Poems* 1900（改訂版 1914）

3 *The Defendant* 1901

4 *Twelve Types* 1902（増補版 *Varied Types* 1903; 抜粋版 *Five Types* 1910; 同 *Simplicity and Tolstoy* 1912）

5 *Thomas Carlyle* 1902（J・E・ホダー・ウィリアムズとの共著）

6 *Robert Louis Stevenson* 1902（W・ロバートスン・ニコルとの共著）

7 *Leo Tolstoy* 1903（G・H・ペリス&エドワード・ガーネットとの共著）

8 *Charles Dickens* 1903（F・G・キットンとの共著）

9 *Robert Browning* 1903『ウィリアム・ブレイク　ロバート・ブラウニング』（春秋社）

10 *Tennyson* 1903（リチャード・ガーネットとの共著）

11 *Thackeray* 1903（ルイス・メルヴィルとの共著）

12 *The Tremendous Adventures of Major Brown* 1903（15収録の「ブラウン少佐の大冒険」）

13 *G. F. Watts* 1904

14 *The Napoleon of Notting Hill* 1904 『新ナポレオン奇譚』（春秋社、ちくま文庫）

15 *The Club of Queer Trades* 1905 『奇商クラブ』（創元推理文庫）

16 *Heretics* 1905 『異端者の群れ』（春秋社）

17 *Charles Dickens : A Critical Study* 1906（新版 *Charles Dickens : The Last of the Great Men* 1942）『チャールズ・ディケンズ』（春秋社）

18 *The Man Who Was Thursday : A Nightmare* 1908 『木曜の男』（創元推理文庫）

19 *All Things Considered* 1908

20 *The Ball and the Cross* 1909

21 *Orthodoxy* 1909 『正統とは何か』（春秋社）

22 *Tremendous Trifles* 1909 『棒大なる針小』（春秋社）

23 *Thackeray* 1909（編著）

24 *George Bernard Shaw* 1909（改訂版 1935）『ジョージ・バーナード・ショー』（春秋社）

25 *What's Wrong with the World* 1910

26 *Alarms and Discursions* 1910（増補版 1911）

27 *William Blake* 1910 『ウィリアム・ブレイク　ロバート・ブラウニング』（春秋社）

28 *The Ultimate Lie* 1910（私家版）

29 *A Chesterton Calendar* 1911（別題 *Wit and Wisdom of G. K. Chesterton* 1911；別題

Chesterton Day by Day 1912；別題 *Chesterton Day by Day : The Wit and Wisdom of G. K. Chesterton* 2002（マイケル・W・ペリー編）

30 *Appreciations and Criticisms of the Works of Charles Dickens* 1911

31 *The Innocence of Father Brown* 1911『ブラウン神父の童心』（創元推理文庫、本書）

32 *The Ballad of the White Horse* 1911

33 *A Defence of Nonsense and Other Essays* 1911

34 *The Future of Religion : Mr. G. K. Chesterton's Reply to Mr. Bernard Shaw* 1911（私家版）

35 *Samuel Johnson* 1911（アリス・メイネルとの共著）

36 *Manalive* 1912『マンアライヴ』（論創社）

37 *The Conversion of an Anarchist* 1912

38 *A Miscellany of Men* 1912（増補版 1912）

39 *The Victorian Age in Literature* 1913『ヴィクトリア朝の英文学』（春秋社）

40 *Magic : A Fantastic Comedy* 1913（戯曲）

41 *Thoughts from Chesterton* 1913（エルシー・E・モートン編）

42 *The Flying Inn* 1914（増補版のうえ改題 *Wine, Water and Song* 1915）

43 *The Wisdom of Father Brown* 1914『ブラウン神父の知恵』（創元推理文庫）

44 *The Barbarism of Berlin* 1914（別題 *The Appetite of Tyranny, Including Letters to an*

Old Garibaldian 1915）

45 *London* 1914（私家版、アルヴィン・ラングドン・コバーンによる写真付き）

46 *Prussian versus Belgian Culture* 1914

47 *The Perishing of the Pendragons* 1914（43収録の「ペンドラゴン一族の滅亡」）

48 *Letters to an Old Garibaldian* 1915（アメリカ版は44と合本にして *The Appetite of Tyranny* のタイトルで一九一五年に刊行された）

49 *Poems* 1915

50 *The So-Called Belgian Bargain* 1915

51 *The Crimes of England* 1915

52 *A Poem* 1915（私家版）

53 *Divorce versus Democracy* 1916

54 *Temperance and the Great Alliance* 1916

55 *The G. K. Chesterton Calendar* 1916（H・セシル・パーマー編）

56 *A Shilling for My Thoughts* 1916（E・V・ルーカス編）

57 *Lord Kichener* 1917（私家版）

58 *A Short History of England* 1917

59 *Utopia of Usurers and Other Essays* 1917

60 *How to Help Annexation* 1918

61 *Irish Impressions* 1919

62 *Charles Dickens, The Personal History of David Copperfield* 1919（ホルブルック・ジャクソンとR・ブリムリー・ジョンソンとの共編）

63 *The Superstition of Divorce* 1920

64 *Charles Dickens Fifty Years After* 1920

65 *The Uses of Diversity : A Book of Essays* 1920

66 *The New Jerusalem* 1920

67 *Old King Cole* 1920（私家版）

68 *Eugenics and Other Evils* 1922（改訂版 *Eugenics and Other Evils : An Argument Against the Scientifically Organized State* 2000、マイケル・W・ペリー編）

69 *What I Saw in America* 1922

70 *The Ballad of St. Barbara and Other Verses* 1922

71 *The Man Who Knew Too Much and Other Stories* 1922（縮刷版 1922）『知りすぎた男――ホーン・フィッシャーの事件簿』（論創社）

72 *Poems* 1922

73 *Fancies versus Fads* 1923

74 *St. Francis of Assisi* 1923『久遠の聖者――アシジの聖フランチェスコ　聖トマス・アクィナス伝』（春秋社）

75 *The End of the Roman Road : A Pageant of Wayfarers* 1924

76 *Tales of the Long Bow* 1925 『法螺吹き友の会』（論創社）

77 *The Exclusive Luxury of Enoch Oates, The Unthinkable Theory of Professor Green* 1925（76収録の「イノック・オーツだけのぜいたく品」「グリーン教授の考えもつかぬ理論」）

78 *The Unprecedented Architecture of Commander Blair* 1925（76収録の「ブレア司令官の比べる物なき建物」）

79 *The Superstitions of the Sceptic* 1925（講演録）

80 *The Everlasting Man* 1925 『人間と永遠』（春秋社）

81 *William Cobbett* 1925

82 無題 1925（詩集）

83 *The Incredulity of Father Brown* 1926 『ブラウン神父の不信』（創元推理文庫）

84 *The Outline of Sanity* 1926 『正気と狂気の間――社会・政治論』（春秋社）

85 *The Queen of Seven Swords* 1926

86 *The Catholic Church and Conversion* 1926

87 *Selected Works* 1926（ミネルヴァ版、九巻本）

88 *A Gleaming Cohort, Being Selections from the Works of G. K. Chesterton* 1926（E・V・ルーカス編）

89 *Essays by Divers Hands 6* 1926（編著）
90 *The Return of Don Quixote* 1927
91 *The Collected Poems of G. K. Chesterton* 1927（改訂版 1932）
92 *The Secret of Father Brown* 1927『ブラウン神父の秘密』（創元推理文庫）
93 *The Judgement of Dr. Johnson; A Comedy in Three Acts* 1927（戯曲）
94 *Social Reform Versus Birth Control* 1927
95 *Culture and the Coming Peril* 1927（講演録）
96 *Robert Louis Stevenson* 1927『ロバート・ルイス・スティーヴンソン』（春秋社）
97 *Gloria in Profundis* 1927
98 *Generally Speaking : A Book of Essays* 1928
99 *The Sword of Wood* 1928
100 *Short Stories of To-day and Yesterday* 1928
101 *Essays of To-day and Yesterday* 1928
102 *Do We Agree ? : A Debate between G. K. Chesterton and Bernard Shaw, with Hilaire Belloc in the Chair* 1928（ジョージ・バーナード・ショーとの共著）
103 *A Chesterton Catholic Anthology* 1928（パトリック・ブレイブルック編）
104 *The Poet and the Lunatics : Episodes in the Life of Gabriel Gale* 1929『詩人と狂人たち』（創元推理文庫）

105 *Ubi Ecclesia* 1929

106 *The Thing* 1929（別題 *The Thing : Why I Am a Catholic* 1930）

107 *G. K. C. as M. C. : Being a Collection of Thirty-Seven Introductions* 1929（J・P・ド・フォネスカ編）

108 *Lepanto* 1929

109 *The Moderate Murderer and The Honest Quack* 1929（111収録四中編中の「穏和な殺人者」と「頼もしい藪医者」を収録）

110 *The Ecstatic Thief* 1930（111収録の「不注意な泥棒」）

111 *Four Faultless Felons* 1930『四人の申し分なき重罪人』（国書刊行会、ちくま文庫）

112 *The Resurrection of Rome* 1930『ローマの復活』（春秋社）

113 *Come to Think of It : A Book of Essays* 1930

114 *The Grave of Arthur* 1930

115 *The Turkey and the Turk* 1930

116 *At the Sign of the World's End* 1930

117 *The Floating Admiral* 1931『漂う提督』（ハヤカワ文庫、ディテクション・クラブ会員による連作長編。チェスタトンはプロローグを担当）

118 *Is There a Return to Religion ?* 1931（E・ハルドマン－ジュリアスとの共著）

119 *All Is Grist : A Book of Essays* 1931

120　*Chaucer* 1932 『チョーサー』（春秋社）
121　*Sidelights on New London and Newer York and Other Essays* 1932
122　*Christendom in Dublin* 1932
123　*All I Survey : A Book of Essays* 1933
124　*St. Thomas Aquinas* 1933 『久遠の聖者――アシジの聖フランチェスコ　聖トマス・アクィナス伝』（春秋社）
125　*G. K. Chesterton* 1933（別題 *Running After One's Hat and Other Whimsies* 1933、E・V・ノックス編）
126　*Avowals and Denials : A Book of Essays* 1934
127　G. K.'s 1934（G. K.'s Weekly 掲載の論文集）
128　*The Scandal of Father Brown* 1935 『ブラウン神父の醜聞』（創元推理文庫）
129　*The Well and the Shallows* 1935
130　*A Century of Detective Stories* 1935 『探偵小説の世紀』（創元推理文庫、G・K・チェスタトン編のアンソロジー）
131　*Explaining the English* 1935
132　*Stories, Essays and Poems* 1935
133　*As I Was Saying : A Book of Essays* 1936
134　*Autobiography* 1936（別題 *The Autobiography of G. K. Chesterton* 1936）『自叙伝』（春

秋社）

135 *The Paradoxes of Mr. Pond* 1936『ポンド氏の逆説』（創元推理文庫）

136 *The Man Who Was Chesterton : The Best Essays, Stories, Poems and Other Writings of G. K. Chesterton* 1937（レイモンド・T・ボンド編）

137 *The Coloured Lands* 1938『色とりどりの国』（教文館、G・K・チェスタトンによる挿絵付き）

138 *Essays* 1939（ジョン・ゲスト編）

139 *The End of the Armistice* 1940（F・J・シード編）

140 *The Vampire of the Village* 1947　私家版（「村の吸血鬼」。一九五三年の *The Father Brown Stories* に収録されたのを皮切りに、『ブラウン神父の醜聞』の新版に収録されるようになった）

141 *Selected Essays* 1949（ドロシー・コリンズ編）

142 *The Common Man* 1950

143 *The Surprise* 1952（戯曲）

144 *The Father Brown Stories* 1953

145 Essys 1953（K・E・ホワイトホーン編）

146 *A Handful of Authors : Essays on Books and Writers* 1953（ドロシー・コリンズ編）

147 *The Glass Walking-Stick and Other Essays from "Illustrated London News", 1905-*

1936 1955（ドロシー・コリンズ編）

148 *Father Brown : Selected Stories* 1955（ロナルド・ノックス編）

149 G. K. *Chesterton : An Anthology* 1957（D・B・ウィンダム・ルイス編）

150 *Essays and Poems* 1958（ウィルフレッド・シード編）

151 *Lunacy and Letters* 1958（ドロシー・コリンズ編）

152 *Where All Roads Lead* 1961

153 *The Man Who Was Orthodox : A Selection from the Uncollected Writings of G. K. Chesterton* 1963（A・L・メイコック編）

154 *The Spice of Life and Other Essays* 1964（ドロシー・コリンズ編）

155 G. K. *Chesterton : A Selection from His Non-Fictional Prose* 1970（W・H・オーデン編）

156 *Chesterton on Shakespeare* 1971（ドロシー・コリンズ編）

157 *Selected Stories* 1972（キングズリー・エイミス編）

158 *Greybeards at Play and Other Comic Verse* 1974（ジョン・サリヴァン編）

159 *The Apostle and the Wild Ducks and Other Essays* 1975（ドロシー・コリンズ編）

160 *The Father Brown Omnibus* 1983

161 *The Spirit of Christmas : Stories, Poems, Essays* 1984（マリー・スミス編）

162 *As I Was Saying : A Chesterton Reader* 1985（ロバート・ナイル編）

163 *The Bodley Head* G. K. *Chesterton* 1985（別題 *The Essential Chesterton* 1987）P・J・

カヴァナー編）

164 *Daylight and Nightmare : Uncollected Stories and Fables* 1986（マリー・スミス編）

165 *GK's Weekly : A Sampler* 1986（ライル・W・ドーセット編）

166 *Collected Works of G. K. Chesterton* 1986-87（デニス・J・コンロン編、全三十九冊）

167 *Thirteen Detectives : Classic Mystery Stories by the Creator of Father Brown* 1987（マリー・スミス編、ブラウン神父譚の「ドニントン事件」を収録）

168 *The Best of Father Brown* 1987（H・R・F・キーティング編）

169 *Collected Nonsense and Light Verse* 1987（マリー・スミス編）

170 *Seven Suspects* 1990（マリー・スミス編）

171 *The Mask of Midas* 1991（ゲイア・ハスネス編、未発表のブラウン神父譚表題作「ミダスの仮面」と書誌などを付した一千部限定版）

172 *The Dagger and Wings and Other Father Brown Stories* 1992

173 *Favorite Father Brown Stories* 1993

174 *Poems for All Purposes : The Selected Poems of G. K. Chesterton* 1994（スティーヴン・メドカーフ編）

175 *The Works of G. K. Chesterton* 1995

176 *A Motley Wisdom* 1995（ナイジェル・フォード編）

177 *Father Brown : A Selection* 1995（W・W・ロブスン編）

178 *Heretics / Orthodoxy* 2000
179 *Basil Howe* 2001 （一八九三年に書かれ、一九八九年に発見されたチェスタトンの処女長編）

ほかに〈イラストレイテッド・ロンドン・ニュース〉などに発表されたエッセイを集めた日本独自の編集本『求む、有能でないひと』（国書刊行会）がある。

参考文献

Autobiography by G.K.Chesterton 1936 Hutchinson & Co. Ltd 『自叙伝』（吉田健一訳、一九七三、春秋社）

G.K.Chesterton : A Biography by Dudley Barker 1973 Constable

G.K.Chesterton : A Centenary Appraisal edited by John Sullivan 1974 Elek Books Ltd

G. K. Chesterton : A Biography by Michael Ffinch 1986 Harper & Row

G. K. Chesterton by Thomas M. Leitch (in *Dictionary of Literary Biography vol.70 : British Mystery Writers, 1860-1919*) 1988 Gale Research Co.

『G・K・チェスタトンの世界』（ピーター・ミルワード、中野記偉・共編、一九七〇、研究社出版）

Encyclopedia of Mystery and Detection edited by Chris Steinbrunner and Otto Penzler 1976 McGraw-Hill

Crime Fiction, 1749-1980 : A Comprehensive Bibliography by Allen J. Hubin 1984 Garland Pub.,

『『ブラウン神父』ブック』（井上ひさし編、一九八六、春秋社）

The Annotated Innocence of Father Brown edited by Martin Gardner 1987 Oxford University Press
Father Brown bibliogragphy by John Peterson (in *The Mask of Midas* edited by Geir Hasnes) 1991 Classica forlag AS
Great British Fictional Detectives by Russell James 2008 Pen & Sword Books Ltd
Great British Fictional Villains by Russell James 2009 Pen & Sword Books Ltd

http://www.aga-search.com/writer/gilbert_keith_chesterton/
http://ameqlist.com/sfc/chester.htm
https://www.poetryfoundation.org/poems-and-poets/poets/detail/g-k-chesterton

検印
廃止

訳者紹介　1931年生まれ。東京大学文学部英文科卒。チェスタトン「ブラウン神父」シリーズ，ブラウン「まっ白な嘘」，バラード「結晶世界」，ヴァン・ヴォークト「非Aの世界」，ウィルソン「賢者の石」など訳書多数。2008年歿。

ブラウン神父の童心

1982年2月19日　初版
2015年6月12日　41版
新版　2017年1月13日　初版
2023年6月16日　7版

著者　G・K・チェスタトン

訳者　中村保男（なかむらやすお）

発行所　（株）東京創元社
代表者　渋谷健太郎

162-0814／東京都新宿区新小川町1-5
電話　03・3268・8231-営業部
03・3268・8204-編集部
URL　http://www.tsogen.co.jp
振替　00160-9-1565
工友会印刷・本間製本

ISBN978-4-488-11013-0　C0197